edition
tingeltangel

Die Handlung und alle handelnden Personen in diesem Kriminalroman sind frei erfunden. Ähnlichkeiten zu Geschehnissen mit Bezug auf reale Personen oder Unternehmen, Persönlichkeiten des öffentlichen Lebens oder Institutionen wären rein zufällig und nicht beabsichtigt.

Umschlag- und Klappengestaltung
unter Verwendung folgender Abbildungen:

Berchtesgaden (elxeneize/stock.adobe.com), Binary code Background (Fotomay/stock.adobe.com), Silhouette Annalena (Elena Kharichkina/stock.adobe.com), Silhouette Helga (majivecka/stockadobe.com), Arno Wilhelm/ Häuser in Berchtesgaden/Watzmann in Wolken (Thomas Endl)

Gedruckt in Europa

Originalausgabe (2023)
ISBN 978-3-944936-66-6

Der Titel ist auch als E-Book erhältlich.

Arno Wilhelm

Todsicher verschlüsselt

Krimi

Dienstag, 3. Juli

Alarm

Das Äußere des heruntergekommenen Industriegebäudes am Rande von Zeitz konnte Annalena nicht täuschen. Die Klinkersteine waren voller Graffiti, die Glasscheiben zwischen den Sprossen eingeworfen – und doch war die alte Fabrik geschützt. Mit geübtem Auge fand Annalena die Alarmanlage neben der Tür und legte sie ohne Mühe lahm. Um im Erdgeschoss keine Spuren zu hinterlassen, kletterte sie an den erstaunlich üppig angebrachten Zierelementen der Fassade nach oben und im ersten Stock durch ein kaputtes Fenster. Nahezu lautlos suchte sie sich einen stabilen Beobachtungsposten, was durchaus eine Herausforderung war. Der Boden dieser Etage war fast überall nach unten durchgebrochen, so dass jeder Schritt wohlüberlegt sein wollte. Eine dicke Staubschicht lag auf bröselndem Beton und gesplittertem Holz. Den Raum durchqueren konnte Annalena nur, indem sie über die großen, verrosteten Stahlträger balancierte. Hochkonzentriert peilte sie jene Ecke an, von der aus sie fast die ganze Werkhalle würde einsehen können. Denn wo genau sich ihre beiden Zielobjekte in Kürze treffen würden, wusste sie nicht. Der modrige Geruch der abgestandenen Luft widerte sie an. Schweiß stand ihr auf der Stirn. Die verfallene Halle mochte vor kurzem noch eine funktionierende Alarmanlage gehabt haben, eine Klimaanlage wäre Anfang Juli allerdings viel nützlicher gewesen. Angestrengt ließ sich Annalena auf ihrem Beobachtungsposten nieder. Keine Sekunde zu früh.

Unten öffnete sich eine bunt beschmierte Tür und ein dürrer, ernst dreinblickender Mittdreißiger im schwarzen Anzug trat ein. Der Mann sah aus wie der Inbegriff eines Sargträgers. Er blickte sich um, suchte ganz offensichtlich nach einem Platz, um sich zu setzen, doch an einem Ort wie diesem würde er sich unweigerlich den Anzug ruinieren. Schließlich blieb er stehen und wartete.

Rasch machte Annalena ein Foto und zog sich gleich darauf noch ein Stück zurück, um nicht entdeckt zu werden. Alan Gervais sah genau so aus wie auf den Bildern, die sie bekommen hatte. Ihr Auftraggeber Flieser hatte ihr ausführliche Dossiers über die Leute aus seiner Truppe gegeben, versehen mit Verweisen auf diejenigen, die er verdächtigte, auf seine Kosten ihr eigenes Unternehmen aufzuziehen. Annalena verscheuchte lautlos eine Fliege, die ihr brummend um den Kopf herumschwirrte. Der Auftrag war ein großer Glücksgriff nach den mageren letzten Wochen. Gut bezahlt. Und das für eine reine Dokumentation. Die Kohle sollte reichen, um ihren Vermieter fürs Erste zu beruhigen. Sie musste unbedingt wieder sorgsamer mit dem Geld umgehen. Gerade das Auto kostete angesichts der notwendigen Reparaturen und immer neuer Ideen für einen besseren Innenausbau einfach zu viel.

Fliesers Anweisung war klar gewesen. Fotos machen. Notieren, was gesagt wird. Rückzug. Eine saubere Sache. Hier und heute war es nicht ihr Job, sich um die beiden – oder wie viele es auch sein mochten – weitergehend zu kümmern. Nicht undenkbar, dass das noch folgte. Nach Fliesers Angaben war es wahrscheinlich, dass Gervais sich hier mit diesem bulligen Glatzkopf traf. Wie war nochmal sein Name? Wieder verscheuchte Annalena die Fliege.

Hatte Gervais ihre Bewegung aus dem Augenwinkel gesehen? Nein, wohl nicht. Er schaute zwar kurz hoch, wechselte dann aber nervös in kurzer Abfolge mehrmals seine Position, lief auf und ab. Jetzt fiel ihr der Name des Glatzkopfes wieder ein – Heiko Kröting.

Erneut öffnete sich die bunte Tür und Annalena hielt für einen Moment die Luft an, um keinen Laut der Überraschung hören zu lassen.

»Marion, da bist du ja endlich«, hörte sie Gervais sagen. Der Mann lächelte sichtlich erleichtert.

Marion von Glienicke war Fliesers rechte Hand. Er hatte Annalena selbst gesagt, es sei unmöglich, dass sie zu den Verrätern gehöre. Er vertraue ihr blind. Zu blind, wie es schien. Sie war fast so groß wie ihr Gegenüber. Auf den Fotos in Annalenas Unterlagen trug sie stets sehr elegante Hosenanzüge und Kleider. Die Frisur immer perfekt gestylt. Annalena hatte Marion als Frau eingeschätzt, die Wert darauf legte, elegant zu wirken. Davon war heute nichts zu sehen. Sie trug Jeans, einen ausgewaschenen Pullover und die Haare nach hinten zum Pferdeschwanz gebunden. Hätte Gervais nicht ihren Namen genannt, hätte Annalena mehrmals hinsehen müssen, um die Verbindung zu den Bildern in ihren Unterlagen zu ziehen. Bei dem Gedanken an die Unterlagen zückte Annalena ihr Smartphone und schoss unauffällig einige Fotos.

»Hast du die Papiere?«, fragte Marion ohne Umschweife.

Alan nickte und zog aus der Innentasche seines Jacketts einen dicken Umschlag. »Kannst gerne kontrollieren. Ist alles da. Du brauchst dir keine Sorgen zu machen. Flieser hat garantiert nichts bemerkt.«

Marion nahm den Umschlag und holte einige Blätter daraus hervor. Annalena hatte keine Chance zu erkennen, um was es sich genau handelte, machte aber weiter fleißig Fotos. Auf die Entfernung konnte sie nur viel Text und einige technische Zeichnungen auf den Papieren erkennen. Marion von Glienicke bekam sie ein paar Mal sehr klar aufs Bild, wie diese die Papiere durchsah. Die neue

Kamera machte gestochen scharfe Bilder, aber auch diese Qualität hatte dummerweise ihren Preis. Die Fotos ließen sich sicher noch anschaulich vergrößern. Nach gründlicher Prüfung nickte Marion und packte alles wieder in den Umschlag. Sie trug einen kleinen Rucksack, den sie jetzt abstreifte. Gründlich darauf bedacht, nichts zu knicken, verstaute sie den Umschlag und zog eine breite Geldbörse hervor, wie Annalena sie eher von Restaurantbedienungen kannte. Der gute alte schwarze Aktenkoffer aus Agentenfilmen hatte wohl ausgedient.

»Die Papiere sehen ausgezeichnet aus«, sagte Marion und Alan atmete tief durch. Sie reichte ihm die Geldbörse. »Hier ist dein Geld.«

»Wie vereinbart?«, fragte Alan, sichtlich hin- und hergerissen, ob er das Geld augenblicklich zählen sollte oder besser nicht.

»Sogar ein bisschen mehr. Unser Kunde ist enorm großzügig«, entgegnete Marion mit einem überlegenen Lächeln. »Es muss nur klar sein, dass niemand irgendetwas von diesem Deal erfährt. Das ist dir hoffentlich bewusst.«

Annalena machte noch ein Foto von der Übergabe der Geldbörse. Was für ein großartiger Tag es doch war. Ein perfekter Tag.

In diesem Moment setzte sich die Fliege ausgerechnet auf Annalenas Nase. Sie spürte den Drang zu niesen in ihrem Körper aufsteigen. Unter keinen Umständen durften die beiden sie jetzt erwischen. Sie verscheuchte ein weiteres Mal die Fliege, schloss die Augen und atmete langsam, tief und konzentriert. Ihre Kiefer knirschten leise aufeinander vor Anspannung. Doch der Niesreiz plagte sie nur noch umso mehr.

In diesem Moment klingelte ihr Smartphone. Eine Melodie von Pieptönen, laut und deutlich, in jedem Winkel der heruntergekommenen Halle zu hören. Eine Melodie, die Annalena schon lang nicht mehr gehört hatte und die nur für den absoluten Notfall bestimmt war. Ihr Handy war sorgsam so eingestellt, dass es nicht ungefragt

Geräusche von sich gab und das Display wenig Licht abstrahlte. Es hatte sie noch nie bei einem ihrer vielen Einsätze gestört. Nur vier Personen standen auf ihrer Whitelist. Und diese vier wussten ganz genau, dass ihr Anruf und damit das Klingeln des Handys Annalena in die Bredouille bringen konnte.

Ihr blieben nur Sekunden, um zu reagieren. »Moment«, flüsterte sie eilig ins Telefon und legte es neben sich.

Alan Gervais und Marion von Glienicke hatten beide entsetzt zu ihr hochgesehen. Alan rannte bereits davon. Marion hatte ihm die Geldbörse augenblicklich wieder entrissen und stopfte sie jetzt noch hastig zurück in ihren Rucksack, als Annalena einen Satz zu einem großen Stahlträger machte, sich daran hinabgleiten ließ und nur einen Meter neben der Frau auf dem Boden landete. Marion trat nach ihr, aber Annalena schaffte es, auszuweichen. Ein Schlag traf Annalena an der Schulter. Dabei konnte sie einen der Riemen des Rucksacks packen. Sie zog kräftig daran und brachte Marion so zu Fall. Auch wenn sich die Frau heftig wehrte, gelang es Annalena, ihr einen Arm nach hinten zu drehen. Schnell kniete sie sich auf ihren Rücken.

Marion hatte mehr Kraft, als man ihr ansah. Sie wand sich und schlug voll Wut und Verzweiflung mit dem zweiten Arm nach hinten. Annalena steckte ein paar Hiebe ein, bis sie die zweite Hand zu fassen bekam. Sofort zurrte sie in geübten Bewegungen die Hände ihrer Gegnerin mit einem Kabelbinder zusammen. Davon gehörten immer ein paar zu ihrer Standardausrüstung. Marion bäumte sich energisch auf. Annalena strauchelte und wäre fast abgeworfen worden. Unvermutet traf Annalena eine Faust seitlich am Kopf. Das war nicht von ihrem Gegenüber ausgegangen. Richtig platziert hätte der Hieb sie zweifellos umgeworfen.

Alan Gervais war nach seiner überstürzten Flucht zurückgekehrt. Er wollte offenbar doch nicht auf das Geld verzichten.

Annalena rollte sich instinktiv zur Seite ab und sprang sofort auf die Füße. Ihr Kopf schmerzte. Und immer noch wartete ihre Anruferin oben auf sie in der Leitung. Was konnte nur passiert sein? Sie musste es dringend erfahren. Mit einem großen Schritt nach hinten wich sie einem weiteren Schlag aus und wäre beinahe über die sich am Boden windende Komplizin von Alan gestolpert. Als der Schlag ins Leere ging, blickte der Anzugträger für einen Moment verdutzt drein. Annalena nutzte sein Zögern und traf ihn mit einem harten Tritt am Brustkorb, der ihm die Luft aus den Lungen drückte. Ihr Fußabdruck zierte jetzt das eben noch so schicke Jackett. Sichtlich um seine Atmung bemüht, schien er unsicher, was er tun sollte. Wütend sah er zwischen der gefesselten Marion und Annalena hin und her. Ihr Überraschungsgast stand jetzt selbstbewusst und mit festem Blick vor ihm.

»Zeit aufzugeben, Alan«, stellte sie fest.

»Leni, wie lang dauert das denn noch?«, hörte man eine verärgerte Stimme überraschend laut im ersten Stock aus dem Handy quäken. Annalena sah einen Moment hoch, der Alan offenbar ausreichte, um sich von ihrem Blick zu lösen und eine Entscheidung zu treffen. Er drehte sich um und rannte erneut davon.

Annalena ließ ihn laufen, auch wenn das sicher noch Ärger mit ihrem Auftraggeber nach sich ziehen würde. Marion war nach wie vor sicher verschnürt. Annalena kletterte zurück ins Obergeschoss.

»Tante Hilde?«

»Ja, was waren das denn für komische Geräusche?«, antwortete diese. Ihre Stimme klang jetzt nicht mehr verärgert.

Annalena war noch schwer außer Puste von ihrem kurzen Kampf mit den beiden.

»Ich bin noch bei der Arbeit. Warum rufst du an und schreibst nicht wie sonst? Du hast diese Nummer doch noch nie benutzt. Gibt es ein Problem?«

»Oh, natürlich«, sagte Hilde und zögerte einen Moment, als müsste sie sich erst sammeln. »Leni, dein Bruder ist tot. Du musst schnell nach Hause kommen.«

Ein beklemmendes Gefühl drückte Annalena auf die Brust.

»Du musst dich irren, ich habe die Tage erst mit ihm gesprochen. Vorgestern. Es ging ihm doch gut.«

»Es war nichts Gesundheitliches«, erwiderte ihre Tante. »Er wurde ermordet.«

Annalena musste sich setzten. Unter ihr knackte der Boden, doch sie nahm es kaum wahr.

»Insgesamt macht das Ganze, ehrlich gesagt, einen ziemlich brutalen Eindruck. Ich erzähl dir alles, was ich weiß, wenn du hier bist.«

Annalena versprach, so schnell wie möglich zu kommen, bevor sie das Gespräch beendete. Zwei Minuten lang blieb sie völlig regungslos sitzen. Unfähig, irgendetwas zu tun, starrte sie ins Leere. Warum sollte jemand ihrem kleinen Bruder etwas antun? Er war kein unbeschriebenes Blatt, aber auch niemand, der die Gefahr suchte. Im Gegenteil. Er agierte vorsichtig, immer im Hintergrund.

Und wenn es gar nicht um ihn gegangen war? Sondern um jemand anderen? Eine böse Vermutung stieg in Annalena auf. Ging es um sie selbst? Um Rache? Oder um einen Versuch, sie zurückzulocken in die alte Heimat? Eine Träne bahnte sich den Weg über ihre Wange hinab.

Nach einer Weile raffte sie sich auf und überlegte, was noch geregelt werden musste. Alan schien kein weiteres Mal zurückzukommen. Was das wohl für ihr Honorar bedeutete?

»Da scheint etwas Schlimmes passiert zu sein. Sollen wir uns nicht das Geld teilen und du lässt mich laufen?«, fragte Marion in scheinbar mitfühlendem Ton, als Annalena wieder neben ihr stand.

Annalena trat ihr hart in die Seite.

»Sei lieber still. Ich bin gerade wirklich nicht aufgelegt dazu, Verhandlungen zu führen«, zischte Annalena.

Sie unterdrückte das Bedürfnis, ihre Wut an der Frau auszulassen. Stattdessen versteckte sie das Geld und die Papiere gründlich im

Obergeschoss in einem leicht zu tarnenden Mauerloch außerhalb der Sichtweite der Gefesselten. Sie entschied sich, die ehrenwerte Marion von Glienicke einfach auf dem Boden liegen zu lassen, wo sie war. Dann machte sie sich auf den Weg zu ihrem Auto, das nur wenige Minuten entfernt parkte. Sie rief Flieser an und brachte ihn auf den neuesten Stand. Danach machte sie sich mit einem schweren, dumpfen Schmerz im Magen auf den Weg zur Autobahn. Sie musste, so schnell ihr *VW*-Bus konnte, nach Berchtesgaden.

Aufbruch

Der Polizeipräsident ihr gegenüber sah Helga Herbertsen mit eisigem Blick an.

»Ich weiß schon, dass Sie beim Innenminister wegen der Sache mit seiner Tochter einen Stein im Brett haben. Doch diesmal sind Sie zu weit gegangen. Ihr Verhalten ist schlicht inakzeptabel.«

Alois Brandt-Schmitt strich sich durch den Vollbart. Helga hatte erwartet, dass er laut werden und sie wieder anschreien würde, aber trotz seiner merklichen Wut kontrollierte er seine Stimme und sprach mit Bedacht.

»Bei jedem Ihrer drei Fälle hier in Kempten und Umgebung haben Sie explizite Dienstanweisungen ignoriert und damit sich und Ihr Team in Gefahr gebracht. Das ist nicht akzeptabel, auch wenn Sie die Fälle gelöst haben. Ihre Methoden sind nicht zu tolerieren. Ich weiß, dass auch derartiges Verhalten einer der Gründe war, weshalb Sie sich aus Berlin hierher versetzen lassen mussten. Sie schreiben Ihre Berichte nicht im Ansatz pünktlich und detailliert genug und zeigen keinerlei Fehlerbewusstsein. Möchten Sie dazu Stellung nehmen?« Er sah Helga direkt an. Seine Augen hatten einen dunklen Braunton. Menschen in fortgeschrittenem Alter ohne Lachfalten machten sie immer skeptisch.

Die Kriminalhauptkommissarin selbst war mit einer großen Zahl an Lachfalten ausgestattet, die zusammen mit ihrem Übergewicht und der grauen Lockenpracht dazu führten, dass sie auf die meisten Leute einen gutmütigen Eindruck machte, der schnell mit Schwäche verwechselt wurde. Nach dieser Standpauke würde sie dringend ihr Team zusammenrufen müssen. Und frischen Kaffee brauchte sie auch.

»Stellung nehmen? Eigentlich nicht. Aber ich tue es trotzdem mal: Wir haben den jungen Mann gerettet, auch wenn ich dabei möglicherweise Ihre Anweisung missachtet habe. Und vielleicht lag die Rettungsaktion außerhalb meiner Zuständigkeit.« Sie zuckte mit den Schultern. »Ich teile ihre Ansicht nicht, dass die Methode so wichtig ist, wenn die Ergebnisse stimmen. Ich ...«

Ihr Vorgesetzter fiel ihr ins Wort.

»Das ist keine Ansichtssache. Es geht hier um geltendes Recht, verflucht nochmal! Und noch viel wichtiger: um das Ansehen der Kriminalpolizei hier in der Region«, zischte er. Mittlerweile hatte er sichtlich Schwierigkeiten, sich zu kontrollieren. Beide fuhren zusammen, als plötzlich das schwarze Telefon auf seinem Tisch klingelte. Ohne hinzusehen, hob Alois Brandt-Schmitt den abgegriffenen Hörer an und knallte ihn direkt wieder aufs Telefon. Ein paar Sekunden saßen beide einfach nur da.

»Bei den Berichten werde ich mich bemühen, pünktlicher zu werden«, bot Helga mürrisch an. »Dieser ganze Papierkram ist einfach nicht mein Ding, aber das kriege ich schon hin.«

Sie überlegte, welche Zugeständnisse sie noch machen konnte, um ihn zu beschwichtigen. Wieder klingelte das Telefon. Diesmal blickte der Polizeipräsident auf die Anzeige, erkannte aber ganz offensichtlich die anrufende Nummer nicht und drückte einen Knopf. Das Klingeln verstummte augenblicklich.

»Und wegen der Regelverstöße ...«, setzte Helga an, doch ihr Vorgesetzter unterbrach sie.

»Sie haben da etwas falsch verstanden. Wir führen hier kein klärendes Gespräch und schon gar kein Geschacher um Zugeständnisse. Das mit den Berichten können Sie sich schenken. Die Entscheidung ist schon gefallen.« Sie sind mit sofortiger Wirkung vom Dienst suspendiert und werden hier im Präsidium keinen Fuß mehr auf den Boden kriegen. Laufende Fälle haben Sie meines Wissens keine. Wegen der weiteren Schritte meldet sich dann meine Sekretärin bei Ihnen. Ich will Sie hier so schnell nicht wieder sehen. Gerne auch nie wieder. Sie können jetzt gehen.«

Die Worte trafen Helga wie ein Hammerschlag in den Magen. Sie erhob sich und musste sich an ihrem Stuhl abstützen. Dann straffte sie ihre Haltung, so gut es ihr möglich war, nickte Herrn Brandt-Schmitt nur kommentarlos zu und wollte gerade aus der Tür, als diese sich mit Schwung öffnete.

»Herr Brandt-Schmitt, Sie werden dringend am Telefon verlangt«, sagte Frau Rösle, die Sekretärin. Sie wirkte wie immer etwas zu hektisch und blickte angespannt durch ihre schmalen, kreisrunden Brillengläser.

Helga ging nach draußen und blieb vor der Tür des Polizeipräsidiums einen Moment in der Sonne stehen. Das warme Sonnenlicht fühlte sich ganz unpassend an angesichts ihrer düsteren Stimmung. Es war also erneut soweit. Sie hatte versagt. Nach ihrem erzwungenen Abschied aus Berlin hatte sie sich eigentlich geschworen, dass ihr das nie wieder passieren würde. Auf dem Parkplatz der Kriminalpolizei stand ihr hellblauer, rostiger *Volvo*, daneben ihr Kollege Meizi, der wie so oft in letzter Zeit eine schwarze Lederjacke trug. Rasiert hatte er sich heute Morgen offenbar auch nicht. In letzter Zeit machte er insgesamt einen erschöpften Eindruck und trug tiefblaue Augenringe mit sich herum.

Offenbar wartete er schon eine Weile auf sie und warf wohl vor Langeweile gerade einen Blick in ihr Auto. Als er sie kommen hörte, wurden beide rot. Die Kommissarin, weil der Innenraum ihres *Volvos* wie immer übersät war mit leeren Colaflaschen, benutzten Taschentüchern, Kekskrümeln und vielen Dingen im Fußraum, die sie schon gar nicht mehr identifizieren konnte – und Meizi, weil er sich ertappt fühlte.

»Wie ist es gelaufen?«, ging Meizi mit gespielt natürlichem Tonfall gleich in die Offensive. »Haben wir einen dicken neuen Fall, oder warum musstest du beim Alten vorstellig werden?«

Helga strich sich die grauen Locken zurück und zögerte einen Augenblick. Es auszusprechen, machte das, was nun bevorstand, umso realer.

»Ich bin raus. Bis auf Weiteres suspendiert. Herr Brandt-Schmitt will mich loswerden.«

Meizi sah sie entsetzt an.

»Im Ernst? Damit hätte ich nie gerechnet. Du bist sicher nicht die Beliebteste hier bei der Kripo, aber sowas ...« Seine Verärgerung war offensichtlich. »Und was kommt jetzt? Arbeitsgericht? Das wird man doch aushebeln können.«

Doch Helga schüttelte den Kopf.

»Wenn das jetzt schon wieder so losgeht ...« Sie seufzte. »Das habe ich in Berlin alles schon mal erlebt. Ohne Unterstützung hast du verloren, egal, was das Gesetz sagt. Vielleicht sollte ich mir was anderes suchen.«

»Und was willst du machen? Autos putzen?«, fragte Meizi und grinste urplötzlich.

Helga sah ihn einen Augenblick lang ernst an und merkte, wie seine Ohren sich in einem dunkleren Rotton färbten. Offenbar überlegte er, ob er sich gerade im Ton vergriffen hatte. Doch dann grinste auch die Kriminalhauptkommissarin.

»Ich fürchte, das ist alles andere als mein Spezialgebiet.«

Beide mussten lachen.

»Sollen wir zum Mittagessen gehen?«, fragte Meizi. »Dann können wir nochmal in Ruhe überlegen, was wohl ein geeigneter Job für dich wäre.«

Helga wollte gerade zustimmen, da hörte sie hinter sich eilige Schritte. Zweifellos hohe Schuhe. Petra Rösle, die Sekretärin des Alten, kam eilig auf sie zu. Sie begann erst zu sprechen, als sie ganz nah war.

»Frau Herbertsen, der Herr Brandt-Schmitt möchte gerne noch einmal kurz mit Ihnen sprechen.«

Helga stöhnte.

»Der soll mich in ein paar Tagen anrufen. Ich glaube, für heute habe ich genug mit ihm geredet.«

Frau Rösle schüttelte energisch den Kopf und schob sich dann ihre Brille zurecht.

»Sie kommen jetzt bitte gleich mit, Frau Herbertsen«, erklärte sie entschieden.

Helga wechselte einen kurzen, überraschten Blick mit Meizi, dann schlurfte sie hinter der Sekretärin her – wie damals in ihrer Schulzeit hinter dem einen oder anderen Lehrer, wenn es zum Direktor ging. Am Ende ihrer Schulzeit hatte sicher nicht mehr viel gefehlt, dass Helga im Büro des Direktors Anspruch auf einen eigenen Platz gehabt hätte.

Der Polizeipräsident saß wie vorhin auf seinem Stuhl, hatte den Kopf in die Hände gestützt und blickte erst auf, als Helga Platz genommen hatte und die Sekretärin die Tür von außen zuzog. Seinen Blick als mordlustig zu beschreiben, wäre vielleicht zu viel gewesen, aber auf jeden Fall nah dran. Helga überlegte erst hektisch, wie sie das Gespräch eröffnen konnte, entschied sich dann aber aus Mangel an Ideen, das ihrem Gegenüber zu überlassen.

Einen Moment blieb es still. Brandt-Schmitt blickte sie nur finster an.

»Ich hatte gerade ein Telefonat mit dem Innenministerium«, sagte er dann kraftlos. »Sie haben wirklich gute Freunde dort, wie mir scheint.«

Nur einen, dachte Helga. Was passierte hier?

»Ich habe keine Ahnung, wie die im Ministerium Wind von der ... Situation mit Ihnen bekommen haben.« Es klang, als würde er das mehr zu sich sagen. Dann richtete er seine Augen wieder auf die Kriminalkommissarin. »Sie werden nicht suspendiert. Es wurde eine Lösung ... Also es gibt eine Lösung, wie Sie weiterarbeiten.«

Helga setzte sich unbewusst aufrechter hin und wappnete sich. Was konnte jetzt kommen? Ein staubiger Bürojob, weit weg von den echten Fällen?

»Eine Art Pilotversuch«, fuhr Brandt-Schmitt fort. »Sie kriegen ein kleines Team und werden damit als mobile Ermittlungsgruppe dort in Bayern eingesetzt, wo die Ressourcen der Kripo gerade nicht ausreichen.« Er faltete die Hände und blickte aus dem Fenster. »Sie können mir glauben, dass das nicht in meinem Sinn ist. Aber mir stehen keine weiteren Möglichkeiten offen. Sie begeben sich noch heute nach Berchtesgaden. Dort ist ein schweres Tötungsdelikt aufzuklären, es wurden mehrere Leichen in einer Wohnung gefunden. Die oberbayerischen Kollegen sind derzeit aber stark ausgelastet und von gesundheitlichen Ausfällen geplagt. Sie haben angefragt, ob sie Unterstützung bekommen können.«

»Und diese mobile Ermittlungsgruppe – aus welchen Leuten setzt die sich zusammen?«

Helgas schwirrte der Kopf vor lauter Fragen. Aber diese war die drängendste. Zugleich spürte sie die Ungeduld ihres Vorgesetzten und seine Unzufriedenheit mit der Entwicklung der Situation. Lange würde die Audienz nicht mehr dauern.

»Wenn Ihr bisheriges Team einverstanden ist, können Sie kurzfristig mit denen arbeiten. Wie das auf lange Sicht geregelt werden kann, wird sich zeigen – falls das Projekt überhaupt funktionieren sollte, was ich mir beim besten Willen nicht vorstellen kann. Ich habe jetzt zu tun und denke, damit sollte alles Wesentliche geklärt sein. Alle weiteren Informationen erhalten Sie dann von den Kollegen der Kripo Traunstein. Die sind für Berchtesgaden zuständig. Ansonsten wenden Sie sich an meine Sekretärin.«

Er nickte ihr kurz zum Abschied zu und deutete mit einer Hand Richtung Tür. Nicht mal ein Händedruck. Aber das war kein Problem für Helga. Der Polizeipräsident war nie wahnsinnig professionell im Umgang mit anderen. Sie musste dringend an die frische Luft. Also imitierte sie nur kurz das Nicken und machte sich aus dem Staub. Im Vorzimmer blickte Frau Rösle kurz von ihrem Computer auf und zwinkerte ihr lächelnd zu.

Kopfschüttelnd trat Helga raus auf den Parkplatz. Meizi kam ihr schon entgegen.

»Noch mehr Ärger?«, fragte er und legte ihr die Hand auf die Schulter. Die Geste war zweifelsohne lieb gemeint, fühlte sich aber ungewohnt und falsch an. Ihm schien es damit ebenso zu gehen und er zog den Arm schnell wieder zurück.

»Nicht wirklich. Das Innenministerium hat sich eingeschaltet und offenbar in Windeseile einen neuen Plan entwickelt, wie es mit mir weitergeht. Mit uns, falls du dabei bist.«

Meizi zog die Augenbrauen hoch, dann erzählte Helga in Kurzfassung, was sich gerade im Büro des Chefs abgespielt hatte.

»Ich bin gerne dabei«, erklärte er. »Ich wüsste nicht, dass es so eine mobile Einheit schon mal gab. Bin gespannt darauf. Was denkst du, wer hat das mit deiner Suspendierung dem Ministerium gesteckt?«

Helga fuhr sich nachdenklich durch ihre Locken.

»Wenn ich mich nicht sehr irre, dann Frau Rösle, die Sekretärin vom Chef«, grübelte Helga laut. »Aber eigentlich hatte ich bisher die Vermutung, dass sie mich nicht leiden kann.«

»Vielleicht ist es auch an anderer Stelle durchgesickert. Na, egal. Wir schauen nach vorne. Was sind unsere nächsten Schritte?«

»Ruf du bitte bei der Kripo Traunstein an und erkundige dich, ob die Bescheid wissen. Ich versuche in der Zwischenzeit, die Frau Doktor und Haugg zu überreden, dass sie mitkommen.«

Helgas Handy klingelte. Der Name Brandt-Schmitt erschien auf dem Display. »Was will der denn jetzt schon wieder?«, fluchte sie, ging aber ran.

»Hier ist Rösle«, kam eine gedämpfte Stimme aus dem Lautsprecher. »Der Herr Brandt-Schmitt ist jetzt in einer Besprechung, deswegen können wir kurz sprechen. Ich weiß ja, dass Sie nicht der größte Computerfan sind, deshalb habe ich Ihrem Kollegen Messleitner die wichtigsten Informationen zum Fall, soweit sie mir vorliegen, gemailt. Darin sind auch zwei Empfehlungen für Pensionen, in denen Sie unterkommen können. Rufen Sie hier möglichst nicht an, wenn es sich vermeiden lässt, aber wenn etwas ist, schreiben Sie mir. Ich kann Sie fürs Erste ein wenig unterstützen.«

Helga war einen Moment sprachlos.

»Warum tun Sie das für mich?«, fragte Sie nach ein paar stillen Sekunden.

»Ich mag es einfach nicht, wenn Menschen ungerecht behandelt werden.«

»Sie haben auch das Ministerium informiert, oder?«, bohrte Helga nach.

»Das wäre gegen eine explizite Anweisung des Herrn Brandt-Schmitt gewesen. Dazu kann ich nichts sagen«, antwortete Frau Rösle, und Helga meinte den Hauch eines Lächelns in ihrer Stimme zu vernehmen. Sie bedankte sich herzlich bei der bisher eher spröden Sekretärin und verabschiedete sich.

Helga brachte ihren Kollegen Meizi, der nur von den wenigsten mit seinem vollen Namen Messleitner gerufen wurde, auf den neuen Stand, dann bestimmte sie: »Abfahrt ist in zwei Stunden hier.« Meizi reckte den Daumen nach oben und machte sich auf den Weg, um zu packen.

Frau Dr. Sulzbach war überraschend schnell davon zu überzeugen, sich Helgas mobiler Ermittlungsgruppe anzuschließen. Helga stand im kleinen Kemptener Eckbüro der Rechtsmedizinerin. Hier verbrachte diese ihre Zeit, wenn sie Papierkram abarbeiten musste. Sie hörte sich in Ruhe an, was passiert war.

»Ich kann gerne unterstützen«, sagte sie. »Ein bisschen mehr Abwechslung schadet nicht. Wenn wir umherreisen, sind wir natürlich auf die Räumlichkeiten der Kollegen angewiesen, aber das wird sich schon machen lassen. Oh, da fällt mir ein ...« Sie verzog das Gesicht.

Helga ließ sie einen Moment überlegen. Als Dr. Sulzbach nicht weitersprach, fragte sie nach, was ihr eingefallen sei.

»Morgen soll eine neue Assistentin bei mir anfangen, das hat sich kurzfristig so ergeben. Sie ist noch recht jung. Ich gehe nicht davon aus, dass sie so flexibel ist, mal eben in einem anderen Teil Bayerns zu arbeiten.«

»Möchten Sie dann erst einmal die Assistentin einarbeiten und später nachkommen? Meizi und ich brechen heute noch auf Richtung Berchtesgaden.«

Dr. Sulzbach schüttelte den Kopf. »Ich werde versuchen, das mit ihr persönlich zu klären. Im Zweifel freuen sich auch meine Kollegen hier bei der Kripo über Unterstützung. Die junge Dame hat vielversprechend gewirkt.«

Helga machte sich auf den Weg zu dem noch fehlenden Kollegen auf ihrer kurzen Liste. Er hatte heute frei, da störte sie nicht gern, aber das ließ sich jetzt nicht ändern. Sie klingelte an seiner

Haustür. Haugg öffnete fast augenblicklich die Tür. Er trug eine kurze Hose und ein weißes, ausgewaschenes Unterhemd mit sichtbaren Flecken. In der Arbeit achtete er immer sehr auf sein Äußeres. Helga bemühte sich, nicht überrascht zu wirken. Haugg seinerseits schien durchaus überrascht zu sein.

»Was machst du denn hier?« Er wirkte fast etwas feindselig. In den ersten Wochen ihrer Zusammenarbeit hatte sie sich permanent konzentrieren müssen, um seinen Allgäuer Dialekt zu verstehen. Mittlerweile fiel es ihr so leicht, dass sie ihn nicht mal mehr wahrnahm.

»Entschuldige, dass ich dich so überfalle. Ich hatte versucht, dich übers Handy zu erreichen, aber das war aus.«

Haugg verschränkte die Arme. »Wenn ich frei habe, ist das immer aus. Weil ich nämlich freihabe.«

Helga ließ sich nicht abschrecken. Sie erzählte ihm, wie ihr Termin mit Herrn Brandt-Schmitt gelaufen war und welche Lösung jetzt im Raum stand.

Danach war es einen Moment still.

»Weiter als bis Füssen wollte ich eigentlich nicht weg von hier«, sagte er grummelig.

»Meizi und die Oberärztin sind dabei.«

Wieder war es einen Moment still. Bei der Erwähnung des Spitznamens der Rechtsmedizinerin hatte sie geglaubt, den Anflug eines Lächelns zu erkennen, doch der war augenblicklich wieder verschwunden.

»Das kann ich niemals meiner Frau erklären, wenn ich so viel weg bin. Nein, Helga, ich kann da nicht mit ins Team. So gern ich mit euch arbeite.«

»Habe ich schon befürchtet«, sagte Helga in freundlichem Ton, während sie versuchte, sich nichts anmerken zu lassen. Damit hatte sie überhaupt nicht gerechnet. Haugg zu verlieren, war für ihr Team ein schwerer Schlag. Meizi und er ergänzten einander bei Ermittlungen hervorragend.

»Du wirst schon Ersatz finden«, brummte Haugg und Helga merkte, dass das ihr Stichwort war, zu verschwinden.

»Ja, das wird kein Problem«, versicherte sie ihm etwas zu zickig, auch wenn sie eigentlich wenig Hoffnung hatte.

Die beiden verabschiedeten sich kühler als gewöhnlich und Helga machte sich auf den Weg in ihre kleine Wohnung, um zu packen.

Auf der Fahrt nach Berchtesgaden pochte der Motor des *Volvos* zwar immer wieder unangenehm laut, tat aber abgesehen davon brav seinen Dienst. Helga hing ihren Gedanken nach. Wen konnte sie fragen, um ihre mobile Einheit zu ergänzen? Außerhalb ihres Teams hatte sie sich mit kaum jemandem in Kempten gut verstanden. Gerhard war immer nett, den könnte sie anfragen, aber der stand kurz vor der Pension und hatte sicher kein Interesse, durch den ganzen Freistaat zu tingeln. Sonst fielen ihr keine Kollegen ein, die in Frage kamen. Sie hatte in Kempten auf die Schnelle noch alles erledigt, was es zu erledigen gab. Nichts hielt sie von ihrer neuen Aufgabe ab. Die Kommissarin dachte für einen schmerzhaften Moment an ihren Sohn, bei dem sie sich dringend mal wieder melden musste. Während sie auf der Autobahn dahinfuhr und die Zeit nur schleppend verging, hatte sie Mühe, nicht schwermütig zu werden. Der Gedanke, in Kempten dauerhaft angekommen zu sein, hatte ihr gefallen.

Sie aß ihre drei mitgebrachten mit Salami belegten Semmeln und war froh, als sie in der heraufziehenden Dämmerung auf dem Parkplatz der kleinen Pension *Zum Löwen* ankam – fast zeitgleich mit Meizis neuem *BMW*. In dem war sie sogar schon mal mitgefahren. Das Auto bot, bezogen auf Sauberkeit und Komfort, alles, was ihr *Volvo* nicht hatte. Aber auf den dunklen Lederbezügen hätte sich zweifellos auch niemand getraut, eine Semmel zu essen.

»Willkommen in der Pampa«, begrüßte Meizi die Kommissarin.

»Auch nicht mehr Pampa als die andere«, entgegnete Helga.

Dann sagte Meizi: »Ich habe auf der Fahrt mit Haugg telefoniert. Er bleibt dabei, dass er das seiner Frau gerade nicht antun kann. Obwohl er Lust hätte, dabei zu sein. Ich habe auch schon mit den Kollegen geredet, die hier mit den Ermittlungen begonnen haben. Sie haben mir gleich den Schlüssel zur Wohnung gegeben, in der die Tötungsdelikte verübt wurden. Die sind offenbar wirklich überlastet und verdammt froh, dass wir übernehmen. Wir bekommen noch Fotos vom Tatort und einen Bericht dazu.«

»Danke für die ersten Schritte. Wir gehen heute noch in diese Wohnung und verschaffen uns einen ersten Eindruck, sobald Dr. Sulzbach da ist. Sie hat mir geschrieben, dass sie unterwegs ist. Dann müssen wir auch noch kurzfristig Büros auftreiben, um uns zu besprechen und Hinweise zu sichten. Und wir müssen einen Ort für Befragungen finden.«

»Ich frage mal bei der Polizeiinspektion hier im Ort an. Mit den Leuten bei der PI sollten wir uns eh möglichst gut stellen.«

Helga betrachtete Meizi mit einem ernsten Gesichtsausdruck und versuchte, empathisch zu wirken, als sie sagte: »Ich verstehe ja, dass Haugg sich nicht wohl damit fühlt, seine Frau allein zu lassen. Noch dazu so plötzlich. Wenn du mir die Frage verzeihst: Ist das denn für deine Freundin ok?«

Meizi lachte kurz auf. »Ja, die Frage verzeihe ich dir schon. Hast du es noch nicht mitbekommen? Das mit Michaela ist schon seit ein paar Wochen rum. Verlobung gelöst und sie ist auch schon ausgezogen. Da brauche ich niemanden zu fragen.« Er zuckte mit den Schultern und drehte sich weg.

Helga entschied sich erst einmal, nichts weiter dazu zu sagen. Sie nahmen ihr Gepäck und betraten das Haus.

Frau Rösle hatte ihnen zwei Pensionen vorgeschlagen und bei Helgas Favorit netterweise schon drei Zimmer reserviert. Das zweistöckige alte Bauernhaus war mit dunklem Holz verziert. An jedem Fenster hing ein üppig bepflanzter Blumenkasten. Drinnen war der

Geruch muffig. Aber Frau Zimmerer, eine freundliche Wirtin in geblümtem Kleid, hieß sie so herzlich willkommen, dass sie sich direkt wohl fühlten. Die Zimmer waren rustikal eingerichtet, jeweils mit einem kleinen Schreibtisch und einem Bett. Das Beige der Bäder war klar aus dem letzten Jahrhundert. Auf Kosten der Steuerzahler waren eben keine teuren Unterkünfte drin. Nachdem sie zwei nebeneinanderliegende Zimmer im ersten Stock bezogen hatten, machten sie gemeinsam in der Gaststube der Pension Brotzeit, während sie auf die Ankunft der Rechtsmedizinerin warteten.

»Dass wir als mobile Ermittler Kollegen unterstützen, die gerade unterbesetzt sind, klingt ja nach einer guten Idee«, erklärte Meizi in eine längere Stille hinein, »aber denkst du, sie lassen uns das länger machen? Oder war das jetzt nur eine kurzfristige politische Intervention, um dem Brandt-Schmitt in die Parade zu fahren?«

»Darüber habe ich auch schon nachgedacht. Es wird sicher davon abhängen, wie wir uns bewähren. Die Ermittlungen in diesem Fall werden in der Kripo und durch das Ministerium von allen Seiten genau beobachtet, da müssen wir uns nichts vormachen. Wir dürfen uns keine Fehler erlauben.«

»Wir machen doch nie Fehler«, erwiderte Meizi grinsend.

»Ohne Fehler hätte ich gar nicht erst aus Berlin wegmüssen«, widersprach Helga mit einem etwas wehmütigen Lächeln. Sie sprachen dieses Thema so gut wie nie an und sie sah, dass es Meizi auf der Zunge lag, zu fragen, was damals passiert war. Aber genau in diesem Moment betrat Frau Dr. Sulzbach mit einer breiten Tasche die Wirtsstube und ließ sich auf einen der abgenutzten Holzstühle sinken.

»Was für ein Tag«, murmelte sie halblaut. »Ich will jetzt nur noch etwas essen und dann schnellstmöglich in mein Bett. Der Verkehr auf den letzten Kilometern war eine Katastrophe und ich musste auf die Schnelle vorher noch viel abarbeiten, um die nächsten Tage Luft zu haben für den neuen Fall.«

Sie winkte die Wirtin zu sich, bestellte nach einem kurzen Blick in die Karte eine Ramsauer Käseplatte und stützte dann erschöpft den Kopf auf die Hände.

Helga und Meizi warfen sich einen Blick zu, dann erklärte die Kommissarin: »Um ganz ehrlich zu sein, war unser Plan, heute noch kurz in die Wohnung zu gehen, um uns einen ersten Eindruck zu verschaffen.«

Die Ärztin blickte auf und verdrehte die Augen. Dann nickte sie.

»Verständlich, aber lassen Sie mich wenigstens noch in Ruhe etwas essen. Und ich bestelle mir wohl besser noch einen Kaffee dazu.«

Familienbande

Die beiden Doppelhaushälften wirkten gut in Schuss und waren sogar frisch weiß gestrichen. Blumenkästen zierten die schmalen Fenster auf beiden Seiten. Von den nahezu perfekt gemähten Rasenflächen vor und hinter den Häusern in dieser Straße bis hin zu den ordentlich aufgeräumten Gartenhäuschen – hier strahlte alles wie eh und je Normalität aus, mit deutlicher Schlagseite zur Spießigkeit. Durch gekippte Fenster wehten die Geräusche verschiedener Fernseher, das Klappern von Geschirr und die Gespräche trauter Familien beim Abendessen heraus zu ihr. Ansonsten schien alles still zu sein.

Annalena stand den Doppelhaushälften gegenüber im dunklen Schatten einer großen Eiche und beobachtete die linke Haushälfte, in der ihre Tante wohnte. Die liebe Hilde schien langsam in die Jahre zu kommen. Vom Auto aus war es Annalena mit Hilfe ihres Laptops ein Leichtes gewesen, in das Smart-Home-System einzudringen. Damit konnte man durch die kleine Kamera an der Tür beobachten, wer sich dem Haus näherte, die Beleuchtung in allen Zimmern einstellen und problemlos die Alarmanlage aktivieren – oder deaktivieren. Laut des Systems brannte nur unten im Wohnzimmer Licht, dem Zimmer auf der anderen Seite des Hauses. Da es draußen bereits dämmerte, saß Tante Hilde sicher vor dem Fernseher und trank ein Glas von ihrem lieblichen Rotwein, der Annalena früher bei jedem Versuch beeindruckende Kopfschmerzen beschert hatte. Soweit Annalena es bisher beurteilen konnte, wurde das Haus von niemandem ausgespäht. Ausgenommen von ihr selbst natürlich. Wenn es den Mördern ihres Bruders darum ging, sie zurück in den Ort zu locken, warum lauerten sie ihr hier nicht auf? Wussten sie vielleicht gar nichts von Annalenas Tante? Dann hätten sie echt schlecht recherchiert. Warteten sie stattdessen bei ihrem Elternhaus? Oder hatten sie Annalena schon seit ihrer Ankunft im Visier und sie merkte es nur nicht? Waren die Typen besser als sie? Ein ungemütlicher Schauer wollte sich über ihren Rücken ausbreiten, doch schnell schüttelte sie ihn ab. Zweimal hatte sie es in der Vergangenheit bei Jobs schon erlebt, dass frühere Auftraggeber ihr eine Falle stellen wollten, und beide Male war sie nur durch ihre Vorsicht mit dem Leben davongekommen. Erst letztes Jahr hatte ein Mitglied der Mafia ihre Wohnung aufgespürt und angezündet. Aber wer hatte hier ihre Familie angegriffen?

Annalena löste sich aus dem Schatten des Baumes, um in betont gemütlichem Tempo die Straße entlangzugehen. Sie fiel in Jeans und dunklem Top in der Dämmerung sicher niemandem auf. In ihrer Kindheit waren sie und Ben hier oft umhergeschlichen, hatten zum Spaß die Nachbarn ausspioniert und Möglichkeiten gesucht, sich ohne Spuren zu bewegen, und sich dabei gegenseitig angespornt, noch leiser, noch unauffälliger zu sein. Als hätten sie schon damals mit Annalenas Ausbildung begonnen und unbewusst die ersten, recht tapsigen Trainingseinheiten absolviert.

Annalena nutzte jetzt eine Lücke zwischen zwei Häusern, deren Fenster dunkel waren, um rasch über einen Zaun zu springen. Von hier aus kam sie erfahrungsgemäß ungesehen und in weniger als zwei Minuten an die Rückseite des Hauses ihrer Tante heran. Noch schnell durch den Garten der alten Frau Brembeck. Seit wann lag denn hier Kinderspielzeug herum? Entweder hatte Frau Brembeck mittlerweile Enkel bekommen oder hier wohnte inzwischen jemand anderer. Annalena wäre im Dunkel der Dämmerung beinahe über einen kleinen Bagger gestolpert. Sie stoppte gerade noch rechtzeitig ihren Fuß, um keinen Lärm zu verursachen.

Eine schnelle Bewegung vor ihr ließ sie aufschrecken. Sie rollte sich instinktiv zur Seite ab, um einem möglichen Schlag auszuweichen. Vor sich sah sie nun aber nur eine schwarze, dicke Katze, die durch die Nacht pirschte. Der Tod ihres Bruders zerrte an Annalenas sonst so entspanntem Nervenkostüm. Ihre Ruhe und Gelassenheit waren fort. Warum nur hatte er sterben müssen? Ihr kam der grauenhafte Gedanke, dass sie der Grund dafür sein konnte. Sie, die sich seit Jahren tief in den unterschiedlichsten menschlichen Abgründen herumgetrieben hatte. Konnte das sein? Und wer würde dann dahinterstecken? Ihr fielen ein paar Namen ein, die in Frage kamen. Aber waren diese Leute überhaupt noch aktiv?

Sie erhob sich wieder, kletterte über einen kleinen, intensiv nach Lack riechenden Lattenzaun und über die niedrige Hecke ihrer Tante, ging für einen Moment in die Hocke und betrachtete das Haus. Die orangefarbenen Vorhänge waren alle zugezogen. Im Wohnzimmer sah man die wechselnden Schemen einer Fernsehsendung durch den Vorhang. Auch von dieser Seite beobachtete niemand das Haus.

Eine kleine Mauer half ihr, an den unteren Rand des Balkons im ersten Stock zu gelangen. Nun zog sie sich am Metallgeflecht des Balkongitters nach oben. Ihre Arme schmerzten noch von der Kletterpartie ihres letzten Auftrags in Zeitz. Seitdem waren nur ein paar Stunden vergangen und dennoch fühlten sich die Erinnerungen schon an, als stammten sie aus einem ganz anderen Leben. Die Balkontür war gekippt und ließ sich problemlos aufhebeln. Annalena betrat das dunkle Gästezimmer und schloss die Tür leise hinter sich. Am besten durchsuchte sie das Haus erst einmal auf Wanzen und unerwünschte Gäste, dann musste sie dringend in Ruhe mit ihrer Tante reden.

Vor ihr räusperte sich jemand und Annalena fuhr zusammen. Wie eine blutige Anfängerin stand sie da. Als läge ein Nebel auf ihrer ganzen Wahrnehmung und ihren sonst so trainierten Reflexen. Sie war nicht mal in Deckung gegangen und rechnete mit einem Schlag, einem Schuss, doch nichts geschah.

»Setz dich ruhig aufs Bett«, schlug eine leise Frauenstimme vor.

»Tante Hilde?«, fragte Annalena. »Warum erschreckst du mich so? Ich hatte einen halben Herzinfarkt!«

Das Licht ging an und ihre Tante stand in der Tür. Die Haare mittlerweile fast vollständig grau, die Falten tiefer, aber der Blick ihrer grünen Augen hatte nichts an Klarheit verloren.

»Leni, normalerweise klingelt man auch und steigt nicht über den Balkon ein. Und wenn man schon einsteigt, dann bitteschön etwas unauffälliger und nicht wie ein Trampeltier. Bist du nachlässig geworden oder nimmt dich Bens Tod so mit?«

»Ich wollte sichergehen, dass du nicht beobachtet wirst. Wer auch immer meinen Bruder umgebracht hat, will sicher auch mir eine Falle stellen. Da halte ich es für wahrscheinlich, dass die Täter ihre Augen hier oder bei unserem alten Haus haben«, erklärte Annalena.

»Mich beobachtet niemand, ohne dass ich das merke. Ich wusste schon in dem Moment, als du meine Alarmanlage abgeschaltet hast, was passiert. Schadet gar nicht, wenn man mehr als eine Alarmanlage hat. Nach dem Ausknipsen der ersten sucht niemand nach einer zweiten.« Sie lächelte für einen Augenblick. Dann verdüsterte sich ihr Gesichtsausdruck wieder. »Du hast dich hier lange nicht mehr blicken lassen, nicht mal zur Beerdigung deines Vaters hast du dich bei mir gemeldet.« Sie sah Annalena vorwurfsvoll an.

Die hielt ihrem Blick stand, fand aber keine angemessenen Worte.

»Dieser Mord ist eine seltsame Angelegenheit, ganz ehrlich«, fuhr Hilde fort. »Etwas in dieser Größenordnung gab es hier lange nicht. Und schon gar nicht so, dass die Bullen etwas davon mitbekommen hätten.«

»Weißt du schon Details?«

»Nicht viel, es muss letzte Nacht passiert sein. Bens Putzfrau wollte heute Morgen saubermachen und hat die fünf Leichen gefunden.«

»Fünf?« Annalena blieb der Mund offenstehen. Sie brauchte einen Moment, um das zu verarbeiten. »Vielleicht sind sie doch nicht hinter mir her? Sondern es geht um etwas ganz anders?«, grübelte sie dann.

Ihre Tante strich ihr über die Wange.

»Entweder das oder jemand hat eine Menge Kollateralschäden in Kauf genommen. Nimm dich in Acht, Leni! Auf jeden Fall muss das Ganze barbarisch ausgesehen haben. Gut, dass dein Vater das nicht mehr erleben musste. Aber mehr als die Tatsache, dass es mit Ben und seiner Freundin fünf waren, die in der Wohnung deines Bruders gefunden wurden, weiß ich nicht. Die Zeiten, in denen ich hier gute Kontakte zur Polizei hatte, sind leider vorbei, seit Erwin in Pension ist.«

»Wie geht es ihm?«, fragte Annalena und dachte daran, wie der damals schon alte Mann sie einmal zum Spaß mit Blaulicht von der Schule abgeholt hatte. An ihrem Geburtstag.

»Trinkt zu viel, aber sonst ganz gut. Ein großer Angler mittlerweile. Wollen wir runtergehen und einen Happen essen, Leni?«

Annalena schüttelte den Kopf.

»Ich will möglichst schnell in die Wohnung, bevor die Polizei alles durcheinanderbringt. Ich kriege jetzt eh keinen Bissen runter.«

»Kann ich verstehen«, sagte ihre Tante. »Du kannst hier im Gästezimmer schlafen, wenn du möchtest.«

»Danke für das Angebot, aber ich schlafe in unserem alten Haus. Ben meinte am Telefon, er habe es in Schuss gehalten. Wir wollten eigentlich bald ein Ferienhaus daraus machen.«

Sie stockte und spürte, wie ihr Tränen in die Augen stiegen. Sie wandte sich ab. Hilde klopfte ihr auf den Rücken. Die Tante hatte immer geholfen, wenn es einem von ihnen nicht gut ging oder jemand aus der Familie Unterstützung brauchte, und hatte sie früher mehr als einmal vor größeren Problemen bewahrt, aber im Umgang mit Gefühlen wirkte sie schon seit Annalenas Kindertagen unbeholfen. Weder kleine Schürfwunden am Knie damals noch die Krise, die jetzt im Raum stand, ließen sie wirklich mitfühlend wirken. In diesem Moment wurde Annalena bewusst, dass außer ihnen beiden jetzt niemand mehr von der Familie übrig war. Sie schluckte schwer.

»Dann ist ja alles geklärt«, erklärte Tante Hilde, während Annalena ihre Tränen wegwischte. »Wenn du etwas brauchst, melde dich. Die Nachbarn hier sind Schnarchnasen, ich denke, du kannst getrost zur Tür rausgehen, ohne aufzufallen. Kennst du Bens Adresse?«

Die kannte Annalena. Der Name Watzmanngasse war nicht schwer zu merken und sie hatte Ben dort kurz nach dem Einzug sogar besucht.

Annalena fuhr Richtung Bahnhof und bog dann in langsamem Tempo in die Watzmanngasse ein. Vor dem Haus war niemand zu sehen. Die Polizei hielt es offenbar nicht für nötig, die Wohnung zu bewachen. Eigentlich hatte sie vorgehabt weiterzufahren und in einer Nebenstraße zu parken, aber ihre Ungeduld gewann die Oberhand. Sie wollte so schnell wie möglich in Bens Wohnung. Wie konnte sie sich unauffällig im Haus bewegen?? Sie hatte noch ihre Lieferantenuniformen im Bus, aber kamen hier im Ort um diese Zeit noch Pakete oder Essenslieferungen? Sie wusste es einfach nicht mehr. Annalenas Zeit in Berchtesgaden fühlte sich unglaublich weit weg an.

In dem dreistöckigen weißen Flachbau brannte nur oben in der Wohnung von Bens Nachbarn Licht. Wer da wohnte, wusste sie nicht. Unter Ben wohnte eine Familie mit mehreren Kindern, das hatte ihr Bruder am Telefon erzählt. Bei dem Gedanken daran, dass sie nie wieder seine tiefe Stimme und sein Lachen hören würde, stiegen ihr erneut Tränen in die Augen. Annalena stieg aus, atmete tief durch und ging zum Haus mit der metallenen Nummer 17. Die Tür war nicht richtig eingerastet. Nachdem sie sich versichert hatte, dass niemand sie von der Straße aus beobachtete, untersuchte Annalena das Schloss mit ihrer kleinen Taschenlampe. Das Blech war so verbogen, dass weder Falle noch Riegel zuschnappen konnten. Das war kein Zufall, dafür war der Schaden zu deutlich. Vermutlich hatten es die Täter beschädigt, um ihrem Bruder drinnen, direkt vor der Wohnungstür auflauern zu können. Annalena schlüpfte ins Haus und schlich langsam im Dunkeln die Stufen hinauf. Die abgestandene Luft roch leicht nach Zitrone. Hier wurde häufiger geputzt als gelüftet.

Sie huschte gerade über die Stufen zwischen dem ersten und zweiten Stock, als sie über sich ein Geräusch hörte. Sie verharrte mitten in der Bewegung. Eine Tür ging auf und plötzlich leuchteten im ganzen Treppenhaus die Lampen auf. Annalena lief die Treppe vorsichtig wieder hinab. Sie hörte langsame Schritte die Treppe herunterkommen, jeder Schritt ergänzt durch ein stumpfes Pochen. Ein alter Mann oder eine alte Frau mit Krückstock, mutmaßte Annalena. Ihre Augen gewöhnten sich nur schwer an die plötzliche Helligkeit. Sie zog sich leise noch weiter nach unten zurück und sah sich dabei im Eiltempo nach einem Versteck um. Im Erdgeschoss angekommen, fragte sie sich, ob sie sich auf der Kellertreppe verbergen oder besser aus der Haustüre entwischen sollte. Die Kellertreppe konnte zur Falle werden, falls der Opa oder die Oma zur Sorte der ganz Ordentlichen zählte und die offenstehende Kellertür ordentlich abschloss. Bis zur Haustüre schaffte sie es nicht mehr rechtzeitig, ohne gesehen zu werden. Bloß weil jemand einen Krückstock benutzte, hieß das nicht, dass der Mensch wehrlos war, wenn er eine verdächtige Gestalt sah. Laut um Hilfe rufen konnte jeder. Sie entschied sich für den Keller. Sie eilte die verbliebenen Stufen nach unten. Doch die Kellertür ließ sich nicht öffnen. War die vorhin nicht angelehnt gewesen? Gleichzeitig kamen die schleppenden Schritte näher. Da sah Annalena, dass unter der Kellertreppe ein ungenutzter Stauraum war. Annalena ließ sich von den Spinnweben nicht beirren und schlüpfte gerade noch rechtzeitig hinein, ohne gesehen zu werden. Sie sah aus dem Schatten heraus einen grauhaarigen Greis, der die metallene Kellertür aufschloss und dann im Keller und damit aus ihrem Blickfeld verschwand. Annalena nutzte die Gelegenheit und schlich die Treppe ohne weitere Störungen hoch zu Bens Wohnung. Ihr blieb nichts anderes übrig, als das polizeiliche Siegel an der Tür zu zerstören. Sie konnte es ja später wieder ersetzen. Sie streifte sich ihre dunkelblauen Lieblingshandschuhe über, um keine Fingerabdrücke zu hinterlassen. Das Schloss hier oben trug interessanterweise keine Einbruchsspuren. Es hatte zwei zusätzliche Sicherungen und kostete Annalena viel Zeit, bis die Tür endlich geöffnet war. Sie trat ein und schloss sie hinter sich.

Sie musste in jedem Zimmer darauf achten, dass sie die Vorhänge zuzog, bevor sie sich mit ihrer Taschenlampe in der Wohnung umsah. Sie wollte ja keinerlei Aufmerksamkeit auf sich ziehen.

Die Küche machte einen ordentlichen Eindruck. Ein älteres Familienfoto mit ihrem Vater sowie Ben und ihr selbst als junge Erwachsene wurde von einem Magneten am Kühlschrank gehalten. An den Möbeln war viel Chrom und alles schien deutlich neuer als bei Annalenas erstem und letztem Besuch in dieser Wohnung. Die Küche wirkte nicht vielversprechend, was Hinweise auf den Täter betraf. Vom Flur aus ging sie ins Schlafzimmer. Hier standen zwei üppige Gummibäume, ein großes Bett und ein Kleiderschrank. Nichts ließ darauf schließen, dass in dieser Wohnung etwas Grauenhaftes passiert war. Im kleinen Bad stieß sie ebenfalls auf nichts, das sie weiterbrachte. Blieb noch die vierte Tür, die vom Flur abging. Das Wohnzimmer. Es war groß und bot einem breiten, braunen Stoffsofa, einem Esstisch und Stühlen, die im Halbkreis vor dem Sofa versammelt standen, ausreichend Platz. Auf dem Sofa, den Stühlen und dem Teppich breiteten sich riesige dunkelrote Flecken getrockneten Blutes aus. Annalena stand wie paralysiert in der Eingangstür. Sie konnte nicht glauben, dass ihr Bruder hier gestorben war. Es fühlte sich surreal an.

Und wer waren die anderen Toten? Von seiner Freundin Nia, mit der er zusammenwohnte, hatte er am Telefon immer wieder geschwärmt. Laut Hilde war sie unter den Ermordeten. Es kostete Annalena, die in den letzten Jahren bei der Arbeit nie ein Problem mit Leichen gehabt hatte, Überwindung, den Raum zu betreten.

Auch hier gab es nicht viel zu durchsuchen. Sie zog den Vorhang der Balkontür zu. Bis auf einen schmalen Schrank mit einem prall gefüllten CD-Regal wirkte die verchromte Einrichtung karg, auch wenn die Möbel sicher teuer gewesen waren. Alles war so unpersönlich. Hier standen weder Pflanzen noch irgendwelcher Nippes.

Aber was war das? Auf dem Boden lag eine weiße Karte in der Größe einer Visitenkarte. Nur ohne Aufdruck. Jemand hatte mit einem roten Stift darauf das Wort *Rache* geschrieben. Eine alles andere als dezente Botschaft. An wen gerichtet? An Ben? Oder doch an sie selbst? Eine Warnung? Annalena steckte die Karte ein. Warum war ihr die Karte nicht gleich aufgefallen? Es gab nur eine Erklärung: Sie musste beim Zuziehen der Vorhänge hervorgekommen sein.

Als Nächstes durchsuchte sie das CD-Regal. Ein paar der CDs entstammten noch ihrer Jugend, in der sie und ihr Bruder große Fans der *Ärzte* und *Toten Hosen* gewesen waren. Seitdem schien er seinen Geschmack doch deutlich verbreitert zu haben. Es konnten natürlich auch Nias CDs sein. Annalena musste für einen Moment lächeln, als sie das erste Album von Jack Rodman in der Hand hielt. Sein Song »These Days« war die Hymne zu Annalenas letztem Liebeskummer gewesen. Davon, dass sie den Sänger bei einem Auftrag in Füssen für ihre Zwecke hatte einspannen dürfen, hatte sie ihrem Bruder stolz erzählt. Damals war sie definitiv niemandem auf den Schlips getreten, ging es ihr durch den Kopf. Aber hatte sie in den letzten Jahren etwas anderes getan, sodass jemand nach Rache schrie und den Tod derart massiv in diese Wohnung brachte? Fünf Leichen dafür in Kauf zu nehmen, um sie hierher zu locken? Oder ging es doch nicht um sie? Sie war schon richtig paranoid geworden in den letzten Jahren, nach allem, was sie erlebt hatte. Aber sie würde herausfinden, wer Ben und die anderen auf dem Gewissen hatte. Und wer auch immer dafür verantwortlich war – was hatte er – oder sie – mit Annalena vor, wenn sie sich erwischen ließ?

Hinter den CDs fand sich nichts. Auch der Schrank daneben gab ihr keine Hinweise. Er beherbergte nur Kabel und ein paar Ordner, deren absolut uninteressante Inhalte sie überflog. Dann hielt Annalena plötzlich inne. Wo waren die Computer? Ein junges Paar besaß doch sicherlich einen oder zwei Laptops oder andere Computer. Gerade diese beiden, sie mussten ja auch damit arbeiten. Hatte die Polizei sie einkassiert? Sie musste das herausfinden.

Annalena durchsuchte Küche und Schlafzimmer noch einmal genauer, aber die ganze Wohnung brachte sie offensichtlich nicht weiter. Sie konnte höchstens unter dem Teppich und dem Sofa suchen, auch wenn ihr das abwegig vorkam. Während sie überlegte, wo in der Wohnung sich noch Hinweise verbergen konnten, was hier warum passiert war, hörte sie Stimmen lauter werden. Ein Schlüssel wurde ins Türschloss gesteckt. Für die Polizei war es zu spät am Tag, die hatten sicher schon Feierabend. Kehrte der Täter zurück? Oder eher: die Täter? Die würden nicht so laut sprechen. Annalena versuchte, ihre Atmung zu beruhigen. Wie konnte sie sich unsichtbar machen? Unter dem Sofa war kein Platz. Hier gab es schlicht gar keinen Rückzugsraum. Wer auch immer da an der Tür war, trödelte zum Glück. Ihr blieben dennoch nur Sekunden. Sie löschte das Licht. Da kam ihr endlich eine Idee. Mit schnellen

Bewegungen kippte sie das Fenster über dem Esstisch und schlüpfte dann zur Balkontür hinaus. Sie setzte sich auf dem geräumigen Balkon unter das Fenster, drückte sich an die Wand, um nicht gesehen zu werden, und spitzte die Ohren. Sie wollte unbedingt hören, was gesprochen wurde.

Zunächst waren die Stimmen zu leise, dann hörte sie eine Frauenstimme sagen: »... nett von den Kollegen, dass sie so kooperativ sind. Morgen kann ich die Leichen untersuchen. Die Spurensicherung hier in der Wohnung ist laut Erkennungsdienst noch nicht abgeschlossen, das muss morgen noch koordiniert werden. Wir sollten also so wenig wie möglich berühren oder verändern.«

»Da haben Sie Recht, Frau Doktor«, antwortete eine andere Frauenstimme. »Danke auch für Ihre spontane Einsatzbereitschaft. Mir geht es heute Abend nur um einen ersten Eindruck. Eine schreckliche Tat. Ich hoffe, wir werden sie so schnell wie möglich aufklären.«

Annalena kannte diese Stimme, da war sie ganz sicher. Aber woher?

Jetzt sprach ein Mann: »Furchtbar. Helga, hast du gehört, wie viel Unterstützung wir aus Traunstein bekommen können?«

»Da werden wir keine Chance haben. Haugg kommt auch nicht. Sieht gerade düster aus mit Verstärkung«, antwortete die Frauenstimme, die als zweites gesprochen hatte.

Es dauerte einen Moment, dann fiel es Annalena ein. Sie gehörte zu der Kommissarin Herbertsen, mit der sie in Füssen zu tun gehabt hatte. Gar kein Zweifel möglich. Aber was machte die hier? Berchtesgaden lag doch sicher weit außerhalb ihrer Zuständigkeit.

»Hier in der Wohnung ist niemand. Wir müssen morgen die Kollegen befragen, ob sie wissen, warum das Siegel geöffnet wurde. Sicher gibt es dafür eine einfache Erklärung«, sagte die Männerstimme.

Annalena blickte sich um und überlegte, was es an Fluchtmöglichkeiten gab, falls sie entdeckt wurde. Sicher konnte sie den Nachbarbalkon erreichen. Von dort aus nach unten zu klettern würde ein riskantes Unterfangen sein. Doch zum Glück kam es nicht dazu. Das Trio unterhielt sich nur noch kurz über die Blutflecken, ohne dass es Annalena zu neuen Erkenntnissen verhalf. Dann verschwand es wieder aus der Wohnung. Annalena machte sich auch auf den Weg nach unten und war froh, als sie unentdeckt ihren Bus erreichte. Ärgerlich, dass sie so unbedarft geparkt hatte wie eine blutige Anfängerin. Hoffentlich war der *VW*-Bus so nah am Tatort niemandem aufgefallen. Was für ein absurder und schmerzvoller Tag. Sie wollte nur noch ins Bett.

Mittwoch, 4. Juli

Kollegen

Der Abstecher zur Wohnung am Vorabend war unspektakulär verlaufen und hatte keine neuen Erkenntnisse gebracht, aber Helgas Wunsch nach einem ersten Gefühl für den Fall und den Tatort erfüllt. Als Helga, Meizi und Dr. Sulzbach am nächsten Morgen kurz vor acht gerade von ihrem gemeinsamen Frühstück aufstehen wollten, klingelte das Handy der Hauptkommissarin.

»Spreche ich mit Helga Herbertsen?«, fragte eine hohe, näselnde Frauenstimme.

»Das ist nicht ausgeschlossen«, gab Helga zurück und gähnte. »Wer will denn das wissen?«

Die hohe Stimme kicherte künstlich.

»Entschuldigen Sie bitte. Mein Name ist Vivian Moser. Die Kriminalpolizeiinspektion Kempten hat mir Ihre Nummer gegeben, nachdem wir erfahren haben, dass Sie in diesem ... in dieser Tragödie ermitteln und hier vor Ort aushelfen. Ich bin die Assistentin von Herrn Eberhard Mayrhofer, dem Bürgermeister von Berchtesgaden. Er bittet Sie heute Nachmittag in sein Büro. Passt es Ihnen um 14 Uhr?«

Helga überlegte einen Moment.

»Das lässt sich einrichten, denke ich.«

Die Frau gab Helga die Adresse des Rathauses und legte auf. Meizi und Dr. Sulzbach sahen Helga mit fast identisch fragendem Blick an.

»Ich habe heute Nachmittag ein Date mit dem Bürgermeister«, verkündete Helga in ironisch-feierlichem Ton. »Was wissen wir über den?«

»Sehr frisch gewählt, das habe ich gelesen. Und nicht wahnsinnig beliebt. Gilt aber als Macher und kriegt den Spagat zwischen Tradition und modern ganz gut hin«, sprudelte Meizi los. »Ich kann versuchen, bis zum Nachmittag mehr herauszufinden, wenn dir das hilft.«

Helga nickte. »Ja, berichte mir alles, was dir auffällt. Es kommt nicht oft vor, dass ich so zur Audienz gebeten werde.«

Sie traten nach draußen.

»Der Bürgermeister scheint nicht der Einzige zu sein, der erfahren hat, dass wir hier sind«, stöhnte Meizi. Sein Tonfall verhieß wahrlich nichts Gutes. Helga blickte umher. Dann sah sie es auch. Die Reifen ihrer beiden Autos waren zerstochen.

»Da wollte wohl jemand ein Statement hinterlassen«, grübelte sie. Der Tag fing ganz und gar nicht so an, wie sie sich das vorgestellt hatte.

»Ich kann Sie mitnehmen«, sagte Frau Dr. Sulzbach. »Mein Auto wurde offenbar nicht angerührt. Wo geht es hin?«

»Meizi sollte am besten zur örtlichen Polizei. Ich bin in einer halben Stunde am Tatort mit dem zuständigen Kollegen aus Traunstein verabredet. Und was sind Ihre nächsten Schritte?«

»Ich werde mir die Toten genauer ansehen und sie so bald wie möglich obduzieren.«

Während der Fahrt telefonierte Meizi mit einer Werkstatt im Ort, die versprach, sich kurzfristig um die Autoreifen der beiden Beamten zu kümmern.

»Wird nicht ganz günstig, geht dafür aber schnell«, brummte er nur, als er aufgelegt hatte.

Helga nickte. Sie wurde als Erste abgesetzt – vor dem Haus, in dem die schreckliche Tat passiert war. Seit dem Vorabend schien sich nichts verändert zu haben. Hier in der Nähe des Bahnhofs waren eine Menge Autos und Menschen unterwegs. Mehr als Helga im beschaulichen Berchtesgaden erwartet hatte.

Der Kollege aus Traunstein ließ auf sich warten. Am Telefon hatte er gestern noch gesagt, dass er um neun am Tatort vorbeikommen könnte. Wie hieß der nochmal? Sie hatten gestern Abend nur kurz telefoniert, nachdem sie von Meizi die Nummer bekommen hatte. Auf jeden Fall war er auch Kriminalhauptkommissar. Sie versuchte gerade, auf der Homepage der Kripo Traunstein den Namen zu finden, als sich vor ihr jemand räusperte. Helga sah hoch und wurde rot.

»Die Kommissarin Herbertsen, nehme ich an?«

Helga nickte.

»Freut mich, wir hatten gestern telefoniert.«

Der junge Mann sah aus wie ein Türsteher. Muskulös mit Glatze und ernstem Blick. Er hielt ihr eine braune Pappmappe hin.

»Wollen wir hoch zum Tatort gehen?«, fragte Helga. Wie peinlich, dass ihr der Name immer noch nicht einfiel.

Ihr Gegenüber schüttelte den Kopf. »Keine Zeit. Entschuldigen Sie bitte das Chaos. Bei uns hat sich ein Magen-Darm-Virus im ganzen K1 im Eiltempo verbreitet und scheint sich da wohlzufühlen. Und das, obwohl wir auch so schon seit Monaten völlig überlastet sind. Oder vielleicht gerade deshalb.«

Die Kriminalinspektion 1, K1 genannt, kümmerte sich immer um Ermittlungen zu Todesursachen. Er drückte Helga eine braune Akte in die Hand, die mit *BGD* und dem gestrigen Datum beschriftet war.

»Hier ist alles Wichtige drin, das wir in der Kürze der Zeit an Infos auftreiben konnten. Wir haben nur ein paar Fotos gemacht und Eindrücke festgehalten. Erste Informationen über die Toten sind auch schon zusammengestellt. Ich muss gleich weiter. Viel Erfolg!«

Er stieg in einen blauen Kombi und fuhr davon, während Helga einen Moment brauchte, um ihre Gedanken zu sortieren. Auch gut. Dann würde sie alleine in die Wohnung gehen, sich nochmal umsehen und in die Akte vertiefen.

Nach dem Treppensteigen stand sie schwer schnaufend im Flur der Wohnung und schloss die Tür hinter sich. Da klingelte ihr Handy.

»Was ist denn?«, fragte sie genervt und mühte sich, ihre Atmung wieder in den Griff zu kriegen. Sie hatte ihre freie Hand in die Hüfte gestemmt.

»Helga, ist bei dir alles in Ordnung? Du klingst so komisch.« Meizi wirkte besorgt.

»Alles gut. Ich sollte nur mehr Sport treiben«, erwiderte sie.

»Das sollten wir alle.« Meizi lachte und Helga wurde noch genervter, als sie an seine durchtrainierte Statur dachte. Von wegen.

»Wo bist du gerade? Ist der Traunsteiner schon eingetroffen?«

»Ja. Und auch schon wieder weg. Alle sehr im Stress hier. Aber ich habe einen ganzen Stapel Infos bekommen. Ich bin jetzt in der Wohnung. Weißt du noch, wie der Kommissar aus Traunstein heißt?«

»Das mit den Infos klingt ausgezeichnet. Ich versuche noch, uns hier sowas wie ein Büro zu besorgen. Wie der heißt?« Meizi grübelte einen Moment. »Es liegt mir auf der Zunge, aber ich komm' gerade nicht drauf. Ein Allerweltsname, Müller oder so. Weshalb ich anrufe: Mir wurde gerade Bescheid gegeben, dass der Erkennungsdienst gleich vorbeikommt und seine Arbeit beendet. Ich kann mir vorstellen, dass die sich nicht freuen, wenn wir uns dort vorher herumtreiben. Geh lieber nicht in die Wohnung – auch wenn ich natürlich niemals auf die Idee käme, dir einen Befehl zu geben.«

Helga lachte. »Alles klar, ein Glück. Na gut, ich mache mich gleich wieder vom Acker und warte den Bericht ab. Melde dich bitte, wenn du ein Büro gefunden hast.«

Die beiden verabschiedeten sich. Sie hatte das Handy noch nicht weggesteckt, da drehte sich schon der Schlüssel im Schloss. Die Tür öffnete sich und der Erkennungsdienst trat ein. Die Schutzanzüge ließen wenig von den Personen erkennen. Es waren fünf und Helga hatte die Vermutung, dass es sich um vier Frauen und einen Mann handelte. Die Frau blieb direkt vor der Hauptkommissarin stehen.

»Wer sind Sie und was machen Sie hier?«, fragte sie ernst, ließ Helga aber keine Zeit zu antworten. »Sind Sie eine Angehörige? Sie können doch nicht das Siegel zerstören, wie ein Elefant hier herumtrampeln und die Spurenlage versauen. Also, wirklich, ich ...«

Helgas Wangen fühlten sich schlagartig heiß an. Sie fiel der Frau ins Wort:

»Jetzt machen Sie nicht so ein großes Fass auf. Ich leite die Ermittlungen. Und das Siegel habe ich nicht zerstört, das war gestern Abend schon so.«

Es fühlte sich wie eine Ewigkeit an, bis sie endlich ihren Dienstausweis herausgekramt hatte. Die Frau vom Erkennungsdienst besah ihn sich gründlich, während die anderen hinter ihr standen und der Unterhaltung der beiden Frauen regungslos lauschten. In ihren Anzügen sahen sie aus wie eine sehr seltsame Gang, dachte Helga und musste sich plötzlich direkt ein Lachen verkneifen.

Ihr Gegenüber nickte und stellte sich als Simone Ott vor. Ihr Ton wurde nun deutlich zurückhaltender: »Alles klar. Entschuldigen Sie. Ein ziemliches Durcheinander dieser Tage. Trotzdem muss ich Sie bitten, später wiederzukommen. Wir brauchen noch ein bisschen Zeit. Sie kriegen natürlich unseren Bericht gleich ... also, in den nächsten Tagen.«

Helga verabschiedete sich knapp, machte kehrt und stieg mit schmerzenden Knien die Treppe wieder hinunter.

Sie lief einige Minuten, bis sie ein kleines Café fand, wo sie sich in einer Ecke niederließ, um in Ruhe die Akte zu lesen. Gar nicht so schlecht. Hier konnte sie dabei einen – leider viel zu starken – Cappuccino trinken und sogar zwei Pfannkuchen essen, auch wenn die Bedienung nicht gleich verstand, welches Gebäckstück Helga meinte. Hier hieß es Krapfen, wurde ihr in strengem Ton erklärt. Obwohl sie sich mittlerweile in Bayern eingelebt hatte, sorgte ihre Wortwahl immer wieder für ein Stirnrunzeln. Sie vertiefte sich in die Seiten, die ihre Kollegen aus Traunstein in den vergangenen vierundzwanzig Stunden zusammengestellt hatten.

Die kleine Truppe rund um Helga versammelte sich mittags in einem kahlen Raum, der sich im Nachbargebäude, nur wenige Meter neben der örtlichen Polizeiinspektion, befand, wobei Frau Dr. Sulzbach nur über einen Videoanruf zugeschaltet war. Die dreistöckige beigefarbene Renaissance-Villa, in der die Inspektion selbst ihren Platz hatte, gefiel Helga gut, sie hätte auch als Wohnhaus keinen schlechten Eindruck gemacht. Leider war dort nach einem Wasserschaden wegen Renovierungsarbeiten kein Platz für sie.

»Die fünf Toten konnten von unseren Kollegen bereits identifiziert werden«, fasste Helga die Erkenntnisse aus der Akte zusammen. »Die Wohnung war an einen Ben Gonzales vermietet, der mit Antonia Lucia Frederiksen dort gemeldet war, die sich auch unter den Toten befindet. Die anderen heißen Jakob Nüsslein, Gerald Winter und Doreen Hildebrandt. Was die Verbindung zwischen ihnen ist, ist bisher noch nicht bekannt. Hier sollten wir uns auf die Suche nach Zusammenhängen machen. Sie werden sich ja nicht zufällig in Gonzales' Wohnung versammelt haben. Unsere Kollegen konnten schon ermitteln, dass Gonzales als Spezialist für IT-Sicherheitsfragen selbstständig war. Herr Nüsslein hatte offenbar auch einen guten Ruf in einem ähnlichen Bereich. Daher sollten wir etwas über ihre Auftraggeber in Erfahrung bringen. Frau Frederiksen hatte wohl vor wenigen Monaten ihren Job gekündigt und war zurzeit nicht erwerbstätig. Sehr viel weiter sind die Kollegen nicht gekommen, ich spare mir die restlichen Feinheiten. Frau Dr. Sulzbach, gibt es bei Ihnen schon Erkenntnisse?«

»Erst einmal möchte ich Ihnen meine Assistentin vorstellen. Frau Meerwarth unterstützt mich ab sofort.«

Eine junge Frau mit tätowierten Armen und kurz rasierten Haaren trat ins Bild und grüßte im Verhältnis zu ihrem Aussehen unerwartet schüchtern in die Runde. Die Kommissarin und Meizi hießen sie im Team willkommen. Dann kam Dr. Sulzbach zur Sache. »Wir sind noch lange nicht durch, aber was ich klar sagen kann: Es ging sehr brutal zu. Der oder die Täter scheinen es nicht eilig gehabt zu haben. Ich gehe davon aus, dass die Toten geknebelt und gefesselt wurden. Die Einschnitte von den Fesseln und die daherrührenden Hämatome an den Hand- und Fußgelenken sind sehr ausgeprägt. Und dann begann wohl erst die Tortur mit den Messerstichen.«

»Alles klar. Wir haben bisher auch noch nicht viel. Danke für den Zwischenstand, Frau Doktor.«

Sie beendeten das Videotelefonat gerade, als es an der Tür klopfte. Durch die Tür trat Kriminaloberkommissar Haugg. Helga hob die Brauen. Sein Gesichtsausdruck war der eines Schuljungen, der bei einer Dummheit ertappt worden war.

»Ich weiß nicht, was ich sagen soll.« Er zuckte mit den Schultern. »Ich habe ein bisschen nachgedacht. Ich wäre schon gern … beim Team dabei«, erklärte er in zögerlichem Tonfall.

»Und deine Frau?«, fragte Helga und schaffte es, dabei weder verärgert noch feindselig zu klingen.

»Sie hat vorgeschlagen, dass ich euch hier unterstütze und jeden Abend nach Hause fahre. Wie ein Pendler. Ich kann ja auch im Auto gut telefonieren und euch so unterstützen.« Nach wenigen Sekunden schob er ein unsicheres »Oder?« hinterher.

Helga nickte. »Natürlich«, sagte sie erleichtert. Meizi und Haugg waren seit Jahren ein gut eingespieltes und hörbar bayerisches Team bei Befragungen, was gerade bei Einheimischen helfen würde. Helga konnte als Dialekt nur Berliner Schnauze bieten. Doch die wäre hier sicher wenig zielführend einsetzbar.

Meizi jedenfalls strahlte, sichtlich froh, seinen alten Freund zu sehen.

»Wir brauchen aber weiter dringend Verstärkung und mehr Information zu diesem Fall«, schob Helga hinterher. »Meizi, du bringst Haugg bitte auf den neuesten Stand, dann hängt ihr beide euch ans Telefon. Versucht herauszufinden, ob hier aus der PI jemand Kapazitäten hat, uns ein wenig zu unterstützen und mehr über die Toten zu erfahren. Fangt bei Frau Frederiksen an, der Name ist so ungewöhnlich, dass sie hier im Ort bekannt sein könnte. Nach meinem Termin mit dem Bürgermeister würde ich gern noch mit der Befragung der Nachbarn beginnen. Ok?«

Meizi und Haugg nickten nur knapp und machten sich an die Arbeit.

Löwe

Selbst der Geruch hatte sich nicht verändert in den letzten Jahren. Was war es nur, das diesen Geruch hier im Haus hielt? Er war weder stark noch unangenehm. Ihr Elternhaus hatte einfach immer genau so gerochen, seit sich ihre Eltern dieses Haus gekauft hatten und sie von Spanien nach Berchtesgaden gezogen waren. Nicht weit weg von den Verwandten ihrer Mutter. Annalena saß im Halbdunkel an ihrem alten Schreibtisch und gab sich alle Mühe, im Internet Informationen über ihren Bruder generell und besonders über die Morde zu finden. Normalerweise fiel ihr so etwas sehr leicht, aber der heutige Tag war ein Desaster. Ben schien online keine Spuren hinterlassen zu haben. Sie wusste erschreckend wenig über seine Arbeit der letzten Jahre. Bei ihren Telefonaten hatten sie kaum je über Berufliches geredet. Dies ging vor allem von Annalenas Seite aus, weil sie auch früher schon abgehört worden war. Aber hätte sie Ben mehr Fragen zu seiner Arbeit stellen sollen? Er hatte keine Homepage, war nicht auf irgendeinem sozialen Netzwerk vertreten und auch sonst ließ sich rein gar nichts über ihn finden. Da Annalena auf diesem Wege nichts erreichte, nahm sie die Polizei in Berchtesgaden ins Visier.

Doch deren Netzwerk war überraschend gut abgeschottet von der Außenwelt. Annalena konnte es hier nicht riskieren, in die Polizeiwache zu laufen und an den Rechnern herumzuspielen, wie sie es sonst schon mal tat. Kurz bevor sie aufgeben wollte, fiel ihr immerhin ein kleiner Erfolg vor die Füße. Viele Leute nutzten heutzutage alle möglichen mit dem Internet synchronisierten Apps, um sich Notizen zu machen und sie mit anderen zu teilen. Viele dieser – häufig »Pad« genannten – Notizbücher waren ohne Zugangsdaten erreichbar, wenn man den Link kannte. Annalena hatte sich ein kleines Skript gebaut, mit dem sie all diese Notizen auch ohne Links finden und durchsuchen konnte. Zum Namen ihres Bruders stieß sie schließlich tatsächlich auf einen Treffer. Auf einem Pad stand »Ben Gonzales (IT-Sicherheit), Antonia Lucia Frederiksen (?), Jakob Nüsslein (?)« neben anderen Notizen, die ihr bislang nichts offenbarten. Sie vermutete, dass hier ein Polizist seine Recherchen zu den Opfern notierte, in Klammern sollten wohl die Berufe stehen. Es versetzte ihr einen Stich, als ihr klar wurde, dass ihr Bruder und Nia nie wieder mit ihr herumalbern würden. Was hatte Nia eigentlich gearbeitet? Auch irgendetwas im Informatik-Bereich. Die beiden kannten sich ja über einen früheren Auftrag. Aber was genau Nia gemacht hatte, wusste Annalena nicht mehr. Sie bereute, wie oft sie und Ben sich nur über Belanglosigkeiten ausgetauscht und gemeinsam in Erinnerungen geschwelgt hatten.

Der Name Jakob Nüsslein war vermutlich der eines weiteren Opfers. Sie musste recherchieren.

Nach einem Telefonat mit dem Einwohnermeldeamt und einer kleinen Schauspieleinlage wusste sie, dass niemand dieses Namens in Berchtesgaden gemeldet war. Er konnte natürlich auch anderswo gewohnt haben und nur zum Arbeiten hierher gependelt oder zu Besuch gewesen sein. Bevor sie sich mit den Einwohnern des ganzen Berchtesgadener Landes beschäftigte, waren die Hotels und Pensionen ein leichteres Ermittlungsziel.

Sie mimte die Schwester des Herrn Nüsslein, die sich Sorgen um seinen Verbleib machte. Bei den ersten drei Hotels im Ort stieß sie auf keine interessante Reaktion, aber bei der Pension *Zum Löwen* wurde sie fündig.

»Herr Nüsslein ist gestern und heute nicht zum Frühstück erschienen«, offenbarte ihr die Gastwirtin in besorgtem Ton. »In seinem Zimmer ist er auch nicht.«

»Das klingt ja schrecklich«, gab sich Annalena verzweifelt. »Hat er denn irgendwas gesagt? Oder mir eine Nachricht hinterlassen?«

»Nein. Soll ich ihm etwas ausrichten, wenn ich ihn sehe?« Die Wirtin schien mehr Hoffnung für Herrn Nüsslein zu haben, als Annalena für berechtigt hielt.

»Ja, sehr gerne. Sagen Sie ihm, er soll seine Schwester anrufen. Und dass ich ihm ein Päckchen schicke. Zimmer 104, richtig?«

»Nein, er ist im Zimmer 101 untergebracht. Aber wenn Sie es an die Pension adressieren, reicht das völlig, ich weiß dann schon Bescheid. Ich hoffe, er kommt bald zurück, Frau Nüsslein. Ich werde es ihm ausrichten und bewahre das Paket natürlich für ihn auf.« Annalena bedankte sich überschwänglich und die beiden Frauen verabschiedeten sich, wobei sie sich gegenseitig versicherten, dass der Herr Nüsslein bestimmt bald zurückkehren werde.

Welche Verbindung gab es zwischen diesem Herrn Nüsslein und Ben. Oder gar zu ihr selbst? Warum war er unter den Opfern gewesen? Kaum hatte sie das Handy vom Ohr genommen, sah sie einen Anruf eingehen. Es zeigte die Nummer von Flieser an. Sie hatten nach ihrem überstürzten Aufbruch aus Zeitz nur kurz miteinander gesprochen und er war nicht sonderlich begeistert gewesen von ihren Aktionen. Sicher wollte er sich jetzt ausführlicher beschweren und nicht zahlen. Sie beschloss, das Vibrieren zu ignorieren und sich lieber einen Plan für den Rest des Tages zurechtzulegen. Jetzt war es noch zu früh am Tag, um sich unbeobachtet in der Pension umzusehen.

Wusste ihre Tante mehr über die Arbeit von Ben und Nia? Es konnte sich lohnen, ein weiteres Mal bei ihr vorbeizugehen.

Annalena verstaute ihre Technik im Auto, da sie ihrem Elternhaus nicht voll vertraute. Und doch zog sie etwas dorthin zurück, trotz der Gefahr. Vielleicht ein Gefühl der Verbundenheit mit Ben, das dort noch nachwirkte? Das Auto war weit gründlicher alarmgesichert. Wenn wirklich jemand hinter ihr her war, beobachtete er das Haus möglicherweise. Es war auch denkbar, dass ihr Bruder noch anderen einen Schlüssel gegeben hatte. Offenbar wusste sie weniger über ihn und sein Leben in den letzten Jahren, als ihr klar gewesen war.

Annalena ging die kurze Strecke zu Fuß. Heute würde sie ganz normal die Haustür ihrer Tante benutzen. Der Aufwand der vergangenen Nacht hatte sich nicht gelohnt. Sie war kurz davor, in die Salzgasse einzubiegen, in der Hildes Haus lag, da rief ihr jemand etwas nach, das sie nicht verstand. Annalena lief es eiskalt den Rücken hinunter. Herrgott, wie unbedarft war sie hier durch die Straßen gewandert. Sie blieb stehen und ging im Bruchteil einer Sekunde ihre Optionen durch. Sie konnte losrennen, aber das würde in dieser Straße viel Aufmerksamkeit auf sich ziehen. Waffen hatte sie keine dabei. Wenn es zu einem Angriff kam, konnte sie sich meist auf ihre Kenntnisse in verschiedenen Kampfsportarten verlassen. Noch während sie sich umdrehte, wanderten ihre Augen nach rechts und links, um Fluchtmöglichkeiten zu finden.

Vor ihr stand ein breit grinsender Mann Mitte dreißig. Er hatte einen Drei-Tage-Bart, trug ein kariertes Hemd über dem Bauchansatz und machte keinen gefährlichen Eindruck. Annalenas Anspannung ließ einen Hauch nach.

»Habe ich es mir doch gedacht. Erkennst du mich?« Er sah sie erwartungsvoll an.

Annalena zog die Augenbrauen hoch.

»Der Mosmer Andreas«, erklärte er und wirkte enttäuscht. »Wir waren zusammen in der Schule. Ich bin sogar eine Weile neben dir gesessen. Was machst du denn hier?«

»Ah, ich, äh«, suchte Annalena nach Worten. »Ich besuche die alte Heimat. Wie geht es dir denn mittlerweile?«

Annalena konnte sich dunkel an den Namen erinnern, aber ihre Schulzeit lag für sie schon lange zurück. Sie hatte auch keinen Nerv dafür, sich lange über alte Zeiten auszutauschen. Ihm ging es offenbar völlig anders. Anstatt wenigstens zu sagen, was er so trieb, wollte er wissen, ob sie sich noch an diesen oder jenen Mitschüler erinnerte und daran, wie sie mal beim Wildcampen am Königssee fast das mitgebrachte Boot abgefackelt hätten War sie überhaupt dort gewesen? Annalena gab ein paar Floskeln über die alten Zeiten von sich. Sie merkte, dass Andreas sich gerne länger unterhalten hätte, aber Smalltalk hielt sie nur von der Arbeit ab. Sie brachte die Unterhaltung so bald wie möglich mit höflichen Worten zum Ende und stand wenig später vor der Haustür ihrer Tante.

Obwohl sie sehen konnte, dass ein Fenster offenstand, reagierte lange niemand auf ihr Klingeln. Annalena schwankte, ob sie wieder gehen oder doch ins Haus einsteigen sollte. Konnte sie das bei Tageslicht riskieren? Gerade drehte sich Annalena um und wollte sich auf den Weg zurück in den Ort machen, als sich doch noch die Tür öffnete. Ihre Tante stand freundlich lächelnd vor ihr.

»Hallo Leni, schön, dass wir uns so schnell wiedersehen. Entschuldige, dass ich nicht schneller geöffnet habe.«

»Was hast du denn so lange gemacht?«, fragte Annalena und versuchte, dabei nicht vorwurfsvoll zu klingen.

»Ich habe nur eine Kleinigkeit gekocht und konnte da nicht sofort weg.« Ihre Tante bat sie herein.

Auf dem Weg zum Wohnzimmer warf Annalena einen Blick in die Küche, wo der Herd völlig unberührt war. Es war wohl nicht diese Art zu kochen gewesen. Einen Moment überlegte sie, ob sie Hilde darauf ansprechen sollte, was sie dieser Tage so trieb, aber sie kannte die Geheimniskrämerei ihrer Tante. Sie setzten sich zusammen aufs Sofa.

»Wie läuft deine Recherche?«, fragte sie.

»Bis jetzt nicht gut«, gab Annalena zu. »Normalerweise habe ich einen Auftraggeber und klare Instruktionen. Es ist alles so verwirrend. Ich muss die ganze Zeit an Ben denken und kann mich kaum konzentrieren. Aber bisher habe ich keine Spuren von ihm gefunden, die mir weiterhelfen. Ich war so sicher, dass sein Tod als Lockmittel dienen sollte, um mich hierherzuholen. Aber bisher ist nichts geschehen, was meine Befürchtung bestätigt hätte. Trotzdem sollte ich zur Sicherheit auch darüber nachdenken: Wer hier im Ort hat noch Rechnungen mit mir offen? Leben der alte Egger und der andere noch? Schwarz hieß er, glaube ich. Mit denen gab es Probleme, aber nichts Dramatisches. Ich kann mir aber auch nicht vorstellen, dass jemand von außerhalb mich mit Ben in Verbindung bringen konnte.«

»Die sind beide schon tot und es gibt keine Nachfolger. Wenn ich mich recht erinnere, sind die einzigen hier, mit denen du es dir mal nachhaltig versaut hast, die Inhaber der Bäckerei Lansch, oder? Da hat der Franz mittlerweile den Laden übernommen. Nach allem, was ich höre, sind die unverändert gut im Geschäft, was Schmuck, Uhren und sowas angeht. Weniger Drogen als früher. Angeblich arbeiten sie auch an ein paar neuen Geschäftsfeldern. Aber keine Ahnung, ob die noch einen Groll gegen dich haben.«

Annalena schlug sich mit der Hand gegen die Stirn.

»Dass ich an die noch nicht gedacht habe! Ich bin wie vernagelt, seit ich von Bens Tod erfahren habe. Als würde ich alles nur durch einen dichten Nebel wahrnehmen. Ich kümmere mich morgen um die Bäckerei, ich muss heute noch einer Pension im Ort einen Besuch abstatten.«

»Bleibst du in deinem Elternhaus?«

»Ja, es tut mir gut, wieder dort zu sein, und von Bischofswiesen ist es auch nicht weit hierher, um nachzuforschen, was passiert ist. Heute Nacht lag ich eine Weile wach und habe an Ben gedacht, wie er mir früher gerne Rätsel aufgegeben hat, als wir noch Kinder waren. Diese kleinen Zettel mit Andeutungen und Tipps. *Was du suchst, ist nicht weit. Wo Flüssiges fest wird* und so ein Unsinn. Ich wünschte, das alles wäre nur eines seiner Rätsel, das es zu lösen gilt. Aber nachdem ich seine Wohnung gesehen habe, habe ich leider keinen Zweifel, dass er wirklich tot ist.«

Ihr stiegen Tränen in die Augen.

Die ausbleibende Reaktion ihrer Tante frustrierte sie.

Die nickte einfach nur. Also brach Annalena doch früher als gedacht in Richtung Pension auf.

Die Wirtin, mit der sie vorhin telefoniert hatte, war schwer beschäftigt und so kostete es Annalena keine Mühe, unbemerkt in den ersten Stock zu gelangen und mit einem Dietrich das altmodische Schloss von Zimmer 101 zu öffnen. Alles an diesem Zimmer machte einen alten Eindruck, von den geblümten Vorhängen bis zum massiven Holzbett. Im Schrank lag die Kleidung von Herrn Nüsslein sehr ordentlich in die Fächer sortiert. Wer sich so einrichtete, blieb wohl länger. Mehrere Ladekabel, Maus und Tastatur lagen allesamt auf einem kleinen Schreibtisch, auch hier war kein Computer zu sehen. Sie fand einen kleinen Stapel Briefe einer Versicherung, die sie abfotografierte. Herr Nüsslein wohnte offenbar normalerweise in Worms. Ansonsten waren nur noch ein paar private Dinge zu finden. Ein Knobelspiel aus kleinen verschlungenen Metallstangen, ein sehr alt aussehender Wecker, ein Paar Pantoffeln. Neben dem Bett lag ein Stapel Krimis. Nichts, was sie weiterbrachte. Warum war Herr Nüsslein unter den Mordopfern? Wie stand er mit Ben und ihr selbst in Verbindung? Auf ihrem Handy sah sie, dass der Auftraggeber ihres letzten Jobs wieder versucht hatte, sie zu erreichen. Sie würde ihn an einem anderen Tag zurückrufen. Während sie grübelte, wo hier noch Informationen versteckt sein konnten, erlebte sie ein Déjà-vu. Wieder hörte sie die ihr bekannte Stimme der Hauptkommissarin Herbertsen, dieses Mal vor der Tür im Gang der Pension. Sie verstand die Worte nicht, aber bezüglich der Stimme war sich Annalena ganz sicher. Sie erstarrte für einen Moment und dachte über ihre Fluchtmöglichkeiten nach, doch die Stimme entfernte sich wieder. Was untersuchte die Polizei hier? War die Kommissarin ebenfalls Nüsslein auf der Spur? Annalena wartete einen Augenblick, bis es wieder ruhig war, und verließ das Zimmer dann so ungesehen, wie sie es betreten hatte.

Rathaus

Wieso waren ihre Hände so schwitzig? Helga musste dringend etwas zur Ruhe finden. Sie rutschte auf ihrem Stuhl hin und her. Der Besuch hier im Rathaus widerstrebte ihr zutiefst. Zum wiederholten Mal blickte die Sekretärin Frau Moser von ihrem Schreibtisch aus zu Helga herüber und lächelte sie schmallippig an. Schon seit zwanzig Minuten wartete Helga jetzt und wurde immer genervter. Zwar konnte ihr Team schon anfangen, den Tatort genauer zu untersuchen, aber sie wollte gerne so bald wie möglich dabei sein. Stattdessen saß sie hier fest.

Das Vorzimmer im Landhausstil war durchweg mit Holzmöbeln eingerichtet und machte einen sehr altbackenen Eindruck. Auf einem Regalbrett war eine kleine Sammlung verzierter Tassen zu sehen. Alle Möbel der kleinen Sitzgruppe, in der Helga sich niedergelassen hatte, trugen Bezüge mit Blumenmuster. Frau Moser hätte hier im Dirndl viel besser hereingepasst, trug aber einen sehr schicken Hosenanzug, der in dieser Umgebung ebenso wie ein Fremdkörper wirkte wie ihr silbern glänzender Laptop.

Helga räusperte sich. »Wissen Sie, wie lange es noch dauert?«, fragte sie dann. »Ich bin zurzeit sehr beschäftigt.«

Wieder dieses schmale professionelle Lächeln. »Der Herr Bürgermeister hat gleich Zeit für Sie. Es sollte nicht mehr lange dauern«, antwortete Frau Moser.

Nach ein paar weiteren Minuten, in denen Helga ihre Hände aneinander rieb und nicht wusste, wo sie noch hinsehen sollte, blickte Frau Moser erneut auf: »Sie können jetzt rein.« Mit der Hand deutete sie auf die Durchgangstür. Als Helga eintrat, erhob sich der Bürgermeister. Er trug Anzug und eine dick gerahmte Brille. Sein pausbackiges Gesicht erinnerte Annalena an einen freundlichen, menschgewordenen Hamster. Sein Händeschütteln, mit festem Griff und dazugehörigem Lächeln im Gesicht, wirkte so einstudiert, dass Helga das Bedürfnis hatte, sich nach Presse-Fotografen im Raum umzusehen.

»Frau Kommissarin, freut mich, dass Sie es so kurzfristig einrichten konnten. Mayrhofer mein Name. Fühlen sich an wie ein Kulturschock, die beiden Räume, oder?«, fragte er lachend.

Helgas überraschte Blicke waren ihm also aufgefallen. Die Einrichtung des Büros stand im deutlichen Gegensatz zu der des Vorzimmers. Wo gerade Ornamentik im Landhausstil dominiert hatte, soweit das Auge reichte, überwogen hier Metall und glatte Flächen. An der Wand hingen ein paar Schwarz-Weiß-Fotos, die Helga als Bilder des Berchtesgadener Landes identifizierte. Der Schreibtisch war ein schlichtes Exemplar aus Metall. Wollte hier jemand deutlich machen, wie modern er war?

»Die Geschmäcker sind verschieden«, sagte Helga freundlich.

»Das Vorzimmer überarbeiten wir noch«, sagte der Bürgermeister. »Da hat bisher noch die Zeit gefehlt. Wir wollen es hier frischer haben und den alten Staub aus den Ecken fegen.«

Helga hätte gewettet, dass der Satz direkt aus seinem Wahlkampf stammte.

Der Bürgermeister bat sie, Platz zu nehmen, und setzte sich ihr gegenüber. »Also, was gibt es bisher an Spuren? Wir brauchen schnelle Ergebnisse«, wechselte er abrupt das Thema.

Helga fühlte sich überrumpelt. Dabei hatte sie sich doch vorgenommen, souverän zu agieren. »Viel wissen wir noch nicht, wir haben ja gestern erst die Ermittlungen aufgenommen.«

Mayrhofer nickte eifrig.

»Aber …« Helga dachte nach. Sie konnte darauf pochen, nichts über die Ermittlungen verraten zu dürfen, aber sie hatte eh nicht viel vorzuweisen. Bisher tappten sie noch völlig im Dunkeln. Sie erinnerte sich an vorläufige Infos aus Traunstein, die sie heute in aller Eile überflogen hatte. »Wir untersuchen erste Spuren. Zwei der Toten haben offenbar im Bereich der Computersicherheit gearbeitet, trotzdem waren am Tatort keinerlei Computer zu finden. Hier sehen wir einen Ansatzpunkt. Ansonsten werden wir in den nächsten Tagen in erster Linie die Nachbarn und die Familien befragen, um weitere mögliche Gemeinsamkeiten der Opfer herauszufinden.«

»Gut, gut. Für IT und gerade auch IT-Sicherheit haben wir hier eine der marktführenden Firmen in Berchtesgaden – sie heißt *Innovation4*. Der Chef und ich kennen uns schon lang, Thomas Koch sein Name. Ich stelle Ihnen gern den Kontakt her, Sie sollten überlegen, ihn als Berater in den weiteren Ermittlungen hinzuzuziehen. Wenn ich Ihre Arbeit sonst noch unterstützen kann, lassen Sie es mich gern wissen. Ich habe großes Interesse an einer schnellen Aufklärung.«

»Ohne Ihnen gegenüber jetzt respektlos erscheinen zu wollen«, raffte sich Helga zu einer klärenden Ansage auf, »ich bin mir ehrlich gesagt nicht im Klaren darüber, wozu dieser Termin heute dient. Ich arbeite nicht erst seit gestern beim K1. Ich finde es … ausgesprochen nett, dass Sie mich hierher eingeladen haben, aber es erscheint mir ungewöhnlich. Ganz einfach gefragt: Was ist der Sinn dieses Termins?« Sie freute sich, wie ordentlich sie ihren Gedanken in Worte gepackt hatte. Die seltsame Aufregung hatte sich noch immer nicht ganz gelegt.

Das Lächeln des Bürgermeisters verlor ein wenig an Strahlkraft. Er stand auf und trat ans Fenster.

»Das ist nicht ganz so leicht zu beantworten. Eine solche Tat wirft natürlich Fragen auf. Das ist ja nun wirklich nicht alltäglich.

Bei Ihnen vielleicht. Bei uns nicht. Viele Interessen können von der Berichterstattung beeinflusst werden, gerade auch hier in der Region. Man will ja auch nicht, dass der Eindruck entsteht, gerade wenn man noch so lange im Amt ist …«

»Sie wollen, dass wir nicht mit der Presse reden und das Ganze mit Fingerspitzengefühl behandeln?«, unterbrach Helga sein Wischiwaschi.

Offenbar war der Bürgermeister froh, dass sie verstand. Er nickte eifrig. »Fingerspitzengefühl trifft es sehr gut, das kann man so sagen.« Er setzte sich wieder und wirkte nun gelöster. »Wie kommt es eigentlich zu Ihrer Soko, falls man es so nennt. Das scheint mir recht ungewöhnlich.«

Helga erzählte ihm eine aufgehübschte Variante der Wahrheit, wie es zu ihrer mobilen Ermittlungsgruppe gekommen war, und verabschiedete sich kurz darauf endlich.

Der Bürgermeister betonte sehr, dass er hoffe, sie würden einander bald erneut treffen. Helga lächelte, zog die Tür hinter sich zu und rollte mit den Augen.

»Wie war es denn bei deinem Ehrenbesuch?«, fragte Meizi scherzhaft, als Helga den Tatort betrat. Er trug Handschuhe und war gemeinsam mit Haugg dabei, systematisch die Wohnung zu durchsuchen, in der Hoffnung, doch noch weitere Hinweise zu finden.

»Sehr seltsam«, antwortete die Hauptkommissarin. »Gegen Ende hin kam er zum Punkt, dass es ihm um Presse und die Wahrnehmung von Berchtesgaden in der Öffentlichkeit geht, aber davor stand ich lange auf dem Schlauch.«

»Typisch Politiker«, meinte Meizi nur.

Haugg kam aus dem Schlafzimmer. »Also, hier ist nichts«, interpretierte Helga sein gemurmeltes Allgäuerisch. »Schlafzimmer können wir abhaken. Das ist alles so unpersönlich hier, wie ein Hotel, obwohl der Mietvertrag schon mehrere Jahre läuft. Wir müssen die Steuerunterlagen anfordern, vielleicht finden wir darüber etwas heraus.«

»Absolut! Dann lasst uns das hier zügig zu Ende bringen. Macht ihr im Wohnzimmer weiter und ich gehe in die Küche«, verteilte Helga die Aufgaben.

Sie besah sich einen Schrank nach dem anderen. Das Geschirr war in einem guten Zustand, weit weniger abgeplatzte Stellen an den Tellern und Tassen als bei ihr zuhause in der Kemptener Wohnung. Alles in Grün- und Blautönen, die im Katalog ohne Zweifel hochgestochene Namen trugen. Aber Hinweise fand sie hier keine. Erst bei dem Foto, das mit einem Magneten am Kühlschrank befestigt war, hielt sie inne. Nach der Kleidung der Abgebildeten und der Qualität des Fotos zu urteilen, war es um die zehn Jahre alt. Sie starrte eine Weile darauf. Es zeigte drei Personen. Alle schlank und mit ähnlicher Körpergröße, alle lächelnd. Ein älterer Mann, eine junge Frau und ein jüngerer Mann. Letzterer war der getötete Ben Gonzales. Die drei sahen sich so ähnlich, dass es sich bei den beiden anderen mit hoher Wahrscheinlichkeit um Vater und Schwester handelte. Es stand nichts auf der Rückseite und es wirkte auch nicht so, als sei in dem Bild ein Rätsel versteckt. Trotzdem sah sie es sich eindringlich an. Vielleicht auch, weil es der letzte Strohhalm war, an den sie sich noch klammern konnte, bevor sie die Küche vollends aufgeben musste. Da durchzuckte sie die klare Erkenntnis, warum sie dieses eigentlich banale Familienfoto so in Bann zog. Sie kannte diese junge Frau, hatte sie sogar schon sprechen gehört. Sie hatte dieses Gesicht bereits in Füssen gesehen. Nach allem, was Helga in Erfahrung gebracht hatte, handelte es sich bei dieser Frau um eine Art Ermittlerin im Auftrag von Kriminellen, aber niemand in der Kemptener Kripo hatte mit einem Namen oder einem Fahndungsfoto dienen können. Warum um alles in der Welt war sie hier auf dem Foto? War sie für die Tötungen verantwortlich?

Aufgeregt zeigte sie Haugg und Meizi ihren Fund.

»Bist du dir ganz sicher, dass sie es ist? Ihr habt euch ja nur in der Nacht gesehen und auch nur das eine Mal«, hakte Haugg skeptisch nach.

»Ganz sicher, das Gesicht hat sich mir deutlich eingeprägt«, beharrte Helga. »Aber ob sie wirklich die Schwester des Getöteten ist, wie du vermutest?«, dachte Meizi laut. »Vielleicht ist es auch eine Finte. Aber das ergibt auch keinen Sinn. In die Richtung sollten wir dringend weiter ermitteln in den nächsten Tagen. Warum taucht sie ausgerechnet jetzt wieder auf? Ist das nur Zufall oder hängen die Tötungsdelikte hier mit ihr zusammen? Wenn wir mit den Nachbarn reden, sollten wir das Foto mitnehmen.«

»Ich muss mich jetzt auf den Weg machen«, sagte Haugg. »Wir sehen uns morgen um die Mittagszeit. Wenn euch etwas einfällt, das ich auf der Fahrt hierher telefonisch erledigen kann, sagt mir einfach Bescheid.«

»Gute Heimfahrt und einen schönen Abend«, sagte Helga.

Meizi hob ebenso wie Haugg wortlos die Hand zum Gruß und Haugg verließ die Wohnung.

Systematisch durchsuchten sie auch noch die letzten Winkel in der Wohnung.

»Das ist alles seltsam hier«, urteilte Helga.

Meizi brummte zustimmend und wandte sich dem CD-Regal zu.

»Keine Computer und so wenig Persönliches. Auch wenn es durchaus schick eingerichtet ist. Aber so lebt man doch normalerweise nicht, oder? Was könnte der Grund sein? Mussten sie jederzeit flüchten können? Oder mochten sie einfach einen kargen Stil?«, überlegte Helga weiter.

Wieder gab Meizi ein brummiges Geräusch von sich, das Helga nicht interpretieren konnte. Akribisch untersuchte er eine CD nach der anderen. Ein deutliches Zeichen dafür, wie wenig Spuren er hier gefunden hatte. Sie entschied sich, in Worte zu fassen, was ihr durch den Kopf ging.

»Du bist genervt, weil er gefahren ist.«

Helga rückte das Sofa ein Stück nach vorne, um zu schauen, ob sich dahinter etwas verbarg. Es wurde bald Zeit, die Suche zu beenden. Bestimmt zwei lange Minuten blieb Meizi ihr eine Antwort schuldig. Nur das Klappern einer CD-Hülle nach der anderen war zu hören. Dann brummte er: »Die Zeiten haben sich einfach geändert.«

Dann kam nichts mehr.

Helga überlegte, wie sie reagieren sollte und gleichzeitig, wo sie noch suchen konnte.

Doch Meizi sprach nun doch von alleine weiter. »Früher haben wir fast alles zusammen gemacht. In der Arbeit ja eh. Und in der Freizeit eben auch. Haugg samt seiner Frau und dazu ich und meine … Damalige. War echt oft schön. Aber seit sie weg ist, funktioniert das alles nicht mehr. Ich hab gerade keinen Nerv für Pärchenzeug, aber Haugg hat auch nicht viel Zeit allein. Nervt mich alles. Ich …«

Er öffnete einen breiten weißen CD-Schuber. Meizi und Helga zuckten beide zusammen, als mit einem lauten Klappern mindestens ein Dutzend blauer Karten zu Boden fielen.

»Was haben wir denn da?« Helga hob einige der Karten vorsichtig an den Rändern auf und untersuchte sie. Meizi tat es ihr gleich.

»Vielleicht haben wir mit der IT-Sicherheit doch aufs falsche Pferd gesetzt«, sagte Meizi amüsiert.

Es handelte sich um beinahe identische EC-Karten, inklusive Chip und allem. Unterschiedliche Namen waren darauf eingeprägt. Adrian Baer. Peter Ree. Leonard Mauser.

»Die Nachnamen sind alle nach dem gleichen Prinzip gebaut. Alle inspiriert von Tieren.«, bemerkte Meizi. »Bisschen einfallslos.«

»Die Unterschriften sind sich auch alle hübsch ähnlich«, ergänzte Helga und zeigte auf die fast identisch geschriebenen Buchstaben a und e der schwungvollen Handschrift. »Möglich, dass das Tatmotiv in Verbindung mit diesen Karten steht. Wir sollten die dringend an die KTU der Traunsteiner geben und schauen, ob da was zu holen ist an Fingerabdrücken oder uns das Material einen Hinweis liefert«, sagte Helga.

Meizi nickte.

»Lass uns noch die restlichen CDs gemeinsam durchsuchen, vielleicht fällt uns ja noch mehr vor die Füße. Und was hältst du davon, wenn wir dann Feierabend machen? Ich habe so langsam das Bedürfnis nach einer Mütze Schlaf«, sagte Helga. »Und morgen knöpfen wir uns endlich die Nachbarn hier vor.«

Donnerstag, 5. Juli

Bäcker

Das einstöckige Gebäude der Bäckerei Lansch sah noch genauso aus wie in Annalenas Kindheit. Ein schlichter, alter Bau mit nur einem Stockwerk, aus dessen Schornstein immer ein wenig Rauch kam. Ein Haus mit weiß verputzten Wänden und rötlichem Ziegeldach, wie es in deutschen Kleinstädten hundertfach zu finden war. Nur das verschnörkelte Logo mit der Breze über der Tür war neu. Wie damals gingen nach wie vor regelmäßig Kunden ein und aus. Ob die sich alle für Backwaren interessierten? Von der Rückseite des Gebäudes aus konnte man durch die Tür in den Nebenraum der Backstube gelangen. Daran erinnerte sie sich noch gut. Wenn möglich, würde sie sich dort erst einmal verstecken und die Ohren offenhalten.

Annalena schlich sich vorsichtig in einem weiten Bogen zur Rückseite der alten Bäckerei. Unwahrscheinlich, dass jemand sie entdeckte, der nicht gezielt nach ihr Ausschau hielt. Sie verbarg sich hinter mehreren großen Mülltonnen, die auf dem Hof standen. Um beobachten zu können, was sich tat, musste sie nur ein wenig hervorlugen.

Die Metalltür, durch die sie früher ein- und ausgegangen war, gab es noch. Hier hatte sie regelmäßig kleine Mengen Gras gekauft oder gelegentlich im Auftrag ihrer Tante Pakete hergebracht, von denen sie bis heute weder wusste noch wissen wollte, was darin gewesen war. Dann hatte sie für den alten Lansch ein paar Jobs erledigt. Einbrüche, Kurierfahrten mit gestohlener Ware und einmal die Überwachung dreier Polizisten, von denen er annahm, dass sie nicht nur auf seiner Gehaltsliste standen. So hatte ihre Karriere begonnen. Sie war für die Unterwelt mal eine mit allen Wassern gewaschene Helfershelferin, mal eine kühl kombinierende Sherlockine Holmes – das schwankte von Auftrag zu Auftrag. Die Jobs, bei denen sie richtig ermitteln konnte, waren es, die ihr am meisten Spaß bereiteten.

Die bevorstehende Aufgabe reizte sie weniger, aber es ging um das große Ziel – aufzuklären, was mit Ben passiert war. Zwischen ihr und dem nächsten Erkenntnisschritt stand diese Metalltür. Allerdings schien das Eintreten nicht so einfach möglich zu sein. Die Tür hatte außen keine Klinke mehr. Selbst hier war mittlerweile modernisiert worden. Statt Türgriff gab es nur einen schwarzen Knauf. Dafür leuchtete daneben matt in der Dämmerung ein Nummernpad, auf dem man einen Zahlencode eingeben musste. Annalena zog ihre Pistole aus der Jackentasche und überprüfte sie. Sie war völlig makellos. Annalena benutzte ungern Schusswaffen. Insofern kam auch die schwarze *Heckler & Koch* nicht oft zum Einsatz. Wann immer möglich, waren ihr elegantere Methoden ohne Waffen lieber. Oder im Zweifelsfall ein scharfes Messer, wenn es einfach nicht ging ohne Waffen. Aber heute blieb ihr keine andere Wahl als der frontale Weg. Anders würde sie nicht erfahren, was hier gespielt wurde.

Der Erste, der die Nummer auf dem Zahlenfeld eingab, war ein breitschultriger, schwerfälliger Typ, der sie an alte Rockerbanden denken ließ, auch wenn er nicht die Kluft irgendeines Chapters, eines der Ortsverbände, trug. Leider verdeckte sein massiger Oberkörper das Zahlenfeld, während er den Code eintippte. Als er durch die Tür verschwunden war, schlich Annalena auf die andere Seite der Mülltonnen, um bessere Sicht bekommen. Schon wenige Minuten später wurde sie dafür belohnt. Der Rocker-Typ verließ die Hinterräume der Bäckerei wieder, die Tür fiel nur einen halben Meter vor einer jungen, dunkelhäutigen Frau ins Schloss, die daraufhin sichtlich entnervt den Zahlencode mit hastigem Tippen eingab. Annalena konnte kaum ein Kichern unterdrücken. Der Code war 83471 – ausgerechnet die Postleitzahl von Berchtesgaden. Da war aber ein sehr gründliches Sicherheitsgenie am Werk. Sie wartete, bis sich die Schritte des Rockers entfernt hatten, und war dann mit wenigen großen Sätzen an der Tür. Ihrer Erinnerung nach hielt sich kaum jemand länger im Vorraum auf, der hinter der Tür lag. Falls sie doch auf jemanden treffen sollte, musste sie ihn verdammt schnell überwältigen, bevor er Verstärkung auf den Plan rief.

Annalena hielt die Waffe in der Hand, auf den Eingang gerichtet, als sie die Zahlen eingab. Die Tür glitt auf und schon war sie im Innenraum. Hier war niemand zu sehen. Der Raum enthielt allerlei Akten und, wenn sich die Traditionen nicht geändert hatten, ein paar mäßig versteckte Nachweise kleinerer Delikte, die einen unterbesetzten Hausdurchsuchungstrupp vielleicht lange genug aufhielten, damit derweil jemand die relevanteren Beweise in den Hinterzimmern vernichten konnte. Aus dem Nachbarraum drangen Stimmen herüber. Die Tür war nur angelehnt. Lohnte es sich, hineinzustürmen? Unter normalen Umständen hätte sie nicht nur gezögert, sondern alles unauffällig belauscht und beobachtet und dann gründlich das weitere Vorgehen geplant. Aber sie musste einfach wissen, warum ihr Bruder zum Opfer geworden war. Und sie musste definitiv ausschließen können, dass irgendetwas in ihrer Vergangenheit daran mit schuld war! Schon huschte sie durch die Tür.

Sie zielte mit der Waffe in den Raum und versuchte, sich blitzartig Orientierung zu verschaffen.

»Die Hände dahin, wo ich sie sehen kann«, blaffte sie in ihrem härtesten Ton.

Die Frau, die kurz vor ihr eingetreten war, saß direkt neben Franz Lansch, dem die Bäckerei jetzt gehörte. Sie hatte zwei schmale Bündel Geldscheine in der Hand, die beide mit weißen Banderolen zusammengehalten wurden. Franz war sichtlich gealtert, aber sie erkannte ihn trotzdem sofort. Ein weiterer bulliger Mann befand sich weiter hinten im Raum und richtete sich drohend auf. Er schien zur selben Marke alternder Rocker zu gehören wie der, den sie draußen gesehen hatte.

»Wenn das mal nicht Annalena Gonzales ist«, begrüßte sie der Franz mit einem jovialen Lächeln. Die Waffe schien ihn nicht weiter zu beunruhigen. »Was führt dich denn nach so langer Zeit wieder her? Du bist nicht hier, um wieder ins Geschäft einzusteigen, schätze ich. Maxim, halt die Füße still.«

Beim letzten Satz kippten seine Worte in den Befehlston. Der angesprochene Rocker-Typ hatte sich bemüht, langsam auf Annalena zuzukommen, vermutlich, um sie im richtigen Moment zu überwältigen. Egal, ob der Inhaber der Bäckerei Annalenas Blicke oder die Bewegung aus dem Augenwinkel bemerkt hatte, seine Worte wirkten. Dieser Maxim hielt inne.

»Bleib, wo du bist«, sagte Franz klar und deutlich in Richtung seines ... Leibwächters? Möglicherweise auch nur einer seiner Kuriere. Dann wandte er sich wieder an Annalena.

»Zurück zu dir. Nach allem, was ich aus den vagen Andeutungen deiner Tante in den letzten Jahren heraushören konnte, läuft es bei dir im Job ganz gut. Du bist sicher nicht geschäftlich wieder hier im Ort, sondern wegen deinem Bruder. Aber was zur Hölle treibt dich zu mir?« Sein Blick verfinsterte sich. »Und ich rate dir, die Erklärung kurz zu halten, sonst war es das für dich. Versprochen. So beeindruckend finde ich deine kleine Knarre nicht.«

»Schön, dich zu sehen, Franz«, erwiderte Annalena und entsicherte ihre Pistole. »Lange her. Ich bin nicht geschäftlich hier, da hast du recht. Ich will wissen, was es mit diesem Blutbad in der Wohnung meines Bruders auf sich hat und wie ihr da mit drinhängt.«

Dass ihr aus der Lansch-Truppe eher fragende Gesichter entgegenblickten, ließ in ihr die Ahnung aufsteigen, dass sie sich mit ihren unkontrolliert ausgestoßenen Verdächtigungen auf ganz dünnem Eis bewegte.

»Ich hätte Lust, dir jetzt eine Szene zu machen, weil du so dreist mit einer Waffe in meinen Laden kommst«, antwortete Franz. »Das empfinde ich nicht als besonders respektvoll. Ich könnte dich ein bisschen ablenken, Maxim schießt dir in die Knie, du lässt deine *Heckler* fallen und bekommst wie eine räudige Hündin noch ein paar Tritte von uns, die dir mehr als zustehen. Dann kannst du nach Hause kriechen, wenn du es überhaupt schaffst.« Franz Lansch sprach mit jenem feierlichen Grundton, in dem er früher bei seinen Partys immer kurze Ansprachen gehalten hatte.

Annalenas Hand an der Waffe spannte sich weiter an.

Für einen hässlich langen Moment ließ Franz seinen Satz noch bedrohlich im Raum stehen. Erst dann fügte er scheinbar einlenkend hinzu: »Aber wir kennen uns schon lange und ich weiß, dass dir dein Bruder viel bedeutet hat. Steck deine Waffe ein und lass uns reden.«

Annalena zögerte einen Moment und wog ihre Optionen ab. Sie kannte Franz nicht als verlogenen Typen. Nicht auf diese Art. Okay. Sie steckte die Knarre wieder zurück in ihre Tasche. Der bullige Typ war mit zwei Sätzen bei ihr und versuchte sie zu packen und ihr den Arm auf den Rücken zu drehen. Annalena war nicht beeindruckt. Sie zog ihn noch näher an sich heran, streckte ihr Bein aus und warf seinen wabbeligen Körper darüber zu Boden. Er schlug hart auf. Annalena drücke ihm ihr Knie ins Magendreieck. Von Franz war schallendes Gelächter zu hören.

»Maxim, du bist ein Trottel«, sagte er lachend. »Komm, Anna, setz dich her.«

Er bot ihr einen leeren Stuhl neben sich an. Die Frau ihm gegenüber stellte er nicht vor, doch Annalena bemerkte, wie sie von ihr gemustert wurde. Annalena spürte ihr Handy in der Tasche vibrieren. Sicher wieder ein verpasster Anruf von Flieser. Sie konnte es nicht mehr lange hinauszögern, sich seinen Ärger live anzuhören. Er war nicht der Typ, der gerne wartete, und versaute ihr möglicherweise zukünftige Jobs, wenn er sich bei den falschen Leuten auskotzte.

Aber jetzt musste sie sich wieder auf die beiden konzentrieren.

Franz sah sie mit dem breiten Grinsen eines mäßig erfolgreichen Gebrauchtwagenverkäufers an.

Annalena überlegte einen Moment und beschloss, mit offenen Karten zu spielen. Wenn Franz ihr mit dem Gesprächsangebot eine Falle stellen wollte, war sie eh schon zu tief drin, um ohne Blutvergießen hier rauszukommen. Es musste ja nicht ihr Blut sein.

»Ich war sicher, dass der Mord an meinem Bruder dazu gedient hat, mich wieder nach Berchtesgaden zu holen. Aber wer hätte dahinterstecken können? Ihr vielleicht?«

»Wie kommst du darauf, dass wir dich nach Berchtesgaden locken wollten? Was hätten wir davon?«

»Sag du es mir.«

»Nichts hätten wir davon. Wir haben keine offenen Rechnungen mit dir. Wenn mein Vater welche hatte, dann weiß ich nichts davon, und er soll sich meinetwegen im Grab umdrehen. Ist mir scheißegal.«

"Gut so. Dann kann ich das endgültig ad acta legen. Und auch sonst scheint niemand hinter mir her zu sein, seit ich hier bin.«

In diesem Moment ging die Tür hinter ihr auf. Annalena schnellte herum. Ein Mann stand in der Tür. Sie erkannte ihn sofort. Er trug noch immer das karierte Hemd. An seinem Gürtel hing gut sichtbar eine braune Pistole.

»Andreas Mosmer«, sagte Annalena. »Mir war nicht klar, dass du für die Bäckerei arbeitest.«

Ihr früherer Klassenkamerad zuckte nur mit den Schultern und ging zu dem bulligen Maxim, der sich mittlerweile in gehörige Entfernung von Annalena gebracht hatte.

»Man merkt ja auch nicht immer, wenn jemand hinter einem her ist«, kommentierte Franz und grinste schon wieder so breit, dass Annalena ihm von Herzen gerne eine verpasst hätte. »Andreas sollte dich und die Leute von der fetten Kommissarin, die hier gerade rumschnüffelt, ein bisschen im Auge behalten. Du hast es ja zu einiger Berühmtheit gebracht, wie man hört. Da wundert man sich doch, warum du hier im Ort bist. Andy hat aber nichts weiter gemacht. Nur den Bullen die Reifen überarbeitet. Jetzt haben wir die Autos in der Werkstatt ein bisschen hergerichtet und wissen immer, wo sie sind. Aber so wie es aussieht, sind die nicht wegen uns hier, sondern genau wie du wegen deinem Bruder. Ich weiß nichts über seine Geschäfte. Nicht unsere Spielwiese. Aber er war sehr beschäftigt die letzten Jahre. Tanja, hast du auf dem Schirm, wer etwas gegen ihn hatte?«

Die Frau ihm gegenüber legte demonstrativ den Kopf schief.

»Ich habe mal für ihn ein paar Dinge besorgt. Teure und schnelle Rechner, deren Weg hierher nicht nachverfolgbar sein durfte. Und ich weiß, dass er und seine Freundin ziemlich fit waren, was die Dinger anging. Für wen sie gearbeitet haben, weiß ich aber nicht.«

»Wozu brauchten sie die? Kryptowährungen? Vielleicht wieder Aufträge übers Darknet? Was Rechenintensives?«, hakte Annalena nach.

»Ihren Andeutungen nach tippe ich eher darauf, dass sie sich Daten im großen Stil besorgt haben, zu denen sie sich den Zugangsweg erst noch schaffen mussten.«

»Erst die Daten besorgt und dann an den Meistbietenden verkauft oder mit Auftraggeber?«, fragte Annalena, die darüber nachdachte, wen sich die beiden damit zum Feind gemacht haben konnten hier in der ländlichen Gegend. Oder war jemand extra angereist? Vielleicht hatte es einen Kampf gegeben? Einen Streit? War der Mörder ihres Bruders möglicherweise auch selbst unter den Toten? Sie benötigte dringend mehr Informationen.

»Wie gesagt, keine Ahnung«, unterbrach Tanja Annalenas Gedankengang. »Ich will das auch nicht wissen.«

»Dann bitte ich um Entschuldigung, dass ich hier so reingeplatzt bin«, wandte sich Annalena wieder an Franz.

Ob der sie jetzt ohne eine Kraftprobe gehen lassen würde?

»Gar kein Thema. Es hat mich gefreut, dich mal wieder zu sehen«, gab Franz zurück. Diese Tanja erhob sich und machte Anstalten, Annalena hinauszugeleiten. Als Annalena aufstand, zog Tanja in einer einzigen schnellen Bewegung eine Waffe und hielt sie ihr an den Kopf. Nicht irgendeine Waffe – die *Heckler & Koch*, die Annalena selbst mitgebracht hatte. Da hatte jemand offenbar Erfahrung als Taschendiebin.

Der Moment dehnte sich ins Endlose. War das hier eine Machtdemonstration oder ein ernsthaftes Problem? Zweifellos konnte sie Tanja entwaffnen, wahrscheinlich auch Franz, aber bis sie bei Andreas und Maxim angekommen war, bestand die Chance, dass sie sich eine Kugel eingefangen hatte. Was hier im Raum konnte ihr Deckung geben? Der Tisch sah recht stabil aus.

Tanja sprach langsam, klar und deutlich: »Komm hier nie wieder mit einer Waffe rein. Sonst bin ich nicht so zurückhaltend. Am besten, du kommst gar nicht mehr wieder.«

Wieder hörte man Franz lachen. Tanja senkte die Waffe und hielt sie am Lauf Annalena hin. Im Augenwinkel sah sie, dass Maxim und Andreas jetzt beide Knarren in den Händen hielten. Annalena nahm ihre Waffe an sich und verließ die Bäckerei auf dem Weg, den sie gekommen war.

Sicherheit

Die Kriminalhauptkommissarin schluckte ihre mit Salami und diesem lecker würzigen Bergkäse belegte Semmel hinunter und blickte in die Runde. Sie musste sich unbedingt in den nächsten Tagen noch von der Wirtin sagen lassen, wo sie diesen Käse herbekam.

»Wir könnten das gemeinsame Frühstücken beibehalten«, sagte sie. »Das gefällt mir sa-, äh … genau: sakrisch gut als Start in den Tag.« Sie strahlte geradezu.

Alle nickten, aber niemand kommentierte den wenig gelungen eingestreuten Dialektausdruck. Frau Dr. Sulzbach nippte an einem schwarzen Kaffee, ihre neue Assistentin, Frau Meerwarth, aß Müsli und Meizi hielt es wie die Kommissarin und begeisterte sich für den Käse.

»Was steht heute an aus eurer Sicht? Wir sollten dringend mit den Nachbarn und Angehörigen sprechen, soweit wir sie auftreiben können.«

Meizi wischte sich ein paar Krümel aus dem Mundwinkel.

»Das übernehmen Haugg und ich«, sagte er routiniert zuversichtlich. Dann hielt er einen Augenblick inne, als ihm klar wurde, dass das nicht möglich war.

»Wir können ja gemeinsam beginnen und Haugg löst mich dann ab, sobald er da ist«, bemühte sich die Kommissarin, den Ärger gar nicht erst aufkommen zu lassen, den sie in ihm hochkochen sah. Offenbar frustrierte es ihn, dass Haugg nicht da war.

Meizi nickte nur.

»Wir werden heute mit dem Bericht der Obduktion fertig und tauschen uns dann mit dem hiesigen Erkennungsdienst aus«, erklärte Frau Dr. Sulzbach.

Helga stimmte mit einem Nicken zu und fragte dann die Assistentin: »Frau Meerwarth, finden Sie sich bisher gut zurecht? Sie sind ja nun deutlich weiter weg von zu Hause als geplant.«

»Sie können ruhig Charly zu mir sagen.« Sie lächelte freundlich in die Runde. »Christel und ich verstehen uns super, ich finde es bisher ziemlich spannend. Und der Ekelfaktor ist auch kein Problem. Darüber wollte ich mir gerne sicher sein, so vor der Berufswahl.« Ihre anfängliche Schüchternheit war verschwunden. Jetzt, wo sie ein paar mehr Worte sagte, überraschte Helga die warme Stimme im Kontrast zu ihrem taffen Äußeren ein wenig. Das machte sie Helga aber gleich noch sympathischer.

Hatte sie gerade die Oberärztin geduzt? Helga und Meizi warfen sich einen winzigen Blick zu im Angesicht des sicher gleich aufziehenden Donnerwetters. Doch der Ärger blieb aus. Offenbar hatten sie die erste Person gefunden, die Frau Dr. Sulzbach ohne Titel und Ehrerbietung ansprechen durfte. Womit um alles in der Welt konnte man sich diese Ehre verdienen? Noch dazu so schnell.

»Ich hätte mich auch gründlicher informieren sollen in den Anfangsjahren«, stimmte Meizi zu. »Kannst mich auch gern duzen – ich bin der Meizi.«

»Das mit dem Duzen gilt für mich auch«, sagte Helga, und dann, an Meizi gewandt: »Wärst du dann nicht bei der Kripo, wenn du dich besser informiert hättest?«

»Eher Garten- und Landschaftsbauer oder sowas. Oder Zoowärter. Oder bei der Müllabfuhr. Irgendetwas ganz Friedliches«, sagte er und alle lachten.

Helga wollte gerade zu einer Erwiderung ansetzen, da klingelte ihr Handy. Die Nummer kam ihr bekannt vor.

»Guten Morgen, Frau Herbertsen«, flötete es aus dem Smartphone. »Sie erinnern sich vielleicht, ich bin die Assistentin vom Herrn Mayrhofer, dem Bürgermeister.«

»Natürlich, Frau Moser, was kann ich für Sie tun?«

»Der Herr Bürgermeister hat mich gebeten, für Sie einen Termin mit dem Herrn Koch zu vereinbaren von der Firma *Innovation4*, über die Sie gesprochen hatten, damit Sie sich über Fragen der IT-Sicherheit rund um Ihren Fall mit ihm austauschen können. So hat er es mir gesagt. Das klappt ganz kurzfristig und der Herr Koch würde sie in der Firma um zehn erwarten.«

Frau Moser gab ihr die Adresse durch und legte auf, bevor Helga eine Chance hatte, Nachfragen zu stellen.

Kaum hatte sie mit verwundertem Blick ihr Handy wieder auf den Tisch gelegt, da klingelte das von Meizi. Für einen kurzen Moment war Helga sicher, dass die Sekretärin jetzt ihn anrief – aber das war Unsinn.

Er brummte ein paar Mal unverständlich, beendete schließlich das Gespräch und sagte in die Runde: »Wir können unsere Autos wieder abholen.«

»Na, immerhin«, kommentierte Helga. »Aber du musst mit den Befragungen wohl doch auf Haugg warten. Ich wurde quasi gerade verabredet. Der Bürgermeister legt mir den Kontakt mit dieser IT-Firma sehr ans Herz. Ob die mir wirklich etwas Interessantes erzählen können? Ich kann es mir schwer vorstellen.«

Helga seufzte.

Wenig später brachen Frau Dr. Sulzbach und ihre Assistentin in Richtung Traunstein auf und auch Meizi verabschiedete sich, um die Befragungen vorzubereiten. Helga aß noch eine letzte Portion Müsli, während sie darüber nachdachte, warum der Bürgermeister so scharf darauf war, dass sie diesen Termin in Kochs Firma wahrnahm. Würde sie dadurch dem Tatmotiv näherkommen? Oder verschwendete sie nur ihre Zeit?

Kurz vor zehn fuhr Helga mit ihrem *Volvo* im Norden von Berchtesgaden an der Adresse vor, die ihr die Assistentin des Bürgermeisters genannt hatte. Hier entstand offenbar ein neues Industriegebiet. Sie sah drei große Baustellen, auf denen gleichzeitig gearbeitet wurde. Das Firmengelände von *Innovation4* war von einem hohen Zaun mit Stacheldraht umgeben und hatte eine richtige Schranke samt kleinem Grenzposten am Eingang, vor dem sie sich ausweisen musste. Der Wachmann sah eine gefühlte Ewigkeit in seinen Laptop, dann nickte er, gab Helga ihren Dienstausweis zurück und ließ die Schranke nach oben kippen. Sie fuhr auf das Grundstück. Das zweistöckige Gebäude sah sehr neu aus und mit der fast vollständig gläsernen Fassade unerwartet futuristisch für das Berchtesgadener Land. Helgas verbeulter und ungepflegter *Volvo* wirkte neben den glattpolierten schwarzen *BMWs*, die hier aufgereiht standen, wie ein alter Blechkasten, der kurz vor dem Abtransport zur Schrotthalde stand. Oben auf dem Gebäude prangte in großen, hell von innen leuchtenden Buchstaben schnörkellos der Firmenname. Auf dem kurzen Weg zum Haupteingang wurde Helga klar, dass die Firmenwagen alle dasselbe Modell waren. Die Autos standen da wie bei der Parade einer kleinen Armee. Die Assoziation war Helga unangenehm. Am breiten Eingang des Firmengebäudes erwartete sie schon ein junger Mann im Anzug, der sie mit strahlend weißen Zähnen gewinnend anlächelte. Er schüttelte Helga die Hand, stellte sich aber nicht vor.

»Frau Herbertsen, schön, dass Sie da sind. Willkommen bei *Innovation4*«, sagte er und hielt Helga ganz selbstverständlich die Tür auf. »Ich bringe Sie gleich zu Herrn Koch.«

Bei einer kleinen Sitzgruppe im Foyer bat er sie, Platz zu nehmen, und verzog sich hinter einen kurzen Tresen, wo er sofort auf einer Tastatur herumtippte. Sein Lächeln verlor etwas an Fahrt. Zweimal huschte sein Blick vom Monitor kurz zu Helga, die seinen Blick jedes Mal freundlich erwiderte. Es dauerte einige Minuten, in denen Helga sich etwas verloren vorkam, allein mit den immer wiederkehrenden Tippgeräuschen.

Die Einrichtung war elegant, wenngleich spärlich. Indirektes Licht ließ die Wände kühl und modern wirken. Helgas Stuhl war hart und äußerst unbequem.

Endlich kam der junge Mann wieder auf sie zu. Es war mittlerweile zehn nach zehn.

»Es tut mir wirklich leid, Frau Kommissarin. Herr Koch ist noch nicht zur Arbeit erschienen.«

»Ich kann ja einfach ein anderes Mal wiederkommen«, schlug Helga vor. »Passiert ihm das öfter?«

Für einen Moment schienen die Gesichtszüge des jungen Mannes zu entgleiten, aber er fing sich sofort wieder.

»Man könnte es ... ja, man könnte es so ausdrücken. Das ist kein Grund zur Beunruhigung. Wenn Herr Koch eine neue Idee hat, arbeitet er manchmal auch die ganze Nacht daheim oder hier in seinem Büro.« Der Namenlose blickte nun doch etwas verschämt drein. Vermutlich war es bei *Innovation4* nicht gern gesehen, wenn man sich verplapperte. »Aber Sie brauchen nicht wieder zu gehen. Ich bringe Sie jetzt zu Frau Miller, sie ist Herrn Kochs Vertretung.«

Er bedeutete Helga mitzukommen. Sie gingen eine Treppe hinauf und blieben vor einer Bürotür stehen.

Er klopfte und trat ein. Augenblicklich schlug ihm eine unwirsche Stimme entgegen.

»Warum störst du mich, Fabio?«, wollte eine blonde, in elegantem Hosenanzug gekleidete Frau wissen. Sie hatte einen Pferdeschwanz und Helga hätte sie als attraktiv bezeichnet, wenn ihre Ausstrahlung nicht ganz so finster gewesen wäre.

»Es tut mir wirklich sehr leid«, sagte der junge Mann. »Diese Dame ist von der Polizei ...«

Frau Miller ließ einen abschätzigen Blick an Helga auf und ab gleiten.

»... und sie hätte um zehn einen Termin mit Herrn Koch gehabt. Der ist aber noch nicht eingetroffen und Sie sind die ganze Zeit nicht ans Telefon gegangen.«

Frau Miller blickte ihn unverwandt und ernst an. »Ich bin nicht ans Telefon gegangen, weil ich nicht gestört werden wollte. Aber gut, wenn Thomas nicht da ist, kann man wohl nichts machen. Du kannst wieder gehen.«

Fabio verließ das Büro. Sein strahlendes Lächeln war komplett erstorben.

Die Frau stand auf und reichte Helga mit kühler Miene die Hand. »Entschuldigen Sie bitte, hier geht es gerade drunter und drüber. Mein Name ist Nadine Miller, ich bin im Unternehmen für die Strukturierung der Prozesse und für neue Kunden zuständig.«

Sie deutete mit der Hand hinter sich. Zwei große Whiteboards füllten die ganze Breite der Wand. Auf ihnen hingen Unmengen kleiner, beschrifteter Notizzettel, zwischen denen häufig auch noch Linien gezogen waren. Rechts prangte ein großes Diagramm in dreieckiger Form, dessen Beschriftung aber für Helga nicht zu verstehen war.

»Nicht zu genau lesen, das sind alles Geschäftsgeheimnisse«, sagte Frau Miller mit einem possierlichen künstlichen Lachen. »Was macht denn die Polizei hier? Hat Thomas, also Herr Koch meine ich, schon wieder seine Blitzer nicht bezahlt oder gab es hier einen Diebstahl, von dem ich nichts mitbekommen habe?«

Helga ärgerte der herablassende Tonfall, aber sie wollte sich davon nicht provozieren lassen.

»Ich ermittle im Fall der hier in Berchtesgaden getöteten Personen. Für die von Ihnen angesprochenen Themen helfen Ihnen aber meine Kolleginnen und Kollegen der örtlichen Polizeiinspektion bei Bedarf gerne aus.«

»Ah ja, schlimme Sache, ich habe davon gehört. Bestimmt wieder so ein Bandenkrieg. Und was hat das mit uns zu tun? Wollen Sie jetzt wissen, wo ich am Montagabend war?«

Helga sah sie mit einem erwartungsvollen Blick an. Die Frau ging ihr auf den Keks und Helga wollte ihr den Gefallen erwidern und sie von ihrem hohen Ross herunterholen.

»Ich war daheim und habe gearbeitet. Zeugen gibt es dafür keine.«

Helga nickte nur. Die Frau wirkte kein bisschen verunsichert, dafür umso gereizter.

»Meine persönliche Situation geht sie ja wohl gar nichts an.«

»Wie kommen Sie darauf, dass die Gewalttaten Teil eines Bandenkrieges sein könnten?«, fragte Helga, die weder besonders an dem Alibi noch an einem richtigen Streit mit dieser Frau interessiert war. Sie wünschte sich zu dem gut gewürzten Wurstsalat in der Pension zurück, den sie beim Frühstück nur kurz probiert hatte. Wenn sie diese Zeitverschwendung hier schnell beendete, war vielleicht noch etwas davon da. Nicht mal einen Platz hatte man ihr angeboten.

»Das ist doch Ihre Aufgabe, herauszufinden, was für Kriminelle sich hier abschlachten. Also verschwenden Sie nicht meine Zeit. Wir sorgen hier bei *Innovation4* dafür, dass es im Internet endlich wieder sicherer zugeht, und ich kann keine Ablenkung gebrauchen.«

»Was macht Ihre Firma denn genau?«, fragte Helga, die Mühe hatte, ihren Ärger über diese unverschämte Frau zu unterdrücken.

»Da kann ich Ihnen gern weiterhelfen, Frau Hauptkommissarin«, sagte eine freundliche Stimme hinter ihr. Helga drehte sich um. Hinter Helga in der Tür stand ein Mann, den Helga auf Ende dreißig schätzte. Er hatte ein gutmütiges Gesicht, das Helga an einen Hund aus ihrer Nachbarschaft in Kindertagen erinnerte. Er trug eine Brille mit dickem, dunklem Rahmen und seine halblangen Haare hingen ihm ins Gesicht. Im schlichten T-Shirt und in Jeans wirkte er eher zu schlecht angezogen für das Ambiente hier.

Er nickte Frau Miller kurz zu und streckte Helga dann zur Begrüßung die Hand hin.

»Thomas Koch, mir gehört diese kleine Firma. Lassen Sie uns doch in mein Büro gehen. Und entschuldigen Sie bitte vielmals die Verspätung. Meine rechte Hand haben Sie ja bereits kennengelernt.«

Er bedeutete Helga, vorauszugehen.

»Nadine, lass uns nachher nochmal die Pläne für den neuen Standort durchgehen. Ich denke, wir können morgen loslegen, uns um Räume zu kümmern«, hörte sie ihn sagen, dann holte er sie ein und wies den Weg.

Sie stiegen eine Treppe hoch, was Helga arg ins Schwitzen brachte. Ein langer, von vielen Lampen hell erleuchteter Gang führte zu seinem Büro. Rechts und links gingen zahlreiche Glastüren davon ab, hinter denen elegant gekleidete Leute emsig beschäftigt schienen. Die meisten tippten auf türkisen Laptops, deren Rückseite das schlichte Firmenlogo in weißen Buchstaben mit einer deutlich die Buchstaben überragenden Vier zierte. Während sie auf Kochs Büro zusteuerten, öffnete er immer wieder Türen und gab den Mitarbeiterinnen und Mitarbeitern kurze Anweisungen.

»Jan, die Doku bitte ein bisschen ordentlicher, wir müssen den Code alle lesen können. Auch nächstes Jahr noch.«

»Linda, das Konzept zur PR hat mir gefallen. Bring gern auch noch den internationalen Blick mit rein.«

»Die Bestellung von gestern habe ich runtergekürzt, Pietro, das kam mir zu viel vor.«

Er war jedes Mal schon aus der Tür, bevor die Angesprochenen mehr als ein Nicken zustande brachten.

Dann waren sie am Ende des Ganges angelangt und traten durch eine massive Holztüre, in die nur ein schmaler Streifen Glas eingelassen war, der entsprechend wenig Einsicht gewährte. Kochs Büro war mindestens doppelt so groß wie die anderen, die Helga auf dem Weg hierher gesehen hatte. An einer Wand hingen Fotos von ihm mit allen möglichen Personen, die Helga auf die Schnelle nicht erkannte. Sicher waren es Promis oder Politiker. An einer anderen Wand prangten Urkunden. Thomas Koch hatte offenbar an Universitäten in Deutschland, England und Frankreich Abschlüsse, soweit Helga das verstand.

Er bat sie, vor seinem breiten Schreibtisch Platz zu nehmen, auf dem gleich zwei der türkisen Laptops standen. Aus seinem Rucksack nahm er einen dritten, stellte ihn daneben und steckte ein Stromkabel daran.

»Wollen Sie einen Kaffee? Schwarz? Ich brauche immer eine ganze Menge, um in den Tag zu starten. Ich saß heute Nacht noch lange an Unterlagen, habe wenig geschlafen und bin morgens nochmal kurz eingenickt. Tut mir wirklich leid, dass ich Sie habe warten lassen.« Sein verlegenes Lachen war Helga sympathisch.

»Gibt es denn schon etwas Neues zu den Morden? Schreckliche Sache, das.«

»Den Kaffee gerne schwarz«, sagte Helga, die sein plötzlicher Redefluss etwas überrumpelte. Auf einer Anrichte unter den Urkunden wartete eine teuer aussehende, nussbraune Kaffeemaschine, die sicher noch ganz andere Kaffeewünsche hätte erfüllen können, auf ihren Einsatz. Aber Helga kannte sich mit solchen Köstlichkeiten nicht gut aus und bat daher auch um nichts weiter. Koch machte sich sogleich daran zu schaffen und stellte kurze Zeit später eine Tasse mit dampfendem Kaffee vor Helga.

»Über die aktuellen Ermittlungen darf ich Ihnen leider keine Auskunft geben. Das verstehen Sie sicher. Was ich sagen kann: Ich gehe davon aus, dass wir noch eine Weile beschäftigt sein werden, bis die Tat aufgeklärt ist.«

Koch nahm wieder Platz und nickte bedächtig. Neben ihm auf dem Schreibtisch lagen ein Block und ein Stift, der ebenfalls diese türkise Farbe hatte und das Firmenlogo trug. Gedankenverloren nahm Koch den Stift und drehte ihn in seiner Hand.

»Verständlich, verständlich. Sie hatten meine Kollegin gefragt, was unsere Firma eigentlich tut. Ich könnte Ihnen da jetzt natürlich den großen Pitch ausbreiten, ich beherrsche den in allen Variationen.« Ein selbstzufriedenes Lächeln erschien auf seinem Gesicht. »Aber Ihre Zeit ist zweifellos kostbarer als die unserer Investoren. Kurz gesagt: Wir kümmern uns um Sicherheit – Computersicherheit. Es gibt jedes Jahr noch mehr und ausgefeiltere Angriffe auf Firmen, Privatpersonen und öffentliche Einrichtungen, um an Daten zu gelangen oder Erpressungen durchzuführen. Durch den Einsatz von Künstlicher Intelligenz werden die Angriffsszenarien noch komplexer. Wir programmieren Systeme für mehr Sicherheit und setzen sie auch bei unseren Kunden um. Wir achten darauf, dass niemand reinkommt, der nicht reindarf, und dass keine Daten rausgehen, denen wir das nicht erlaubt haben. Zu unseren Kunden zählen im bayerischen Raum schon viele große Namen. Ein großer Autohersteller, die Polizei hier in Berchtesgaden, aber auch schon in zahlreichen anderen Städten in Bayern, zwei unserer Staatsministerien und eine große Zahl weiterer Firmen. Unser Schwerpunkt liegt darauf, Sicherheit zu garantieren und keine Lücken zu lassen. Natürlich halten wir die neuesten Standards des Bundesamts für Sicherheit in der Informationstechnik dabei ein, aber wir gehen in unserer Qualität darüber hinaus.«

»Der Bürgermeister hatte mich an Sie verwiesen, da mehrere der Opfer in einem ähnlichen Bereich gearbeitet haben sollen. Die Namen ...«

»Ja, das hatte er mir in Vorbereitung des Termins gesagt. Ich habe mir die Namen aller Opfer heute Morgen durch den Kopf gehen lassen«, unterbrach sie Koch, der seine Kaffeetasse schon geleert hatte. Er spielte wieder mit dem Stift herum. »Ich habe auch recherchiert in unseren internen Systemen. Von den fünf Verstorbenen hat niemand für uns oder unsere Partner gearbeitet.«

Er schien Helgas skeptischen Blick nicht gut einordnen zu können.

»Die Polizei hat die Namen noch nicht veröffentlicht«, erwiderte sie und zog fragend die Augenbrauen nach oben.

»Aber die Namen standen heute Früh in der Zeitung.«

Helga konnte ihre Überraschung nicht verbergen. Das durfte ja wohl nicht wahr sein! »Darüber war ich nicht informiert«, sagte sie bemüht nüchtern.

Koch sah sie bedauernd an – oder lag in seinem Blick gar eine Spur Mitleid mit der offenbar ahnungslosen Ermittlerin? Dann meinte er, zweifellos mutmachend: »Wenn Sie genauer herausfinden, woran die Toten gearbeitet haben – ich pflege gute Kontakte in unserer Branche und kann für Sie vielleicht Hinweise auf die Personen finden oder Ihnen zumindest Kollegen nennen, die noch besser vernetzt sind. Rufen Sie mich in so einem Fall einfach an.«

Er schrieb ihr seine Handynummer auf einen türkisen Notizzettel und reichte ihn über den Tisch. Helga verstand, dass er sie höflich aufforderte zu gehen. Sie verabschiedete sich, verließ das Gebäude und passierte wenig später mit dem Auto die erhobene Schranke, die sich direkt hinter ihr sogleich wieder senkte. Wahrscheinlich war es dem Bürgermeister ein Anliegen gewesen, mit seinen guten Kontakten und der zukunftsweisenden Industrie in Berchtesgaden anzugeben. Aber in der Tat konnte sich der Kontakt zu Herrn Koch als hilfreich für die Ermittlungen erweisen. Sie bereute es nicht, hergekommen zu sein.

Helga parkte in der Nähe des Tatorts. Sie versuchte, Meizi telefonisch zu erreichen, aber er meldete sich nicht. Sie kaufte sich am Bahnhofskiosk eine Flasche Wasser, zwei Schokoriegel und noch eine Tageszeitung, nachdem sie die verschiedenen Blätter im Zeitungsständer überflogen hatte. Es war nicht schwer, die richtige zu finden. Ihr Fall hatte es auf die Titelseite des *Berchtesgadener Boten* geschafft. Von einem brutalen Mord war da zu lesen, dass die Polizei noch im Dunkeln tappte, aber die Bevölkerung habe nichts zu befürchten. Helga vermutete Letzteres zwar ebenfalls, aber in ihrem Namen hätte sie das nicht gerne abgedruckt gesehen. Dafür wussten sie einfach noch zu wenig über die Täter und ihre Motive.

Nachdem sie sich gestärkt hatte, ging sie Richtung Tatort, als Meizi sie zurückrief.

»Wir haben jetzt die Nachbarn von gegenüber befragt, eine junge Familie mit zwei kleinen Kindern. Sie waren am Tatabend aber nicht zuhause, sondern allesamt bei den Großeltern drüben in Bad Reichenhall, um ein Fußballspiel zu sehen. Vorher, am Mittag, soll es in der Wohnung der Toten etwas lauter geworden sein, aber die Nachbarsfamilie hat nichts Genaueres mitbekommen.«

»Was heißt denn laut? Streit bei dem Paar oder laute Musik oder ganz was anderes? Habt ihr wegen des Fotos gefragt?«

Helga war jetzt vor dem Haus angekommen.

»Auf dem Foto haben die Eltern nur diesen Ben Gonzales erkannt. Beide waren sehr vage, was die Geräusche anging. Jemand hat laut diskutiert oder gestritten, aber sie haben sich nicht weiter darum gekümmert. Wie war dein Termin?«

Helga erzählte ihm kurz von ihrem Abstecher in die Welt von *Innovation4*, vom Empfang über die unsympathische Frau Miller bis zu Herrn Koch selbst.

»Da hast du ja schon viel erlebt heute«, lachte Meizi. »Wir wollen jetzt noch den Nachbarn befragen, der nebenan wohnt, Bragatto heißt er. Willst du dabei sein?«

Helga zögerte einen Moment, dann sagte sie: »Ja, eigentlich schon, aber wartet bitte einen Augenblick auf mich. Diese Treppen überall machen mich wirklich fertig. Warum haben die hier auf dem Land auch nie Aufzüge?«

Chaos

Es durfte doch einfach nicht wahr sein. Mit den Namen, die sie online in der heutigen Ausgabe der Lokalzeitung entdeckt hatte, war es ihr nicht schwergefallen, die Adresse eines weiteren Toten herauszufinden. Und jetzt kam sie nicht in dessen verfluchtes Haus. Der Neubau von Gerald Winter in Bischofswiesen hatte Bewegungsmelder im Eingangsbereich, die die Grundstücksbeleuchtung auslösen würden. Die Seiten des Hauses wurden hell von Straßenlaternen beschienen, was einen Zugang dort zu gefährlich machte. Blieb Annalena also nur die Rückseite. Im Haus selbst war alles dunkel. Sie suchte gründlich die breite Terrassentür und das Fenster im Erdgeschoss ab, kletterte zu den Fenstern im ersten Stock und wog alle Optionen ab, die ihr in den Sinn kamen, um ins Haus zu kommen. Alles war zu stabil und gut gesichert, um hier hineinzukommen, ohne Aufmerksamkeit zu erregen, also kletterte sie wieder hinunter.

Sie war schon kurz davor, die Beleuchtung des Grundstücks abzuklemmen, da bemerkte sie die elegant unter einer Abdeckung verborgenen Schrauben am Rahmen der Terrassentür. Wenn die Tür von außen verschraubt war, konnte sie auch von außen wieder entfernt werden. Irgendetwas wurde fast immer übersehen bei der Planung.

Zu Annalenas Ausrüstung gehörten auch verschiedene Schraubenzieher. Sie holte ihre kleine Werkzeugtasche aus dem Auto und so dauerte es nicht lange, bis sie die Befestigung entfernt hatte. Gerade war die letzte Schraube gelöst und Annalena machte sich daran, die Tür aus ihrem Rahmen zu heben, da ging im Nachbarhaus das Licht im ersten Stock an. Blitzschnell zog sie sich in die Dunkelheit neben dem Zaun zurück. Sie prüfte, ob die schwarze Maske über ihrem Kopf ordentlich saß. Niemand sollte sie hier zufällig erkennen. In Füssen hatte sie darauf verzichtet, das konnte ihr jetzt zum Verhängnis werden, wenn sich die Kommissarin daran erinnerte, wie sie aussah.

Der dumpfe Knall und das lautstarke Zersplittern von Glas gingen ihr durch Mark und Bein. Die Terrassentür war nach vorne aus dem Rahmen gefallen und auf den Steinboden gekracht. Annalenas Puls raste. Sie spürte das Pochen an ihren Schläfen. Unter normalen Umständen wäre sie jetzt getürmt – der einzig sinnvolle Schritt. Aber sie wurde von Tag zu Tag ungeduldiger, weil sie keine Fortschritte machte. Also verschob sie ihr Vorhaben nicht auf eine andere Nacht und wartete stattdessen noch einen Moment im Dunkeln, ob die Luft rein blieb. Zwei Häuser weiter streckte jemand seinen Kopf aus dem Fenster und sah sich um, konnte aber offenbar die Ursache des Lärms im Dunkeln nicht ausmachen und verzog sich wieder. Annalena erkannte jetzt, dass die Frau in den beleuchteten Fenstern des Nachbarhauses Kopfhörer trug, während sie auf und ab ging. Sie machte nicht den Eindruck, als hätte sie etwas gehört. Nach fast einer Viertelstunde, in der sich keine Polizeisirene genähert hatte, wagte sich Annalena aus ihrem Versteck. Sie stieg vollkommen lautlos über die Trümmer der Terrassentür und besah sich innen mit einer kleinen, nur schwach leuchtenden Lampe das Wohnzimmer. Hier waren keine Vorhänge, die sie zuziehen konnte. Aber sie fand einen Schalter und fuhr die Jalousie ein Stück nach unten, um nicht so leicht entdeckt zu werden. Sie ließ sie aber noch weit genug offen, um zur Not hinausschlüpfen zu können.

Das Wohnzimmer sah ordentlich aus. Ein makelloses Ledersofa, ein Fernseher, ein paar Bilder an der Wand. Dazu eine schmale Theke mit zwei Barstühlen. Die Einrichtung im ganzen Haus ließ vor Annalenas geistigem Auge einen Besitzer entstehen, der Polohemden trug und am Wochenende zum Golfen ging. Wie passte dieses noble Ambiente zu den Andeutungen, die ihr bei der Bäckerei Lansch bezüglich der Rechner gemacht worden waren, die dringend heimlich besorgt werden mussten?

Im ersten Stock fand sie im Schrank genau die Art von Polohemden mit kleinem Krokodil darauf, die sie sich vorgestellt hatte. Aber auch im Schlafzimmer gab es nichts Aufschlussreiches. Ihre Laune, die in den letzten Tagen ohnehin Richtung Keller unterwegs war, verfinsterte sich noch weiter. Erst im Arbeitszimmer wurde es interessant. Hier sah es nicht im Geringsten so ordentlich und schick aus wie im Rest des Hauses. Rund um den breiten Schreibtisch aus dunklem Holz herrschte blankes Chaos. Schubladen waren herausgerissen und Zettel lagen wirr verstreut am Boden. Sogar der große Computermonitor war umgefallen. Oder umgestoßen worden. Hier hatte jemand in aller Eile gesucht. War der Einbruch schon länger her oder hatte sie die Einbrecher verjagt, als die Tür umgefallen war? Warum passierten ihr so viele Fehler? Konnte es sein, dass sie flüchtende Einbrecher überhört hatte? Oder waren sie noch gar nicht fort? Sie musste sich darauf konzentrieren, selbst kleinste Geräusche im Haus wahrzunehmen, während sie systematisch das Zimmer durcharbeitete.

Auch hier war kein Laptop zu finden, überhaupt keine Computer oder Handys. Und auf den Zetteln, die so breit verstreut herumlagen, standen alle möglichen Banalitäten, aber nichts, was sie weiterbrachte. Erst am Regal an der rechten Wand fand sie etwas Spannendes. Ans unterste Brett des Holzregals war mit *Tesafilm* ein schmales Notizbuch geklebt. Neben den Initialen BG standen die Adresse und Handynummer ihres Bruders. Die Buchstaben standen also zweifellos für Ben Gonzales. Weiter unten war auch DH zu finden – hoffentlich für Doreen Hildebrandt. Ihre Adresse fehlte Annalena bisher noch als einzige. Sie steckte das Notizbuch ein und machte sich weiter auf die Suche. Die Einbrecher hatten zwar ein übles Durcheinander hinterlassen, mussten aber zuvor ziemlich gründlich gesucht haben. Als sie schon dachte, sie müsste abbrechen, gab es einen weiteren Hoffnungsschimmer. Im Schredder unter dem Tisch fanden sich die Überreste einer zerschnittenen Seite. Sie nahm die Streifen heraus und überlegte, in welche Reihenfolge sie wohl gehörten. In diesem Moment klingelte es unten an der Tür. Im ersten Augenblick hielt sie inne. Schon wieder unfähig, schnell zu reagieren. Dann riss sie sich mit einer bewussten Willensanstrengung zusammen, packte in Windeseile die Schnipsel der Seite ein und ging im Kopf durch, was sie für Spuren hinterlassen haben könnte. Ihr fiel nichts Kritisches ein, ihre Handschuhe sorgten zuverlässig dafür, dass keine Fingerabdrücke blieben. Sie huschte die Treppe hinunter, als es ein zweites Mal klingelte. Dieses Mal verbunden mit einem Klopfen. Wer auch immer da vor der Tür stand, rief etwas Unverständliches, aus dem Annalena glaubte, das Wort »Polizei« herauszuhören. In wenigen großen Sätzen war sie bei der halb heruntergefahrenen Jalousie. Sie glitt darunter hindurch, nachdem sie sich kurz vergewissert hatte, dass niemand davorstand und schon auf sie wartete. Draußen sah sie das Flackern von blauem Licht. Also waren die Bullen wirklich hier. Es wurde Zeit zu gehen. Annalena sprang nahezu lautlos über die halbhohe Mauer aus breiten Backsteinen und verschwand im Dunkel der Berchtesgadener Nacht.

Eine halbe Stunde später schlenderte sie in scheinbar gleichgültigem Gang an der Adresse vorbei, die in Winters Notizbuch stand. Sie trug nun dunklere Kleidung und andere Schuhe – nur für den Fall, dass sie bei Winters Haus doch jemandem aufgefallen war. Der

Bus stand wenige Minuten entfernt in einer Seitengasse. Ihr liefen zurzeit bedeutend zu oft Polizisten über den Weg. Sie musste sicherstellen, dass sie zur Not schnell wegkam.

Die Straße *Am Königssee* befand sich nur zwei Blocks von Bens Adresse entfernt, die Häuser waren nahezu baugleich. Hier platzte allerdings schon die graue Farbe ab und auch die Fensterrahmen sehnten sich nach einem neuen Anstrich. Das Haus schien von außen in einem deutlich schlechteren Zustand zu sein als das, in dem ihr Bruder gewohnt hatte. Sie hielt kurz am Klingelbrett inne. Der Name Hildebrandt stand tatsächlich an einem der kleinen Schilder, deren Beleuchtung ohne Zweifel schon lange nicht mehr funktionierten. Allerdings war ihr Name nicht der einzige. Er teilte sich das Klingelschild der Wohnung im ersten Stock mit vier weiteren Nachnamen – Wildleitner, Metzenhof, Gasting und Dr. Harten.

Annalena sah sich beiläufig um. Niemand schien sie zu beobachten und in der Wohnung war keine Bewegung zu sehen. Annalena rang mit sich. Wie schon bei ihrem Besuch bei Franz Lansch wäre es jetzt dringend nötig, abzuwarten und das Terrain zu sondieren, und mehr Zeit in Planung zu investieren. Normalerweise hätte sie Rücksprache mit dem Auftraggeber gehalten und die nächsten Schritte abgewogen. Aber Auftraggeber gab es nun mal keinen. Und Zeit zum Nachdenken ebenfalls nicht. Vielleicht setzten sich in diesem Augenblick die Täter schon ins Ausland ab. Oder verwischten weiter ihre Spuren. Sie musste da jetzt rein und nach Spuren suchen.

Der Haustür fehlte es an den Rändern überall an Lack. Das Holz hatte tiefe Risse. Die Tür ließ sich einfach aufdrücken, ganz ohne Dietrich und Gewalt, und Annalena betrat das dunkle Treppenhaus. Das Licht flammte automatisch auf. Der Dreck auf den Stufen passte gut zur Hausfassade. Im ersten Stock fand sie die richtige Tür und stieß einen leisen Pfiff aus. Die offensichtlich jüngsten Kratzer am Schloss stammten zweifellos von einem Dietrich, ähnlich dem, den sie bis vor zwei Jahren genutzt hatte. Ihr neues

Set hinterließ weniger Spuren. Der Einbruch lag noch nicht lange zurück. Außer ihr war niemand im Treppenhaus. Sie klingelte. Als niemand öffnete, tat sie es ihrem Vorgänger gleich und verschaffte sich selbst Zugang – sehr bedacht, dem Schloss keine weiteren Kratzer hinzuzufügen. Das war sie allein schon ihrem Stolz schuldig.

Die Wohnung hatte fünf Zimmer, die vom L-förmigen Flur abgingen, dazu eine kleine Küche und ein überraschend großes, modern aussehendes Bad. Es schien eine WG zu sein. In der Küche hing ein Putzplan. Da er offenbar eingehalten wurde, war es hier ordentlich und sehr sauber. Küche und Bad konnte sie erstmal vernachlässigen, da gab es selten etwas zu finden. Die würde sie zuletzt untersuchen. Sie verschaffte sich einen schnellen Überblick über die Raumaufteilung. Am Anfang des Flurs ging als erstes das Wohnzimmer ab, bequem eingerichtet mit einem breiten Sofa und Beamer an der Decke. Die Wohnung war in den letzten Jahren renoviert worden, ganz im Gegensatz zur Fassade des Hauses. Es schien Annalena unwahrscheinlich, im Wohnzimmer etwas Relevantes über Doreen Hildebrandt vorzufinden. Blieben noch vier Zimmer. Wie konnte sie herausfinden, in welchem das Mordopfer gewohnt hatte, ohne alle drei durchsuchen zu müssen? Im ersten Zimmer hing eine Urkunde an der Wand. Bianca Metzenhof war offenbar eine erfolgreiche Biathletin. Annalena schaute weiter. Welches das richtige war, wurde ihr mit einem Schlag klar, als sie die Tür ganz am Ende des Flurs öffnete. Der Anblick passte hervorragend zu dem, was sie im Arbeitszimmer von Gerald Winter gesehen hatte. Spuren eiliger, aber umfassender Suche. Das konnte kein Zufall sein.

Im Zimmer befanden sich ein Bett, ein breites Bücherregal, das noch intakt war, und ein Schreibtisch, auf dem alles durcheinander war. Blätter lagen kreuz und quer darauf und am Boden und Kabel waren vollkommen verstreut. Sie durchsuchte alles. Natürlich: Kein Laptop da und auch sonst nichts Hilfreiches. Unter den Buchtiteln im Bücherregal fand sich auch nichts, was für sie eine Überraschung darstellte. Einen Moment stand sie unschlüssig im Zimmer. In einem Mietshaus konnte sie nicht mit einer Geheimtür hinter dem Bücherregal rechnen. Gab es hier nichts zu holen? Was konnte ein Profi hier übersehen haben, was ihr auffallen würde? Dann hatte sie ganz plötzlich eine Eingebung. Als Kind hatte sie in einem Buch mit Tipps für Detektive die Anleitung gelesen, wie man die Seiten eines Buches zusammenkleben und danach ein Stück aus der Mitte der Seiten systematisch heraustrennen konnte, um einen unauffälligen Buchsafe zu bekommen. Aber wie kam sie jetzt darauf? Hatte sie unbewusst etwas im Regal wahrgenommen? Sie musste noch einmal genauer hinschauen. Es war einen Versuch wert.

In diesem Moment hörte sie die Eingangstür der Wohnung. Ihr blieb wenig Zeit. So schnell sie konnte, fuhr sie mit einem Finger die Oberkanten der Bücher ab. Jetzt waren die Stimmen in der Wohnung und sie hatte keinen Fluchtweg. Der Mangel an Planung brachte sie nun in die Bredouille. Auch in der zweiten Buchreihe war nichts. In der dritten Buchreihe spürte sie bei einem dicken blauen Wälzer, dass sich die Oberkante der Seiten anders anfühlte. Sie zog es heraus. Die Seiten waren wirklich verklebt.

Weiter kam sie nicht. In diesem Moment wurde die Zimmertür ganz aufgestoßen. Zwei Männer und eine Frau standen in der Tür. Der eine Mann hatte einen Kinnbart mit grauen Stellen und war pummelig. Die anderen beiden sahen sportlich und sehr schlank aus. Die Augen der Frau ließen Annalena an einen Fuchs denken.

»Was machen Sie hier?«, fragte der dickliche Mann.

Annalena gab keine Antwort. Es war kein Vorteil, wenn man ihre Stimme erkennen konnte. Und hier gab es weder gute Argumente noch eine Geschichte, die sie glaubhaft stricken konnte.

»Sie haben ja das ganze Zimmer verwüstet«, sagte er mit entsetztem Blick auf den Schreibtisch.

War ich ja gar nicht, dachte Annalena für sich. Der Mann trat einen Schritt auf sie zu und streckte die Hände nach dem Buch aus. »Geben Sie das her!«, rief er.

Sehr höflich, dass er mich siezt, dachte Annalena unwillkürlich. Dann sprintete sie los, schubste den Mann zur Seite, der auf das Bett stolperte. Der andere Mann hatte die Arme verschränkt und reagierte nicht weiter. Als Annalena sich zwischen ihm und der Frau hindurchdrängen wollte, schlug diese ihr überraschend hart ins Magendreieck. Am Rande ihres Sichtfelds tauchten Sterne auf und sie spürte für einen Moment, wie ihr Mageninhalt sich bemerkbar machte. Sie kam ins Stolpern und die Frau versuchte, ihr mit wütendem Blick das Buch zu entreißen. Einen Moment rangen sie miteinander, dann trat Annalena ihr heftig gegen das Knie. Die Frau schrie auf und ließ das Buch los. In wenigen Sekunden war Annalena zur Tür hinaus, die Treppe in großen Sätzen nach unten gerast und aus dem Haus.

Eine Viertelstunde später rieb sie sich noch immer die schmerzende Stelle am Bauch. Sie saß am alten Esstisch im Haus ihres Vaters und hatte das Buch, eine Bibel, sowie die Überreste des Papiers von Gerald Winter vor sich liegen. Im Buch lagen Plastikkarten, zusammengehalten durch ein Band aus Papier. Annalena breitete sie auf dem Holztisch aus. Es handelte sich offenbar um Personalausweise. Das Foto war auf allen identisch. Eine Frau zwischen vierzig und fünfzig mit braunen, schulterlangen Haaren und leicht überdimensioniertem Gebiss. Ein sehr markanter Leberfleck zierte unter dem rechten Mundwinkel ihr Gesicht. Bei den Namen gab es dagegen weniger Übereinstimmung. Doreen Hildebrandt stand auf dem ersten Exemplar, das in Annalenas Augen ein perfekter Personalausweis war – möglicherweise war es auch ihr echter Personalausweis. Auf den anderen Karten standen Variationen des Namens: Doreen Willenbrand, Dana Hildebrandt, Maureen Millenband ... Dieses

Spiel kannte Annalena. Es diente dazu, beim schnellen Wechsel von Identitäten weiterhin zu reagieren, wenn man angesprochen wurde, da der Klang des Namens ähnlich blieb. Die restlichen Ausweise waren in verschiedenen Stadien der Fertigstellung. Alle noch ohne Adresse, aber manche schon mit Geburtsdatum, Geburtsort und dem schillernden Wasserzeichen. Allesamt gut gemacht. Diese Doreen – oder wie auch immer sie nun wirklich hieß – musste eine begabte Fälscherin sein oder gute Kontakte haben. Annalena sammelte die Ausweise wieder ein und legte sie zur Seite.

Das Blatt aus Gerald Winters Schredder bestand glücklicherweise aus geraden Streifen, war also nicht völlig verloren. Unglücklicherweise waren es eine ganze Menge davon und ihr Zustand war durch die Widrigkeiten in der Hildebrandt-Wohnung nicht besser geworden. Risse durchzogen etliche der Streifen, einige der Buchstaben waren unlesbar geworden.

Annalena machte sich daran, die Seite zu rekonstruieren. Sie spürte, wie die Anspannung, die sie seit dem Tod ihres Bruders unter Strom setzte, durch diese Aufgabe mit ihrer klaren Struktur überraschend in den Hintergrund trat. Sie konnte sich ganz auf das Ziel konzentrieren, der zerstörten Seite ihr Geheimnis zu entlocken. Die stürmische Unruhe in ihrem Kopf und ihrem Körper wurde zu einem sanften Hintergrundrauschen. Sie benötigte fast eine Stunde, dann lag die Seite vor ihr wohl sortiert und so lesbar, wie es noch möglich war, auf dem Tisch. Es handelte sich um eine ausgedruckte Nachricht, mit handschriftlichen Notizen versehen.

Habe alle Unterlagen gelesen. Negative Deutungen müssen wir um jeden Preis vermeiden. Ransom ist entsprechend besetzt. Habe akut noch einige Fragen.

Dann folgte ein Satz, der nicht mehr zu entziffern war, gefolgt von den Worten:

... melde mich asap. Hab schon erste Ideen. GW

Handschriftlich standen darunter einige weitere Worte, mit blauem Kuli notiert, die Annalena nicht entziffern konnte. Nur »Kurven« und »Währung« war zu lesen. Daneben mehrere Kritzeleien, die ihr nichts sagten. Es blieb noch so viel zu recherchieren. Ihr Magen gab ein lautes, knurrendes Geräusch von sich. Zu recherchieren und einzukaufen. Der Hals über Kopf angetretene Trip nach Berchtesgaden hatte zur Folge, dass sie kaum Klamotten und eine dürftige Menge an Lebensmitteln bei sich hatte. Um beides musste sie sich kümmern.

Nachbar

»Dann wollen wir mal«, sagte Helga und drückte den Klingelknopf neben dem Namen Bragatto. »Ich hoffe, es überfordert den Herrn nicht, dass wir hier zu dritt auftauchen. Ich habe ihn bisher nur einmal kurz gesehen.«

Nichts passierte. Helga und Meizi sahen sich einen Augenblick unschlüssig an. Haugg lehnte sich ein wenig vor, um auf Geräusche in der Wohnung zu lauschen. Es war völlig still. Nach ein paar Sekunden klingelte Helga erneut.

Wieder blieb es still. Gerade wollten sie wieder gehen, da erklang eine raue Stimme.

»Ich komme ja schon, ich komme ja schon.«

Man hörte, wie sich der Mann samt Gehstock näherte.

Dann öffnete er die Tür. Er sah sie weder besonders freundlich noch feindselig an. Sein Blick wanderte einfach von ihren Gesichtern zu ihren Schuhen und wieder zurück. Helga hielt ihm ihren Dienstausweis hin und stellte sich kurz vor.

»Und mein Name ist Bragatto«, erwiderte der Mann. »Giovanni Bragatto.«

»Wir möchten Sie gern zu Ihrem Nachbarn befragen, dem Herrn Gonzales, der vor kurzem in der Nachbarwohnung getötet wurde, und inwieweit Sie etwas mitbekommen haben. Dürfen wir reinkommen?«

Ein betrübter Ausdruck trat auf das Gesicht des alten Mannes. Tränen traten ihm in die Augen.

»Ja ... schreckliche Sache. Eine ganz schreckliche Sache.«

Er nickte immer und immer wieder und blickte dabei ins Leere. Haugg und Meizi warfen sich einen ungeduldigen Blick zu. Nach einigen langen Sekunden Wartezeit fragte Helga erneut: »Dürfen wir reinkommen und Ihnen ein paar Fragen stellen?« Sie deutete an Herrn Bragatto vorbei in die Wohnung.

Er sah sie einen weiteren langen Augenblick an, dann ihren Finger, dann schien es ihm wieder einzufallen. Er lächelte erfreut, was ein Meer an Lachfalten um seine Augen erscheinen ließ, und ging Schritt um Schritt auf seinen Stock gestützt ins Wohnzimmer. Dort bot er ihnen Plätze auf dem Sofa an und setzte sich selbst in einen breiten Sessel mit einer kleinen Fernbedienung an einem schwarzen, gekringelten Kabel, das Helga an ein altes Telefonkabel erinnerte. Helga kannte diese Art von Sessel. Sie hatte schon mehrfach mit dem Gedanken gespielt, einen solchen zu kaufen, sich dann aber immer geziert, weil sie sich augenblicklich uralt vorkommen würde. So alt wie ihre grauen Haare wirkten. Man konnte mit der Fernbedienung das Fußteil hoch- und die Lehne zurückfahren. Ein perfekter Stuhl für ruhige Abende. Sie wischte die Gedanken aus ihrem Kopf und konzentrierte sich auf den alten Mann und die Befragung.

»Wann haben Sie Herrn Gonzales und Frau Frederiksen das letzte Mal lebend gesehen?«

Er beugte sich vor und kniff die Augen zusammen. »Sie müssen bitte lauter sprechen, ich höre nicht mehr so gut«, erklärte er dann mit sichtbarem Frust in seinem Blick.

Helga wiederholte ihre Frage lauter.

Nach kurzem Nachdenken antwortete er: »Ben habe ich schon eine Weile nicht mehr gesehen. Also höchstens einmal im Treppenhaus auf ein paar Worte, aber wann, das weiß ich leider nicht mehr.

Antonia, also Frau Frederiksen ...« Er zögerte einen Moment, bemühte sich aber sichtlich, den Faden nicht zu verlieren. »Antonia war am Montag da. Morgens oder am Mittag. Wir haben einen Kaffee getrunken, genau hier.« Wieder lächelte er versonnen.

»Wissen Sie noch, worüber sie gesprochen haben?«, fragte Helga, bemüht, seine positive Erinnerung zu nutzen.

Herr Bragatto überlegte einen Moment.

»Sie hat schwarzen Kaffee getrunken, wie immer. Und mir erzählt, dass sie müde ist. Und da war diese Postkarte. Und ...«

»Was für eine Postkarte? Was stand da drauf?«, fiel ihm Meizi ungeduldig ins Wort. Er fing sich augenblicklich finstere Blicke ein, von Haugg und der Kommissarin ebenso wie von Herrn Bragatto, der es offenbar nicht schätzte, unterbrochen zu werden.

Der alte Mann sah wieder zu Helga. »Wo war ich?«

»Was Sie mit ... also mit Antonia am Montag besprochen haben, als sie hier war.«

Der alte Mann starrte eine ganze Weile still nach oben. Seine Augen begannen an der Decke herumzuirren, als würde er etwas suchen, das dort gerade eben noch gestanden hatte. Dann blickte er wieder ernst zu Helga.

»Das weiß ich leider wirklich nicht mehr. Entschuldigen Sie bitte.«

Helga hätte schreien können. Das hatte Meizi versaut.

Sie probierte es mit einem anderen Ansatz: »Können Sie uns denn etwas über Ihre beiden Nachbarn erzählen? War etwas seltsam in letzter Zeit?«

Er schwieg eine Weile, die Helga schier endlos vorkam, dann fing er an zu reden.

»Sie waren beide nett. Mit Ben hatte ich am Anfang manchmal zu tun, aber der wurde immer ruhiger mit der Zeit.«

Der alte Mann nickte immer wieder, während er sprach. Helga sah, dass Meizi schon wieder drauf und dran war, eine Frage zu stellen, und brachte ihn mit einer Geste zum Schweigen, die Giovanni Bragatto zum Glück nicht bemerkte.

»Antonia hat mich manchmal besucht und mir mit den Einkäufen geholfen. Sie war sehr glücklich. Bevor sie hier mit Ben gewohnt hat, hatte sie viel Pech. Als würde es ihr an den Händen kleben. Hat ihren Job verloren, ihre schöne Wohnung in München. Sie hat immer davon erzählt, dass sie dort die tollste Badewanne der Welt hatte. Ich glaube, sie war sehr unglücklich darüber, dass sie da wegmusste.«

Er begann wieder davon zu sprechen, dass Antonia ihren Kaffee immer schwarz trank. Helga ermunterte ihn, weiterzureden. Sie machte sich eine Notiz zu München und dem verlorenen Job. Vielleicht war das ein Anhaltspunkt. Als in der Erzählung des Mannes eine Pause eintrat, fragte sie: »Am Montagabend sind die Gewalttaten passiert, hier in der Nachbarwohnung. Haben Sie etwas davon mitbekommen?«

Die Augen des alten Mannes füllten sich mit Tränen. Es dauerte eine Weile, bis er wieder sprach, aber er verneinte nur. Er hatte nichts gehört oder gesehen.

»Dann würde ich Ihnen gerne noch eine letzte Frage stellen.« Helga zog das Foto hervor, das Ben Gonzales zeigte – und vermutlich seinen Vater und die Frau, die ihr in Füssen nur knapp entkommen war. Sie reichte es über den Tisch. »Kennen Sie die Personen auf diesem Foto?«

Der alte Mann besah es sich ganz genau. Nach einer Weile leuchtete sein Gesicht richtiggehend auf. »Das sind Ben und sein Vater. Der hatte einen Namen wie aus einem Film, den mein Clärchen früher mochte ... ja, Leon hieß er, wenn ich mich jetzt nicht irre. Und das ist Bens kleine Schwester daneben. Er hat mir mal von ihr erzählt. Ihr Name war ...«

Seine blauen Augen suchten erneut die Decke ab und sein Blick unter den buschigen Augenbrauen verfinsterte sich. Man sah ihm an, wie angestrengt er nachdachte, doch es fiel ihm nicht ein. »Ich muss einen Schluck trinken«, sagte er matt.

Er stand auf und ging in die Küche.

Helga signalisierte ihren beiden Kollegen, dass es Zeit zum Aufbruch war. Hier gab es nichts mehr zu holen. Es widerstrebte ihr, die Geduld des Herrn überzustrapazieren, den der Besuch ganz offensichtlich sehr anstrengte. Sie verabschiedeten sich von Giovanni Bragatto, der sich ein Glas Wasser geholt hatte und jetzt in der Küchentür stand. Helga bedankte sich höflich für die Zeit, die er sich genommen hatte, und für die Informationen. Meizi und Haugg waren schon durch die Tür, als er plötzlich etwas rief. Helga drehte sich um.

»Annalena«, rief er. »Ganz genau. Das ist der Name von Bens Schwester.« Er strahlte bis über beide Ohren bei dieser Erinnerung.

Helga bedankte sich ein weiteres Mal und verließ nun ebenfalls die Wohnung.

Wenig später versammelte sich das Team der drei Ermittler ergänzt um Dr. Sulzbach und ihre Assistentin erneut im Besprechungsraum im Nachbarhaus der Polizeidirektion. Helga hatte wie immer Stichpunkte ihrer wichtigsten Notizen an den Wänden befestigt, um sich einen Überblick zu verschaffen.

»Dann schießt mal los«, sagte sie. »Was gibt es Neues? So langsam könnten wir ein paar Erfolge gebrauchen.«

»Der Bericht vom Erkennungsdienst ist eingetroffen«, sagte Meizi. Seine Stimme klang nicht nach Erfolg. »Keine relevanten Spuren, das Schloss sieht nicht nach Einbruch aus. Noch dazu wurde alles abgeputzt am Tatort. Da waren weniger Fingerabdrücke als in jeder Durchschnittswohnung.«

»Scheint eine sauber durchgeführte Aktion gewesen zu sein. Die haben sich Zeit gelassen. Ich kann mir kaum vorstellen, dass ein einzelner Täter das geschafft hätte.«

»Das deckt sich mit meiner Einschätzung«, ergänzte Frau Dr. Sulzbach. »Charly und ich haben die Toten gründlich untersucht. Die Hämatome und Stichverletzungen wirken wie Folterspuren. Der oder die Täter wollten sichergehen, dass die Opfer leiden. Meiner Einschätzung nach war Ben Gonzales das Zentrum des Geschehens. Sein Körper weist wesentlich mehr Einschnitte und großflächigere Hämatome auf, die von Tritten oder Schlägen stammen. Alle wurden geknebelt und über einen Zeitraum von vermutlich ein bis zwei Stunden im Liegen wiederholt angegriffen. Möglicherweise ging es darum, ihnen etwas zu entlocken? Am Ende wurden sie erstickt, vermutlich mit einem Kissen vom Sofa. In jedem Fall gehe ich von mindestens zwei Tätern aus. Genaueres ließ sich bisher nicht feststellen.«

Helga ergänzte ihre Notiz um die Aussagen von Meizi und Dr. Sulzbach. Sie sah, wie Meizi Charly die Hand auf die Schulter legte.

»Das waren bestimmt heftige Eindrücke für dich«, raunte er ihr zu, so leise, dass man es gerade noch verstehen konnte.

Sie sah ihn an und machte nicht den Eindruck, als störte sie die Berührung.

Helga ergriff das Wort: »Aus meiner Sicht sind die nächsten Schritte, herauszufinden, wer diese Annalena Gonzales ist, falls sie so heißt, und mit den Angehörigen der Toten zu sprechen. Ansonsten informiert euch, warum Antonia Frederiksen ihren Job verloren hat, auch wenn ich nicht weiß, ob uns das weiterbringt.«

Alle nickten.

»Ich muss bald aufbrechen«, ergänzte Haugg und Meizi atmete hörbar genervt aus. Man konnte sehen, wie diese winzige Kritik, als die es auch zweifellos gemeint war, Haugg durch Mark und Bein ging. Er warf Meizi einen finsteren, verletzten Blick zu und setzte erneut an, jetzt mit betont festerer Stimme: »Ich muss bald aufbrechen, wollte aber noch vorschlagen, dass wir unsere Notizen und Akten wie die Kollegen hier in der PI mehr über Computer ablegen und abgleichen. Ich habe mir die Software, die sie hier benutzen, heute von den Kollegen kurz zeigen und schon mal für meinen Rechner installieren lassen, als Testversion. Die Kollegen haben mit dem System gute Erfahrungen gemacht. Ist alles vorher geprüft worden. Dass das Unternehmen ordentlich verschlüsselt und so. Die richtige Umstellung auf diese Software für uns alle würde sicher ein bisschen Geld kosten, das ist ja klar. Sieht aber hilfreich aus. Die Kollegen sind hier auf jeden Fall sehr nett und mit dem System gut organisiert. Da sind die Infos zu den einzelnen Fällen viel besser sortiert und man kommt sehr schnell an das Gewünschte ran.«

»Mir ist ja Papier immer lieber, aber vielleicht lasse ich mir das System auch einfach mal zeigen und mache mich schlau in ein paar Tagen. Behalte du das im Blick«, bemühte sich Helga, den Vorschlag nicht abzuwerten und trotzdem von sich wegzuschieben. Einerseits freute sie sich über die Selbstständigkeit von Haugg, andererseits gefiel es ihr nicht, dass er ihre Arbeitsweise verändern wollte. »Und kein Problem, wenn du gleich losmusst«, fügte sie noch an, um Haugg keinesfalls zu vergraulen. »Kannst du dich bitte auf dem Heimweg ans Telefon hängen und herausfinden, wer diesen Artikel über unseren Fall geschrieben hat? Ich bin nicht sicher, ob da viel zu holen ist, aber einen Versuch ist es wert. Ich wüsste gerne, woher die ihre Infos haben. Vielleicht können wir ja die Quelle aufscheuchen und herausfinden, wer die Namen rausgegeben hat.«

»Ich mache mich dran«, sagte Haugg und verabschiedete sich.

Meizi brummte nur etwas Unverständliches.

Als Haugg gegangen war, brachte Helga sogar noch ein wenig Elan auf, um die Moral der Truppe zu stärken:

»Eine Zukunft dieser mobilen Ermittlungsgruppe wird es nur geben, wenn wir Erfolg mit unserer Arbeit haben. Bitte hängt euch weiter rein. Morgen machen wir uns an die nächsten Schritte, gönnt euch ein paar Stunden Ruhe. Es nützt auch niemandem etwas, wenn ihr euch zu Tode arbeitet.«

Eigentlich wollte sie noch kurz mit Meizi sprechen, doch der hatte nur Augen für Charly und ging mit ihr, ganz ins Gespräch vertieft, aus dem Raum. Sie ließ ihn gehen, um die gereizte Stimmung nicht weiter zu strapazieren. Als Helga alleine zurückgeblieben war, besah sie sich erneut ihre Notizen. Welche Rolle spielte diese Annalena Gonzales? Und hingen die Vorgänge in Berchtesgaden am Ende gar mit den Morden damals in Füssen zusammen? Da war diese Frau Helga zuvorgekommen und hatte auf eigene Faust den Täter gestellt, bevor sie in die Nacht verschwunden war. Bis jetzt war nicht klar, was ihre Beweggründe gewesen waren. Helga musste dieses Rätsel lösen.

Helga wurde aus ihren Gedanken gerissen, als die Tür aufging, und Dr. Sulzbach eintrat.

»Sie wollen mir wahrscheinlich verkünden, dass Sie Ihre Zelte abbrechen und zurück ins Allgäu fahren werden«, mutmaßte Helga, die die ganze Zeit schon damit rechnete.

Dr. Sulzbach lächelte. Das kam selten vor, stand ihr aber überraschend gut zu Gesicht.

»Eigentlich eher das Gegenteil. Klar, in Kempten wartet viel Arbeit auf mich, aber mich reizt dieser Fall. Ich möchte noch ein paar tiefgreifendere Untersuchungen der Toten durchführen. Dafür würde ich gerne ein paar zusätzliche Tage bleiben. Und Charly ist eine ganz hervorragende Assistentin, die das Wissen regelrecht aufsaugt. Ich muss ihr nichts zweimal erklären, selbst in die Dokumentation arbeitet sie sich ungewöhnlich schnell ein. Und sie wirkt auch so, als würde sie unbedingt noch bleiben wollen.«

Die beiden Damen grinsten sich einen winzigen Augenblick an.

»Sehr gern, darüber freue ich mich natürlich«, antwortete Helga. »Und sollte es mit der mobilen Ermittlungsgruppe tatsächlich weitergehen, wäre es mir eine Ehre, wenn Sie mit an Bord blieben.«

Die Ärztin zuckte mit den Schultern. »Ich bin da hin- und hergerissen. Einerseits genieße ich es, mal unterwegs zu sein und aus dem

Alltagstrott zu kommen. Manchmal habe ich das Gefühl, richtig an meinem Bürostuhl zu kleben mit den ganzen Berichten. Mich hält nicht viel in Kempten. Andererseits weiß ich auch nicht genau, ob ich auf Dauer für so eine Arbeit im Nomadentum geschaffen bin. Aber ich würde durchaus gern weiter mit Ihnen zusammenarbeiten.

Diese Art von Gefühlsausbruch kannte Helga gar nicht von der Ärztin, die sich Helga gegenüber bisher oft kühl, manchmal auch herablassend und vereinzelt sogar abweisend verhalten hatte. Was hatte Dr. Sulzbach so verändert? Einen Moment lang überlegte Helga, ob sie der Ärztin das Du anbieten sollte, verwarf den Gedanken aber wieder.

»Mal sehen, ob wir das Problem mit dem Nomadentum überhaupt haben werden. Ich hoffe es aber sehr«, sagte Helga und gönnte sich ein schelmisches Lächeln.

Dr. Sulzbach nickte nachdenklich, bevor sie sich auf den Weg in die Pension machte, während Helga noch eine ganze Weile dastand und einfach nur ihre Notizen anstarrte.

Freitag, 6. Juli

Doppelhaushälfte

Es regnete in großen, prasselnden Tropfen. Das machte es für Annalena leichter, auf der Straße nicht gesehen oder gar erkannt zu werden. Allerdings hinterließ sie mehr Spuren in den Zimmern, die sie betrat. Es hatte wenig Recherche gebraucht, um ausfindig zu machen, welche Räumlichkeiten die Kriminalhauptkommissarin und ihr Team benutzten. Nach einem kurzen morgendlichen Einkauf hatte sie beschlossen, dass es dringend an der Zeit war, mehr darüber zu erfahren, was die Kripo herausgefunden hatte. Das Schloss der Haustür war alarmgesichert. Das hatte sie befürchtet. Angesichts der direkt benachbarten Polizeiinspektion konnte sie nicht ewig an der Tür herumstehen, um den Alarm zu überbrücken. Das würde auffallen. Also ging sie um das Haus herum. An der Rückseite war sie vor neugierigen Blicken besser geschützt. Es gelang ihr nach mehreren vergeblichen Kletterversuchen, bei denen sie der Nässe wegen immer wieder abgerutscht war, endlich über die Fassade auf das Dach zu kommen. Leider war keines der Fenster, die sie auf ihrem mühsamen Weg nach oben passiert hatte, geöffnet oder gekippt. An einer Dachluke fand sie die Möglichkeit, sich Zutritt zu verschaffen.

Im Inneren des Gebäudes war kaum ein Geräusch zu hören. Offenbar arbeitete hier am Freitagnachmittag kaum noch jemand. Annalena fand im obersten Stock eine Kammer mit Putzzeug und streifte dort ihre Jacke und Schuhe ab, um nicht die Flure und Treppen vollzutropfen. Es würde wahrlich merkwürdig aussehen, wenn die Spuren nasser Schuhe von oben nach unten führten, anstatt von unten nach oben. Mehrere Firmen hatten hier im Gebäude ihre Büros. Annalena sah die unterschiedlichen Logos an den Türen. Sie las mehrmals die Worte *Marketing* und *Design* im Vorbeigehen. Durch den Türspalt eines der Büros drang ein schwaches Licht, aber sie begegnete niemandem.

Auf Socken schlich sie hinunter ins Erdgeschoss bis zu dem Raum, den das Team der Kripo benutzte. Im Gegensatz zur Haustür war hier nur ein schlichtes Schloss im Weg, das sie nicht aufhielt. Im Besprechungszimmer verschaffte sie sich einen schnellen Überblick. Mit ihrem Smartphone fotografierte sie die ausführlichen Notizen an der Wand. Auf den ersten Blick sah es nicht so aus, als wären die Leute von Kommissarin Herbertsen weiter gekommen als sie. Draußen an der Tür hörte sie ein Geräusch. Annalena hielt inne und wappnete sich, aber niemand kam herein. Hurtig klemmte sie eine ihrer kleinen Wanzen an einem Netzwerkkabel fest, um Zugriff auf das Computersystem zu erhalten, sobald jemand die Rechner anwarf. Die Wanze konnte über das Kabel auslesen, was auf den Rechnern im Netzwerk passierte, und die Infos an Annalena weitergeben.

Jetzt aber nichts wie weg! Alles hier sah noch genauso aus, wie sie es vorgefunden hatte. Niemand würde darauf kommen, dass jemand unbefugt eingetreten war. Sie verließ den Raum und rutschte beim ersten Schritt jenseits der Tür aus. Der Gang war frisch gewischt. Glücklicherweise schaffte sie es, nicht das Gleichgewicht zu verlieren und hinzufallen. Sie schluckte. Dann zog sie lautlos die Tür hinter sich zu, stellte kurz sicher, dass sie nicht beobachtet wurde, und verriegelte das Schloss wieder mit ihrem Dietrich.

Nun ging sie möglichst selbstverständlich den Weg zurück, den sie gekommen war. Sie spürte, wie die nun nassen Socken an ihren Füßen klebten, und war sich der Abdrücke, die sie auf dem frisch gewischten Boden hinterließ, nur allzu unangenehm bewusst. Ein Stockwerk weiter oben traf sie einen älteren Herrn in einem fleckigen blauen Kittel an, der samt Wischmopp und Putzeimer seiner Arbeit nachging. Er besah sich mit skeptischem Blick ihre Füße, sagte aber nichts. Er verschwand hinter einer Tür, die offenbar zu den Toiletten führte. Annalena sah eine Chance und fasste einen Plan. Die Fassade bei dem Regen wieder hinunterzuklettern, wäre eh erneut gefährlich gewesen. Also eilte sie hoch in die Putzkammer. Hier schienen Wischmopp und Eimer noch nicht angekommen zu sein. Sie schlüpfte in ihre Schuhe und Jacke und eilte unten zur Ausgangstür. Überall dort, wo die seltsam auffälligen Tapser ihrer Socken in der Wischmopp-Spur zu sehen waren, schlurfte sie entlang und verwischte damit alte wie neue Abdrücke. Jetzt hing alles davon ab, dass sich die Tür von innen der Einfachheit halber oder aus Brandschutzgründen unkompliziert und ohne Alarm öffnen ließ. Und tatsächlich: Gerade trat sie mit einem erleichterten Seufzer aus der Tür, als sie gegen eine Person stieß. Für einen kurzen Moment sahen sich Annalena und die Kommissarin in die Augen, dann lief Annalena scheinbar ungerührt weiter. Sie bildete sich ein, einen Ruf hinter sich zu hören, reagierte aber nicht. Hinter der nächsten Häuserecke begann sie zu rennen. Sie musste jetzt dringend unter eine warme Dusche.

Eine Stunde später machte sie sich auf den Weg zu ihrer Tante. Der Regen war in ein sanftes Tröpfeln übergegangen. Im Laufe des Tages sollte das Wetter laut Vorhersage sogar noch sonnig werden.

Sie hatte sich die Bilder von den Notizen der Kommissarin angesehen, als in deren Büro ein Rechner angeschaltet worden war und die Wanze aktiviert hatte, und sich ein wenig auf den Computern des Teams umgeschaut, aber wenig Brauchbares gefunden. Der Bericht über die bei Ben entdeckten EC-Karten klang nicht uninteressant. Sie passten möglicherweise zu den Personalausweis-Rohlingen, die Annalena aufgestöbert hatte.

Wieder dauerte es ewig, bis ihre Tante öffnete.

»Schön, dich zu sehen, Leni«, begrüßte sie ihre Nichte und bat sie herein. »Wie ist es dir ergangen?«

Annalena berichtete ihr von dem Besuch bei Franz Lansch und ihren Ermittlungen. Ihre Tante hörte sich alles völlig ungerührt an. Bei den Fundstücken der letzten Tage wurde sie hellhöriger.

»Kennst du jemanden, der EC-Karten oder Personalausweise fälscht?«, hakte Annalena hoffnungsfroh nach.

Hilde überlegte sichtlich angestrengt, schüttelte dann aber den Kopf. »Es gab so etwas immer mal wieder, aber dass jemand in diesem Bereich gerade aktiv wäre, wüsste ich nicht. Solche Sachen kriegt man hier aktuell nicht allzu leicht los. Es kann natürlich schon sein, dass jemand in der Gegend Fälschungen produziert und sie dann anderswo loswird. Das würde ich dann sicher nicht mitbekommen.«

»Hältst du es für möglich, dass Franz Lansch und seine Leute daran gearbeitet haben?«

Hilde schüttelte den Kopf. »Ich denke, das wüsste ich. Frag doch mal Erwin, vielleicht fällt ihm etwas ein.«

Annalena versprach, das zu tun und ihn von ihrer Tante zu grüßen.

»Die Kripo hat mich übrigens angerufen, die kommen heute Nachmittag vorbei, um mich wegen Ben zu befragen«, erklärte Hilde.

Annalena zog die Augenbrauen hoch. »Es wundert mich, dass du da so entspannt sein kannst. Solltest du nicht ... aufräumen?«

Hilde lachte und schüttelte den Kopf. Sie bedeutete Annalena, mitzukommen. Im ersten Stock hing neben der Tür zum Bad ein großer digitaler Bilderrahmen, der in langsamer Abfolge Familienfotos zeigte. Hilde drückte den Power-Knopf sehr lange und ein Zahlenfeld erschien. Sie tippte eine Zahlenkombination ein.

»Eigentlich schaut man in so einem Fall dezent weg«, sagte sie in sarkastischem Tonfall zu Annalena.

»Eigentlich verwendet man in so einem Fall nicht sein Geburtsdatum als PIN«, äffte Annalena ihren Ton nach.

Hilde ließ nur ein »Pff« vernehmen und drückte auf den eingeblendeten grünen Knopf. Langsam glitt die Wand zur Seite und gab einen Spalt frei, breit genug, dass die beiden Frauen hindurchtreten konnten.

»Bisher ziemlich sicher vor Durchsuchungen«, sagte Hilde stolz und zeigte Annalena ihr neu eingerichtetes Labor und ihre Vorräte an Pulvern und Pillen.

Annalena hatte sich schon gefragt, wo ihre Tante mittlerweile arbeitete. »Wo sind wir denn hier? Das gab es doch früher nicht.«

»In der anderen Doppelhaushälfte. Ich habe sie vor zwei Jahren über ein paar Mittelsmänner oder eigentlich -frauen gekauft. Ein paar befreundete Handwerker haben mir diesen Zugang eingebaut. Lauter Leute aus dem hohen Norden, damit sich hier im Ort auch nichts herumspricht.«

Annalena war tief beeindruckt. »Und was ist mit den anderen Zimmern? Und schöpft niemand Verdacht, wenn das Haus so offensichtlich unbenutzt wirkt?«

Hilde legte den Kopf schief. »Angeblich nutzt diese Hälfte irgendein reicher Amerikaner zum Steuersparen. Sagen die Gerüchte. Die anderen Räume stehen leer, ich kann sie ja schlecht untervermieten. Aber da fällt mir schon noch was ein.«

Sie gingen wieder zurück in die andere Doppelhaushälfte und Hilde verschloss die Geheimtür sorgfältig.

Als sie wieder auf dem Sofa Platz genommen hatten, hielt Annalena ihrer Tante die kleine Karte mit dem Wort *Rache* darauf hin, die sie bei Ben gefunden hatte. »Kannst du damit etwas anfangen?«

Hilde besah sie sich gründlich und roch sogar daran. Dann schüttelte sie wieder einmal den Kopf. »Weder Material noch Schrift sagen mir etwas. Könnte eine Warnung an Ben gewesen sein, oder wir interpretieren zu viel hinein.«

»Die Spuren, die ich bisher gefunden habe, passen alle nicht so recht zusammen. Nichts fügt sich zu einem halbwegs klaren Bild, nirgends sehe ich einen Grund, warum Ben sterben musste«, ließ Annalena ihren Frust raus.

»Hast du ernsthaft geglaubt, dass du so schnell dahinterkommst, was jemanden dazu getrieben hat, gleich fünf Menschen das Licht auszublasen?« Hildes Reaktion war mal wieder überhaupt nicht dazu angetan, dass sich Annalena in ihrem Kummer verstanden fühlte. Stattdessen stachelte sie Annalenas Ehrgeiz an. Sie verbannte jede Weinerlichkeit aus ihrem Sinn und setzte so nüchtern, wie es ihrer Tante gefallen musste, hinzu: »Immerhin, die Nachricht, die ich in der Wohnung von Gerald Winter gefunden habe, lässt mich vermuten, dass Ben oder zumindest jemand aus dem Kreis der Ermordeten etwas mit Ransomware zu tun hatte.«

»Ränsamwär«, echote Hilde und sprach das Wort dabei absolut richtig aus. »Ja, ich habe das Wort schon mal gelesen, aber nicht recht verstanden, worum es dabei geht. Mein Fachgebiet sind ja mehr die chemischen Substanzen. Eine gute Technik, um an Geld zu kommen?« Ihre Augen leuchteten auf einmal richtiggehend.

»Schon, ja. Das Prinzip ist einfach: Jemand greift auf deinen Rechner zu und verschlüsselt ihn. Nichts von deinem Zeug kann mehr aufgemacht werden. Alles ist nur noch Buchstabensalat. Dann sagt er dir, du musst 100.000 € zahlen, dann würde er ihn wieder freigeben. Die großen Fragen sind immer, wie so jemand überhaupt Zugriff auf den Rechner bekommt und ob er ihn am Ende wirklich wieder freigibt, wenn er die Kohle erhalten hat.«

»Und wie man das Geld transferiert, ohne dass es nachzuverfolgen ist«, ergänzte Tante Hilde, in deren Hirn es gleich sichtlich zu arbeiten begann.

»Das ist in Zeiten von Kryptowährungen nicht mehr so schlimm, da kann man hübsche Dinge anstellen mit ein bisschen Ahnung. Hast du von solchen Vorfällen etwas mitbekommen?«

»Nein, tut mir leid«, antwortete Hilde und breitete entschuldigend die Hände aus. »Das sind alles Geschäftsbereiche, die es hier in der Gegend nicht gibt. Oder ich weiß nichts davon.«

»Vielleicht haben sich die eigentlichen Geschäfte auch ganz woanders abgespielt«, dachte Annalena laut. Ihr war klar, dass sie so nicht weiterkam. In Gedankenspielen verlieren konnte sie sich auch allein. Und sie musste die Tante nicht zusätzlich auf Ideen bringen. Sie ließ sich von Hilde noch die Nummer ihres alten Bekannten, des Ex-Polizisten, geben und stand auf. »Lass dich von der fetten Kommissarin nicht ärgern, wenn sie dich heute besucht. Und Vorsicht! Die wirkt ganz fit im Oberstübchen«, sagte sie in der Tür.

Ihre Tante lachte nur.

Am Telefon hatte Erwin zwar behauptet, dass er sich ganz genau an Annalena erinnere, und war auch bereit gewesen, sie zu treffen, gleichzeitig hatten seine einsilbigen Antworten sie irritiert. Wahrscheinlich war er im Alter ein bisschen verschroben geworden. Seine Beschreibung führte sie nach Westen, an Ramsau vorbei und schließlich durch den Zauberwald, der nicht ohne Grund so hieß, wie Annalena fand. Wildromantisch lagen mächtige Felsbrocken zwischen den Bäumen. Wie es hieß, waren sie vor Jahrtausenden aus den umliegenden Bergen herausgebrochen und ins Tal gepoltert. Die Gesteinsmassen hatten auch einen Bach so aufgestaut, dass gleich ein ganzer See entstanden war, der Hintersee. Und dort am Ufer saß Erwin allein auf einem Campingstuhl. Seine Angel hielt er mit ruhiger Hand ins Wasser. Sein Bauch ragte weiter nach vorn und die Haare waren grauer als zu den Zeiten, in denen sie ihn öfter gesehen hatte. Er warf ihr einen freundlichen Blick zu. Dann wandte er seine Aufmerksamkeit wieder dem See und seiner Angel zu. Die andere Hand hielt ein Weißbierglas, aus dem er gelegentlich einen Schluck nahm. Annalena setzte sich zu ihm ins Gras. Was sollte sie sagen? Er schien nicht weiter auf sie zu reagieren. War er mittlerweile so verkalkt, dass er ihre Anwesenheit schon wieder vergessen hatte?

»Du bist wegen Bens Tod wieder in der Gegend, oder?«

Sie erschrak, als sie die Stimme aus den Gedanken riss, war aber froh, dass er wohl doch noch klar in der Birne war.

»Ja, ich will wissen, wer daran schuld ist und wie es dazu kam. Weißt du etwas darüber?«

»Gar nichts. Ich habe Ben vor seinem Tod eine Ewigkeit nicht mehr gesehen. Und ich habe nur noch mit einer Handvoll von meinen alten Kollegen Kontakt. Ich kriege nicht mehr so viel mit.« Dann verstummte er wieder.

»Genießt du es, in Pension zu sein?«, fragte Annalena, im Versuch, das stockende Gespräch am Laufen zu halten.

Einen Moment schien Erwin nachzudenken. »Es fällt mir schwerer, morgens aufzustehen, aber die Tage selbst sind schöner«, sagte er nebulös, den Blick weiter auf den See gewandt.

»Ich habe mitbekommen, dass die Leute von der Kripo, die an dem Fall arbeiten, auf gefälschte EC-Karten gestoßen sind, und ich habe die hier bei einem der Opfer gefunden.« Sie zog die Personalausweise hervor und hielt sie ihm hin.

Er blickte sie einen langen Augenblick an, dann legte er seine Angel hin, stellte sein Weißbierglas ab und besah sich die Karten gründlich eine nach der anderen.

»Die sehen verdammt gut aus, würde ich sagen. Ist nicht mein Fachgebiet, wie du weißt, aber entweder hat da jemand Talent und gute Geräte oder seltsamerweise Zugriff auf die Herstellung in der Bundesdruckerei. Ich würde sie gern ein paar Kollegen ...« Erwin kratzte sich am stoppeligen Kinn. Er reichte ihr die Ausweise zurück. »Nein, ich denke, das wäre doch keine gute Idee. So stabil sind meine Verbindungen mittlerweile nicht mehr, da scheuche ich nur Gott und die Welt auf, wenn ich Fragen stelle. Tut mir leid, Lenchen, dass ich dich enttäuschen muss.«

»So hat mich seit vielen Jahren niemand mehr genannt«, sagte sie lächelnd.

Der ehemalige Polizist lächelte auch. »Irgendwas muss den alten Leuten ja auch bleiben.«

»Dann habe ich noch eine andere Frage«, sagte Annalena. »Hast du schon mal etwas von einem Ransomware-Angriff hier in der Gegend gehört?« In kurzen Worten beschrieb sie ihm, was es mit dem Begriff auf sich hatte.

Mittlerweile hielt er wieder Angel und Glas in den Händen. Die Oberfläche des Sees war so ruhig wie sein Gesichtsausdruck. Er überlegte eine ganze Weile. Zumindest hoffte sie, dass er überlegte.

»Es gab mal einen Vorfall im Rathaus vor ein paar Monaten. Vielleicht auch schon letztes Jahr. Das könnte so etwas in der Art gewesen sein. Das war eine seltsame Geschichte. Mein Kollege war zufällig dort, als die Computer ausfielen und nur noch eine ganz komische Warnung auf dem Monitor stand. Genaueres weiß ich nicht mehr. Aber das Merkwürdigste war, dass das überhaupt nicht an die große Glocke gehängt wurde. Vielleicht war es ja nur ein blöder Scherz. Aber es klang so ähnlich wie das, was du gerade erzählt hast.«

»Kann ich mit dem Kollegen sprechen? Oder du?«, fragte Annalena. Endlich gab es den Hauch einer Spur.

Erwin verzog das Gesicht. »Das wird schwierig. Herzinfarkt vor ein paar Wochen. Ist im Moment in der Reha, aber ich schaue mal, ob ich an seine Nummer komme. Ich rufe dich dann an.« Nach einer kurzen Pause schob er nach: »Wie geht es deiner Tante?«

»Wie immer, glaube ich. Sie ist schwer zu lesen.«

Erwin lachte. Die beiden redeten noch eine Weile über Belanglosigkeiten, bevor sich Annalena wieder auf den Weg zu ihrem Auto machte.

Sie wollte gerade losfahren, als sie sah, dass sie einen Anruf verpasst hatte. Sicher wieder Flieser, dachte Annalena zuerst. Der hatte es in den letzten Tagen immer wieder versucht. Wollte sicher den mehr oder minder missglückten Auftrag in Zeitz besprechen. Aber es war der Name ihrer Tante, der auf dem Display stand. Annalena rief zurück, während sie in Richtung ihres Elternhauses fuhr.

»Ich habe noch einmal über unsere Unterhaltung von vorhin nachgedacht. Es scheint mir so, als hätte ich eine Spur gefunden«, sagte Hilde.

»Was ist dir aufgefallen?«, fragte Annalena, die vollkommen überrascht war.

»Das kann ich jetzt nicht am Telefon erzählen, ich muss dringend los. Komm mich morgen besuchen und ich berichte dir, ob es sich bestätigt hat. Bis morgen, Leni.« Tante Hilde hatte aufgelegt.

Daheim angekommen, setzte sich Annalena für ein paar Recherchen an ihrem Laptop wieder an den Esstisch, doch nach den Erlebnissen des heutigen Tages wanderten ihre Gedanken nur noch unruhig umher. Auch hin zur Kommissarin, deren Weg sie heute unglücklicherweise gekreuzt hatte. Ob die sie erkannt hatte?

Frust

Als Meizi an diesem Freitagnachmittag den Besprechungsraum betreten hatte, fand er die Kriminalhauptkommissarin in sehr nachdenklicher Stimmung vor.

»Ist alles in Ordnung mit dir? Du siehst frustriert aus«, sagte er und nahm sich einen Kaffee.

Helga biss in eine dick belegte Leberkässemmel. Als sie runtergeschluckt hatte, antwortete sie: »Ich bilde mir ein, gerade dieser Annalena Gonzales begegnet zu sein. Hier an der Tür.«

Meizi legte den Kopf schief.

»Du siehst bestimmt Gespenster. Hat man doch ganz oft, wenn man sich auf irgendetwas arg konzentriert. Ist bei mir am schlimmsten mit Autos. Ich lese einen Artikel über ein Cabrio und plötzlich habe ich das Gefühl, alle Menschen auf der Welt würden Cabrios fahren.«

Helga nickte kauend und hing erneut trübsinnig ihren Gedanken nach.

Meizis Handy klingelte.

»Ich glaube, das ist die Nummer der Kollegen von drüben«, sagte er verwundert mit einem Kopfnicken zur Polizeiinspektion und ging ran. Helga konnte aus den Gesprächsfetzen nichts Deutliches verstehen. Meizi legte auch schon wieder auf und erhob sich.

»Lass uns loslegen, wir können nicht warten, bis der Herr Haugg sich herbequemt hat.«

»Was ist denn los?«, fragte Helga mit vollem Mund, stand aber auf.

»Klar, entschuldige. Bei einem der Toten, Gerald Winter, ist eingebrochen worden. Ich glaube kaum, dass das ein Zufall ist.«

Zehn Minuten später besahen sie sich die Einbruchsspuren. Ein sehr dürrer Mann der Kripo Traunstein führte sie auf die Rückseite des Hauses. Die Terrassentür lag zerbrochen am Boden, die Jalousie war dafür weit heruntergefahren.

Helga hatte den Namen des Kollegen bei der Begrüßung leider nicht verstanden. Das würde wohl nichts mehr werden mit ihr und den hiesigen Namen.

Der Kollege referierte: »Wir gehen davon aus, dass hier der Zugang zum Haus erfolgt ist. Warum so auffällig, ist noch nicht klar. Auch nicht, ob die Nachbarn etwas mitbekommen haben. Könnte eine Art Ablenkungsmanöver gewesen sein, aber bisher gibt es aus keinem der anderen Häuser Meldungen von Einbrüchen, also ist wahrscheinlich etwas schiefgegangen. Gestern Abend ging auf der örtlichen PI ein anonymer Tipp ein, dass ein Einbruch in dieses Haus stattfindet. Als eine Streife hierherfuhr, fand sie aber erst nichts vor. Von vorne sah alles völlig normal aus und es war kein Licht zu sehen. Es waren auch keine verdächtigen Geräusche zu hören. Als sie dann hinters Haus schauten, fanden die Streifenpolizisten die zerstörte Terrassentür und haben uns verständigt. Wenn ich es richtig verstanden habe, ist der Hauseigentümer tot?«

Helga nickte und gab ihm in wenigen Worten einen Überblick zu ihrem Fall.

Der Kollege nickte. »Alles klar, möglicherweise hängt das zusammen. Das Arbeitszimmer oben ist völlig verwüstet. Möglicherweise wurde etwas gesucht.«

»Das würde ich mir gerne ansehen«, sagte Helga. Meizis Handy klingelte schon wieder und während Meizi telefonierte, besah sie sich das Durcheinander im ersten Stock gemeinsam mit dem örtlichen Kollegen. Mit Blick auf die vielen herumliegenden Unterlagen sagte er: »Auf mich wirkt das so, als hätte hier jemand gründlich gesucht. Stellt sich nur die Frage, ob er oder sie auch etwas gefunden hat.«

Dem konnte Helga wenig hinzufügen.

»Lass uns aufbrechen«, sagte Meizi, der plötzlich hinter ihr stand, schon zum zweiten Mal heute. Was war denn jetzt wieder los?

»Schicken Sie mir den Bericht, wenn der Erkennungsdienst durch ist und Sie einen Überblick haben«, bat Helga.

»Gerne, und wenn Fragen aufkommen, rufen Sie mich jederzeit an«, sagte der Kollege mit einem ungewöhnlich freundlichen Lächeln. Er reichte ihr seine Karte. Der Name war Ferdinand Freundlich. Helga musste sich zügig abwenden, damit er ihr Lachen nicht sah. Ob er seinen Namen vorhin absichtlich genuschelt hatte?

Sie hatten für die Fahrt hierher wie selbstverständlich Meizis Auto genommen. Darin fühlten sich beide wohler als in Helgas vermülltem Wagen. Als sie jetzt wieder auf den chicen Sesseln saßen, wollte Helga wissen: »Was ist denn los?«

»Bei einer der anderen Toten, Doreen Hildebrandt, wurde gestern auch eingebrochen. Die Mitbewohner haben die Einbrecherin gesehen.«

»Dann nichts wie hin! Ich bin gespannt, ob meine Vermutung stimmt.« Helgas Laune besserte sich augenblicklich.

Wenig später saßen sie bei den ehemaligen Mitbewohnern von Doreen Hildebrandt in deren Wohnzimmer. Das Knie der Frau, Bianca Metzenhof, war dick bandagiert. Ihre Augen erinnerten Helga an die eines wilden Tiers. Ein Wolf? Ein Fuchs? Sie war sich nicht sicher. Die anderen drei saßen links und rechts von ihr. Frau

Dr. Carola Harten hatte ihren Doktorgrad mit einer ähnlichen Bedeutsamkeit verkündet, wie es Helgas liebste Rechtsmedizinerin gewöhnlich tat. Die Herren Wildleitner und Gasting hatten ihre Vornamen bei der Vorstellung nicht genannt und Helga wusste sie nicht. Sie ärgerte sich über das fehlende Mindestmaß an Recherche im Vorfeld. Bisher hatten Meizi und Helga nur einen kurzen Blick ins Zimmer der toten Frau Hildebrandt geworfen. Dort herrschte absolutes Chaos. Sie würden auch hier auf den Erkennungsdienst zurückgreifen müssen. Helga bezweifelte allerdings, dass viel zu holen war.

»Jetzt erzählen Sie uns bitte nochmal genau, was vorgefallen ist.«

Der leicht übergewichtige Herr Gasting ergriff das Wort.

»Wir kamen nach Hause. Carola, Frau Dr. Harten meine ich, war da noch nicht dabei, sie kam später, weil sie noch Einkäufe zu erledigen hatte. Ist aber auch nicht so wichtig.«

Helga bemerkte, wie die beiden Frauen wenig dezent die Augen verdrehten, als Gasting zu sprechen begonnen hatte. Wie gut diese ungewöhnliche WG hier wohl funktionierte? Was verband die Leute? Für Helga war es eine schreckliche Vorstellung, mit anderen Erwachsenen eine Wohnung und ein Bad teilen zu müssen. Sie ermahnte sich, sich besser zu konzentrieren. Ein oder zwei Sätze von Herrn Gasting hatte sie schon verpasst.

»... auf jeden Fall kamen wir also zu dritt nach Hause und bemerkten Geräusche aus Doreens Zimmer. Darin befand sich eine junge Frau, die das ganze Zimmer verwüstet hatte. Gerade nahm sie sich ein Buch. Ich habe noch versucht, sie aufzuhalten, das hat aber nicht geklappt und sie ist verschwunden.«

»Wie sah die junge Frau denn aus und wie alt schätzen Sie sie?«

»Sie trug eine dunkle Maske über dem Kopf, wie eine Skimaske«, erwiderte Bianca Metzenhof, deren Hand auf ihrem bandagierten Knie lag. Der andere Mann, Herr Wildleitner, streichelte ihr das Bein. Sie erklärte weiter: »Das Alter ist von daher schwer zu schätzen. Lange braune Haare ragten darunter heraus. Sie schien mir sportlich zu sein. Ich habe versucht, ihr die Bibel zu entreißen, die sie mitnehmen wollte, da hat sie mein Knie mit einem Tritt erwischt.«

»Ich hoffe, es ist nicht zu schlimm«, sagte Helga im Bemühen, für eine positive Stimmung zu sorgen.

Frau Metzenhof winkte ab.

»Sie sagen, es war eine Bibel, die gestohlen wurde. Hatte die eine besondere Bedeutung? Fällt Ihnen etwas ein, das ein Grund dafür sein könnte?«

Alle schüttelten die Köpfe.

»Doreen hat nie etwas Besonderes über diese Bibel gesagt und war meines Erachtens kein besonders gottesfürchtiger Mensch«, erklärte Herr Wildleitner in ernstem Tonfall.

»Woher kannten Sie denn Frau Hildebrandt? Was wussten Sie über ihren Hintergrund?«, fragte Meizi.

Helga war froh um die Nachfrage. Auf der Fahrt hierher hatten sie darüber gesprochen, dass es ihnen bisher noch an Informationen über Doreen Hildebrandt mangelte.

»Sie hat sich auf ein Zeitungsinserat gemeldet, weil wir das freie Zimmer vergeben wollten«, erklärte Frau Metzenhof. »Und wir haben uns beim Kennenlernen gleich super verstanden. Sie war sehr entspannt und hatte einen tollen Humor.«

»Wissen Sie, was sie beruflich gemacht hat? Wo sie herkam?«

Frau Metzenhof grübelte einen Moment, blickte auch ihre Mitbewohner an. Niemand schien eine Eingebung zu haben.

»Was genau sie gemacht hat, weiß ich gar nicht. Ich weiß, dass sie selbständig war und sehr erfolgreich. Sie hat schon viel erreicht. Aber sie war niemand, der sich groß über die Arbeit definierte.« Der deutliche Blick in Richtung von Herrn Gasting konnte an der Stelle kein Zufall sein. Dieser fühlte sich aber offensichtlich nicht gekränkt. »Und wo sie herkam? Sie hatte keinen Dialekt oder Akzent. Wenn ich es mir recht überlege, weiß ich auch das nicht. Man redet ja zu oft nur über Alltagsthemen.«

Ihre Stimme klang entschuldigend.

Bei der kleinen Versammlung hier war nicht mehr viel zu holen. Trotzdem stellte Meizi eine Frage nach der anderen. Er ließ nicht locker, doch für Helga war es ganz offensichtlich, dass Doreens Mitbewohner praktisch keine Ahnung von ihrem Tun und Lassen gehabt hatten. Helga rutschte unruhig auf ihrem Sitz hin und her. Worauf wollte Meizi noch hinaus? Endlich bedankte er sich für die Informationen und sie konnten die WG verlassen.

»Was war dein Punkt bei diesen vielen Fragen?«, schoss es aus ihr heraus, sobald sich die Wohnungstür hinter ihnen geschlossen hatte. »Kommt dir da jemand wie ein potenzieller Mörder vor? Die Biathletin hat sicher Fähigkeiten am Gewehr, aber das kann man ihr schlecht vorwerfen. Und wir haben es ja ohnehin mit Stichwunden zu tun.«

»Ich kann es dir auch nicht ganz genau sagen. Die Dynamik der Leute war so seltsam, aber es kam mir bei niemandem so vor, als hätten sie Lügen erzählt.«

»Vielleicht hassen sie sich einfach aus tiefstem Herzen und waren deshalb so verstockt«, tippte Helga. »Soll es ja in WGs durchaus mal geben.«

»Die wirken doch alle so, als würden sie genug Geld verdienen, warum wohnen sie überhaupt zusammen?«

»Das«, sagte Helga feierlich, »wäre als Fall auch für uns eine Nummer zu groß, fürchte ich.«

Lachend gingen sie zu Meizis Wagen.

Als sie im Besprechungsraum ankamen, blickte Haugg von seinem Laptop auf.

»Ach, schau einer an, wer seinen Weg auch noch hergefunden hat«, moserte Meizi und fing sich grimmige Blicke im Doppelpack von Haugg und Helga ein.

»Konntest du schon etwas herausfinden?«, schob Helga sofort hinterher, um möglichst schnell für Ablenkung zu sorgen.

»Ich gehe nicht davon aus, dass bei der Zeitung viel zu holen ist. Der Redakteur will die Quellen schützen. Wer auch immer die Namen der Toten ausgeplaudert hat, ich gehe davon aus, dass wir das nicht herausbekommen. Dann: Den ehemaligen Arbeitgeber von dieser Antonia Frederiksen, den der alte Nachbar erwähnt hat, konnte ich bisher auch nicht auftreiben. Dazu kommt, dass sich bei den Finanzen der Toten nichts Bemerkenswertes finden lässt und ich nur bei zwei der Toten Angehörige auftreiben konnte. Ben Gonzales und Gerald Winter. Soweit zu den Misserfolgen. Um auch was Positives zu sagen: Mit eben diesen Angehörigen haben wir heute noch Gesprächstermine. Bei Ben Gonzales mit seiner Tante, bei Gerald Winter mit seiner Schwester. Beide wohnen hier in der Nähe.«

»Alles klar, danke dir. Gibt es sonst neue Informationen?«, fragte Helga.

»Ihr werdet euch wundern, wo der Herr Nüsslein gewohnt hat – bei euch in der Pension. Ich lasse sein Zimmer öffnen und untersuchen.«

»Achte vor allem darauf, ob es Einbruchsspuren gibt. Bei Winter und Hildebrandt waren die sehr massiv.«

»Mache ich. Diese Doreen Hildebrandt ist eine Art Phantom. Wir haben überhaupt keine Informationen über sie. Sie war nicht an der Adresse der WG gemeldet und auch sonst spucken unsere Systeme nichts über sie aus. Ich gehe davon aus, dass der Ausweis, der bei ihr gefunden wurde, gefälscht ist.«

»Da hätte ich also gleich noch ein paar Fragen an die Mitbewohner«, brummte Meizi.

»Denen hast du weiß Gott genug Fragen gestellt«, sagte Helga in etwas zu scharfem Ton, den sie augenblicklich bereute. Sie wollte doch für ein gutes Arbeitsklima sorgen. »Ich gehe davon aus, denen hat sie einfach gesagt, sie ist längst umgemeldet. Nach dem, was wir vorhin gehört haben, muss sie ja sehr souverän und ... weltmännisch gewirkt haben. So einer Frau stellt man keine uncoolen Fragen.«

Meizi nickte. »Das fasst es gut zusammen, wie sie über Doreen gesprochen haben.«

»Ich melde mich mal bei Frau Rösle. Sie hatte mir ihre Hilfe angeboten. Vielleicht kann sie organisieren, dass alle verfügbaren Datenbanken nach dem Bild von Doreen Hildebrandts Perso durchsucht werden. Ich komme von hier nicht da ran und möchte ungern den Herrn Brandt-Schmitt persönlich darum bitten. Die PI hier ist ja auch überlastet«, sagte Helga.

»Und ich bereite in meinem neuen Computersystem schon mal die Protokollvorlagen für die Befragungen nachher vor«, sagte Haugg und schaute von seinem Laptop auf. »Das lässt sich alles echt saumäßig intuitiv bedienen. Ich hoffe, wir kriegen das für uns alle.«

Helga nickte ergeben.

Das Gespräch mit der Tante von Ben Gonzales, Hilde Schneider, verlief für Helga nicht weiter spannend. Sie saßen bei der grauhaarigen alten Dame, die einen gutmütigen, aber leicht tüdeligen Eindruck vermittelte. Sie bot ihnen Kaffee und Kekse an und lobte ihren Neffen Ben in den höchsten Tönen.

»Er war so ein lieber Junge«, sagte sie immer wieder. »Hat viel Sport gemacht und war immer so höflich. Er hat mir oft Blumen mitgebracht, wirklich sehr nett.«

»Wissen Sie etwas über die Umstände seines Todes?«, fragte Meizi nun schon zum dritten Mal.

Die alte Dame überlegte.

»Nein, wir hatten uns am Wochenende davor das letzte Mal gesehen. So ein guter Junge. Wir hatten darüber geredet, dass er wieder mehr Joggen gehen will. Man muss ja fit bleiben.«

Sie lächelte in Erinnerung an ihren Neffen.

»Wissen Sie, was er gearbeitet hat?«

Hilde Schneider schüttelte nur den Kopf. Helga zog das Foto hervor, das von Bens Kühlschrank stammte.

»Was können Sie uns über das Foto erzählen?«

Die alte Dame besah es sich sehr gründlich.

»Das sind Ben, sein Vater und seine Schwester Annalena. Ist schon ein paar Jahre alt.«

»Können Sie uns über den Vater und die Schwester etwas erzählen? Wann haben Sie sie zuletzt gesehen?«

»Leon, mein Schwager, hat auch in Berchtesgaden gewohnt. Er starb vor zwei Jahren. Meine Schwester Anita, mit der er verheiratet war, ist schon ewig tot. Und Annalena ist von hier weggegangen. Ich weiß nicht, was sie heute treibt. Wir haben leider keinen Kontakt mehr.«

Ihr Blick war von einem tiefen Schmerz erfüllt. Helga dachte an ihren eigenen Sohn, zu dem der Kontakt ebenfalls eingeschlafen war.

»Wissen Sie etwas darüber, was sie beruflich macht?«

»Bestimmt etwas mit Zahlen. Sie war immer sehr gut mit Zahlen.«

Was auch immer zum Tod von Ben Gonzales geführt hatte, diese nette alte Dame wusste sicher nichts darüber. Auch die sonst so gut geölte Dynamik zwischen Haugg und Meizi schien in ihrem neuen Streit verloren gegangen zu sein. Haugg schrieb zwar fleißig mit, stellte aber kaum Fragen. Vielleicht hatte sie ihr Team für diesen Fall doch falsch gewählt? Helga hoffte inständig, dass es bei Gerald Winters Schwester besser lief.

Bei Natascha Winter wurden sie weit weniger freundlich begrüßt als zuvor. Die Frau mit den platinblonden kurzen Haaren durfte in den Dreißigern sein. Sie blickte nacheinander Helga, Meizi und Haugg mit ernstem Blick an und bat in unwirschem Ton darum, ihr die Dienstausweise zu zeigen. »Gibt viele Betrüger mittlerweile«, erklärte sie dazu und hielt die Haustür weiter nur einen Spalt breit geöffnet. Noch nie hatte jemand sich so viel Zeit genommen, Helgas Ausweis zu studieren.

»Können wir das schnell klären?«, kam es dann umso rascher.

»Wir versuchen, das Ganze kurz zu halten. Dürfen wir reinkommen?«

Natascha Winter verdrehte die Augen. Dann führte sie die drei Beamten in ein kleines Wohnzimmer mit mehreren Hockern.

»Was wissen Sie über die Arbeit Ihres Bruders?«

»Wenig Konkretes. Ich glaube, er war zufrieden. Hat sich zumindest nicht beschwert. Aber er war nie besonders redselig, wenn es um seine Jobs ging.«

»Könnten Sie sich vorstellen, welche Umstände zu seinem Tod geführt haben?«

»Überhaupt nicht, er war ein friedlicher Typ.« Ihre Stimme klang vollkommen desinteressiert am Gespräch.

Helga wäre es fast lieber gewesen, die Frau hätte gleich die Aussage verweigert. Frage um Frage prallte an ihr ab, als hätte sie mit der ganzen Sache nichts zu tun. Helga folgte mit ihren Fragen einem vagen Gefühl. »Wissen Sie, wie die Arbeit Ihres Bruders mit IT-Sicherheit zusammenhing? Hat er schon länger in diesem Bereich gearbeitet?«, fragte Helga und merkte augenblicklich, dass sie die richtige Note angeschlagen hatte.

»Nein, er ...« Das Verhalten der Frau veränderte sich schlagartig. Nervös huschten ihre eben noch so finsteren Blicke hin und her. Die Finger kratzten aneinander. Gerald Winters Schwester setzte erneut an: »Ich weiß nicht, was er gearbeitet hat.«

»Unsinn«, sagte Meizi mit seiner tiefen, durchdringenden Stimme. »Sie wissen es ganz genau. Erzählen Sie uns doch keinen Mist.«

Natascha Winter funkelte ihn finster an.

Jetzt taute Haugg doch noch auf. Mit seinem Allgäuer Dialekt klang es ganz charmant, als er sie ansprach: »Sie wollen doch sicher auch, dass der Tod Ihres Bruders aufgeklärt wird. Wir haben schon eine ganze Menge Spuren und werden die Täter finden und ins Gefängnis bringen.«

Er ließ den Satz eine Weile nachhallen. Keine Reaktion.

»Möglich, dass Sie auch gar kein Interesse daran haben, dass das Verbrechen aufgeklärt wird. Vielleicht hängen Sie ja selbst mit drin? Wo waren Sie am Montagabend?«, sprang Meizi in die Bresche.

Die Hände der Frau hatten sich verkrampft, die Augen waren zu schmalen Schlitzen geworden.

Meizi ließ die Stille perfekt wirken. Einen Moment war Helga sicher, dass gleich eine Erwiderung aus der Frau herausplatzen würde. In solchen Situationen brachten Haugg und Meizi häufig die Verhörten durcheinander. Doch Natascha Winter verfügte offenbar über ein beachtliches Maß an Selbstkontrolle. Sie ließ sich zu keiner spontanen Reaktion hinreißen, atmete ein paar Mal leise aber merklich durch und sagte dann überraschend sicher: »Ich habe Freunde in der Nähe von Augsburg besucht. Ich kann Ihnen gern die Adresse geben.«

Zweimal versuchten Haugg und Meizi noch, ihre sonst so wirkungsvollen Befragungshebel anzusetzen, aber sie brachten nichts aus der Frau heraus. Helga drängte schließlich zum Aufbruch, ließ sich aber noch die Augsburger Adresse geben.

Zurück im Besprechungsraum lief Meizi aufgeregt hin und her, während Haugg sich gleich an den Laptop setzte und seine Notizen abtippte.

»Das war nicht das letzte Mal, dass wir dort waren«, prophezeite Meizi.

Helga stimmte ihm zu. »Sie hat zweifellos etwas zu verbergen. Und wir haben nach wie vor keine vernünftige Theorie, wie unsere Tötungsdelikte zusammenhängen«, sagte sie.

Haugg hatte die Protokolle abgeschlossen und ging seine Mails durch.

»Der Erkennungsdienst hat übrigens keinerlei Spuren bei Nüsslein im Pensionszimmer gefunden, die auf einen Einbruch hindeuten«, informierte er die beiden anderen.

»Ich habe schon befürchtet, dass uns das nicht weiterbringt. Was hier passiert, wird professionell durchgeführt. Das sind keine spontanen Akte der Verzweiflung.«

Sie sprachen über die wenigen Spuren und mögliche nächste Schritte, aber allen dreien war klar, dass sie sich nur im Kreis drehten. Nach einer halben Stunde zog Helga los, um sich und ihren Kollegen ein paar Gebäckstückchen zu besorgen.

Plötzlich ertönte ein Summen und riss Haugg und Meizi aus einem Gespräch über die nächsten Schritte der Ermittlungen. Sie sahen einander an und es dauerte viel zu lange, bis Ihnen klar wurde, dass es nur Hauggs Handy war, dessen Vibrationsalarm auf dem Tisch das Geräusch verursachte. Haugg meldete sich, bemüht Hochdeutsch zu sprechen. Offenbar erkannte er die Nummer nicht. Mit Gesten erklärte er Meizi, dass er aus der Polizeiinspektion nebenan angerufen wurde.

»Was meinen Sie mit ungewöhnlichen Datenflüssen?« Er hörte kurz zu und nickte ein paar Mal. Er hielt das Handy kurz von seinem Ohr weg.

»Die Software zeigt bei denen an, dass unsere Rechner ein Leck oder sowas haben. Irgendwas stimmt nicht. Jemand greift unsere Daten ab«, sagte er zu Meizi.

Er legte das Handy auf den Tisch und schaltete den Lautsprecher an.

»Ok, wir sind soweit«, sagte er laut und eine Frauenstimme antwortete: »Alles klar, geht am besten erst einmal alle Öffnungen an den Computern durch. Ist da was eingesteckt, das ihr nicht zuordnen könnt?«

Haugg und Meizi untersuchten alle Geräte. In diesem Moment kam die Hauptkommissarin wieder herein, eine halb gegessene Puddingschnecke in der Hand, und blickte irritiert auf ihre Kollegen.

»Da scheint nichts zu sein«, sagte Haugg, der beschloss, Helga über alles zu informieren, wenn die Suche abgeschlossen war.

»Jetzt schaut euch die Kabel und Steckdosen an. Sieht da etwas eigenartig aus?«

Es dauerte ein paar Minuten, dann rief Meizi triumphierend: »Ich hab's.«

Er zog eine dünne, schwarze Plastikmanschette von einem grauen Kabel ab. »Diese Wanzen sind ziemlich neu, ich habe so eine letztes Jahr bei einer Fortbildung gezeigt bekommen.«

Sie bedankten sich herzlich bei der Kollegin und Haugg beendete den Anruf.

»Gut, dass das Computersystem der Kollegen hier so etwas anzeigen kann«, sagte Haugg, der beeindruckt das kleine Gerät begutachtete. »Wir müssen jemanden auftreiben, der sich damit auskennt.«

»Und kehren vielleicht wieder zu Papier und Stift zurück für den Moment«, sagte Helga mit einem Strahlen in den Augen.

Haugg blickte sie frustriert an.

»Wenn ich mich recht erinnere, wurde so ein Ding bei unserem Fall in Füssen auch gefunden«, ergänzte Helga. »Ich habe so eine Vermutung, wem wir das zu verdanken haben.«

Samstag, 7. Juli

Panik

Egal wie oft Annalena es versuchte – die Verbindung zu den Polizeicomputern war seit dem gestrigen Nachmittag abgerissen. Aber einige Erkenntnisse hatte sie dennoch durch die Aktion gewonnen. Sie würde sich bei dieser Natascha Winter umsehen. Das Protokoll vom Gespräch mit Tante Hilde hatte sie sehr amüsiert. Insgesamt schien die Polizei auch weitgehend im Dunkeln zu tappen, wenn sie deren Notizen richtig interpretierte. Das war nicht gut. Es durfte nicht sein, dass der Mord an Ben unaufgeklärt blieb. Aber auch wenn die Polizei nicht weiterkommen sollte, Annalena würde ihn aufklären.

Sie sah auf ihrem Smartphone einen weiteren Anruf von Flieser. Er ließ nicht locker. Annalena konnte ihn verstehen. Es kam sonst ja auch nie vor, dass sie Auftraggeber nicht zurückrief. Sie war einfach völlig durch den Wind. Ein Unding, dass sie sich so unsicher fühlte wie noch nie. Sie musste das dringend wieder loswerden.

Sie recherchierte ausführlich an Telefon und Laptop, um Informationen über den möglichen Angriff auf die Computer des Rathauses zu finden. Doch darauf gab es nirgends Hinweise. Hatte Erwin sich geirrt? Aber das war nicht sehr wahrscheinlich.

Sie holte sich aus dem *VW*-Bus einen Techniker-Overall und machte sich auf den Weg zum Rathaus. Sie musste nicht mal das Schloss knacken, die Tür zum Rathaus stand offen und aus mehreren der Büros waren Stimmen und das Tippen von Tastaturen zu hören. An einem Samstag hätte sie das nicht erwartet. Sie schlich unbemerkt durch die Gänge. Auch im Vorzimmer des Bürgermeisters brannte Licht. Einen kurzen Moment überlegte sie, es dort zu versuchen, aber wenn die Gemeindeverwaltung wollte, dass diese Geschichte nicht ans Licht kam, würde man besonders im Vorzimmer des Chefs darauf achten. Stattdessen suchte sie nach einem möglichst abgelegen Büro. Sie trug jetzt eine Brille mit Fensterglas und setzte einen ernsten Blick auf, als sie die Tür öffnete: »Entschuldigen Sie bitte, wissen Sie zufällig, wo der Herr Marus sitzt?«, fragte sie die junge Frau hinter der Tür, die ein Schildchen an der Bluse als Frau Meister auswies.

»Nein, ich kenne gar keinen Herrn Marus«, sagte sie.

»Ach, dann hat der Chef bestimmt den Namen wieder falsch verstanden. Passiert ihm öfter«, sagte Annalena. »Es scheint wieder Probleme mit einigen Computern hier zu geben.«

Erschrocken sah Frau Meister auf ihren Bildschirm, wo alles normal aussah.

»Nicht schon wieder.«

»Dieser Herr, zu dem ich soll, ist wohl noch recht neu ...«

»Ich kann mich gerne mit Ihnen auf die Suche machen«, schlug die Frau vor und war drauf und dran, aufzustehen. Annalena winkte ab.

»Nicht nötig, ich finde mich schon zurecht. Aber waren Sie schon da, als die Computer das letzte Mal herumgezickt haben?«

Die junge Frau strich ihre Haare hinter die Ohren und nickte. »Ja, da war ja so eine Drohung auf dem Bildschirm, die ich nicht verstanden habe, und es ging gar nichts mehr.«

»Wissen Sie noch, was genau dort stand?«

Nur ein unsicheres Kopfschütteln.

»Oder wer das geregelt hat? Das lief damals nicht über unsere Firma.« Annalena lachte, als wäre ihr das peinlich.

»Wir wurden einfach heimgeschickt für einen Tag und am nächsten Tag war alles wieder wie vorher. Meine Dateien waren auch alle noch da. Zum Glück. Mehr weiß ich nicht.«

Annalena dankte und verabschiedete sich artig von Frau Meister. Die wünschte ihr noch viel Erfolg und machte sich wieder an die Arbeit. Annalena sah zu, dass sie verschwand. Wenn sich alles so abgespielt hatte, wie sie dachte, dann war vermutlich das Lösegeld nach der Erpressung bezahlt worden, um die Computer wieder freizubekommen. Aber warum ging das Ganze so diskret zu?

Sie wanderte in Gedanken versunken durch Berchtesgaden. Was mussten ihre nächsten Schritte sein? Sie lief an zahlreichen Häusern und Einheimischen vorbei, ohne darauf zu achten, wohin sie ihre Beine trugen. Bis sie plötzlich bemerkte, dass sie vor der Polizeiwache angekommen war. Nicht weit von ihr entfernt telefonierte ein Mann auf dem Gehweg, der ihr bekannt vorkam. War der nicht Teil des Teams der Kommissarin? Sie blieb wie angewurzelt stehen. Ihr abrupter Stopp erregte die Aufmerksamkeit des Mannes, der sie einen Augenblick musterte. In seinem Gesicht sah sie, dass er sie trotz der Brille erkannte. Er ging auf sie zu. Annalena zögerte keine Sekunde und begann zu rennen.

»Stehenbleiben, Polizei«, rief er ihr geradezu klischeehaft nach.

Sie war gut trainiert, aber seine längeren Beine waren eine Herausforderung. Er kam so nah an sie heran, dass er fast ihren Overall packen konnte. Annalena reagierte blitzschnell und bog im Rennen in eine kleine Seitenstraße ein. Sie sprang über eine niedrige Mauer und hastete von da über den Hinterhof eines Mehrfamilienhauses. Sie hörte ihn laut fluchen. Klettern war offenbar weniger seine Stärke als Rennen. Sie hetzte noch eine ganze Weile weiter und bog immer wieder kurzfristig in kleine Nebenstraßen rechts und links ein, um den Typ abzuschütteln. Dann lehnte sie sich an eine Hauswand und versuchte, wieder zu Atem zu kommen. Sie konnte ihn weit und breit nicht sehen. Annalena atmete ein paar Mal tief durch.

Ich freue mich schon, wenn ich mich wieder um die Aufträge von anderen kümmern kann, dachte sie genervt, während sie sich auf dem Weg zu jenem Haus machte, das sie als nächstes ins Visier nehmen wollte.

Eine halbe Stunde später öffnete sie ein verwittertes weißes Kellerfenster von außen mit einem schmalen Schraubenzieher. Sie schob ihn mit geübter Hand durch die Dichtung des Fensters und hebelte es vorsichtig auf. Dann stieg sie in das Haus von Natascha Winter ein. Soweit sie es hatte ausmachen können, war kein Fenster offen, kein Flackern des Fernsehers zu sehen und auch keine Bewegung einer Bewohnerin – nichts deutete bisher darauf hin, dass jemand zuhause war. Sie trug Maske und Handschuhe. Ohne Spuren zu hinterlassen, durchsuchte sie einen Raum nach dem anderen. Gab es hier Hinweise auf ihren Bruder? Das Protokoll der Polizei ließ vermuten, dass diese Frau Winter Informationen über die Morde verbarg. Im Keller und im Erdgeschoss war nichts zu finden. Soweit die Steuerunterlagen in ihrem Arbeitszimmer es erkennen ließen, verdiente die Frau nicht besonders viel in ihrem Job. Wie konnte sie sich dieses Haus leisten? Es strahlte den zweifelhaften Charme gehobener Gutbürgerlichkeit aus. Die Kleidung im Schrank war sehr ordentlich zusammengelegt und es war überall so sauber geputzt, als würde Natascha Winter mit Besuch rechnen. Sicherlich nicht mit dem von Annalena. Allerdings war sie gestern immerhin von der Polizei besucht worden. Hatte sie vorher aufgeräumt und Hinweise verschwinden lassen?

Annalena erkannte im Flur ein Foto wieder, das sie auch in Gerald Winters Haus gesehen hatte. Offenbar zeigte es die beiden Geschwister als Kinder. Interessanteres entdeckte Annalena nicht. Erst auf dem Dachboden wurde es spannend. Sie fand hinter ein paar leeren Kartons, abgedeckt von einem Tuch, fünf Laptops und drei Smartwatches, alles unterschiedliche Modelle mit sichtbaren Gebrauchsspuren. Bevor sie die Sammlung näher untersuchen konnte, hörte sie, dass die Haustür geöffnet wurde. Sie schlich nach unten, wo Natascha Winter sich gerade im kleinen Gästebad die Hände wusch. Als sie aus dem Bad trat, brachte Annalena sie mit einem gezielten Wurf zu Fall und drehte ihr die Hände auf den Rücken. Die Frau wehrte sich nach Leibeskräften, doch Annalena hielt mühelos stand. Sie drückte ihr eine Hand auf den Mund und flüsterte ihr ins Ohr: »Ich habe nicht vor, dir etwas zu tun. Aber ich brauche ein paar Antworten und ich bin leider nicht sehr geduldig. Kriegen wir das gemeinsam hin?«

Die Frau strampelte und wand sich weiter unter ihr, bis ihre Energie erlahmte. Dann nickte sie. Annalena zog sie hoch und führte sie ins Wohnzimmer. Dort fesselte sie mit einem ihrer dünnen Seile die Hände der Frau auf dem Rücken zusammen. Sie schubste Natascha Winter auf das Sofa.

Ihre Gefangene blickte sie finster an.

»Seit ich deinen Dachboden inspiziert habe, vermute ich, dass du dich hin und wieder in den Wohnungen anderer Leute herumtreibst und dort mitnimmst, was sich verkaufen lässt. Liege ich richtig?«

Die Frau sah Annalena nur unbewegt an.

»Ich könnte der Polizei einen Tipp geben, wenn mir danach ist. Wie gesagt, ich will nur, dass du mir ein paar Fragen beantwortest. Was weißt du über die Arbeit deines Bruders? Was hat er gemacht und für wen hat er gearbeitet?«

Die Frau schwieg.

Annalena verdrehte die Augen. »Ich habe doch gesagt, dass ich wenig Zeit habe«, seufzte sie. Sie rückte ihre Maske zurecht. Dann holte sie einen Schal von der Garderobe im Flur und das größte Küchenmesser, das sie finden konnte. Das Messer diente erst einmal nur dem dramatischen Effekt. Sie platzierte es gut sichtbar auf dem Wohnzimmertisch. Dann knebelte sie Frau Winter. Die riss alarmiert die Augen auf. Annalena setzte sich neben sie und drückte einige Sekunden lang kräftig auf einen Punkt zwischen Daumen und Zeigefinger von Natascha Winters rechter Hand. Die Frau bäumte sich auf und winselte, gedämpft durch den Knebel. Das verursachte für den Anfang ausreichend Schmerz und hinterließ keine lästigen Spuren.

»Ich kenne ein paar von diesen hübschen Punkten und kann die Wirkung beliebig weiter steigern«, erklärte Annalena in ruhigem Ton und blickte ihrem Gegenüber unverwandt in die Augen.

Ein kurzes Nicken deutete an, dass die Frau verstanden hatte. Annalena trug in diesen Tagen so viel Frust mit sich herum, dass das sicher besser für Natascha Winter war.

»Ich weiß nicht viel«, sagte die Frau, als Annalena den Knebel nach unten geschoben hatte. »Mein Bruder war bei einer groß geplanten Aktion fürs Marketing zuständig, so hat er es mir gesagt. Er hatte gute Kontakte in die Politik und war fit, wenn es darum ging, Dinge in schöne Worte zu packen.«

»Was bedeutet Marketing? Hat er Werbung geschaltet?«, fragte Annalena.

»Eher politisches Marketing, wenn es so etwas gibt. Strippen ziehen. Er wurde früher oft bei Firmenkrisen angeheuert und hat sich um die Öffentlichkeitsarbeit gekümmert. Wenn ein Tanker einen Haufen Öl verloren hatte und solche Sachen. Oder einmal, als eine Ladung Waffen an ein Land geliefert worden war, an das man nicht hätte liefern dürfen. Er kannte viele Geheimnisse von Politikern, mit denen man ihre Entscheidungen in die richtige Richtung lenken konnte.«

Es sprudelte auf einmal nur so aus ihr heraus. Entweder war sie wenig Schmerzen gewohnt oder sie hatte große Sorge, was Annalena bereit war, noch zu tun, um Antworten zu erhalten.

»Verstanden. Und wofür sollte er seine guten Kontakte nutzen? Für wen hat er gearbeitet?«

Natascha Winter zuckte hilflos mit den Schultern.

»Ich weiß es nicht. Er meinte, diese Leute seien skrupellos und sehr aktiv bei der Überwachung ihrer Zuarbeiter und er wolle mich nicht in Gefahr bringen.«

Annalena hob das Messer hoch und prüfte die Klinge. Die Stimme der Frau brach ins Panische.

»Ich weiß wirklich nicht mehr! Er hat mir nichts verraten.«

Annalena überlegte, ob sie wohl die Wahrheit sagte. Es klang zu ungewöhnlich für eine spontan ausgedachte Story. Aber hatte sie gar keine Idee, wer die Auftraggeber ihres Bruders waren? Ein Türklingeln riss sie aus ihren Gedanken.

»Wer kann das sein?«

»Meine Freundin Alex, wir sind verabredet.«

Annalena sah sich um.

»Zur Tür kommst du sicher auch mit gefesselten Händen. Bis zum nächsten Mal!«, sagte sie und trat an die Terrassentür.

»Hilfe! Hilfe! Haltet die Frau auf«, begann Natascha Winter wie wild zu schreien.

Annalena stöhnte. Sie hatte vergessen, den Knebel wieder hochzuziehen. Für einen Moment überlegte sie, ob es sich lohnte, noch einmal Hand an Frau Winter anzulegen, aber sie entschied sich, trotz Maske möglichst normal über die Terrasse und den kleinen Garten zu gehen. Mehrere Nachbarn blickten aus den Fenstern und einer sah draußen von seinem Elektro-Rasenmäher hoch, während es aus dem Winterschen Wohnzimmer immer noch zeterte, aber es unternahm niemand etwas. Alle gafften nur. Annalena sprang in einem eleganten Satz über den Gartenzaun und machte sich aus dem Staub.

Zwanzig Minuten später klingelte sie bei ihrer Tante. Was war wohl die Spur, die sie aufgetan hatte? Es dauerte wieder ewig. Bestimmt arbeitete Hilde in ihrem Versteck. Nach fünfmaligem Klingeln vermutete Annalena, dass ihre Tante nicht zuhause war. Allerdings ging sie so gut wie nie raus und Annalena bezweifelte, dass Hilde ausgerechnet samstags einkaufen ging. Auf dem Handy meldete sich ebenfalls niemand.

Annalena sah sich um. Es war wenig los in der Salzgasse heute. Ein paar Touristen fotografierten das Bergpanorama und ein paar Fußgänger gingen ihrer Wege. Niemand, der auf sie achtete. Sie zog eine stabile Karte hervor und schob sie mit geübter Bewegung zwischen Tür und Rahmen. Früher hatte sie für so etwas noch ihre EC- oder Kreditkarten eingesetzt, aber die funktionierten nach kürzester Zeit nicht mehr für ihren eigentlichen Zweck, weshalb sie sich unbedruckte Exemplare im selben Format besorgt hatte. Die Karte drückte den Schnapper rein und die Tür ließ sich öffnen. Es war also tatsächlich nicht abgesperrt. Sehr ungewöhnlich. Die Tür hatte zusätzliche Sicherheitsschlösser, von denen aber keines zugesperrt war, um Annalena am Eindringen zu hindern. Sie sah sich um. Eine Blutspur zog sich von der Küche bis ins Wohnzimmer. Annalenas Puls wurde schneller. Panik breitete sich in ihr aus.

Hinter der Tür des Wohnzimmers lag Hilde. Blut hatte sich in einer großen Lache um sie ausgebreitet. Annalena trat zu ihr, hockte sich hin und fühlte ihren Puls. Ihr Finger fand kein Pochen am Hals. Sie brachte es nicht übers Herz, den Körper weiter zu untersuchen. Annalena wurde es schwindelig. Weinkrämpfe schüttelten sie. Um nicht ins Blut zu stolpern, trat sie zwei Schritte nach hinten, dann sackte sie zusammen. Sie saß im Flur und weinte um ihre Tante. Erinnerungsfetzen blitzen auf. Unzählige Nachmittage, die sie hier mit Ben gespielt hatte. Der Sommer, in dem ihre Tante ihr den Kochkurs der anderen Art gegeben hatte, damit Annalena bei Bedarf in ihre Fußstapfen treten konnte. Gemeinsame Ausflüge an den Königssee mit Hilde, wenn sie doch mal Lust hatte, auszugehen.

Jetzt blieb Annalena überhaupt keine Familie mehr.

Wie lange hockte sie schon da? Zu lange. Ihr dämmerte, dass sie dringend fortmusste, damit der Mord ihr nicht in die Schuhe geschoben werden konnte. Sie wischte sich die Tränen weg und vergewisserte sich, dass sie keine Fußabdrücke im Blut hinterlassen hatte. Sie wollte schon zur Tür hinaus, da zuckte sie nochmal zurück. Sie stellte sicher, dass die Geheimtür ins Nachbarhaus gut verschlossen war, so dass die Polizei sich dort nicht umsehen konnte. Dann verabschiedete sie sich ein letztes Mal in gemurmelten Worten von ihrer Tante, bevor sie sich verzog. Von ihrem Auto aus gab sie der Polizei einen anonymen Tipp mit unterdrückter Rufnummer und verstellter Stimme. Sie fuhr zu ihrem Elternhaus und fiel dort direkt ins Bett. Sie fühlte sich vollkommen ausgezehrt und erschöpft von den letzten Tagen und hatte das Bedürfnis, für lange Zeit nicht wieder aufzustehen.

Schule

Für Helga hatte der Samstag gesund begonnen. Denn in den Tagen zuvor hatte sie zu viel von den leckeren Teilchen der hiesigen Bäckereien genossen, die ihr mittlerweile unangenehm auf den Magen drückten. Helga hatte sich also am Frühstücksbuffet eine große Schüssel Obstsalat mit etwas Joghurt zusammengestellt und setzte sich nun zu Frau Dr. Sulzbach an den Frühstückstisch.

»Guten Morgen, haben Sie gut geschlafen?«, fragte sie die Rechtsmedizinerin.

Diese nickte.

»Ich habe mit Charly besprochen, dass wir uns nachher auf den Weg ins Allgäu machen und am Montag wieder hierherkommen«, erzählte Dr. Sulzbach. »Ich muss ein paar Besorgungen machen und sie will gern ihre Mutter besuchen. Was machen Sie am Wochenende?«

»Ich schwanke noch«, antwortete Helga mit vollem Mund. »Es gäbe auch ein paar Dinge zu erledigen, aber der Fall treibt mich um und ich bin nicht sicher, ob ich nicht hierbleibe und weitermache.«

»Nicht, dass ich da über Sie bestimmen möchte«, sagte Dr. Sulzbach mit verschmitztem Lächeln, »aber denken Sie nicht, dass Sie schon genug arbeiten? Ein bisschen Zeit für Freizeit oder Familie ist gut für die Seele.«

Ein leicht bekümmerter Ausdruck trat auf das Gesicht der Kriminalhauptkommissarin.

»Da haben Sie zweifellos recht, aber ich …« Ihr Blick war auf die Tür gefallen und sie hielt mitten im Gespräch inne. Helgas Löffel voll Obstsalat verharrte knapp über ihrem Teller. Durch die Tür kamen Meizi und Charly, die Assistentin von Dr. Sulzbach, und sie hatte den Arm um seine Hüfte gelegt.

»Da hat wohl jemand nicht allein geschlafen«, sagte Helga, als sie ihre Sprache zurückerlangte.

»In der Tat«, sagte Dr. Sulzbach, und im Gegensatz zu Helga, der ein amüsiertes Lächeln auf den Lippen lag, blickte sie drein, als hätte sie in eine saure Gurke gebissen.

Die beiden Turteltauben bedienten sich am Buffet und setzten sich dann zu Helga und der Ärztin. Alle sagten sich freundlich guten Morgen, danach überlegte Helga fieberhaft, ob sie eine Bemerkung machen sollte. Aber ihr fiel rein gar nichts Passendes ein. Den anderen ging es offenbar ebenso. Alle aßen und konzentrierten sich scheinbar besonders intensiv auf die Köstlichkeiten des morgendlichen Mahls. Gespräche kamen nicht auf.

Meizi gab einen merklich angestrengten Seufzer von sich, warf Charly einen Blick zu und sagte dann: »Na kommt schon, immer her mit den Kommentaren, wenn es so wichtig ist.«

Er blickte auffordernd zu Helga und Dr. Sulzbach.

»Also ich muss schon sagen«, begann die Ärztin, »dass ich Verhältnisse am Arbeitsplatz problematisch finde.«

Helga sah, wie Meizis Augenbrauen sich zusammenzogen, was sie als sicheres Zeichen dafür kannte, dass er schwer genervt war. Aber Charly antwortete gelassen: »Es wird unsere Arbeit nicht beeinflussen. Wir wissen ja auch noch gar nicht, ob was daraus wird.«

Sie legte ihre Hand auf Meizis Oberschenkel.

»Und dazu kommt natürlich der große Altersunterschied zwischen euch beiden«, legte Dr. Sulzbach nach.

»Das ist ja wohl verdammt nochmal unsere Entscheidung«, fuhr Meizi sie an. »So groß ist der nun auch nicht. Aber ist sowieso nicht Ihre Sache, das zu beurteilen.«

Jetzt war es an der Rechtsmedizinerin, schmallippig und eingeschnappt zu wirken. Meizi sah finster zu Helga, wohl in Erwartung, sich auch von ihr einen blöden Kommentar anhören zu müssen.

»Ach, wenn ihr Spaß habt, habt ihr Spaß. Das geht mich nichts an.« Damit war das Thema durch. Einige Augenblicke lang hing das Schweigen wieder unangenehm in der Luft, dann sagte Dr. Sulzbach: »Meizi, könnten Sie mir bitte das Salz reichen? Das wäre nett.«

»Natürlich, gerne«, antwortete der, auch wenn sie selbst sich nur ein wenig dafür hätte strecken müssen. Ab da war das Eis gebrochen und alle unterhielten sich wie sonst auch.

Nach fünf Minuten, die angenehm friedlich vergangen waren, fragte Dr. Sulzbach: »Charly, bleibt es dabei, dass wir so gegen zehn fahren?«

Die Angesprochene nickte und Frau Dr. Sulzbach wandte sich an Helga: »Wie versprochen, am Montag sind wir wieder da.«

Für Helgas Geschmack zog sich die Verabschiedung von Meizi und Charly nach dem Frühstück zu lange hin, aber sie wollte ihre Ungeduld nicht zeigen und wartete bei den Autos. Dann fuhren sie und Meizi gemeinsam zum Besprechungsraum.

»Wärst du gerne im Allgäu übers Wochenende?«, fragte Helga. »Ich erwarte nicht von dir, dass du jetzt rund um die Uhr arbeitest.«

»Zuhause empfängt mich nur eine Wohnung voll lästiger Erinnerungen«, brummte er. »Ich bleibe gerne da. Die mobile Gruppe sollte lieber bald Erfolge feiern.«

Auch wenn es sicher nicht seine Absicht gewesen war, verdüsterte dieser Satz Helgas Stimmung. Die Gedanken daran, was passieren würde, wenn der Fall nicht aufgeklärt werden konnte, behagten ihr nicht.

»Pendelt der Haugg eigentlich jetzt die ganze Zeit weiter, solange wir hier sind?«, fragte Meizi, als sie im Besprechungsraum angekommen waren.

»Ja, das ist der Plan. Er will nicht so lange getrennt von seiner Frau sein.«

»Was ist denn mit dem los zurzeit? Ich erkenne den gar nicht wieder«, sagte Meizi gereizt. »Kommt ja kaum noch zum Arbeiten.«

»Er war doch die letzten Tage da«, versuchte Helga zu beschwichtigen. »Ist für ihn auch nicht so einfach mit der Distanz hierher.«

Meizi grummelte etwas Unverständliches in seine Bartstoppeln.

Sie besprachen die Tagesplanung. Beide telefonierten herum. Am Samstag war vielerorts kaum jemand zu erreichen, trotzdem versuchten sie herauszubekommen, wo in München Antonia Frederiksen zuletzt gearbeitet hatte. Sie hofften, die von ihrem alten Nachbarn angedeutete verlorene Stelle dort könnte zu einer Spur führen. Sie rechneten sich gute Chancen aus, beim Finanzamt in München die Information zu finden, erreichten aber niemanden. Der Name der Firma fand sich nach mehreren weiteren erfolglosen Versuchen schließlich in den alten Gehaltsnachweisen, die dem Vermieter der Wohnung von Antonia Frederiksen und Ben Gonzales vorlagen. Der Firmenname – *LighthouseM* – sagte weder Helga noch Meizi etwas. Meizi recherchierte kurz dazu im Internet und fand heraus, dass sich die Firma mit Software zur Verschlüsselung von Daten befasste, doch leider war dort partout niemand zu erreichen und es meldete sich auch kein Anrufbeantworter. Wenigstens der hätte am Wochenende ja einsatzbereit sein können!

»Dann müssen wir da wohl am Montag nachhaken«, fasste Helga zusammen, als sie sich nach dem ganzen Hin und Her besprachen. »Der Forensiker hat sich gemeldet. Ich hatte die EC-Karten aus der Wohnung ja weitergegeben für eine eingehende Untersuchung. Vom Material und der Verarbeitung her sind die wohl nicht so beeindruckend, wie ich dachte. Er geht davon aus, dass sie schon mehrere Jahre alt sind. Stammen sicher von einem älteren Job. Das scheint keine vielversprechende Spur zu sein.«

Eine Weile saßen sie vor der Wand mit den angepinnten Notizen. Helga sah immer wieder ihre Unterlagen durch.

»Letztlich tappen wir nach wie vor ziemlich im Dunkeln«, sagte sie zerknirscht. Weder die Befragungen noch die Spurenlage hatte sie wesentlich vorangebracht. »Diese Tötungen sind zu strukturiert durchgezogen worden für einen spontanen Wutausbruch. Wie kann es sein, dass niemand etwas mitbekommen hat? Das Ganze wirkt auf mich, als wäre ein Exempel statuiert worden.«

»Richtig auffällig ist«, ergänzte Meizi, »dass wir wenig Informationen über die Opfer auftreiben können. Bei Jakob Nüsslein wissen wir, dass er viel umgezogen ist, zuletzt gemeldet war er in Worms. Gerald Winter hat immer hier im Ort gelebt. Doreen Hildebrandt ist nicht auffindbar. Antonia Frederiksen hat vor Berchtesgaden im Raum München gelebt und Ben Gonzales als Kind mal in Spanien. Die Befragungen der PI hier im Ort, um die ich gebeten hatte, waren ja eh nur auf gut Glück und haben nichts Verwertbares jenseits von individuellen Einkaufsvorlieben und sowas ergeben. Steuerunterlagen habe ich angefordert, aber noch nichts bekommen. Keine Social-Media-Profile, kaum Verwertbares in den Wohnungen, selbst ihre nächsten Verwandten und Mitbewohner wissen nicht wirklich, womit sie sich beschäftigt haben. Ich denke, sie haben allesamt bewusst über ihre Auftraggeber geschwiegen. War es vielleicht bei allen derselbe und hat er gut genug bezahlt oder sie massiv bedroht, damit sie dichthalten? Aber wozu dann dieses Exempel? Und für wen sollte es eine Warnung sein?«

»Das ist keine schlechte Frage, auf die ich aber leider keine Antwort habe«, sagte Helga nachdenklich. »Ich habe mir die Berichte der KTU durchgesehen. Da gibt es noch Luft nach oben. Ich würde mir selbst nochmal ein eigenes Bild machen. Lass uns die Wohnungen der Opfer gründlich durchsuchen. Wir brauchen mehr Spuren.«

»Dann sollten wir bei denen anfangen, deren Wohnungen so stark verwüstet wurden.«

Drei Stunden später mussten die beiden sich eingestehen, dass sie auf diesem Weg offenbar nicht weiterkamen. Sie hatten das Zimmer von Doreen Hildebrandt, das Haus von Gerald Winter und zu guter Letzt auch noch das Pensionszimmer von Jakob Nüsslein auf den Kopf gestellt und nichts gefunden, was sie weiterbrachte. Beide schwiegen frustriert und liefen ein weiteres Mal zu Meizis Auto. Als Nächstes wollten sie nochmal in Ruhe ihre Notizen durchgehen und nächste Schritte planen, als Meizi wenige Meter vor seinem Auto abrupt stehenblieb.

»Wieviel Uhr ist es?«, fragte Meizi plötzlich aufgeschreckt und klopfte seine Taschen nach seinem Handy ab.

»Kurz nach eins, wieso?«

»Scheiße, wir kommen zu spät. Schnell, wir müssen los.«

Meizi fuhr wenig später grenzwertig schnell durch die Straßen Berchtesgadens.

»Erklärst du mir jetzt endlich, wofür wir zu spät kommen?«, fragte Helga genervt.

»Ich habe es völlig vergessen. Wir sind um eins mit der Sekretärin hier am Gymnasium verabredet. Ich habe gestern noch ein bisschen herumtelefoniert. In den verzeichneten Geburten am hiesigen Standesamt ...« Er nahm eine scharfe Kurve und musste kurz manövrieren, um nicht mit dem entgegenkommenden Auto zu kollidieren. Die ältere Fahrerin blickte den beiden finster entgegen.

»Also, im Standesamt war nichts zu holen und auch an der Grundschule nicht, aber die Sekretärin vom Gymnasium hat den Namen gefunden in ihren Unterlagen. Die muss sich echt reingekniet haben. Über die Jahre kommt da sicher eine ganze Menge Schüler zusammen. Und das ist ja alles nicht digitalisiert.«

Helga verstand nur Bahnhof. Meizi parkte das Auto am Straßenrand. Ein roter Flachbau lag jetzt vor ihnen, der ohne jeden Zweifel eine Schule war. An einem Samstag nicht gerade belebt. Auf dem Weg zum Gebäude wählte er eine Nummer.

»Ja, hier ist Messleitner.« Augenblicklich verfiel er in einen allgäuerischen Singsang. »Frau Jaros, ja, bitte entschuldigen Sie vielmals unsere Verspätung. Das war wirklich nicht beabsichtigt. Genau, wir sind jetzt vor der Tür.«

Eine kleine, ältere Frau öffnete ihnen, ließ sie ein und sperrte direkt hinter ihnen wieder zu. Ihre gebückte Haltung und die grauen Locken ließen sie uralt wirken. Ihr Lächeln strahlte im Gegensatz dazu über das ganze Gesicht.

»Guten Tag, mein Name ist Messleitner, wir hatten ja telefoniert«, eröffnete Meizi das Gespräch. »Und das hier ist Kriminalhauptkommissarin Herbertsen.«

»Schön, dass Sie noch gekommen sind. Ich bin Evelyn Jaros. Ich hoffe, ich kann Ihnen ein bisschen weiterhelfen. Folgen Sie mir einfach. Wissen Sie, ich bin schon ewig hier. Mein Mann hat immer gesagt, dass die Schule um mich herum gebaut wurde.« Sie kicherte über ihren eigenen Witz, lauter als Helga es erwartet hätte. Sie folgten ihr eine Treppe hoch zum Sekretariat. In einem Nebenraum hatte sie eine ganze Ladung Bücher ausgebreitet.

»Sie hatten sich ja nach Annalena Gonzales erkundigt. Die war bis vor acht Jahren an der Schule und hat hier auch ihren Abschluss gemacht. Ein bisschen erinnere ich mich noch an sie. Die Familie hat irgendwo bei Bischofswiesen gewohnt, damals. Ihr Bruder war auch hier bei uns, müssen Sie wissen. Ich musste vor ein paar Tagen an Ben denken, als ich von diesem schrecklichen ... also, Sie wissen schon, erfahren habe.«

Einen Moment starrte sie betreten vor sich hin und rang nach Worten. Ihre Augen wurden feucht. Dann trat sie vor und zog eines der Bücher heraus.

»Das hier sind die Jahresberichte, die in Frage kommen. In zweien habe ich schon nachgesehen, aber da geben die Klassenfotos nicht viel her.«

Sie schlug eine markierte Seite auf und zeigte auf eine junge Frau mit Pferdeschwanz im Hintergrund.

»Das ist Annalena, aber von der Qualität her ist das mit den neuen Jahresberichten nicht zu vergleichen. Viel bessere Fotos. Aber Sie können sich ja mal durchblättern.«

»Haben Sie vielen Dank«, sagte Helga. »Das ist keine Selbstverständlichkeit, dass Sie sich hier am Samstag Zeit für uns nehmen. Wissen Sie noch, wann sie an die Schule kam?«

Frau Jaros dachte einen Moment angestrengt nach.

»Ich bin mir nicht sicher, leider. Aber ich glaube, sie war nicht von Anfang an da. Wenn Sie mich brauchen – ich sitze im Sekretariat.« Sie deutete mit der Hand auf die Jahrbücher, dreht sich um und ging zu ihrem Schreibtisch.

Helga und Meizi gingen die Jahrbücher eins nach dem anderen durch und versuchten, auf dem jeweiligen Klassenfoto Annalena Gonzales zu identifizieren.

»Ist bestimmt eine schöne Erinnerung, solche Jahrbücher«, sinnierte Meizi. »Leider gab es die an unserer Schule nicht zu meiner Zeit. Hast du noch Klassenfotos und Kontakt mit deiner alten Klasse?«

»Nein, ich habe nur noch meine alten Zeugnisse. Alles andere habe ich irgendwann entsorgt. Und mit den Klassenkameradinnen von damals habe ich schon viele Jahre nichts mehr zu tun. So toll fand ich meine Schulzeit nicht.«

»Aber Zeugnisse sind ein guter Gedanke«, sagte Meizi und seine Miene erhellt sich. Er lief ins Sekretariat nebenan. »Frau Jaros, haben Sie das Abiturzeugnis von Annalena Gonzales für uns? Möglicherweise bringt uns das weiter.«

Die kleine Frau durchsuchte mehrere Aktenschränke, dann zuckte sie mit den Achseln.

»Leider wird das heute nicht gehen. Die alten Zeugnisse sind im Archiv im Keller gelagert und dafür habe ich den Schlüssel nicht hier, da kann Ihnen nur der Hausmeister am Montag aufsperren.«

»Schade, aber wissen Sie zufällig noch, ob Annalena Gonzales enge Freunde an der Schule hatte?«

Frau Jaros schüttelte den Kopf, sodass sich Meizi und Helga weiter mit den Jahrbüchern beschäftigten.

»Sie taucht das erste Mal auf, als sie in der achten Klasse ist«, fasste Helga eine halbe Stunde später ihre Erkenntnisse zusammen. »Sie hält sich auf den Bildern weitestgehend im Hintergrund und scheint in den Berichten über den Chor und die ganzen anderen Aktivitäten in der Schule nicht in Erscheinung zu treten.«

»Ja, ist schon auffällig. Aber wir dürfen uns auch nicht verrennen in dieser Spur. Wir können nicht sicher sein, dass sie zurück ist in Berchtesgaden.«

»Mhm«, brummte Helga, ohne dass zu erkennen war, ob sie ihm zustimmte.

»Aber warte mal ...« Einer der Berichte lag offen vor Helga. Sie blicke nachdenklich darauf. »Dieses Mädchen hier, oder Teeny oder wie auch immer, hier, die mit dem Pony, die kommt mir bekannt vor.«

»Klar, ist ja immer die gleiche Klasse.«

»Natürlich, aber ich glaube, sie steht öfter direkt neben Annalena, kann das sein? Vielleicht waren die beiden ja befreundet und wir können bei ihr weitere Infos bekommen.«

Sie sahen die Jahresberichte durch und wirklich – die junge Frau wechselte zwar immer wieder ihre Frisur, aber nie den Platz. Zweifellos stand sie in den letzten Jahren auf den Fotos immer neben Annalena. Sie fragten Frau Jaros danach.

»Ja, an die kann ich mich erinnern. Ob sie und Annalena befreundet waren, weiß ich leider nicht, das kriege ich ja nicht so mit. Aber der Name ... der Name ... will mir leider auch gerade nicht einfallen.

Das wird schlimmer in den letzten Jahren. Aber sobald ich ihn wieder weiß, gebe ich Ihnen natürlich Bescheid. Meistens kommt es nach ein paar Stunden von irgendwo aus dem Gedächtnis hoch.«

Sie lächelte fröhlich.

Die wenigen neuen Informationen des Tages ergänzte Helga in ihren Notizen und schließlich an der Wand des Besprechungsraums.

»Wir wissen jetzt, wann die Familie ungefähr nach Berchtesgaden gekommen sein muss und dass Annalena offenbar eine Schulfreundin hatte. Blöd nur, dass wir deren Namen noch nicht kennen«, seufzte sie.

»Ja, das stimmt wohl. Aber wir kriegen das hin. Ich gehe mal einen Moment vor die Tür und probiere es ein letztes Mal für heute bei *LighthouseM*, vielleicht sind die ja jetzt zu erreichen.«

»Und dafür musst du rausgehen?«, fragte Helga und zog eine Augenbraue hoch. »Du willst mit Charly telefonieren, oder?«

Meizi grinste und verließ, offensichtlich bestens gelaunt, den Raum.

Helga nahm sich die Zeit, die Berichte durchzugehen und sich Ideen für weitere Spuren zu notieren. Hatten die Opfer Vereinsmitgliedschaften in ihren Wohnorten gehabt? Wie konnte man Freunde der Opfer auftreiben? Das Ausmaß an fehlenden Spuren in diesem Fall irritierte sie. So etwas war ihr noch nie untergekommen. Seit einer Viertelstunde blätterte und las sie, als plötzlich die Tür aufgerissen wurde.

»Du wirst nicht glauben, was gerade passiert ist«, japste Meizi, der vollkommen verschwitzt war.

»Wolltest du nicht nur kurz telefonieren?«, fragte Helga völlig überrascht aus ihren Gedanken auftauchend.

»Ich habe Annalena Gonzales gesehen, zufällig. Bin ihr hinterhergerannt, aber sie war schneller als ich. Die kann irre gut klettern.«

»Bitte?« Helga sah ihn vollkommen verständnislos an. Meizi erzählte nochmal in allen Details, was passiert war.

»Es freut mich, wenn damit deine Zweifel, ob sie wieder im Ort ist, beseitigt sind«, sagte Helga dann. Durchaus erstaunt fügte sie an: »Aber warum sollte sie nochmal bei uns vorbeikommen? Das ergibt doch keinen Sinn. Wollte sie uns ein weiteres Mal verwanzen?«

»Ich kann es dir auch nicht erklären«, keuchte Meizi. »Aber ich muss jetzt aus den Klamotten raus und duschen.«

»Ja, natürlich. Du sollst dich ja nicht erkälten. Mach Feierabend für heute, es ist doch eigentlich eh Wochenende und der Tag ist schon viel zu lang. Fahr du schon mal zur Pension. Ich kann auch zu Fuß gehen. Wir sehen uns morgen.«

Sonntag, 8. Juli

Wandern

Am nächsten Morgen saß Helga schon bei Kaffee und einem dick belegten Brötchen, als Meizi sich mit einer noch dicker belegten Kässemmel, wie er sie nannte, und einem Glas Orangensaft zu ihr gesellte. Er aß oft so viel, dass es Helga ungerecht erschien, wie viel schlanker er aussah.

»Was steht heute an?«

Helga kaute geduldig fertig und sagte dann: »Ich bin ziemlich erschöpft und dafür, dass wir es heute mal ruhig angehen lassen. Nicht arbeiten und auch möglichst nicht über die Arbeit sprechen.«

»Gern, war ja auch genug in letzter Zeit«, sagte Meizi.

»Eines muss ich dir aber berichten. Mein Arbeitstag ging gestern noch länger als gedacht. Es gab eine weitere Tote.«

Meizi riss die Augen auf und verschluckte sich fast.

»Hilde Schneider, die Tante von Ben Gonzales. Die Oberärztin ist informiert und kümmert sich direkt am Montag darum. Ich war schon am Tatort und habe mich umgesehen, sie wurde in ihrem Haus getötet. Ich tippe mal auf weitere Messerstiche, aber würde es mir natürlich nicht erlauben, da den Profis vorzugreifen.«

»Warum hast du mich nicht angerufen?«

Helga meinte einen zickigen Unterton aus der Frage herauszuhören.

»Es gab nichts weiter zu tun für den Moment, außerdem hast du auch mal einen freien Abend verdient.«

»Ausgerechnet, wenn eine weitere Bluttat geschieht?«

»Da siehst du mal, wie gut ich zu dir bin!« Helga strahlte ihn entwaffnend an.

Da musste Meizi lachen. »Okay, wie eine Mutter«, sagte er grinsend, bevor er wieder ernst wurde. »Wir sollten im Auge behalten, dass Hilde Schneider ja nicht nur Bens, sondern auch Annalenas Tante war.«

»Absolut. Und mir scheint, dass sie doch mehr wusste, als sie hat durchblicken lassen, und dass sie dieses Wissen das Leben gekostet hat. Aber jetzt möchte ich den Sonntag erstmal nutzen, um die Batterien wieder aufzuladen, und morgen kümmern wir uns um die Ermittlungen.«

Sie aßen eine Weile schweigend, dann fragte Meizi: »Sollen wir den Tag trotzdem gemeinsam verbringen? Ich könnte mir vorstellen, eine Runde in die Berge zu gehen. Wir arbeiten hier die ganze Zeit vor dieser wunderschönen Kulisse und haben gar nichts davon.«

»Wenn du langsam genug läufst für eine so alte Frau, komme ich gerne mit.«

Eine Stunde später zogen sie los. Meizi trug Wanderschuhe und dunkelgrüne Funktionskleidung. Er wirkte einschüchternd sportlich. Helgas Kleidung und Schuhe sahen genauso aus wie immer.

»Ich habe auf der Karte eine Route ausgesucht. Mein Vorschlag wäre: Wir laufen Richtung Göll und schauen, wie weit wir kommen.«

Helga, die die Berge der Gegend außer der berühmten Silhouette des Watzmanns nicht kannte, nickte nur.

Einige Minuten liefen sie und besahen sich ihre Umgebung.

»Ich habe in den letzten Tagen wenig von Berchtesgaden mitbekommen. Schon erstaunlich, die Landschaft. Der Talkessel ist sehr schön«, sagte Helga. »Danke für dein gemächliches Tempo.«

»Mir ist ein Satz des Gesprächs mit Bianca Metzenhof diese Woche sehr in Erinnerung geblieben«, erklärte Meizi. »Sie hat gesagt, dass man zu oft nur über Alltagsthemen spricht. Ich fände es schön, wenn wir uns auch mal über mehr als nur die Arbeit unterhalten würden. Gibt es etwas, das du gerne über mich wüsstest?«

Helga dachte nur kurz darüber nach, während der Weg für sie schon jetzt mit jedem Schritt anstrengender wurde. »Warum haben sich Heidi und du getrennt? Wenn das als Frage ok ist. Ich dachte immer, bei euch läuft es gut.«

»Freilich ist das als Frage in Ordnung. Ja, ich glaube gern, dass es so gewirkt hat. War wirklich schön mit ihr. Aber sie wollte Kinder, eigentlich schon von Anfang an, und erst habe ich ewig gezögert und dachte, wir sind noch zu jung, haben nicht genug Geld und so. Ich glaube, da ist schon viel Frust aufgekommen. Dann haben wir es doch probiert und es hat ziemlich lange nicht geklappt und wir haben uns viel Stress damit gemacht und viel gestritten. Am Ende war ich eigentlich froh, als sie gegangen ist. Wir haben als Paar richtig lange gut funktioniert, aber eines Tages war zu viel kaputt.«

Langsam wurden die Häuser um sie herum weniger. Helga genoss für einen Moment die Stille. Nur ein paar Vögel waren zu hören und die Kieselsteine unter ihren Füßen. Sie überlegte, was sie sagen sollte, das mehr als reine Floskel war.

Aber Meizi kam ihr zuvor. »Warum hast du keine Kinder?«

»Das solltest du Frauen lieber nicht fragen, junger Mann«, erwiderte Helga in ernstem Ton. »Zu viele Antworten, die nicht gesagt werden wollen oder die du vielleicht nicht hören willst.«

Sie spürte Meizis Verunsicherung. So redete sie normalerweise nicht mit ihm. Schnell schob sie etwas süffisant nach: »Und mir solltest du diese Frage schon gleich gar nicht stellen. Denn ich habe einen Sohn.«

Meizi blieb abrupt stehen und starrte sie an.

»Aber ...«

Helga ließ ihm Zeit.

»Ich ...«

Sie lächelte ihn weiter an, während er offenbar seine Sprache erstmal wiederfinden musste.

»Warum weiß ich das nicht?«, platzte es förmlich aus ihm heraus.

Jetzt lachte Helga laut.

»Du weißt nicht mal meine Lieblingseissorte. Und eben auch nichts über meinen Sohn und warum ich aus Berlin wegmusste. Ich bin mir nicht mal sicher, ob du weißt, wie alt ich bin.« Sie strich sich demonstrativ durch ihre geliebten grauen Locken.

»Stimmt schon«, brummte Meizi. »Du bist nicht gerade ein Labersack.«

»Und du hast nie gefragt.«

»Stimmt. Dann fange ich eben jetzt damit an. Ist das in Ordnung?«

»Ja, warum nicht? Ich hoffe, dass wir noch lange zusammenarbeiten – zumindest, wenn wir diesen seltsamen Fall gelöst bekommen.«

Die Wanderung hatte Schweißperlen auf Helgas Stirn getrieben, Schwitzflecken verunzierten auf Achselhöhe ihre Bluse und ihre Atmung glich fast schon einem Rasseln, während Meizi aussah, als seien sie noch gar nicht losgelaufen. Nur gut, dass Helga nicht weiter dazukam, sich auf ihre Erschöpfung zu konzentrieren.

»Wie alt ist dein Sohn denn? Wo wohnt er? Und wie heißt er eigentlich?«

»Lass mich überlegen. Er ist jetzt 35 und soweit ich weiß, wohnt er in Potsdam oder da in der Nähe. Und sein Name ist Kurt. Einen zweiten Vornamen hat er auch, aber den verrate ich dir erst in ein paar Jahren. Der ist einfach zu dämlich. Wollte sein Vater so.«

»Wenn du nicht genau weißt, wo er wohnt – habt ihr keinen Kontakt?«

»So gut wie keinen. Er will das nicht. Ich melde mich ab und zu mal bei ihm, aber wir reden eigentlich über gar nichts. Ich habe längere Gespräche mit meiner Postbotin.«

»Und woran liegt das? Also, gibt es einen konkreten Grund?«

»Da muss ich ein bisschen ausholen, wenn du das wirklich wissen willst. Ist aber keine besonders schöne Geschichte.«

Meizi deutete auf die riesigen Bergmassive vor ihnen.

»Wir haben Zeit und ich würde mich freuen, wenn du es mir erzählst. Mit nicht so schönen Geschichten kenne ich mich beruflich ganz gut aus. Du musst wissen, ich arbeite bei der Kripo.«

Helga grinste schief, zögerte einen Moment, dann begann sie zu erzählen.

»Ich war noch nie besonders gut mit Autoritäten und den ganzen Regeln, aber bei der Arbeit habe ich mich immer reingehängt. In Berlin hatte ich ziemlich früh eine ranghohe Kollegin, die irgendetwas Besonderes in mir gesehen haben muss. Auf jeden Fall hat sie mich ziemlich unterstützt. Und ich konnte hier in Bayern einmal jemand Wichtigem eine große Hilfe sein, was vermutlich der einzige Grund ist, warum ich überhaupt noch arbeite und auch, warum ich jetzt hier im Süden bin. Auf jeden Fall lief es lange ziemlich gut für mich in Berlin. Ich hatte ordentliche Ermittlungsergebnisse und – trotz eher schlechter Aktenführung – auch einen guten oder mindestens passablen Ruf.«

Sie musste mehrfach durchatmen. Viel Sprechen vertrug sich nicht wirklich mit der anstrengenden Wanderung.

»Dann habe ich an einem Fall mitgearbeitet, bei dem mehrere Frauen entführt und getötet wurden. Die dritte entführte Frau war Kurts damalige Freundin Maria.«

Meizi sog hörbar die Luft zwischen den Zähnen ein, sagte aber weiter nichts.

»Ich mochte sie richtig gern und hätte natürlich den Fall sofort abgeben müssen. Aber niemand wusste davon. Ich habe hart gearbeitet, wenig geschlafen, jede Spur akribisch wie eine Wahnsinnige verfolgt und schließlich einen heißen Tipp bekommen. Der Drecksack hielt sich in einem absolut widerlichen Loft in Kreuzberg versteckt. Wir sind mit einem Team reingegangen, er begann panisch in alle Richtungen um sich zu schießen. Gott sei Dank konnte er durch einen Treffer von einem der SEKler außer Gefecht gesetzt werden beziehungsweise – reden wir nicht drumherum – getötet werden. Auf jeden Fall war damit auch die Mordserie beendet.«

»Und Kurts Freundin? Habt ihr sie gefunden?«

»Ja, sie hatte noch gelebt. Sie war gefesselt, in diesem Loft. Aber sie bekam Schüsse aus seiner Waffe ab und starb wenig später. Ihre Schreie vergesse ich mein Lebtag nicht. Sie war vorher schon übel zugerichtet und die Rechtsmedizin ging später davon aus, dass sie den Tag auch ohne die Schüsse nicht überlebt hätte. Aber seitdem hat Kurt mit mir nur noch das Nötigste gesprochen. In seinem Blick stand immer der reinste Abscheu.«

Sie liefen jetzt einen schmalen Weg zwischen zwei Wiesen entlang bergauf. Helgas Shirt war schweißnass.

»Aber eines verstehe ich nicht«, hakte Meizi nach. »Klar, es wäre besser gewesen, ihr hättet den Typen überwältigen können, bevor er auch noch sein letztes Entführungsopfer umbringt. Und dass du verschwiegen hast, wie du über Kurts Freundin involviert bist, hat sicher zu Gemecker geführt. Aber das ist doch beides kein Grund, dich in ein anderes Bundesland abzuschieben.«

Helga schnaufte nur und es war nicht zu erkennen, ob es bloß die Steigung war, die ihr zu schaffen machte, oder die Schatten der Vergangenheit.

»Da ist noch mehr dran an der Geschichte, oder?«

Helga nickte und erzählte schließlich weiter, wenngleich, vor lauter Anstrengung, etwas abgehackt: »Die Einsatzleitung hatte klar Anweisung gegeben, mit dem Zugriff noch zu warten, bis die Staatsanwaltschaft dem Vorgehen zugestimmt hatte. Ich habe mich dem widersetzt. Das kam nicht so gut an. Genau genommen gab es unglaublichen Ärger. War auch wirklich dumm von mir. Wenn ein schwer bewaffnetes Team die Wohnung eines Unschuldigen gestürmt hätte, hätte das leicht ins Auge gehen können.«

Sie sah, wie Meizi ihr einen Blick zuwarf, der keinen Zweifel ließ, dass er noch nicht überzeugt war. Mist zu bauen war die eine Sache, aber Helgas Schwierigkeiten in Berlin schienen ihm größer als diese Geschichte.

»Na gut, ich habe zwei der beteiligten Kollegen ziemlich angeschwärzt. Einen weil er zu blind ist, um einen Täter zu finden, selbst wenn der ihm mit Neonschriftzug ›Ich war's‹ auf der Brust gegenübersteht. Und den anderen, weil ich die begründete Vermutung hatte, dass er den Täter, aus welchen Gründen auch immer, bewusst gedeckt hat.«

»Starker Tobak«, stöhnte Meizi. »Und da der Täter tot war, ließ sich deine Vermutung nicht weiter bekräftigen, richtig?«

Helga nickte.

»Und beide hatten gute Kontakte und gar keinen Bock mehr auf meine Anwesenheit. Sie haben mir mit aller Kraft die Karriere kaputtgemacht. Und das Leben zur Hölle. Es wurde sehr deutlich, dass es für mich dort nichts mehr zu holen gab. Überall nur noch verbrannte Erde.« Sie spürte ein Bedürfnis, sich zu rechtfertigen. »Ich weiß auch, dass es nicht so großartig ist, Kollegen reinzureiten, wenn man keine absolut wasserdichten Beweise hat, aber ich war emotional am Ende, so schockiert von Marias Tod und dem Ekel, den ich in Kurts Augen sehen konnte, weil ich seine Freundin nicht hatte retten können. Es war eine ätzende Zeit. Also habe ich meine Zelte in der Heimat abgebrochen und mir etwas anderes gesucht.«

Sie blieb stehen, um durchzuatmen.

Meizi sagte kein Wort, aber er umarmte sie für einen Moment.

Es war ihr so verschwitzt zwar unangenehm, dennoch rührte sie die Geste.

Er murmelte etwas.

»Was hast du gesagt?«, fragte sie nach. Er stand jetzt vor ihr und sah sie mit großen Augen an.

»Heimat ...«

Helga sah ihn an, als wäre er soeben verrückt geworden.

»Ich glaube, ich weiß jetzt, wo wir Annalena Gonzales finden.«

Meizi hetzte Helga zurück zur Pension und zu ihren Autos. Ihr Seitenstechen war nur schwer zu ertragen, aber sie wollte seine überbordende Motivation auch nicht ausbremsen.

»Kannst du mir ... jetzt bitte mal ... sagen, was ... dir aufgefallen ist?«, japste sie.

»Es ist so offensichtlich«, sagte Meizi und verlangsamte sein Tempo ein wenig. Zu wenig, aber immerhin. »Möglicherweise ist es auch eine dumme Idee, eben weil es so offensichtlich ist. Annalena Gonzales ist hier aufgewachsen, zumindest eine Weile. Wir wissen nicht, wo genau sie vorher war. Aus Spanien bekomme ich bisher keine Details über die Familie. Aber wenn sie hier aufgewachsen ist, gibt es ja vielleicht ihr Elternhaus noch. Wir haben nicht im Grundbuch geschaut, aber diese Frau Jaros hat erwähnt, dass es hier in Bischofswiesen war. Ganz bestimmt ist sie dort.«

Sie liefen weiter.

»Zumindest hoffe ich das«, schob er überraschend vorsichtig nach. Hatte ihn die Geschichte von Helgas Scheitern in Berlin verunsichert?

Sie kamen bei ihren Autos an. Meizi wollte schon einsteigen, aber Helga hielt ihn mit einer Geste auf.

»Atme mal einen Moment durch. Ich bin völlig durchgeschwitzt und wir wissen nicht, wo wir hinfahren müssen. Bischofswiesen ist nicht riesig, aber groß genug, dass wir jetzt nicht jedes Haus abklappern können und fragen, ob hier möglicherweise eine Mordverdächtige oder Zeugin wohnt. Ich gehe jetzt schnell duschen und mich umziehen, dann treffen wir uns hier vor der Pension wieder und machen einen Plan.«

Meizi wirkte ein wenig gekränkt, nickte aber. Auf dem Weg zu ihrem Zimmer sah sie noch, wie er sein Handy zückte.

Eine Viertelstunde später eilte Helga immerhin etwas erfrischt die Treppe hinunter, wo sie ein finster dreinblickender Meizi erwartete.

»Hast du die Adresse herausbekommen?«, fragte Helga.

»Grundbuchamt, Standesamt, Finanzamt – alles, was mir eingefallen ist, ist sonntags natürlich nicht zu erreichen. Ich habe auch die Sekretärin der Schule nochmal angerufen, aber die hat heute auch frei und kommt nicht an die Unterlagen. Haben wir die Adresse wo stehen und sie nur übersehen?«

Helga ging in ihrem Kopf die Notizen durch.

»Ich kann es mir nicht vorstellen, aber lass uns in den Besprechungsraum fahren und uns vergewissern.«

Gerade bog Meizi auf die Landstraße vor der Pension ein, als sein Handy klingelte. Er warf es Helga auf den Schoß und bedeutete ihr, ranzugehen.

»Bei Messleitner«, meldete sich Helga und kam sich eigentlich fremd dabei vor, wie als Kind, wenn sie sich nicht sicher war, ob sie etwas Verbotenes tat.

»Hallo, ist da die Frau Hauptkommissarin? Hier ist Jaros, Evelyn Jaros. Vom Gymnasium. Ich habe die Adresse doch noch herausbekommen.«

»Ja, ich bin es, Frau Jaros, gut erkannt. Der Herr Messleitner ist gerade am Steuer. Sie können mir die Adresse gerne sagen.«

»Sie müssen wissen, eine alte Freundin von mir, die Lisbeth, die wohnt nicht weit weg von dem Haus. Das ist mir eingefallen und da habe ich sie gleich angerufen und gefragt. Und wegen der jungen Frau, nach der Sie mich gefragt hatten. Also die, die im Jahresbericht oft neben Annalena stand. Die ist leider verstorben. Das wusste die Lisbeth auch.«

Helga musste an sich halten, Frau Jaros in ihrer langsamen Rede vor Ungeduld nicht ins Wort zu fallen. Hoffentlich kam die Gute bald zum Punkt.

»Und sie sagt, die Familie Gonzales hat am Bärngraben gewohnt in der Hausnummer 9a. Das Haus steht aber seit dem Tod des Vaters leer. Mehr wusste sie auch nicht, die Lisbeth.«

»Haben Sie vielen Dank, Frau Jaros! Einen schönen Sonntag noch«, verabschiedete sich Helga herzlich. Diesen Anruf hatte der Himmel geschickt.

»Dann wirf das Navi an«, reagierte Meizi mit einem begeisterten Grinsen auf dem Gesicht.

Es fiel den beiden nicht schwer, das Haus zu finden. Es stand auf einem grün eingewachsenen Grundstück an einer Straße, die nur sehr spärlich bebaut war. Meizi nahm die Kurve der Einfahrt etwas zu schnell und bremste scharf vor einer Garage, was ihm einen tadelnden Blick von Helga einbrachte. »Auffälliger ging es nicht?« Meizi reagierte nicht. Er hatte es eilig. Sie stiegen aus und sahen sich um.

»Geh du um das Haus herum«, wies Helga ihren Kollegen an. »Damit sie nicht hintenrum entkommt. Da gibt es sicher Fenster oder eine Terrasse.«

Meizi nickte. Er hatte die Zeit in der Pension nicht nur zum Duschen genutzt, sondern auch, um seine Waffe zu holen, die er jetzt zog, womit er Helgas Beispiel folgte. Er verschwand hinter dem Haus. Drinnen brannte kein Licht, was aber für die Mittagszeit nicht verwunderlich war. Große Fenster befanden sich links und rechts von der massiven, hölzernen Eingangstür. Es gab keinen

Grund, der es rechtfertigte, die Fenster zu beschädigen, sie mussten also für die Tür Verstärkung holen, wenn niemand öffnete. Helga atmete tief durch und klingelte dann. Doch auch auf das zweite und dritte Klingeln reagierte niemand. Sie wollte sich gerade aufmachen, um Meizi hinter das Haus zu folgen, als die Tür aufging. Helga spannte sich an, doch in der Tür stand nur der Kollege, der sie spitzbübisch angrinste.

»Die Terrassentür war offen?«, fragte Helga.

Meizi zuckte mit den Schultern.

»Sowas in der Art. Mehr gekippt.«

»Will ich eigentlich gar nicht wissen. Wir haben keinen Durchsuchungsbeschluss, also sei vorsichtig«, raunte Helga und betrat mit langsamen Schritten das Haus. Die Waffe erhoben und jederzeit darauf vorbereitet, angegriffen zu werden, durchsuchte sie kurz darauf mit Meizi Zimmer für Zimmer. Ein Bett wirkte frisch bezogen und sah so aus, als hätte jemand vergangene Nacht darin geschlafen. In der Küche stand eine offensichtlich vor kurzem benutzte, nicht abgespülte Tasse.

»Schau dir das mal an«, flüsterte Meizi. In einem kleinen Küchenregal lag ein Stapel Plastikkarten. Als Helga näherkam, erkannte sie, dass es sich um Personalausweise handelte. Einer davon mit dem Namen Doreen Hildebrandt darauf und die anderen mit identischen Fotos.

»Sieht so aus, als hättest du mit deiner Theorie ins Schwarze getroffen«, lobte sie Meizi. »Das kann kein Zufall sein. Annalena Gonzales war zweifellos hier im Haus. Aber wo ist sie jetzt? Ist sie zufällig nicht da, haben wir sie vertrieben? Versteckt sie sich noch irgendwo?«

»Dann hätten wir sie gesehen«, gab sich Meizi sicher.

Sie gingen erneut von Zimmer zu Zimmer, wachsam in jeden Winkel blickend, aber die Frau war nicht zu finden. Das Haus war in einem guten Zustand, auch wenn es offenbar seit langer Zeit nicht mehr richtig bewohnt wurde. Die Möbel standen noch, die meisten Schränke waren hingegen leergeräumt. Nur im Bad fanden sich Haargel und ein Badezusatz, die beide allerdings so offensichtlich verstaubt waren, dass Meizi sie nicht näher unter die Lupe nahm. Auf dem Dachboden sah Meizi hinter alle deponierten Möbel und Kartons mit Kinderspielsachen – nirgendwo versteckte sich jemand. Neben einem Puppenhaus aus Holz stand eine Autorennbahn, wie er sie als Kind auch besessen hatte. Diese Erinnerung war das Beste bei der ganzen Hausdurchsuchung.

Beide trafen sich wieder und breiteten demonstrativ die leeren Hände vor dem anderen aus. Sie waren große Schritte vorangekommen, doch sie hatten insgeheim auf den Durchbruch gehofft – und der war ausgeblieben.

»Ich denke, wir geben für heute auf«, beschloss Helga einige Minuten später und sah die Enttäuschung in Meizis Gesicht.

Sie setzten sich wieder ins Auto, fuhren aber noch nicht los. Beide fanden nicht die richtigen Worte, um ihr Gegenüber zu bestärken. Helga warf einen letzten Blick zum Haus.

»Etwas stimmt hier nicht«, murmelte sie.

»Lass gut sein, Helga. Es nützt doch nichts«, erwiderte Meizi, doch Helga stieg aus.

»Was machst du denn?«, fragte Meizi. Er hatte sein Fenster runtergelassen.

Jetzt wurde Helga klar, was ihrem Unterbewusstsein eben schon vom Auto aus aufgefallen war. Sie hatte es nur nicht gleich fassen können. Das Fenster links von der Tür stand einen winzigen Spalt breit offen. Sie drückte es auf.

»Verdammt!«, rief Helga. »Das Fenster war vorhin zu, da bin ich mir sicher. Sie hat sich in diesem kleinen Bad versteckt und ist raus, als wir das Haus durchsucht haben.«

Meizi ließ seinen Kopf aufs Lenkrad sinken. Sie waren so dicht dran gewesen, diese Annalena Gonzales zu stellen.

»Lass uns Feierabend machen. Morgen finden wir sie«, ermutigte Helga ihren Kollegen. »Ganz sicher.«

Montag, 9. Juli

Zoff

Am Montagmorgen versammelten sich die Kriminalhauptkommissarin und ihr Mini-Team Haugg und Meizi im Besprechungsraum. Die Stimmung war düster. Haugg schenkte ihnen allen dreien Kaffee ein und Helga breitete ihre mit Kugelschreiber beschriebenen Notizblätter auf dem Schreibtisch aus. Sie umfassten alle bisherigen Ermittlungsergebnisse und dazu jede Theorie, die Helga eingefallen war. Haugg tippte auf seinem Laptop.

»Dann lasst uns mal überlegen, wie wir weiter vorgehen. Ein Stück sind Meizi und ich vorangekommen in den letzten Tagen, auch wenn der große Durchbruch nach wie vor weit weg scheint«, begann Helga in ernstem Ton. Sie fasste für Haugg in aller Kürze zusammen, was in den vergangenen Tagen alles passiert war.

Dieser nickte immer wieder und hakte schließlich ein: »Aber nichts davon findet sich hier im Computer. Habt ihr überhaupt keine Dokumentation gemacht?«

Helga zeigte mit großer Geste auf die vor ihr liegenden und an die Pinnwand gehefteten Notizen.

Meizi ergänzte spitz: »Für mehr war keine Zeit. Wir waren ja in reduzierter Personalstärke unterwegs.«

Haugg schürzte die Lippen, entgegnete aber zu Helgas Erleichterung nichts.

Schnell fuhr Helga fort: »Es gibt verschiedene Personen, die uns interessieren, für die aber bisher keine Motive zu erkennen sind. Ich halte Natascha Winter für verdächtig, ihr Verhalten war auffällig und feindselig. Unsere Hauptverdächtige ist derzeit allerdings Annalena Gonzales. Wir wissen, dass sie in kriminellen Milieus unterwegs ist. Und sie ist die Schwester des getöteten Ben Gonzales. Noch dazu ist sie derzeit hier im Ort.«

»Dass sie hier in Berchtesgaden ist, wissen wir meiner Meinung nach nicht«, erwiderte Haugg leise. »Das vermutet ihr nur.«

»Aber die Erkenntnisse sprechen da ja wohl eine klare Sprache«, sagte Meizi. »Helga hat sie gesehen, sie ist vor mir davongerannt und wir haben gestern ihr Haus durchsucht und dort die Personalausweise von Doreen Hildebrandt gefunden.«

»Helga kann sich getäuscht haben. Wegen des Familienfotos in der Wohnung des Toten und der Erinnerung an ihr Auftauchen in Füssen kann sie ihr vor Augen gestanden haben«, sagte Haugg in ruhigem Ton. »Und dir genauso. Kriminelle, die weglaufen, gibt es immer mal wieder, selbst bei den banalsten Kontrollen. Und wenn man sie nicht richtig sieht, dann kann man sie schon mal für jemanden halten, den man gerne in die Finger bekommen würde. Und weder die benutzte Tasse noch die Personalausweise sind wirklich klare Indizien. Ben Gonzales hat das Haus vielleicht gemeinsam mit seiner Schwester geerbt, ich frage dazu nachher beim Grundbuchamt nach. Und dass Ben und diese Doreen sich kannten, steht vermutlich außer Frage.«

»Ich habe sie gesehen, mit meinen eigenen Augen«, gab Meizi gereizt zurück. Und noch dazu ist sie über eine Mauer geklettert in Windeseile, wie bei dem Fall in Füssen auch.«

Haugg redete jetzt einen Tick lauter: »Es ist mir nur wichtig, dass wir weiter in andere Richtungen ermitteln. Wie ihr schon sagt, hapert es ja noch an Motiven. Das ist doch entscheidend. Wir wissen verflucht wenig über die Opfer und kommen schlecht voran. Statt einem Phantom nachzujagen, sollten wir da intensiv recherchieren und von mir aus ein weiteres Mal Natascha Winter befragen, da sie offenbar etwas zu verbergen hat.«

In diesem Moment klingelte Helgas Handy und unterbrach die Unterhaltung, bevor Meizi etwas erwidern konnte. Helga schaltete den Lautsprecher ein.

»Rösle hier, Sie hatten mich gebeten, nach einer Frau zu suchen, und mir dafür ein Bild geschickt.« Die Sekretärin von Helgas Vorgesetztem in Kempten klang fröhlich.

»Ja genau, sind Sie da weitergekommen?«

»Ich habe die ...«, die Sekretärin unterbrach sich einen Moment und fuhr dann fort, »also die Blumen, für die ... für die Feierlichkeiten doch schon vor Wochen angefragt. Können Sie mir genauer erklären, warum das, also das Angebot noch immer nicht auf meinem Tisch liegt?«

Helga wechselte einen irritierten Blick mit ihren Kollegen. Was ging hier vor?

Von Frau Rösle kam einige Zeit kein Laut, dann erklang ein leises Lachen. »Entschuldigen Sie, Frau Herbertsen, da habe ich Sie jetzt sicher verwirrt. Sie müssen wissen, der Herr Brandt-Schmitt lief gerade durchs Zimmer, da kann ich natürlich nicht einfach so verraten, mit wem ich telefoniere. Da wäre er sehr ungehalten.«

»Das kann ich verstehen. Vielen Dank, dass Sie das für uns tun.«

»Ist doch selbstverständlich. Also, was ich eigentlich sagen wollte: Ich habe die Fachkollegen gebeten, sich dieses Bild einmal genauer anzusehen. Ich denke übrigens, beim nächsten Mal können Sie auch wieder selber auf die zugehen, die machen mir da keinen unbändig verkrampften Eindruck. Aber sonst gerne auch wieder über mich.«

»Und, haben die Datenbanken irgendetwas ausgespuckt?«, fragte Meizi ungeduldig.

»Ah, der Herr Messleitner hört offenbar auch zu. Ja, das haben die Datenbanken in der Tat getan. Die Frau, die sich Doreen Hildebrandt nennt, oder vielmehr genannt hat, kann eine ganz ordentliche Akte vorweisen. Ihr wirklicher Name ist Dana Heininger, sie war als Fälscherin schon öfter im Fokus der Justiz, konnte aber immer wieder untertauchen, bevor sie ins Gefängnis gewandert wäre. Sie hat sich einmal als Bankmitarbeiterin ausgegeben, um Zugang zum Konto eines Verstorbenen zu bekommen, und dabei ein ähnliches Bild benutzt, über das jetzt die Verbindung hergestellt werden konnte. Ich schicke Ihnen die Akte, sobald ich dazu gekommen bin, sie zu scannen.«

Helga bedankte sich viele Male sehr aufrichtig und verabschiedete sich dann von Frau Rösle. Sie freute sich im Augenblick über jede Unterstützung.

»Unsere Opfer könnten ein Arbeitsteam mit verschiedenen Rollen gewesen sein«, sagte Meizi in nachdenklichem Ton. »Das würde zum gemeinsamen Tod passen. Sie haben vermutlich an einem Projekt gearbeitet, das sowohl Sicherheitstechnik an Computern als auch die Arbeit einer Fälscherin benötigte. Möglicherweise mussten sie dabei unter falschem Namen auftreten. Wissen wir bei den anderen etwas über ihre Fähigkeiten?«

Helga schüttelte den Kopf.

»Es ist nichts zu finden. Ich gehe heute nochmal an den Tatort. Das hat mir schon unzählige Male geholfen, mir die Tat besser vorzustellen und die Puzzleteile für mich im Kopf zusammenzusetzen.«

Haugg wirkte genervt: »Lass das doch. Lass uns recherchieren, lass uns mit den Personen reden, bei denen wir Hoffnung haben, dass sie uns weiterbringen. Aber das Durchsuchen der Wohnungen hat doch schon am Samstag nix gebracht.«

»Du musst es ja wissen, wo du so eifrig geholfen hast«, sagte Meizi in scharfem Ton.

»Was ist eigentlich dein Problem zurzeit, Herr Messleitner?«, fragte Haugg nicht weniger geladen. Helga hatte nie zuvor gehört, dass er seinen Freund und Kollegen mit vollem Namen ansprach.

»Mein Problem ist, dass du dich nicht kümmerst. Nicht sauber bei der Sache bist. Dass du dich um Arbeit drückst und faul wirst langsam«, sagte Meizi. Er stand jetzt und hatte die Hände in die Hüften gestemmt.

»Blödsinn. Dein Problem ist, dass Heidi es mit deinem Gemecker irgendwann nicht mehr ausgehalten hat, und das weißt du so gut wie ich. Und jetzt bist du neidisch auf mich und meine Frau und ärgerst dich, weil du alleine bist. Und weil du so eine tolle Frau hattest und es nicht zu schätzen wusstest. Ich arbeite einen Scheiß weniger als früher. Du hast nur niemanden mehr zuhause, der auf dich wartet.« Haugg schrie jetzt die Worte seinem Kollegen beinahe entgegen.

»Was soll ich denn da neidisch sein auf dich Pantoffelheld. Wir haben hier einen Fall zu lösen – und wer ist ständig nicht da? Der feine Herr Haugg!«

»Jetzt beruhigt euch doch …«, versuchte es Helga, wurde aber gleich unterbrochen.

Haugg war jetzt ebenfalls aufgestanden. »Ich wollte überhaupt nicht so weit weg von zuhause arbeiten. Wer hat mich denn angebettelt, dass ich euch unterstützen soll?« Haugg kam jetzt bedrohlich und wütend auf Meizi zu. Wollten sich die beiden hier wirklich schlagen?

»Aber du unterstützt ja nicht«, keifte Meizi und schubste Haugg ein Stück von sich weg. Der warf sich augenblicklich auf seinen Kollegen und riss ihn zu Boden. Beide waren ungefähr gleich schwer und gleich stark. Wahrscheinlich würden sie in kürzester Zeit das ganze Büro zerlegen. Möglicherweise brachen sie einander sogar die Knochen, so hasserfüllt, wie sie sich mittlerweile anbrüllten. Die Inhalte waren kaum noch zu verstehen. Helga rief immer wieder und versuchte, die beiden Männer, die größer und stärker waren als sie, von ihrem Kampf abzuhalten. Sie wusste sich nicht mehr zu helfen. Helga ließ sich, Hintern voran, mit ihrem gesamten Kampfgewicht auf die beiden plumpsen, zweifellos extrem unelegant. Aber so konnte sie das Überraschungsmoment nutzen und drehte so flink, wie es ihr kaum jemand zutrauen würde, jedem einen Arm auf den Rücken in den Polizeigriff.

»Jetzt hört mir mal zu, ihr zwei Gockel«, zischte Helga den beiden gereizt in die Ohren. »Ich habe keine Lust und keine Zeit für solche Kindereien. Entweder ihr benehmt euch jetzt ordentlich und vertragt euch, oder ihr lauft in unterschiedliche Richtungen davon und kommt erst wieder, wenn ihr euch eingekriegt habt. Haugg hat – von diesem Unsinn hier gerade zwischen euch abgesehen – nichts falsch gemacht. Er erledigt seine Arbeit und darüber bin ich saufroh. Und Meizi, über deine Arbeit bin ich ebenso froh. Aber du musst dir diese Sticheleien sparen. Ich stehe jetzt auf. Und ihr vertragt euch! Wehe, wenn nicht! Alles klar?«

Beide ächzten, als Helga sich erhob und die beiden auch wieder aufstehen ließ. Sie standen jetzt voreinander und blickten sich ernst in die Augen. Helga freute sich insgeheim, wie gut sie das Problem aus der Welt geschafft hatte. Auch wenn die Methode sicherlich noch Verbesserungspotential in sich barg.

Haugg schüttelte seinen von der kurzen Prügelei noch roten Kopf und sagte angewidert: »Mit so einem erbärmlichen Wicht will ich mich nicht vertragen.« Damit nahm er seine Jacke und ging raus.

»Auf welcher Seite stehst du eigentlich?«, giftete Meizi in Helgas Richtung und verließ ebenfalls den Raum. Dabei rieb es sich mit verzerrtem Gesicht eine Schulter.

Helga ließ sich hinter ihrem Schreibtisch auf den Stuhl sinken und seufzte.

»Was ist denn mit unseren Kollegen passiert?«, fragte plötzlich eine Stimme. Dr. Sulzbach hatte den Raum betreten. »Ich habe sie wie die Primaten in verschiedene Richtungen wegstampfen sehen.«

»Die müssen gerade eine Beziehungskrise miteinander ausfechten«, sagte Helga.

Die Ärztin blickte sie zwar einen Moment irritiert an, fragte aber nicht weiter nach. Allerdings trieb sie etwas anderes um. »Apropos Beziehungskrise – denken Sie, ich sollte Charlys Arbeit bei mir für beendet erklären, jetzt wo sie sich mit dem Herrn Messleitner eingelassen hat?«

»Also mir wäre es lieber, wenn nicht. Macht sie denn ihre Arbeit bei Ihnen schlecht?«

Frau Dr. Sulzbach schüttelte vehement den Kopf. »Ganz im Gegenteil, sie ist sehr pfiffig, das muss man schon sagen. Geschickte Hände, eine tolle Auffassungsgabe. In dem Bereich kann ich nicht klagen.«

»Dann soll sie doch einfach Sex haben, mit wem sie will, und weiter bei Ihnen arbeiten, würde ich vorschlagen«, meinte Helga und verkniff sich mühsam einen Witz zu Charlys geschickten Händen. Die Ärztin nickte, auch wenn sie dabei unverändert kritisch dreinblickte.

»Eigentlich bin ich auch aus einem ganz anderen Grund gekommen. Wir haben heute schon in den frühen Morgenstunden angefangen, die Frau Schneider genauer unter die Lupe zu nehmen – oder unters Messer. Wie Sie wollen. Nur ein kleiner Scherz.«

Helga lachte nicht richtig, schenkte der Ärztin aber ein kleines Lächeln. Immerhin hatte sie versucht, einen Witz zu machen.

»Und Sie haben etwas herausgefunden?«

»Ihre Wunden haben mir den entscheidenden Schubs in die richtige Richtung gegeben. Der Winkel lässt mich zu der sehr starken Vermutung kommen, dass es sich beim Täter um einen Linkshänder handeln muss. Das deckt sich zudem mit den Einstichwinkeln der anderen Opfer. Auch das Messer dürfte dasselbe gewesen sein, oder ein sehr ähnliches Modell. Der einzige offenkundige Unterschied zwischen den Taten am Montag und dieser hier ist, dass bei Hilde Schneider deutlich schneller vorgegangen wurde.«

»Da war natürlich das Interesse der Polizei schon geweckt. Das überrascht nicht weiter.«

»Ich muss leider gleich wieder los, wollte Ihnen nur die Nachricht gerne persönlich überbringen.«

»Haben Sie vielen Dank! Und falls Sie draußen noch einen der Streithähne treffen, schicken Sie ihn wieder rein zu mir«, rief Helga der Rechtsmedizinerin noch hinterher.

Hoffnung

Annalena traute sich nicht, das Licht anzuschalten. So saß sie im Dunkeln in der Doppelhaushälfte, die ihre Tante als Drogenlabor benutzt hatte, und arbeitete am Computer. Die letzten Tage hatten bei ihr Spuren hinterlassen. Ihre Bewegungen waren fahrig, sie fühlte sich unausgeschlafen und konnte kaum einen klaren Gedanken fassen. Sie hätte damit rechnen müssen, dass die Polizei vor ihrer Tür stehen würde, hatte auch damit gerechnet auf einer theoretischen Ebene, dennoch war es knapp gewesen. Zwei gegen eine, beide Bullen bewaffnet, das wäre zumindest kein Spaziergang geworden. Zum Glück hatte sie durch das Fenster nach draußen steigen können, als die dicke Kommissarin reingegangen war.

Jetzt saß sie hier, umgeben von so viel fein säuberlich abgepackten Schachteln und Tütchen, dass sie sich davon eine goldene Nase verdienen konnte. Aber Drogen verkaufen entsprach nicht ihrem Stil. Sie erinnerte sich mit Schrecken an die Zeit in ihrer Jugend, als die Eltern versucht hatten, sich in Spanien mit Drogengeschäften über Wasser zu halten. Selbst hergestellt oder eingekauft – völlig egal. Es lief nicht schlecht, aber nicht gut genug. Beim Aufbau ihres Kundenkreises hatten sie sich außerdem eine Menge Feinde gemacht im Umland rund um Madrid. Einflussreiche Feinde. Und auch wenn sie versucht hatten, Ben und Annalena rauszuhalten, gab es so unendlich viel, das Annalena mitbekommen hatte und an das sie sich noch erinnerte. Mehr als sie ihrem Papa je erzählt hatte. Die zugedröhnten Leute, die manches Mal mit ihren Eltern rumhingen und Annalena mit trübem Blick anstarrten, wenn sie vorbeiging. Die Gespräche ihrer Eltern und die schockierten Blicke, die sie sich beim Abendessen zuwarfen, wenn es wieder einen ihrer Freunde erwischt hatte. Manche durch eine Überdosis, andere erschossen bei Diebstählen oder Streitereien. Irgendwann waren sie dort endlich weggegangen, hierher, ins beschauliche Berchtesgaden, wo Annalenas Mama herkam. Über Mamas Schwester, Tante Hilde, und alte Freunde konnten sie schnell Kontakte knüpfen. Hilde hatte zwar ein solides Standbein im Drogengeschäft, war aber besser darin, Konflikte nicht eskalieren zu lassen. Und so ging es hier deutlich friedlicher zu. Hatten sie damals jedenfalls gedacht, als sie alle noch zusammen waren. Eine Träne lief Annalena die Wange hinunter.

Die Drogen würde sie unberührt lassen. Die konnten gemeinsam mit dem Haus vergammeln, wenn sie Berchtesgaden verließ.

Eine Nachricht erschien auf ihrem Computer und sie strich sich gedankenverloren ein paar herabhängende Strähnen hinters Ohr. Das war jetzt schon das dritte Jobangebot. Sie verdiente gerade keinerlei Geld, aber wenn sie einen Job annahm, konnte sie hier nicht weitersuchen. Allerdings: Wem nützte ihre Suche schon? Ja, sie wollte wissen, wer für den Mord verantwortlich war, kam aber keinen Schritt weiter. Da wäre die Zeit mit diesem Job womöglich besser genutzt. Der eben aufgeploppte würde sie ans Meer führen. Sie müsste einen Waffenschieber bei einem komplizierten Geschäft in Stralsund beschützen. Sie kannte den Typen sogar. Bei ihrem letzten Zusammentreffen war er ausgesprochen großzügig gewesen. Annalena starrte ins morgendliche Halbdunkel und grübelte.

Dann beschloss sie, um sich abzulenken, endlich mal ein Mindestmaß an gebotener Höflichkeit den Kunden gegenüber walten zu lassen und Flieser zurückzurufen. Er hatte es mittlerweile mehr als ein Dutzend Mal bei ihr probiert, der Rückruf war schon lange überfällig. Mit etwas Überwindung nahm sie ihr Smartphone in die Hand. Es klingelte ein paar Mal, dann wurde sie weggedrückt. Herrje! Das war ganz und gar kein gutes Zeichen. Wenn Flieser sauer war und sich bei einigen Leuten über Annalena ausließ, würde das enorm an ihrem Ruf kratzen. Sie hätte sich nicht so gehen lassen dürfen. Annalena massierte sich die Schläfen.

Also, dann wieder weiter mit der Recherche.

Normalerweise waren die Weiten des Internets ihr bei Nachforschungen ein verlässlicher Helfer, in denen sie sich sehr gut auskannte, aber in diesem Fall konnte sie verschwindend geringe Mengen an Informationen über die Mordopfer und mögliche Zusammenhänge finden. Jeder hinterließ doch heutzutage die eine oder andere kleine Spur im Netz. Es musste also jemand die Spuren entfernt haben oder sie hatten sich von vornherein Mühe gegeben, keine zu hinterlassen. Es gab keine andere Erklärung.

Wie sah es mit ihrem Zugang zu den Polizeiinfos aus? Die musste sie auch noch mal checken! »Ein paar Wanzen habe ich noch. Ich könnte nochmal eine anbringen«, murmelte sie leise vor sich hin. Gleich darauf schämte sie sich dafür, mit sich selbst zu sprechen. Aber die letzte Wanze war überraschend schnell gefunden worden und gemessen an ihren unfreiwilligen Begegnungen mit der Kripo in den letzten Tagen hatte sie ihr Glück offenbar bereits überstrapaziert. Sie entschied sich dagegen, die Kommissarin erneut zu verwanzen.

Ihr Fundus an Ideen schien aufgebraucht. Sollte es das jetzt wirklich gewesen sein? Und der Mord an ihrem Bruder nicht aufgeklärt werden? Viel Vertrauen in das Können der Kripo hatte sie nicht. Andererseits war die Kommissarin damals in Füssen auch nur ein paar Schritte hinter ihr gewesen. Es fühlte sich an, als würde sie Ben im Stich lassen – es kam ihr vor wie eine gigantische Schande, die sie nie mehr loswerden würde. Aber sie wusste einfach nicht mehr weiter, konnte nicht mehr.

Nach reiflicher Überlegung entschied Annalena, aufzugeben und Berchtesgaden den Rücken zuzukehren. Sie spürte das Bedürfnis, sich noch von Ben zu verabschieden. Leider gab es ja kein Grab bisher. Dass er eines bekam, dafür musste sie sorgen, wenn sie in sicherer Entfernung von Berchtesgaden war. In die Leichenhalle oder Pathologie einzubrechen, um ihn nochmal zu sehen, kam ihr auch nicht richtig vor. Sie würde stattdessen zu seiner Wohnung gehen, das fühlte sich richtiger an.

Annalena suchte ihre Habseligkeiten zusammen und packte alles in ihren *VW*-Bus, der heute in diskretem Abstand ein paar Straßen entfernt vom Haus ihrer Tante stand.

Sie hatte sich ein Basecap übergezogen, um sich vor erneuten ungewollten Begegnungen zu schützen. Den Fußweg zur Wohnung ihres Bruders legte sie langsam und mit hängenden Schultern zurück. Kraftlos, die Welt um sie herum farbloser als gewöhnlich. Natürlich war es sinnlos, sich von einem Toten verabschieden zu wollen oder von der Wohnung, in der er gestorben war, dennoch zog es sie dorthin. Sie öffnete die Haustür und lief gedankenverloren hoch zur Wohnung, als sie plötzlich von der Seite angesprochen wurde.

»Sie sind die Schwester, oder?«, fragte eine Stimme.

Annalena zuckte zusammen. In der Tür der Nachbarwohnung stand ein alter Mann mit einem Gehstock und lächelte sie an. Er stellte keine Bedrohung für sie dar, auch wenn es ihr in ihrem frustrierten Zustand widerstrebte, mit jemandem zu sprechen.

»Ja, genau. Bens Schwester«, gab sie zu.

»Wollen Sie kurz reinkommen? Ich halte Sie auch nicht lange auf. Ich habe gerade Kaffee gemacht.«

Annalena setzte sich aufs Sofa in seinem Wohnzimmer und er reichte ihr mit zittrigen Händen eine Tasse Kaffee, bevor er sich selbst auch noch eine holte und sich dann mit etwas Abstand neben ihr niederließ. Der Kaffee schmeckte grauenhaft.

»Antonia hat von Ihnen erzählt«, sagte der alte Mann. »Ich glaube, Sie beide kannten sich nicht gut, oder?«

»Das stimmt, ich habe sie vor ein paar Jahren ein einziges Mal gesehen.«

»Aber Ihr Bruder hat wohl oft von Ihnen erzählt. Die beiden waren sehr unglücklich in letzter Zeit. Ich wollte das vor der Polizei nicht so ausbreiten, das wäre ihnen bestimmt nicht recht gewesen, wenn schlecht über sie geredet wird. Das hat mit dem … also ihrem Tod bestimmt nichts zu tun. Aber Ihnen kann ich es ja erzählen. Antonia hat mir nicht gesagt, was sie gearbeitet haben, ich verstehe ja eh nichts von Computern. Ich glaube, sie hatten Angst vor diesen Leuten, mit denen sie da zu tun hatten, und waren unzufrieden mit deren Arbeitsweise. So habe ich sie verstanden. Antonia hat mir dann noch etwas gegeben für Sie, falls ich Sie sehe. Am Sonntag oder Montag war das, genau. Ich hole es schnell.«

Annalena war mit einem Mal völlig aufgeregt. Eine Nachricht, sicher von Nia oder sogar von ihrem Bruder. Konnte das der entscheidende Hinweis sein? Sie würgte den Kaffee Schluck für Schluck in sich hinein, um schnell wieder aufbrechen zu können. Als der alte Mann mit seinem Gehstock wieder ins Zimmer trat, war sein Blick verzweifelt.

»Ich kann es einfach nicht finden. Kann es einfach nicht finden.«

Er blickte ins Leere und stand einfach nur da, ohne etwas zu tun.

»Was war es denn?«, fragte Annalena. »Was hat Nia, also Antonia, Ihnen für mich gegeben?«

Herr Bragatto zuckte mit den Schultern. »Eben wusste ich es noch. Ich kann mich nicht erinnern. Ich hatte es auf den Telefontisch gelegt. Ganz sicher.« Er setzte sich in den Sessel.

»Ich schaue auch nochmal nach«, sagte Annalena und durchsuchte den kleinen Tisch, auf dem ein altbackenes Festnetztelefon vor sich hin blinkte. Dort waren nur ein paar Rechnungen und ein vergilbter Brief in einer geschwungenen Handschrift. Es schien eine Art Liebesbrief zu sein. Fraglos nichts, was Annalena etwas anging. Sie kehrte zu Herrn Bragatto zurück und sah, dass er in seinem Sessel eingeschlafen war und leise schnarchte. Geräuschlos durchsuchte sie noch den Rest der Wohnung. Vielleicht hatte der die Nachricht ja nur verlegt. Doch sie fand rein gar nichts, was einer Nachricht für Sie entsprechen konnte. Kein Zettel, kein Päckchen – nichts dergleichen. Sie verließ die Wohnung und betrat kurz darauf Bens Wohnzimmer. Kraftlos und enttäuscht ließ sie sich dort auf eine nicht mit Blut befleckte Stelle sinken und blieb einfach sitzen.

Duell

Haugg und Meizi kehrten nicht zurück. Helga sortierte ihre Unterlagen, spülte die benutzten Kaffeetassen, band sich die Schuhe neu und vertrieb sich dann die Zeit damit, ihren Gedanken zum Fall nachzuhängen. Als sie eine Viertelstunde lang damit kein noch so kleines Stück weitergekommen war und sich keiner der beiden Kollegen hatte blicken lassen, nahm sie ihr Smartphone zur Hand. Für den heutigen Tag hatte sie sich nur zwei Dinge notiert, die sie dringend tun wollte. Zum Tatort würde sie später noch einmal gehen. Das brauchte sie. So viele kleine Mosaiksteine schwirrten in ihrem Kopf, die sie nur dort zu einem Bild zusammensetzen konnte, wenn es überhaupt ging. Jetzt rief sie zunächst ein weiteres Mal beim ehemaligen Arbeitgeber von Antonia Frederiksen an. Montags würde sie da zweifellos jemanden an die Strippe bekommen.

»Herzlich willkommen bei *LighthouseM*, mein Name ist Daniel Grint, was kann ich für Sie tun?«, blökte es im aufgesetzt freundlichen Callcenter-Tonfall schon nach dem zweiten Klingeln aus ihrem Handylautsprecher. Helga stellte sich und ihr Anliegen vor und wurde schon nach kurzer Zeit zur Geschäftsführerin durchgestellt.

»Mein Name ist Emma Grint, womit kann ich Ihnen weiterhelfen, Frau Kommissarin?«, fragte die Frau.

»Ah, ich hatte gerade schon einen Herrn Grint am Telefon«, sagte Helga und ärgerte sich gleich darauf über ihre mangelnde Professionalität.

Die Frau am anderen Ende der Leitung reagierte aber ganz professionell.

»Ja, Sie haben mit meinem Neffen gesprochen. Aber das wird vermutlich nicht Ihr Anliegen sein, oder hat er sich schlecht benommen?«

Helga musste lachen.

»Nein, nicht im Geringsten. Es geht um eine ehemalige Angestellte von Ihnen, Antonia Lucia Frederiksen. Ich weiß nicht, ob Sie sich an die Frau erinnern?«

»Ja, allerdings.« Ihr Ton wurde merklich ernster. »Wissen Sie, wir sind ein kleines Unternehmen mit 38 Beschäftigten, hier kennen sich alle ganz gut. Frau Frederiksen mussten wir damals leider kurzfristig entlassen.«

»Und was war der Grund für die Entlassung?«, bohrte Helga nach.

»Wissen Sie, worauf unser Unternehmen spezialisiert ist?«, fragte die Frau. Helga spürte, dass im Tonfall der Frau etwas Herablassendes mitschwang. Leider erwischte diese Frage sie völlig kalt und unvorbereitet. Vor ihrem Besuch hier hatte sie sich nur auf die Akten und den Fall konzentriert.

»Ehrlich gesagt ... nein«, gab sie zu.

»Wir bieten hochwertige Verschlüsselung an für jedermann. Das Programm ist für Privatanwender durchaus erschwinglich. Sie können Ihre Daten absichern und somit sicherstellen, dass von Ihnen nichts in Umlauf kommt, egal was passiert. Es kommt immer wieder vor, dass Personen beispielsweise mit Nacktfotos, die ihnen digital entwendet wurden, erpresst werden. Davor schützt das Programm. Wie ein kleiner Tresor auf Ihrem Computer, den auch Fachleute nicht wieder aufkriegen, wenn diese den Schlüssel, also das Passwort, nicht haben.«

»Leider fürchte ich, dass das meine Frage nicht beantwortet.«

»Was ist in so einem Geschäft das Wichtigste? Diskretion und Zuverlässigkeit. Wir müssen unseren Mitarbeiterinnen und Mitarbeitern zu hundert Prozent vertrauen können, und das war bei Frau Frederiksen leider ab einem gewissen Punkt nicht mehr gewährleistet.«

»Ja, schön und gut.« Helga merkte, wie kurz ihr Geduldsfaden heute war. »Aber hat sie sich aus der Portokasse bedient, hat sie die Daten Ihrer Kunden veröffentlicht? Ihnen auf den Tisch gepinkelt? Ein bisschen genauer müssen Sie bitte schon werden. Frau Frederiksen wurde vor einer Woche umgebracht, die wird Sie sicher nicht wegen Verleumdung anzeigen.«

»Was? Um Gottes willen. Ich ... Also ...«

Es dauerte eine ganze Weile, bevor Frau Grint wieder einen klaren Satz herausbrachte. Helga schämte sich schon zum zweiten Mal in diesem Gespräch für ihr Verhalten. Das hätte sie absolut diskreter formulieren müssen.

»Was ist ihr denn passiert, der Frau Frederiksen?«

Helga fasste die Details in möglichst schonenden Worten für die Frau zusammen, soweit sie eh schon ihren Weg in die Zeitung gefunden hatten. Dann hakte sie nach: »Können Sie mir jetzt bitte sagen, was Frau Frederiksen getan hat?«

»Also so einfach am Telefon geht das nicht. Lassen Sie mich kurz überlegen. Geben Sie mir doch bitte noch einmal ihren Namen und ihre Dienststelle durch. Die Handynummer sehe ich ja auf dem Display. Ich rufe sie gleich zurück.«

Helga tat wie geheißen und saß fünf Minuten einfach nur da und tat nichts. Dann klingelte ihr Handy und die Frau war wieder dran.

»In Ordnung«, sagte sie in ernstem Ton. »Ich habe mich direkt bei Ihrer Dienststelle erkundigt mit der Nummer des Polizeipräsidiums Schwaben Süd/West von der Homepage und eine Frau Rösle hat mir bestätigt, dass Sie Kommissarin sind und unter dieser Nummer zu erreichen. Wir können also offen reden. Ich möchte ... Nun ... Also man sagt ja, über die Toten ...«

Helga unterbrach sie: »Über die Toten nichts Schlechtes, schon klar, aber in diesem Fall sollten wir um der Wahrheit Willen eine Ausnahme machen. Einfach in aller Kürze? Es würde bei der Aufklärung möglicherweise helfen.«

Das schien die aufgelöste Frau ein wenig zu beruhigen.

»Gut, wenn das so ist. Frau Frederiksen hatte sich nicht an der Portokasse bedient und auch keine Kundendaten gestohlen. Oder ... also auch nichts anderes. Auf die Daten haben wir Gott sei Dank gar keinen Zugriff. Sie hatte sich Details eines Verschlüsselungsalgorithmus, den ein Kollege von ihr entworfen hat, auf einen Stick gezogen und aus dem Unternehmen getragen. Dieser Algorithmus, der ganze Austausch der Schlüssel, die dann für die Sicherheit sorgen, sodass niemand unerlaubt mitlesen kann, alles daran ist wahnsinnig gut und clever geschrieben. Ein großer Schritt für unsere Firma. Und sie hätte allein damit letztlich ein Konkurrenzunternehmen aufbauen können. Auch wenn sie uns dann glaubhaft versichert hat, dass sie das nicht vorhatte und nur den Code genauer studieren wollte und auch den Stick zurückgegeben hat – wir mussten uns von ihr trennen.«

»Aber – und entschuldigen Sie meine Naivität, ich bin nicht so fit mit dem Computerkram – auch wenn sie den Stick zurückgegeben hat, heißt das ja nicht, dass sie diese Daten vorher nicht für sich selbst kopiert hatte. Sehe ich das richtig?«, hakte Helga nach.

»Ja, vollkommen. Sie musste einen Geheimhaltungsvertrag unterschreiben, der eine extreme Geldbuße zur Folge gehabt hätte bei Vertragsbruch. Davon hätte sie sich nicht wieder erholt.«

Die Kriminalhauptkommissarin legte wenig später auf, wieder um ein Mosaiksteinchen reicher. Sie verstand kaum etwas von Computern, aber sie wusste, dass ein Algorithmus so etwas wie ein Rezept war. Schritte, die ein Computer verstehen und abarbeiten konnte. Und dass es sehr lohnenswert sein konnte, sich so einen Algorithmus, mit dem man Daten vor anderen geheim halten konnte, zu kopieren.

Um ihren zweiten Punkt, den sie sich für heute vorgenommen hatte, zu erledigen, musste sie zum Tatort. Am besten allein, damit sie ihre Gedanken ordnen konnte. Dass Haugg und Meizi nicht zurückkamen, enttäuschte Helga, aber das ließ sich für den Moment nicht ändern. Sie konnte ja später versuchen, sie telefonisch zu erreichen und ihnen weitere Aufgaben übertragen. Möglicherweise saßen sie auch schon irgendwo, tranken gemeinsam ein paar Bier und sprachen sich aus.

Helga betrat das Haus in der Watzmanngasse 12. Weit und breit war hier niemand zu sehen. Sie lief tief in Gedanken die Treppe hoch und hielt erst vor der Wohnungstür inne. Warum war die Tür nur angelehnt? Helga beschlich ein ungutes Gefühl. Sie zog ihre Pistole und betrat leise die Wohnung. Da saß jemand zusammengekauert im Wohnzimmer. Helga bewegte sich so lautlos wie möglich. Sie hörte ein Schniefen. Noch hatte die Person sie nicht bemerkt. Eine schlanke Frau, wenn sich Helga nicht irrte.

Helga hob die Pistole und zielte auf die Frau, dann rief sie: »Hände hoch und am Boden bleiben!«

Die Frau schrak hoch und blickte Helga verwundert an. Dann wurde ihr Blick ernst und feindselig.

»Annalena Gonzales, wenn ich mich nicht sehr irre. Schön, dass wir uns mal richtig sehen.«

Die Frau am Boden nickte nur leicht. Ihr Blick, der eben noch so verstört und geradezu verschlafen ausgesehen hatte, schärfte sich. Ihre Augen sprangen von der Waffe zu Helga und suchten Punkte in der Umgebung ab. Helga trat einen Schritt näher an sie heran, blieb aber außerhalb von Annalenas Reichweite.

»Die Hände hoch, habe ich gesagt«, befahl Helga noch energischer. Annalena hob jetzt ihre Hände und richtete sich dabei im Sitzen ein Stück auf.

»Was tun Sie hier? Wollten Sie nochmal an den Schauplatz der Tat zurückkehren und Ihre Spuren verwischen? Oder falsche legen?«

Annalena sah sie angewidert an. »Unsinn.«

»Ich nehme Sie jetzt mit aufs Revier, die haben da ein paar hübsche kleine Zellen, um Sie fürs Erste festzuhalten. Ich bin auf Ihre Aussagen gespannt.«

Annalena reagierte blitzschnell. Sie ließ in einer fließenden Bewegung ihren Oberkörper ein Stück nach vorn klappen, ging in die Hocke, packte mit einem Hechtsprung, den Helga nicht für möglich gehalten hätte, die Beine der Kommissarin und warf sie rücklings um. Helga reagierte instinktiv, während Schmerzen ihr durch Rücken und Hintern jagten. Schießen konnte sie aus diesem Winkel nicht, dafür ließ sie den Kolben der Waffe auf Annalenas Kopf sausen. Die atmete gepresst aus, zögerte aber nur einen kurzen Moment, dann riss sie Helga die Waffe aus der Hand und warf sie quer durch Wohnzimmer und Flur in Richtung Wohnungstür. Helga stieß die Frau von sich und setzte sich mühsam auf. Annalena hatte jetzt ein Messer gezogen. An ihrem wabernden Blick konnte Helga aber erkennen, dass der Schlag mit der Pistole nicht ohne Wirkung geblieben war. Annalena schwankte etwas, während sie mit dem Messer auf Helga zuging. Das Blitzen des Messers vor ihr mobilisierte Kraftreserven in Helga, von denen sie lange nichts gespürt hatte. Sie machte einen Schritt nach vorn und versuchte, die Hand zu packen, die das Messer hielt. Dabei geriet sie aus dem Gleichgewicht und riss Annalena mit sich um, die ebenfalls nicht stabil stand. Das war schon das zweite Mal an diesem Tag, dass ihr Gewicht höchst hilfreich war. Sie lag auf Annalena und presste diese zu Boden. Das Messer schnitt in Helgas Arm, aber nicht lang. Helga schaffte es Stück für Stück, ihrer Kontrahentin das Messer aus der eingeklemmten Hand zu entwinden. Helga packte das Messer und drehte es in Annalenas Richtung um. Diese nutzte die nun freien Hände, packte ruckartig das Gelenk der Hand, mit der Helga das Messer umklammerte, und hielt die Klinge damit auf Abstand. Helga sah, dass der Blick der Frau fokussiert und wütend auf sie gerichtet war. Von dem Schlag auf den Kopf hatte sie sich schon wieder erholt.

Es wurde beiden Frauen schnell klar, dass sie in einer Patt-Situation gelandet waren. Helgas massives Gewicht drückte Annalena zu Boden und sie hielt das Messer in ihren Händen. Gab Annalena nach und ließ los, würden ihre Rippen das Messer zu spüren bekommen. Gleichzeitig war klar, dass Annalenas körperliche Kraft, jetzt, wo sie sich von dem Schlag gegen den Kopf wieder halbwegs erholt hatte, den Kräften der Kommissarin weit überlegen war. Zöge sich Helga zurück, würde sie augenblicklich überwältigt werden.

Helga beschloss, einen Vermittlungsversuch zu wagen. Sie durfte dabei aber keinen Bruchteil einer Sekunde unaufmerksam sein.

»Warum sind Sie hierher zurückgekommen?«

Annalena antwortete nicht und sah sie nur an, mit starrem, finsterem Blick.

»Haben Sie ihren Bruder umgebracht und all diese anderen Leute? Was haben die ihnen getan?« Helga schwitzte vor Anstrengung, doch sie bemühte sich, ruhig zu bleiben.

»Das habe ich nicht«, presste Annalena hervor. »Ich habe niemanden umgebracht.«

»Aber Sie sind doch nicht zufällig hier im Erholungsurlaub wegen der schönen Landschaft, zeitgleich mit dem Ableben Ihres Bruders und Ihrer Tante. Ich bin doch nicht auf den Kopf gefallen.«

Helgas Hand, die das Messer umschlossen hielt, begann zu zittern, aber Helga würde das durchstehen. Jetzt ging es um alles. Dagegen waren ihre Karriere-Probleme ein Witz. Diese Frau konnte sie jederzeit töten.

»Ich bin hergekommen, um den Mord an meinem Bruder aufzuklären«, erwiderte Annalena. »Keiner der Toten geht auf mein Konto, die meisten kannte ich nicht einmal.«

Helga überlegte fieberhaft. »Können Sie das beweisen?«

»Wie soll ich beweisen, jemanden nicht gekannt zu haben? Ist meine Anwesenheit hier nicht Beweis genug? Warum sollte ich als Mörderin hierher zurückkehren? Ich wollte mich nur von Ben verabschieden und das schien mir hier der geeignete Ort.«

»Und woher soll ich wissen, dass Sie die Wahrheit sagen?«, fragte Helga, noch immer das Messer umklammernd. »Es könnte viele Gründe geben, warum Sie zurückgekommen sind. Als ob Täter immer nur rational vorgehen würden. Pah! Und wenn ich Sie jetzt in Ruhe lasse, nutzen Sie die erstbeste Chance, mich abzustechen.«

»Es ist nicht mein Plan, Ihnen etwas anzutun, aber ich verteidige mich, wenn ich angegriffen werde. Fragen Sie mich etwas zu dieser ganzen Geschichte und ich gebe Ihnen eine ehrliche Antwort.«

»Hatten Sie Kontakt zu Ihrer Tante – vor ihrem Tod?

»Ja, ich war in den Tagen vor ihrem Tod mehrfach bei ihr.«

»Wissen Sie, wer Ihre Tante umgebracht hat?«

»Nein.«

»Haben Sie unsere Computer verwanzt?«

»Ja.«

Schweiß rann in Strömen Helgas Hals und Rücken hinab. Etwas in Annalenas Augen gab ihr eine merkwürdige Gewissheit.

»In Ordnung, ich werde jetzt aufstehen. Versprechen Sie mir, dass Sie mir nichts tun?«

»Ich verspreche es Ihnen. Aber woher weiß ich, dass Sie mich nicht bei der ersten Gelegenheit festnehmen?«

»Das wiederum verspreche ich. Mein Vorschlag ist, ich werfe das Messer zur Pistole in den Flur und wir unterhalten uns hier. Ohne Waffen. Es liegt mir viel daran, diesen Fall aufzuklären und wenn ich dem, was Sie gesagt haben, glauben darf, liegt Ihnen ebenfalls viel daran.«

Sie blickten einander abschätzend in die Augen. Helga hielt den Atem an.

Teamwork

Helga erhob sich so langsam sie konnte, ohne den Blick von Annalena abzuwenden. Dann trat Helga einen Schritt zurück und warf wie angekündigt das Messer in den Flur. Es streifte den Türrahmen und schlug mit einem lauten, metallischen Schlag auf dem Boden auf. Helga wischte sich den Schweiß von der Stirn. Annalena rieb sich den nach wie vor schmerzenden Kopf, fragte aber geradeheraus: »Haben Sie denn keine besseren Verdächtigen als mich?« Sie hatte sich entschieden, dieses Spiel fürs Erste mitzuspielen, warum also nicht mit offenen Karten?

»Ehrlich gesagt – nein«, erwiderte die Kommissarin. »Wir haben etliche Spuren verfolgt, aber die einzige heiße Spur, die wir bisher haben, führt auf dem direkten Weg zu Ihnen.«

»Ich verstehe«, sagte Annalena nüchtern. »Sie wissen, dass ich mit Kriminellen arbeite, ich bin hier in der Gegend und es geht um Verwandte von mir – es ist kein völlig abwegiger Schluss, auch wenn ich kein Motiv habe. Aber was wissen Sie schon über mich? Sie konnten mich ja nicht befragen«, grinste Annalena. »Dann trage ich mal etwas zu meiner Entlastung vor: Ich war nicht mal in diesem Bundesland zur Tatzeit. Aber dafür kann ich Ihnen nicht ohne Weiteres Beweise liefern, die vor Gericht Bestand haben.«

»Wenn ich Sie richtig verstehe«, hakte Helga ein und ließ sich zu Annalena auf den Boden sinken, »wissen Sie aber ebenfalls nicht, wer Ihren Bruder und die anderen Opfer auf dem Gewissen hat, oder?«

Annalena nickte. »Ich komme einfach nicht voran.«

»Was halten Sie davon, wenn wir unsere Erkenntnisse miteinander teilen?«, schlug Helga vor. »Sie müssen ja deshalb nicht gleich für die Kripo arbeiten und ich auch sicher nicht für Sie, aber solange wir das gleiche Ziel verfolgen, können wir einander möglicherweise helfen. Was meinen Sie?«

Annalena überlegte einen Moment. Es widerstrebte ihr aus Prinzip, der Polizei zu helfen. Andererseits, wenn es ihr die Möglichkeit gab, den Tod ihres Bruders vielleicht doch noch aufzuklären und zu verstehen, warum er hatte sterben müssen, war es das möglicherweise wert.

»In Ordnung«, sagte sie und nahm einen Platz Helga gegenüber auf dem Teppich ein.

Helga erzählte von der vergangenen Woche und fasste Schritt für Schritt alle Ermittlungsergebnisse zusammen. »Wir gehen davon aus, dass es mehrere Täter waren und sich das Sterben hier in der Wohnung ganz schön hingezogen hat. Das Messer wurde laut Rechtsmedizin von einem Linkshänder geführt. Der Tod Ihrer Tante weist ganz ähnliche Merkmale auf. Die Tat wurde allerdings in aller Eile durchgeführt«, schloss sie ihren Bericht.

»Vielen Dank«, antwortete Annalena schlicht. »Ich suche vor allem nach dem Motiv. Zu Beginn dachte ich, es wäre darum gegangen, mich nach Berchtesgaden zu locken, aber dem scheint nicht so zu sein. Es kann ein Job schiefgegangen sein oder etwas Derartiges. Ich weiß, dass mein Bruder und seine Freundin sich sehr hochwertige Computer besorgt haben, ohne Spuren zu hinterlassen.

»Und mir fällt noch ein, dass die Freundin Ihres Bruders bei einer Münchener Firma möglicherweise einen Algorithmus für sichere Verschlüsselung von Daten hat mitgehen lassen.«

Annalena hob die Brauen. »Das würde zu dem Ransomware-Ansatz passen.«

Sie sah dem Blick der Kommissarin an, dass diese keine Ahnung hatte, wovon Annalena sprach.

»Ich habe bei Gerald Winter Hinweise darauf gefunden, dass diese Gruppe mit Ransomware gearbeitet hat. Es geht dabei eigentlich um simple Erpressung. Ich schließe deine Daten ein und gebe sie erst wieder frei, wenn du mir Betrag X zahlst. Letztlich die moderne Variante der Schutzgelderpressung. Ich habe zusätzlich Hinweise darauf, dass es bereits eine solche Attacke im Rathaus gab, allerdings fehlen mir da noch Details. Und nach dem, was mir Gerald Winters Schwester freundlicherweise gesagt hat, war geplant, dass er für eine große Aktion seine Kontakte zur Politik spielen lässt.«

»Aber Sie haben keine Hinweise darauf, wer dahinterstecken könnte?«

Annalena schüttelte den Kopf.

»Wissen Sie, wer unsere Autoreifen zerstochen hat?«

»Ja, ein paar Menschen hier vor Ort, die nicht so gut auf die Polizei zu sprechen sind. Aber ich kann Ihnen leider nicht sagen, wer das war. Ich habe kein Bedürfnis, mich mit denen zu streiten, wenn ich es vermeiden kann.«

»Das hilft nicht weiter. Ich würde mich durchaus gerne mit denen streiten«, gab Helga zu. »Und wissen Sie, warum Ihre Tante sterben musste?«

»Meine Vermutung ist, dass sie den falschen Leuten auf die Füße getreten ist. Sie hat mir gesagt, dass sie eine Idee oder Spur hat, wer Bens Tod zu verantworten hatte. Am nächsten Tag war sie selber tot.«

»Hm«, nickte Helga. »Nochmal zu dieser … dieser Ransomware. Warum kann man das nicht einfach knacken? Oder hacken oder so? Computer werden doch immer schlauer.«

»Das kann schon vorkommen. Aber nicht, wenn es gut gemacht ist«, erwiderte Annalena. »Stellen Sie sich ein Zahlenschloss vor.

Schon bei vier Ziffern dauert es eine Weile, alle möglichen Kombinationen durchzuprobieren. Bei einem langen Passwort kann das selbst für einen schnellen Computer zu lange dauern. Solche Software zu knacken ist schwer. Auch wenn man beim Zahlenschloss keinen passenden Seitenschneider für das Kabel findet ...«

»... ist man am Arsch«, beendete Helga den Satz.

So hätte Annalena es zwar nicht ausgedrückt, aber es war auch nicht von der Hand zu weisen.

»Wir haben hier in der Wohnung noch gefälschte EC-Karten gefunden, die Spur ist allerdings offenbar schon länger kalt«, erklärte Helga. »Das verringert die Chance, dass diese relevant sind. Und bei Ihnen im Haus sind noch gefälschte Personalausweise aufgetaucht.«

»Die habe ich in der Wohnung von Doreen Hildebrandt in einem Versteck gefunden.«

»Die Bibel?« Helga fuhr nach einem Nicken von Annalena fort: »Diese Frau Hildebrandt war offenbar eine sehr begabte Fälscherin, deren richtiger Name Dana Heininger war.«

Annalena überlegte, was sich mit den neuen Spuren anfangen ließ. Plötzlich fiel ihr ein, dass sie eine ihrer eigenen Spuren bisher außer Acht gelassen hatte. Sie klopfte ihre Taschen ab. Da war sie! Annalena zog die weiße Karte hervor.

»Die habe ich hier in der Wohnung gefunden, am selben Abend, als Sie sich mit Ihren Kollegen auch zum ersten Mal umgesehen haben.«

Helga fragte nicht nach, woher Annalena das wusste. Sie besah sich die Karte mit dem aufgeschriebenen Wort *Rache* eine Weile. Annalena rechnete schon damit, dass sie gleich etwas zur Unterschlagung von Beweismaterial erzählen würde, aber nichts dergleichen passierte. Dann wurden mit einem Mal die Augen der Kommissarin ganz groß.

»Was ist los?«, fragte Annalena.

»Ich glaube, ich weiß, wer das geschrieben hat.«

Sie begutachtete weiter eingehend die Karte.

»Schießen Sie los, ich bin neugierig«, sagte Annalena, als ihre Ungeduld überhandnahm.

»Am Rand von Berchtesgaden gibt es eine Sicherheitsfirma, dort habe ich genau die gleiche Handschrift an einer Wand gesehen bei der Vizepräsidentin oder sowas in der Art. Nadine Miller. Die Firma heißt *Innovation4*. Ich bin mir sicher. Dieser Schlenker hier am a, sowas ist selten.«

»Was meinen Sie mit Sicherheitsfirma? Objektschutz?«

»Nein, viel passender. Die rüsten Firmen mit besseren und sicheren Computersystemen aus.«

Annalena fiel die Kinnlade herunter. »Ach du Scheiße.«

»Das trifft es vermutlich ganz gut.« Helga war jetzt ganz aufgeregt. »Hatten Sie nicht gesagt, es gab einen Ransomware-Angriff auf das Rathaus?«

»Ich habe den begründeten Verdacht, ja.«

»Das Rathaus hat *Innovation4* auch mit neuer Software ausgestattet und ... oh ... die Polizei hier vor Ort auch.«

»Klingt beides nach spannenden Zielen«, erklärte Annalena ernst. »Aber mal angenommen, das hängt wirklich alles miteinander zusammen, dann hieße das doch, es schmuggelt jemand einen Code in die Software der Firma, der solche Angriffe auslösen kann. Dann gefährdet *Innovation4* damit doch ihr eigenes Geschäft, oder? Wenn so ein Cyber-Angriff gelingt, bedeutet das doch, dass ihr System nicht sicher ist.«

Helga nickte zustimmend und ergänzte: »Wenn das dann noch publik wird, sind sie raus aus dem Geschäft. Noch dazu würde doch sofort die Kripo informiert werden, auch hier im Ort, und das ist meines Wissens nicht passiert.«

Annalena dachte einen Moment darüber nach und rieb sich erneut den nach wie vor schmerzenden Schädel.

»Das alles ergibt nur Sinn, wenn der Cyber-Angriff mit einer zusätzlichen Erpressung einhergeht.«

Helga sah sie verständnislos an.

»Die meisten Leute«, begann Annalena in einem langsamen, nachdenklichen Ton, »haben private Daten irgendeiner Art auf ihren Computern. Peinlichkeiten, kompromittierende Mails, Nacktfotos. Angenommen, der faule Kern in der Software kann nicht nur die Verschlüsselung aktivieren, sondern liest vorher eine Weile mit, was auf dem Rechner passiert, beziehungsweise ermöglicht anderen, mitzulesen, dann könnte neben der finanziellen Erpressung, wenn die eigentliche Verschlüsselung zuschlägt, auch noch ein privater Anteil dabei sein. Das würde den Geschädigten so richtig zwingen, die Füße stillzuhalten. Klingt das schlüssig für Sie?«

»Beängstigend schlüssig«, sagte Helga. »So können Sie natürlich auch Abhängigkeiten schaffen und Leute gefügig machen. Wäre nicht das erste Mal, dass Erpressungen größere Kreise ziehen, als man so denkt.«

»Was nahelegt, dass mein Bruder und die anderen Toten an der Entwicklung oder dem Einschleusen dieses Codes in die Software beteiligt waren. Vielleicht sogar daran, die Software unter die Leute zu bringen. Aber was hat dazu geführt, dass sie sterben mussten? Rache steht da ja als Motiv recht deutlich im Raum.«

Beim letzten Satz deutete sie auf die Karte.

Helga nickte. »Gehen wir einmal davon aus, dass diese Notiz kein extra für uns inszeniertes Ablenkungsmanöver ist, dann legt sie die Vermutung nahe, dass die Leute rund um Ihren Bruder entweder nicht mehr mitmachen wollten, etwas falsch gemacht haben oder sich nicht an die Spielregeln gehalten haben, die die andere Seite für gesetzt hielt. Vielleicht haben sie Geld zur Seite geschafft?« Helga zögerte einen Moment, dann hob sie entschuldigend die Hände. »Ich hoffe, Sie fühlen sich jetzt nicht angegriffen, wenn ich so etwas über Ihren Bruder sage.«

»Für mich ist das in Ordnung«, antwortete Annalena schmallippig. Sie war sich ja selbst sicher, dass ihr Bruder nicht gerade aus altruistischen Motiven Streit mit den Leuten von *Innovation4* gehabt hatte, wenn die Theorie stimmte.

»Ich glaube, die alte Frau macht sich langsam auf den Heimweg«, sagte Helga mit einem Lächeln. Sie wirkte etwas unsicher. »Kann ich die *Rache*-Karte mitnehmen? Und sollen wir besprechen, wann und wo wir das nächste Mal Informationen austauschen, also falls das für Sie in Ordnung ist?«

Annalena nickte, gab ihr die Karte und besprach mit ihr die Details ihres nächsten Zusammentreffens. Sie verabschiedeten sich distanziert, aber höflich voneinander. Annalena sah der Kommissarin zu, wie sie sich schwerfällig und mit der Hand an ihrem offenbar schmerzenden Rücken erhob und aus der Wohnzimmertür trottete. Im Flur blieb sie stehen und blickte auf das Messer und ihre Waffe, die einen knappen Meter voneinander entfernt lagen. Sie hob die Waffe am Lauf hoch und ging, ohne sich noch einmal umzudrehen, aus der Tür.

Der Weg zurück zum Auto und von dort ins Haus ihrer Tante fühlte sich für Annalena an wie ein Martyrium. Der Schlag gegen den Kopf wirkte anhaltend schmerzhaft nach und auch die Kraft, die sie benötigt hatte, um die Kommissarin auf Distanz zu halten, fehlte ihr jetzt merklich. Besonders ihre Unterarme waren durchzogen von Schmerzen. Die Haustür ihrer Tante war mittlerweile versiegelt, also begab sie sich über die Terrasse ins Haus. Von da aus trat sie in Kürze durch die geheime Tür zum Nachbarhaus. Dort gab es im Bad zum Glück eine Wanne. Sie ließ sich heißes Wasser ein und lag eine ganze Weile darin, um ihre Gedanken zu ordnen. Es war ärgerlich, dass die Kommissarin sie so überrumpelt hatte, und auch, wie viel Kraft sie der kleine Kampf gekostet hatte. Der Tod ihres Bruders hatte sie massiv durcheinandergebracht. Noch nie in ihrer Karriere hatte sie sich so viele Fehler und so viel Unaufmerksamkeit erlaubt wie in der vergangenen Woche. Sollte sie jetzt allen Ernstes weiter mit der Polizei kooperieren? Von der Karte auf den Namen der Firma zu schließen, hätte sie ohne die Kommissarin nicht geschafft. Auf eine seltsame Art war ihr diese gemütlich wirkende, alte Frau wider Willen sympathisch. Sie musste es auf einen Versuch ankommen lassen, jetzt, wo es wieder eine Spur gab. Nach dem Bad setzte sich Annalena an ihren Computer, sagte die Jobanfragen, die noch im Raum standen, freundlich ab und sah sich in den Weiten des Internets nach der Firma namens *Innovation4* um.

Dienstag, 10. Juli

Chefs

Am nächsten Morgen saß Helga als Erste im Besprechungsraum. Beim Frühstück in der Pension hatte sich keiner ihrer beiden Kollegen blicken lassen. Sollte sie ihnen erzählen, was sie gestern erlebt hatte? Das Erlebnis schien ihr noch immer unwirklich. Es war zu erwarten, dass sie die Zusammenarbeit mit einer Kriminellen nicht begrüßen würden. Das verstieß gegen jede Regel und gegen das Gesetz, gleichzeitig war es vielleicht der eine Puzzlestein, der sie weiterbringen konnte. Sie hatte Annalena Gonzales geglaubt, dass diese ihren Bruder nicht getötet hatte. Und ihrem Bauchgefühl konnte sie meistens vertrauen.

Die Tür öffnete sich und ein verschlafen aussehender Haugg kam mit zutiefst finsterer Miene herein. Seine Begrüßung erinnerte Helga mehr an ein Grunzen, aber sie verzichtete darauf, ihm das zu sagen.

»Guten Morgen, haben du und Meizi euch gestern noch vertragen?«

Haugg sah sie finster an. »Sicherlich nicht, ist auch gar nicht nötig. Der Bursche kann mir gestohlen bleiben.«

»Ich will nicht, dass ihr euch wieder prügelt, ok?

»Ich bleibe ganz professionell. Versprochen.«

Haugg klappte seinen Laptop auf. Ob er sich in seine Mails, Solitär oder seine Notizen vertiefte, war Helga für den Moment egal. Mit dem war jetzt eh nichts anzufangen. Es dauerte noch eine Viertelstunde, bis sich auch Meizi blicken ließ. Sein Gesichtsausdruck stand dem seines Kollegen in nichts nach. Die beiden würdigten einander keines Blickes.

Das war das Problem an einem kleinen Team, dachte Helga. Man konnte sich echt schlecht aus dem Weg gehen. Es wurde Zeit, andere Ansätze auszuprobieren.

»Wir haben neue Verdächtige, um die ihr euch bitte kümmert«, sagte Helga laut und mit selbstbewusster Stimme. Ihre beiden Kollegen sahen sie irritiert an.

»Es geht um die Mitarbeiter von *Innovation4*, dieser Sicherheitsfirma. Es gibt Hinweise darauf, dass jemand in dieser Firma Ransomware in die dort erstellten Sicherheitssysteme einschleust. Besonderes Augenmerk will ich auf dieser Nadine Miller haben, der Vizechefin oder wie auch immer sie das genau nennen. Befragt den Chef, diese Frau Miller und eine Handvoll Leute aus anderen Abteilungen. Sucht euch an Infos zusammen, was ihr finden könnt und lest euch auch in das Thema Ransomware ein.«

Zwei Paar Augen sahen sie überrascht an.

»Wir haben hier gar keinen Verhörraum«, sagte Meizi nachdenklich und leise.

»Stimmt, frag bei der PI drüben bitte an, ob sie uns was zur Verfügung stellen können.«

Meizi hob die Hände.

»Jetzt mal ganz langsam. Wo kommt denn dieser neue Haufen Verdächtiger überhaupt her? Wie kommst du auf die Firma? Und auf dieses Thema mit der ... wie hieß das?«

»Ransomware«, ergänzte Helga. »Die Verbindung zu der Firma kommt durch diese Karte zustande. Die stammt vom Tatort.«

Helga hob die kleine Karte mit dem Wort *Rache* darauf hoch.

»Dieselbe Schrift habe ich im Büro von Nadine Miller gesehen. Und das mit der Ransomware basiert auf einer Spur, der ich gefolgt bin.«

»Was für eine Spur?«, fragte Meizi. Die herablassende Note in seinem Ton reizte Helga.

»Wenn ich schon eure Arbeit machen muss, weil ihr Zeit mit Streit vertut, dann kann ich meine Geheimnisse auch für mich behalten«, antwortete Helga in schärferem Ton, als sie es geplant hatte. Meizi blickte sie ernst an, während Hauggs Blick schuldbewusst aussah. Doch auch Meizi spürte wohl, dass Helga jetzt keine Erwiderungen gebrauchen konnte.

»Aber kommt dir diese Karte als Hinweis auf die Firma nicht dünn vor? Was ist mit Annalena Gonzales? Ich dachte, wir kümmern uns jetzt darum, ihr endlich auf den Zahn zu fühlen?«

»Das verschieben wir ein Stück nach hinten. Die Firma hat für mich Priorität. Und noch dazu will ich, dass ihr euch jetzt zusammenreißt, euch die Hand gebt und entschuldigt für den Ton gestern und die Prügelei. Ihr benehmt euch total affig und dafür haben wir keine Zeit, wir müssen verflucht nochmal einen heftigen Fall aufklären!«

Tatsächlich standen beide Männer auf und stellten sich voreinander. Für einen Moment glaubte Helga, dass es funktionieren würde, doch keiner der beiden sagte etwas. Sie taxierten einander nur mit Blicken. Finster sahen sie sich in die Augen. Der Augenblick zog sich für Helga unerträglich in die Länge. Sie hörte draußen drei, vier Autos vorbeifahren, aber mahnte sich, nicht einzugreifen. Gestern hatte ihre spontane Intervention zwar funktioniert aus dem Überraschungsmoment heraus, aber das war nicht gerade die feine Art des Führungsstils gewesen. Außerdem waren die beiden deutlich stärker und trainierter als sie, auch wenn man das gerade Haugg nicht so ansah. Sie wollte lieber keinen Schlag der beiden abbekommen, auch nicht versehentlich.

Jetzt änderte sich etwas zwischen den beiden. Meizi setzte ein schiefes Grinsen auf und zuckte die Achseln. Haugg sah ihn noch einen Augenblick ernst an, dann grinste er auch und sagte nur »Alter Depp.« Dann setzten sich beide wieder an ihre Schreibtische, als ob jetzt alles Wesentliche geklärt und gesagt worden sei. Beide sahen erwartungsvoll Helga an.

Die schüttelte irritiert den Kopf, beschloss aber, diese speziell männliche Art der Kommunikation nicht zu kommentieren. Entscheidend war, dass sie als Team endlich wieder vorankamen. »Ihr besorgt uns bitte einen Raum für die Gespräche und macht Termine aus mit dieser Nadine Miller, mit dem Firmenchef und weiteren Leuten von *Innovation4*, sofern sich entsprechende Hinweise aus den ersten Befragungen ergeben. Sammelt auch sonst alles zusammen, was es über *Innovation4* zu wissen gibt. Wenn die Dreck am Stecken haben, möchte ich alles darüber wissen. Sagt mir Bescheid, wenn die Befragungen starten können.«

»Und was machst du?«

»Ich unterhalte mich nochmal mit dem Bürgermeister.«, erklärte Helga.

Die beiden Beamten sprachen ganz normal miteinander und Helga spürte keine Nachwirkungen des Streits zwischen ihnen. Sie schüttelte kaum merklich den Kopf.

Dann machte sie sich auf den Weg, bemüht, diesmal einen großen Bogen um die örtlichen Bäckereien zu schlagen.

Im Rathaus ging sie schnurstracks ins Vorzimmer des Bürgermeisters.

Die Sekretärin lächelte sie routiniert an, hatte aber sichtlich Mühe, sie zuzuordnen.

»Mein Name ist Herbertsen, ich war letzte Woche bereits bei Herrn Mayrhofer und hätte dringend nochmal ein paar Punkte mit ihm zu besprechen.«

»Er ist gerade leider in einem Termin, aber ich sage ihm, dass Sie da sind«, erklärte die Sekretärin. Das Schild auf ihrem Schreibtisch erinnerte Helga daran, dass diese Frau Moser hieß. Helga wartete eine ganze Weile. Eine ältere, sehr schick gekleidete Frau kam nach einer Viertelstunde aus dem Büro des Bürgermeisters und verabschiedete sich von der Sekretärin, sonst passierte nichts. Helga spielte mit dem Gedanken, auf einen Zettel das Wort »Ransomware« zu schreiben und Frau Moser zu bitten, diesen ihrem Chef zu überbringen. Vielleicht würde das die Dinge beschleunigen. Doch als Helga in ihren Hosentaschen nach einem Stift kramte, stand der Bürgermeister endlich höchstselbst in der Tür.

»Frau Kommissarin, schön, dass ich Sie noch einmal sehe. Gibt es Fortschritte bei Ihren Ermittlungen?« Und ohne auf eine Antwort zu warten, winkte er sie zu sich und ging vor in sein Büro. Er trug einen ganz ähnlichen Anzug wie beim letzten Mal, als sie hier gewesen war. Dafür war das Gestell seiner Brille heute nicht schwarz, sondern blau, was ihm besser zu Gesicht stand.

»Wie kommen Sie denn voran?«, fragte er erneut, als Helga Platz nahm.

»Ganz gut«, sagte Helga. »Wir verfolgen im Moment mehrere interessante Spuren.«

»Ich bin froh, dass Sie da sind. Schrecklich, dieser erneute Mord am Wochenende.«

»Ja, in der Tat. Es handelte sich dabei um die Tante eines der Opfer aus dem eigentlichen Fall, wir gehen davon aus, dass es da eine Verbindung gibt.« Helga merkte, wie sie sich um eine gute Ausdrucksweise bemühte, wie immer in solchen Situationen.

»Ich hätte noch ein paar Fragen an Sie.«

Der Bürgermeister sah sie argwöhnisch an. »Brauche ich meinen Anwalt?«

»Wie kommen Sie darauf?«

Der Bürgermeister winkte ab. Offenbar wollte er das Thema doch nicht vertiefen.

Also fuhr Helga fort. »Wir haben Hinweise erhalten, dass es vor einigen Monaten einen Angriff mit einem Verschlüsselungsprogramm auf die Computer hier im Rathaus gegeben hat.«

Der Bürgermeister verzog keine Miene. »Was genau meinen Sie damit? Und woher kamen solche Hinweise?«

»Die Quelle kann ich Ihnen natürlich nicht verraten. Gemeint ist, dass die Computer im Rathaus gesperrt wurden. Gegen den Willen der Nutzer. Und dass die Gemeinde Berchtesgaden, Sie selbst oder jemand anderer hier im Hause erpresst wurde mit der Botschaft, die da auf den Bildschirmen auftauchte.«

»Ah, ich erinnere mich. Wir hatten vor Monaten mal ein paar Probleme mit unseren Computersystemen, aber das war ganz schnell behoben. Wir mussten die Leute einen Tag früher nach Hause schicken, wenn ich es recht in Erinnerung habe. Also da gab es aber wirklich nichts, was mit Erpressung oder so zu tun hätte. Das war ein ganz banaler Vorgang. Es gab einen Fehler und das Problem wurde von den Technikern gefunden und gelöst.«

»Gelöst wurde es durch die Firma von Herrn Koch, richtig?«

»Natürlich, die sind ja unsere Vertragspartner sowohl für die IT-Infrastruktur und unsere Systeme als auch für weitere Digitalisierungsschritte. Wirklich eine sehr kompetente Firma, auf die lasse ich nichts kommen.« Da Helga ihn nur interessiert ansah, ohne etwas zu erwidern, ergänzte er gleich: »Haben Sie noch weitere Fragen? Ich habe wirklich viel zu tun, müssen Sie wissen.«

»Für heute nicht, es kann aber sein, dass ich bei Gelegenheit noch ein paar Dinge erfragen muss.«

Der Bürgermeister stand auf und geleitete Helga zur Tür. Eine sehr höfliche Art, ihr zu zeigen, dass er sie schnell loswerden wollte. Nervosität hatte sie ihm keine angemerkt, das Thema schien ihn nicht wie erhofft auf dem falschen Fuß erwischt zu haben. Lag Annalena Gonzales mit ihren Vermutungen vielleicht doch falsch?

Knappe zwanzig Minuten später saß Helga zusammen mit Haugg und Meizi in einem kleinen Verhörraum, den ihnen die örtlichen Kollegen netterweise zur Verfügung stellten. Ihre beiden Kollegen würden sich für den Anfang die Befragungen auf einem Fernseher nebenan ansehen, der Raum enthielt eine etwas klobige Überwachungskamera, die von der Decke auf sie herabblickte.

»In fünf Minuten soll Frau Miller hier eintreffen«, erklärte Haugg. »Ich hole sie vorne am Eingang ab. »Hast du schon eine Strategie?«

»In erster Linie ein paar Nachfragen zu ihrem Alibi. Sie hat nicht besonders aufgeschlossen gewirkt bei unserem letzten Zusammentreffen.«

Haugg brach auf, um Nadine Miller am Eingang der PI abzufangen. Allerdings kehrte er wenig später mit Thomas Koch zurück, dem Firmenchef, der auch gleich zu einer Erklärung ansetzte: »Frau Miller lässt sich entschuldigen, sie hat einen dringenden Termin, steht aber später natürlich gerne für ein Gespräch zur Verfügung. Aber da es Ihren Kollegen, Frau Herbertsen, am Telefon ja recht dringend schien, dachten wir uns, nutze ich gleich die Gelegenheit, falls Sie auch Fragen zur Firma oder an mich haben. Habe ich es richtig verstanden, dass wir unter Verdacht stehen?«

Sein fragender, schiefer Blick machte mehr als deutlich, wie seltsam er diese Idee fand.

»Nehmen Sie Platz, Herr Koch, schön, dass Sie da sind.« Helga ließ sich von der Planänderung nicht aus der Ruhe bringen. »Genau, wir haben ein paar Fragen.« Sie bedeutete Haugg und Meizi, sie mit dem Firmenchef alleinzulassen. »Ich will es ganz direkt sagen, es besteht der Verdacht, dass Software von Ihrer Firma benutzt wird, um Personen oder Firmen zu erpressen.«

Koch blickte bestürzt drein. »Das kann ich mir nicht vorstellen. Ich halte es auch nicht für möglich. Wir nutzen einen sehr stringenten Code Review-Prozess, um möglichst jeden Fehler zu vermeiden. In unserer Branche kann ein Bericht über fehlerhaften Umgang mit Daten den Untergang des Unternehmens bedeuten. Es liegt uns am Herzen, mehr Wachstum in die Region hier zu bringen und das Berchtesgadener Land zum Zentrum der Entwicklungen für sichere Computersysteme in Deutschland, aber auch international zu machen. Dazu gehört ein hohes Maß an Verantwortung.«

»Gibt es in Ihrer Firma Personen, bei denen aus Ihrer Sicht ein Verdacht besteht, dass sie an kriminellen Handlungen beteiligt sind oder waren oder etwas dergleichen?«

Helga bemühte sich wie schon beim Bürgermeister um einen möglichst unaufgeregten Ton, konnte aber ihre Konzentration nur schwer fokussiert halten. Ihre Gedanken rasten von einer möglichen Frage zur anderen.

Wie aus der Pistole geschossen, gab Koch zurück: »Nein, natürlich nicht! So jemand dürfte bei uns keinen Laptop aufklappen.«

»Was haben Sie am Montag gemacht, so zwischen acht und neun Uhr abends?«

Einen Moment sah Koch sie sichtlich pikiert an. Dann nickte er kurz: »Es ist natürlich verständlich, Sie müssen mich das fragen. Auch wenn ich sagen muss, dass mir die Frage nicht sonderlich behagt. Ich habe in München einen Vortrag gehalten bei einer Sicherheitskonferenz. Also, nicht dass wir uns falsch verstehen, nicht bei der Sicherheitskonferenz, die immer mal in den Nachrichten ist, sondern bei einer Fachkonferenz zur Sicherheit von IT-Systemen.«

»Und Ihnen ist wirklich nichts aufgefallen, was auf problematisches Verhalten Ihrer Mitarbeiter schließen ließ? Ich habe beispielsweise gehört, dass es im Rathaus vor ein paar Monaten, also kurz nach der Wahl und damit der Umstellung auf Ihr System, zu massiven Ausfällen von Computern kam.«

Thomas Koch ließ sich davon nicht im Geringsten aus der Ruhe bringen.

»Ein paar kleine Mängel, hervorgerufen durch fehlerhafte Konfigurationen."

»Können Sie uns mehr Details zu diesen Problemen geben?«, hakte Helga nach. Koch schüttelte genervt den Kopf. "Hören Sie zu: Wenn Sie unser Unternehmen schon im Verdacht haben, ist es mir lieber, den direkten Weg zu gehen. Ich stelle Ihnen gern den Jahresabschluss und Geschäftsberichte zur Verfügung. Sie haben sogar meine Erlaubnis, meine Wohnung zu durchsuchen, falls Sie es für angebracht halten.«

So viel Entgegenkommen hatte Helga selten erlebt.

»Gilt das auch für die Büroräume?«

Koch wiegte den Kopf hin und her. »Das ist leider schwierig, weil es da natürlich auch um die Privatsphäre meiner Mitarbeiter geht, ich weiß nicht, was die Leute alles in ihren Büros haben. Briefe, Fotos und andere Erinnerungsstücke. Damit würde ich mich als Chef nicht wohlfühlen. Entsprechend kann ich das leider nicht ermöglichen, so gern ich Ihnen diese Freiräume zugestehen würde. Aber das wäre meinen Mitarbeitern gegenüber schwer zu rechtfertigen.«

Helga hielt das für windige Ausreden. Wenn nötig, würde sie einen Durchsuchungsbeschluss erwirken können. Sie fuhr fort: »Sie werden verstehen, dass wir noch weitere Ihrer Angestellten befragen müssen angesichts unseres Verdachts.«

»Wie kam der Verdacht gegen die Firma denn auf? Nicht, dass uns hier jemand verleumden und unser Geschäft gefährden will. Können Sie etwas dazu sagen?«

Helga verneinte und entließ Koch, der sich entgegen ihrer Erwartung damit zufriedengab und versprach, die Unterlagen zu seiner Firma noch heute vorbeibringen zu lassen.

»Wie war das Gespräch aus eurer Sicht?«, fragte Helga ihre beiden Kollegen, als diese wieder in den Verhörraum zurückgekehrt waren.

»Macht einen ehrlichen und direkten Eindruck. Besorgt um seine Mitarbeiter und seine Firma, natürlich. Durchaus authentisch«, sagte Haugg.

Meizi nickte. »Mir kam der auch vernünftig vor. Wirkte sehr bestürzt, als du ihn auf mögliche Machenschaften in seiner Firma angesprochen hast. Hat das Thema aber weniger vertieft, als ich gedacht hätte.«

»Warum hast du ihm nicht die *Rache*-Karte gezeigt?«, fragte Haugg.

»Ich weiß es nicht genau. Nur so ein Gefühl. Oder«, grinste sie, »ich rede mich gerade nur heraus, weil ich einfach nicht drangedacht habe. Wir sollten uns die Unterlagen der Firma auf jeden Fall gründlich anschauen, wenn er sie liefert. Im Moment haben wir keine Grundlage, da viel einzufordern.

In diesem Moment betrat einer der örtlichen Polizeibeamten, ein junger, schlaksiger Mittzwanziger, den Raum. Seine Miene verriet schlechte Laune. »Eine Frau Miller ist für Sie angekommen. Mann, die ist nicht besonders gut drauf, kann ich Ihnen sagen.«

»Bringen Sie sie bitte zu uns und haben Sie vielen Dank!«, sagte Helga an den jungen Mann gewandt und dann in Richtung ihrer Kollegen: »Ich hatte schon bei unserer ersten Begegnung den Eindruck, dass Frau Miller gerne den Ton angibt ... oder eben den Zeitpunkt bestimmt.«

Wenige Augenblicke später hatten sich Haugg und Meizi zurückgezogen und Frau Miller trat ein. Wieder war sie sehr schick gekleidet, diesmal in einen weinroten Hosenanzug.

»Setzen Sie sich bitte.«

»Leider steht mir für den Moment nur ein begrenzter Zeitrahmen zur Verfügung. Ich kann es wirklich nicht gutheißen, dass Sie meine Zeit und die Zeit meiner Kollegen verschwenden. Aber nun, Sie hatten mich hergebeten und hier bin ich«, erklärte Frau Miller.

Helga konnte sofort wieder spüren, wie ihr diese Frau – wie schon bei ihrem letzten Treffen – auf die Nerven ging.

Sie legte eine Liste mit den Namen der sechs Toten inklusive Hilde Schneider auf den Tisch.

»Sagen Ihnen die Namen dieser Toten etwas? Hat jemand von denen für Sie gearbeitet?«

»Natürlich sagen mir diese Namen etwas. Die standen doch in der Zeitung. So oft werden hier nun auch keine Leute ermordet. Den untersten hier, Schneider, kenne ich nicht, aber ich würde mal vermuten, dass das die Frau ist, die am Wochenende tot aufgefunden wurde. Habe ich recht?«

Helga nickte. Alles an Frau Millers herablassender Haltung und dem durchdringend finsteren Blick machte klar, dass sie Helgas Job nicht ernst nahm und es als Zumutung empfand, herzitiert worden zu sein.

»Hatten Sie mit einer oder mehrerer der Personen auf dieser Liste beruflich Kontakt?«

Frau Miller verdrehte die Augen. »Nein.«

»Mehrere von ihnen haben in derselben Branche gearbeitet wie Sie. Und da kennt man sich nicht, so auf dem Land?«

»Es gibt genug kleine Klitschen, die meinen, sie würden irgendwie im Bereich Sicherheit arbeiten. Die muss man nicht ernst nehmen. Einen so ganzheitlichen Ansatz, wie wir ihn verfolgen, entwickelt aus der Perspektive der Nutzer, hat sonst niemand auf dem Markt.«

»Wo Sie gerade von Ihrer Firma sprechen«, nutzte Helga den passenden Übergang. »Es besteht der Verdacht, dass Software aus Ihrem Unternehmen zur Erpressung genutzt wurde.«

Frau Miller verzog keine Miene. Helga hatte auf ein Anzeichen oder eine plötzliche Regung gehofft, aber da war nichts zu holen.

»Sie können sich vorstellen, dass wir bei unseren Produkten hohe Sicherheitsstandards haben und da sehr genau schauen, was wir unseren Kunden anbieten. So etwas ist völlig ausgeschlossen. Das sollten Sie aber über gründlichere Recherchen auch leicht selbst herausfinden können.«

»Es gab vor kurzem im Rathaus einen Zwischenfall, vermutlich mit Ransomware. Dort laufen Ihre Systeme auf den Computern.«

Helga ließ die Aussage einen Moment im Raum stehen.

»Ich weiß nichts von einem derartigen Vorfall«, antwortete Frau Miller kühl.

Helga zog überrascht die Augenbrauen hoch.

»Tun Sie nicht so überrascht, so eine gute Schauspielerin sind Sie nicht. Ich bin zuständig für Neukunden und viele Anteile der Unternehmensführung, ich habe mit den laufenden Projekten nichts zu tun«, fügte Nadine Miller gelassen hinzu.

»Was haben Sie am Montagabend gemacht?«

»Das habe ich Ihnen doch schon vor ein paar Tagen gesagt. Sie müssen besser zuhören. Gerade in Ihrem Beruf. Ich war zuhause und habe gearbeitet. Es gibt keine Zeugen dafür.«

Helga stellte noch einige weitere Fragen, aber Frau Miller wusste nach eigener Aussage von nichts, egal, welches Thema angeschnitten wurde, und Helga gab fürs Erste auf.

»Könnten Sie mir zum Abschluss bitte für eine Schriftprobe noch kurz hier auf das Papier die Worte *Roter Drache* schreiben?«

Nadine Miller verdrehte erneut die Augen und murmelte irgendetwas von wegen »Kinderkram«, nahm aber das Papier, das Helga ihr gab, und schrieb die Worte nieder.

Als Frau Miller gegangen war, fluchte Helga laut.

Meizi, der zur Besprechung hereinkam, musste unwillkürlich lachen. »Was hat dir denn die Laune versaut?«, fragte er. »Das nutzlose Gespräch? Das war doch zu erwarten.«

Haugg nickte. Die beiden schienen ihr kleines Kriegsbeil offenbar wirklich begraben zu haben.

»Habt ihr es nicht gesehen?«, fragte Helga. »Sie hat mit rechts geschrieben und die Handschrift sieht auch nicht aus wie die auf der Karte. Mist!«

Amateure

Annalena lehnte sich erschöpft in ihrem Stuhl zurück. Über diese Firma, auf die die Kommissarin sie am Vortag hingewiesen hatte, ließ sich zwar eine Menge Information im Netz finden, aber nichts, was bemerkenswert oder gar spannend gewesen wäre. Die Homepage war voll mit großen Worten und Werbetexten, illustriert mit glücklichen Menschen vor Computern, Tablets und Smartphones, dazu die Aufforderung, die absolut unumgängliche IT-Sicherheit unbesorgt in die Hände von *Innovation4* zu legen.

Auf die internen Systeme gelang Annalena kein Zugriff. Sie fand keine Schwachstelle, um einzudringen. Aber klar, wenn ihr das bei einer Firma, deren Geschäft darin bestand, Computersysteme nach außen abzusichern, gelänge, käme das einer Bankrotterklärung gleich.

Sie war für heute Vormittag ein weiteres Mal mit Erwin beim Angeln verabredet. Wenn sie nicht bald anfing, neue Jobs anzunehmen, würde sie auch aufs Angeln zurückgreifen müssen, um sich zu ernähren, waberte es ihr durchs Hirn. Ihr Magen knurrte unangenehm. Sie verließ die Doppelhaushälfte, die die »Küche« ihrer Tante beherbergt hatte und in die sie nach dem überraschenden Zusammentreffen mit Helga Herbertsen wieder eingezogen war. Sie konnte die neue Spur einfach nicht ignorieren. Die Fehlschläge der vergangenen Tage ließen unwillkommene Selbstzweifel in ihr aufkommen. Sie war gut in ihrem Job, und seit Jahren gut im Zweikampf, aber jetzt? Selbst die übergewichtige, unsportliche Kommissarin hätte sie gestern töten können. Sie musste sich wieder fokussieren. Annalena fehlte es an Motivation, jetzt zum Auto zu laufen, um ihre Sportmatte zu holen. Aber auf dem Teppichboden im ersten Stock war es weich genug, um zu meditieren.

Tatsächlich bekam sie Ruhe in ihre Gedanken, bis es Zeit wurde, zu Erwin aufzubrechen.

Der Hintersee glänzte. Die Sonne spiegelte sich tausendfach in den sich kräuselnden Wellen. Erwin hielt ein halbleeres Weizenglas in einer und seine Angel in der anderen Hand. Doch er schien keinen Eimer oder ein anderes Gefäß für die zu fangenden Fische bei sich zu haben. War er so pessimistisch, was sein Anglerglück anging, oder hatte er nur vergessen, etwas mitzunehmen? Zum ersten Mal, seit Annalena Erwin kannte, machte sie sein Anblick traurig. Die Äderchen auf seiner Nase ließen ihn wie den Inbegriff eines Trinkers aussehen. Noch mehr negative Gefühle konnte Annalena wirklich nicht brauchen. Schnell kam sie zum Thema.

»Konntest du etwas von deinem Kollegen in der Reha in Erfahrung bringen? Hat er sich noch an Details zu den Vorfällen im Rathaus erinnert?«

Erwin schüttelte den Kopf. »Der ist gestorben. Konnte mir leider nichts mehr erzählen.«

»Das tut mir leid.«

Erwin zuckte nur leicht mit den Schultern. Die Trauer saß offenbar nicht allzu tief. »Bist du denn vorangekommen?« Er blickte sie unerwartet aufmerksam an.

Es sprudelte richtiggehend aus Annalena heraus. Die Details ihres Zusammentreffens mit der Hauptkommissarin ausgenommen, erzählte sie ihm alles und es fühlte sich gut und richtig an. Erwin hörte mit ausdruckslosem Gesicht zu und trank nur ab und an einen Schluck aus seinem Glas. Es dauerte fast fünf Minuten, bis ihr Redeschwall abebbte.

»Schlimm, mit deiner Tante«, sagte er. »Mein Beileid. Ich habe das noch gar nicht mitbekommen. Da siehst du mal, wie schlecht meine Kontakte mittlerweile sind. Sie war eine beeindrucke Frau. Ich habe immer gerne Zeit mit ihr verbracht, wir kannten uns wirklich lange.«

»Danke dir.« Annalena wunderte sich, dass die Botschaft den alten Mann nicht mehr mitnahm. Waren die beiden vielleicht doch nie ein Paar gewesen, wie sie immer vermutet hatte? Es folgten einige Sekunden Stille, dann fragte sie: »Weißt du etwas über die Firma, also *Innovation4*?«

»Ich habe nur am Rande mitbekommen, wie sie sich hier angesiedelt haben«, sagte Erwin. Er stellte sein Glas ab und kratzte sich am kugelrunden Bauch. »Haben ordentlich Ellenbogen eingesetzt, um sich zu behaupten, habe ich gehört. Um dieses große Firmengelände gestritten, von örtlichen Firmen Mitarbeiter abgeworben. Das war sicher nichts Verbotenes oder gar Schreckliches, nein, aber auch nicht wahnsinnig sympathisch.«

»Was stand denn vorher dort auf dem Firmengelände?«

»Das ist ewig von Hand zu Hand gegangen. Erst sollte so eine Shopping-Mall da drauf gebaut werden oder wie das heißt. Dann irgendwas mit Strom und dann doch wieder Geschäftsräume.«

»Kannst du mir vielleicht Pläne des Geländes besorgen? Besonders die Baupläne könnten ganz nützlich sein.«

Erwin nahm einen weiteren großen Schluck und blickte dann wieder wie abwesend über den See. Eine Weile war es still.

»Nein, ich glaube nicht. Ich kenne da niemanden, dem ich vertraue.« Er sah in den Himmel, als würde er nachdenken, dann schüttelte er den Kopf. »Tut mir wirklich leid. Ich kann solche Sachen nicht mehr machen.«

»Das muss dir nicht leidtun.«

»Ich bin alt geworden, Lenchen. Alt und verkalkt. Eigentlich wäre es langsam Zeit abzutreten. Aber offenbar will mein Körper noch nicht.«

Annalena spüre, wie die Situation ihre Stimmung weiter drückte. Hier war nichts mehr zu holen. Aus Höflichkeit blieb sie noch eine Viertelstunde sitzen und leistete Erwin Gesellschaft, dann verabschiedete und bedankte sie sich. Sie würden einander nicht wiedersehen.

Als Annalena wieder in ihrem Bus saß, ließ sie den Kopf aufs Lenkrad sinken. Hatte ihr dieser Besuch etwas gebracht? Außer Traurigkeit? Es fühlte sich an wie ein weiterer Abschied.

Ihr nächster Trip führte sie zur Bäckerei von Franz Lansch. Franz' Familie war schon lange in dieser Gegend aktiv und gut vernetzt. Dieses Mal entschied sie sich nach kurzer Überlegung allerdings, das Haus durch die Vordertür zu betreten. Im Verkaufsraum der Backstube waren noch zwei Leute vor Annalena, die aber offensichtlich wirklich wegen Backwaren hier waren. Die Brezen galten, früher zumindest, tatsächlich als legendär. Als die beiden abgefertigt waren und sich der Blick der jungen und sehr mageren Verkäuferin auf sie richtete, sagte Annalena: »Ich würde gern den Chef sprechen. Sagen Sie ihm bitte, Frau Gonzales ist nochmal zu Besuch.«

Wenig später winkte die Verkäuferin sie an der Theke vorbei und führte sie in den Raum, in den sie vor wenigen Tagen erst von der anderen Seite hineingeplatzt war. Diesmal saßen sich hier nur Franz Lansch und die attraktive, dunkelhäutige Taschendiebin gegenüber. Annalena erinnerte sich, dass Franz sie Tanja genannt hatte. Vor beiden stand je eine große Tasse Kaffee.

»Ich hatte mich schon gefragt, ob wir dich nochmal wiedersehen würden. Kommst du voran, was den Tod deines Bruders angeht?

Beginnt demnächst dein großer Rachefeldzug?«, begrüßte Franz sie lachend. Die Frau taxierte sie ganz genau, sagte aber nichts.

»Das mit der Rache habe ich noch nicht entschieden«, antwortete Annalena kühl.

»Diese dicke Kommissarin war heute auch schon hier, vorne in der Bäckerei, und hat ein paar Schweineohren gekauft. Ich glaube kaum, dass sie wusste, wo sie sich befindet«, erzählte Franz lachend.

»Vielleicht wollte sie euch ausspähen«, sagte Annalena. Sie plante nicht, von ihrer neuen Verbindung zu Helga zu erzählen. Als Verräterin dazustehen, konnte sie ernsthaft in die Schusslinie bringen.

»Du hast gefragt, ob ich vorangekommen bin. Ich habe vielleicht eine Spur. Die scheint zu einer Firma namens *Innovation4* zu führen, die am Ortsrand ihren Firmensitz hat. Ich wollte fragen, ob du mit denen in Kontakt gekommen bist.«

Franz und Tanja wechselten einen langen Blick, als würden sie ein stummes Gespräch miteinander führen.

»Wir hatten am Rande mit denen zu tun. Sie haben sich eine Weile nach guten Hackern für Tests ihres Sicherheitssystems umgesehen«, erklärte Tanja. »Das ist aber nicht so ungewöhnlich. Selbst das FBI rekrutiert immer wieder Leute aus der Praxis. Schienen mir zu wissen, was sie tun. Was ist dein Plan bezüglich der Firma?«

»Nicht so wichtig«, antwortete Annalena einsilbig. Sie hatte nicht vor, sich zu tief in die Karten schauen zu lassen.

»Wer war eure Kontaktperson in der Firma?«, fragte sie.

Sie bemerkte, dass der Blick von Franz Lansch jetzt deutlich an Fröhlichkeit verloren hatte.

»Nicht so wichtig«, imitierte er Annalena. »Bisher haben wir mit denen keine Geschäfte gemacht, aber man weiß ja nie, was noch passiert. Ist ein schnell wachsender Laden. Wenn mir nicht klar ist, was du vorhast und was dabei für uns rausspringt, kann ich auch nichts tun. Wenn du mit uns zusammenarbeitest, können wir dir gerne helfen.«

»Ich bin nicht hier, um eure Geschäfte zu unterstützen oder zu stören, ich will nur wissen, wer meinen Bruder umgebracht hat«, sagte Annalena. Es hatte offenbar keinen Sinn, Franz nach Plänen des Geländes zu fragen. Er würde immer eine Gegenleistung fordern. Und Geld hatte sie auch nicht zur Verfügung, das sie ihm für die Informationen anbieten konnte.

»Du gehst mir auf den Sack«, erwiderte Franz Lansch jetzt sichtlich verärgert. »Wir sind doch hier nicht das Sozialamt und auch nicht die Auskunft für minder begabte Hobby-Ermittler. Du weißt ja, wie du rauskommst, sonst helfen dir meine Leute dabei.«

Er wandte sich demonstrativ von Annalena ab und wieder seiner Kaffeetasse zu. Annalena verbarg ihren Frust und verließ die Bäckerei durch die Hintertür. Wenn die Kommissarin da wirklich einkaufte, wollte Annalena nicht unbedingt mit ihr zusammenstoßen.

Annalena erwartete Helgas Ankunft in ihrem alten Elternhaus. Für ihre Verabredung war das der am besten geeignete Ort. Schwer einsehbar. Wenig Gefahr, überrascht zu werden. Aus einem Fenster im ersten Stock, ins Halbdunkel zurückgezogen, beobachtete sie die Einfahrt. Sollte ein großes Polizeiaufgebot anrücken, hatte Annalena ihren Rückzug in den Wald soweit vorbereitet, dass sie nichts befürchten musste. Dennoch war sie nervös. Ob sich die Polizistin an die Absprachen hielt? Garantien gab es dafür keine.

Aber tatsächlich, die Kommissarin kam allein in ihrer verbeulten, hellblauen Klapperkiste. Annalena ging hinunter und ließ sie ein. Sie setzten sich ins Wohnzimmer. Der Holzstuhl, auf dem sich die Kommissarin niederließ, knackte laut unter ihrem Gewicht, hielt aber stand.

»Ich habe seit gestern wenig Fortschritte gemacht. Jemand bei *Innovation4* hat sich offenbar nach Hackern umgesehen, aber offenbar nur, damit sie ihr Sicherheitssystem unter realen Bedingungen testen konnten. Ansonsten habe ich nur erfahren, dass sie geschäftlich durchaus die Ellenbogen ausfahren können, aber das ist ja nichts Außergewöhnliches.« Annalena hatte sich vorgenommen, weiter mit offenen Karten zu spielen. Solange die Kommissarin nicht versuchte, sie festzunehmen, hatte sie nichts zu verlieren.

Helga berichtete im Gegenzug von den Befragungen Thomas Kochs und Nadine Millers. Sie wirkte ebenfalls nicht zufrieden mit den Ergebnissen ihres Tagewerks.

»Diese Nadine Miller macht einen seltsamen Eindruck, hat aber mit der rechten Hand geschrieben, obwohl der Täter oder die Täterin Linkshänder sein muss. Und die Handschrift hat auch nicht gepasst. Stellt sich die Frage, wer in ihrem Büro an die Wand geschrieben hat. Ich wollte mir nicht so gern in die Karten schauen lassen und habe ihr deshalb die Original-Handschrift nicht gezeigt. Die Karte meine ich. Andererseits benimmt sie sich so offen herablassend, da kann ich mir kaum vorstellen, dass sie wirklich etwas verbergen will. Ihr Verhalten schreit förmlich danach, weiter nachzuforschen.«

»Oder sie hält sich für derartig überlegen, dass ihr die Ermittlungen ohnehin nichts anhaben können«, widersprach Annalena.

»Möglich. Bisher sind auf jeden Fall weder die Alibis noch die Befragungen besonders aufschlussreich. Meine Leute holen gerade Infos über alle Leute ein, die in dem Unternehmen eine entscheidende Rolle spielen. Vielleicht fällt uns da etwas auf. Wir müssen wahrscheinlich viele dort befragen, um uns ein gutes Bild machen zu können.«

»Das dauert doch ewig. Wäre es nicht angeraten, diesen Prozess zu beschleunigen? Wenn Sie mir einen Plan des Geländes besorgen könnten, kann ich mich dort umsehen.«

Die Kommissarin schwieg einen Moment, dann schüttelte sie ganz leicht den Kopf.

»Nein, der Kram muss seine Ordnung haben. Sonst halten die gewonnenen Erkenntnisse nachher im Gerichtsverfahren nicht stand. Außerdem glaube ich nicht, dass ich angesichts der momentan noch recht dünnen Beweislage an solche Dokumente rankommen könnte. Tut mir leid.«

Annalena winkte ab. Eine Weile war es still zwischen den beiden Frauen.

»Ich würde gern nochmal über die Motive reden«, sagte Helga dann. »Was könnte Ihr Bruder gewollt haben? Denken Sie, er wollte alles auffliegen lassen?«

Annalena schüttelte den Kopf. »Dafür war er nicht der Typ. Höchstens, wenn Dinge passierten, die er nicht mit seinem Gewissen vereinbaren konnte, aber dafür müsste es schon sehr speziell sein, was passiert ist. Kinderarbeit, extreme Ausbeutung oder so etwas. Allein, dass es verboten war, was er da möglicherweise tat, hätte ihn noch nicht gestört.«

»Und was könnte das Ziel von Frau Miller oder von wem auch immer bei *Innovation4* sein?«, fragte die Kommissarin. »Wenn das System im Rathaus genutzt wurde, scheint es ja schon zu funktionieren. Wozu dann noch weitere Leute mit IT-Hintergrund?«

»Vielleicht planen sie weitere Funktionen. Irgendetwas Spezielleres. Die Firma könnte auch einfach nur wachsen. Oder die Machtdemonstration auf den Rechnern im Rathaus hat doch nicht so gut funktioniert. Sie haben das Ganze abgebrochen und deshalb war auch niemand dort besorgt wegen dem, was da passiert ist.«

»Durchaus möglich.«

Die Kommissarin ließ ihren Kopf nach hinten auf das Kissen sinken und starrte nachdenklich zur Decke. Annalena kam diese Haltung eigentümlich entspannt vor. Die Kommissarin schien der Kriminellen ein gutes Stück weit zu vertrauen.

»Es ist wie im Nebel. Man kann Schemen erkennen, aber es ergibt noch keinen Sinn, passt nicht zusammen, solange der Nebel sich nicht lichtet. Wir sollten uns hier weiter jeden Tag treffen«, schlug Helga vor. »Dann können wir abgleichen, welche Fortschritte wir gemacht haben.«

Annalena nickte.

Sie saß noch eine ganze Weile allein auf der Couch. Was, wenn sich die Kommissarin wegen der Schrift schlicht und ergreifend geirrt hatte? Wenn ihr plötzlicher Fokus darauf, dass die Schuldigen für *Innovation4* arbeiteten, nur ein Hirngespinst war? Annalena sah auf ihr Handy und bemerkte, dass sie einen weiteren Anruf von Flieser verpasst hatte. Das musste jetzt mal endlich ein Ende haben.

Sie wählte seine Nummer und hörte gleich darauf seine tiefe Stimme.

»Du bist ja enorm schwer zu erreichen. Ich habe es unglaublich oft versucht.«

Annalena wappnete sich innerlich gegen seine Wut und seinen Ärger. Unter normalen Umständen interessierte sie so etwas nicht allzu sehr, aber ihr angeschlagenes Nervenkostüm ließ sie unsicherer werden.

»Entschuldige den misslungenen Job. Ich ...«

Flieser unterbrach sie sofort. »Ganz im Gegenteil. Ich habe in der letzten Woche ordentlich aufgeräumt und meine ... Organisation entmüllt und gleich angefangen, sie neu zu strukturieren. Marion wickelte echt eine Menge Dinge nebenbei ab, die ich nicht auf dem Schirm hatte. Das kannst du dir kaum vorstellen. Ich muss wirklich blind gewesen sein die letzten Monate, vielleicht sogar schon Jahre. Ich schulde dir auf jeden Fall einen Gefallen dafür, dass du sie geschnappt hast und die Dokumente nicht weggekommen sind. Du kriegst noch einen kleinen Bonus bei Gelegenheit. Ich bin ja kein Geizkragen.«

Er lachte ein tiefes Lachen. Annalena wusste erst gar nicht, was sie sagen sollte. Dann aber kam ihr ein Gedanke:

»Hast du die Möglichkeit, kurzfristig Baupläne zu besorgen?«

»Natürlich. Deutschland oder anderswo? Vatikan dauert zum Beispiel länger.«

Annalena war sich nicht sicher, ob er einen Scherz machte, aber sie erzählte ihm von *Innovation4* und er versprach, sich zu melden. Sie beendeten das Gespräch und Annalena spürte, was für eine Last gerade von ihr abfiel.

Sie machte sich auf der Suche nach einer Sportmatte, fand aber im Haus nichts. Auch die im Bus hatte sie offenbar verlegt. So setzte sie sich stattdessen einfach auf den Teppich im alten Zimmer ihres Bruders und bemühte sich, erneut Ruhe zu finden. Die Nervosität, die in den letzten Tagen ihr Handeln vorangetrieben hatte, passte gar nicht zu ihr und stand ihr nur im Weg. Sie hatte Fehler gemacht und war zu viele Risiken eingegangen.

Wie lange sie jetzt schon so dasaß und versuchte, ihre Gedanken zu ordnen, hätte sie nicht sagen können. Sie hatte gelernt, sich Zeit zu nehmen für diesen Prozess, alles, was in ihrem Kopf herumflog, zu sortieren, jeweils in die passende Schublade zu stecken. Die Trauer um Ben und Hilde, der Frust der letzten Tage, die Rückschläge. Alles setzte sich in ihrem Kopf. Ihre Nervosität verflüchtigte sich nicht vollkommen, aber dennoch spürte sie etwas mehr Gelassenheit, als sie die Augen nach langer Zeit wieder aufschlug.

Ruhe und Planung mussten ab jetzt ihre Leitlinien für die nächsten Schritte sein. Sie würde in das Gebäude von *Innovation4* eindringen, sich dort selbst die Handschrift an der Wand ansehen und nach weiteren Hinweisen suchen.

Als sie wenige Minuten später aus dem Haus trat, auf dem Weg zu ihrem nicht weit entfernt hinter einer hohen, ungepflegten Hecke geparkten Bus, packten sie plötzlich zwei Hände. Der feste Griff kam ohne jede Vorwarnung. Ihr wurden die Arme auf den Rücken gedreht und ein Lappen auf den Mund gepresst. Im selben Moment verlor sie das Bewusstsein.

Zuerst kamen die Geräusche zurück. Annalena achtete darauf, tief und gleichmäßig zu atmen. Ihr Erwachen durfte nicht auffallen.

Sie hörte auf jeden Laut und versuchte, ihre Situation einzuschätzen. Nach und nach bekam sie die Kontrolle über ihren Körper vollständig zurück. Sie hatte das Bedürfnis, sich zu strecken, wollte aber keine Aufmerksamkeit auf sich ziehen. Noch dazu waren offenbar ihre Hände hinter dem Rücken an etwas gefesselt. Ein Stuhl? Ein Holzstuhl, so wie es sich anfühlte. Dem Geruch nach zu urteilen, befand sie sich wieder in ihrem Elternhaus, sicher im Wohnzimmer. Ihre Klamotten saßen unverändert an ihrem Körper. Wunden spürte sie keine. Das Mittel auf dem Lappen hatte nur dazu gedient, sie kampfunfähig zu machen und hier an den Stuhl zu fesseln. Man wollte ihr also Fragen stellen. Nur wer?

»Müsste gleich so weit sein«, sagte eine Männerstimme in die Stille hinein.

»Denk daran, ich stelle die Fragen, du reagierst nur, wenn sie Stress macht«, entgegnete eine Frauenstimme. Da gab es keinen Zweifel, das war diese Tanja, die Freundin oder Kollegin von Franz Lansch. Was wollten die hier? Annalena horchte noch eine Weile in den Raum hinein. Die Schritte und Atemgeräusche ließen sie vermuten, dass nur die beiden hier bei ihr waren. Möglicherweise wartete noch jemand vor der Tür? Andererseits, was hatten sie von einer gefesselten Frau schon zu befürchten?

Annalena öffnete die Augen und gähnte.

»Na, Prinzessin, bist du aus deinem Schönheitsschlaf erwacht?«, gab sich die Männerstimme witzig. Es war Maxim, dessen Stolz sie bei ihrem ersten Besuch in den Hinterräumen der Bäckerei verletzt hatte. Ungut.

Jetzt stand Tanja vor ihr. »Wir wollten dir ein paar Fragen stellen«, sagte sie.

»Ihr hättet auch um einen Termin bitten können«, antwortete Annalena, die innerlich ganz ruhig war und nebenbei die Lage sondierte. Die Fesseln wirkten stabil und sie sah für den Augenblick keine Möglichkeit, sie zu lösen oder wenigstens zu lockern.

Tanja schlug ihr hart ins Gesicht. Uff! Die Ohrfeige ließ auf deutlich mehr Kraftreserven schließen, als sie den schlanken Armen zugetraut hätte. Annalena tat der Frau nicht den Gefallen, irgendwie auf den Schlag zu reagieren.

»Warum kooperierst du mit den Bullen?«, fragte Tanja jetzt im selben ruhigen Ton wie zuvor.

»Was meinst du?«

Eine weitere Ohrfeige traf sie, nicht sanfter als das erste Exemplar.

»Warum du dich mit dieser dicken Polizistin triffst, will sie wissen«, schrie Maxim hinter ihr jetzt mehr, als er sprach. Annalena sah aus dem Augenwinkel, dass er eine Waffe in der Hand hielt.

Tanja warf ihm einen ernsten und deutlichen Blick zu, der ihn in die Schranken wies.

»Mein etwas reizbarer Mitstreiter hier hat in der Sache durchaus recht. Wir sind hier zuhause, wir beobachten vieles. Wir hören gut zu, bei jeder Autofahrt der Kommissarin und bei vielem mehr. Und uns entgeht es nicht, wenn jemand plötzlich ein falsches Spiel spielt. Woher wissen wir, dass du uns nicht verpfeifst, wenn es dir in den Kram passt? Weil dir die Kommissarin einen Deal vorschlägt?«

Annalena sah ihr direkt in die Augen und antwortete nicht. Sie wartete. Jetzt trat Maxim einen Schritt nach vorn, um erneut seinem Ärger Luft zu machen, und kam damit genau in den Radius, in dem sie ihn haben wollte. Der Stuhl war etwas zu niedrig für ihre Körpergröße und ihre Beine hatten die beiden Amateure nicht gefesselt. Annalena stieß sich plötzlich vom Boden ab und machte einen Satz nach hinten mit dem Stuhl. In ihrem kurzen Sprung kam sie Maxim nah genug, um bei ihm mit ihrem Hinterkopf einen harten Treffer zu landen. Das angestrebte Ziel, sein Gesicht, erwischte sie zwar nicht, aber der Treffer auf seiner Brust presste ihm die Luft aus den Lungen und ließ ihn stolpern. Der betagte Stuhl landete auf den hinteren Beinen, brach wie erhofft mit einem lauten Knirschen unter

Annalena zusammen. Sie landete auf dem Rücken und spürte einen stechenden Schmerz in der Seite. Sie rollte sich weg und konnte an ihrer rechten Hand den Strick, mit dem sie gefesselt worden war, abstreifen, jetzt, wo er nicht mehr unter Spannung stand. Sie riss Maxim die Waffe, die er gerade auf sie richtete, aus der Hand und schlug ihm damit ins Gesicht. Erneut wankte er. Jetzt mit blutender Nase. Tanja hatte sich vom ersten Schreck erholt und kam auf Annalena zu. Ihrem gut gezielten Tritt wich Annalena traumwandlerisch aus und schlug in derselben Seitwärtsbewegung erneut Maxim die Waffe an den Kopf. Endlich ging er zu Boden. Tanja verlor durch ihren ins Leere gegangenen Tritt einen Moment das Gleichgewicht. Annalena musste handeln, bevor sie sich wieder fing. Sie war gerne bereit, Tanja zu zeigen, wie man einen Tritt wirklich gut platzierte. Sie riss ihren Fuß nach oben und ließ ihn hart gegen die Innenseite von Tanjas Knie krachen. Ein lautes Geräusch kam aus dem Knie, das klang wie ein zuschnappendes Schloss. Tanja schrie viehisch auf und sank zu Boden. Annalena setzte sich ungerührt auf Tanjas demoliertes Knie, was ihre Gegnerin erneut gequält aufheulen ließ. Der Schmerz reichte aus, um diese kampfunfähig zu halten. In aller Ruhe löste Annalena den Strick, der noch von ihrer linken Hand baumelte und fesselte damit Tanjas Hände so gründlich, dass diese Stunden brauchen würde, um sich zu befreien, wenn sie es überhaupt schaffte. Doch etwas war merkwürdig. Verblüfft spürte Annalena, dass ihre Hände feucht wurden. Sie sah an sich hinab und erkannte, dass ihre Kleidung blutig war. Beim Sturz auf den morschen Stuhl hatte sie sich offenbar die Seite aufgerissen. Das konnte noch zu einem echten Problem werden. Noch dazu, da Maxim mittlerweile wieder versuchte, sich aufzurichten. Annalena ließ die stöhnende Tanja liegen und machte auch ihn mit einem harten Tritt in den Bauch endgültig kampfunfähig. Sie band ihm provisorisch die Arme mit einem alten Schal ihres Vaters zusammen, um kurz Zeit zu haben, etwas Passenderes im Haus zu finden. Schließlich konnte sie ein langes Stück Kordel auftreiben und Maxim damit ebenso gründlich fesseln wie Tanja zuvor.

»Mach mich los«, fand Tanja erstaunlicherweise in ihren Befehlston zurück. »Wenn Franz das erfährt, der macht dich fertig.«

»Das haben schon andere versucht. Ich denke, wenn ich sein Team um zwei Köpfe kürzer mache, sinken die Chancen sogar, dass er mich fertig macht. Meint ihr nicht auch?«

Sie nahm Maxims Waffe zur Hand und hielt sie erst Tanja, dann Maxim eine Weile an den Kopf. Sie war wütend über die Art und Weise, wie die beiden sie geschnappt hatten, aber auch darüber, dass Tanja sich erdreistet hatte, sie zu schlagen. Sie besorgte zwei weitere schmale Schals aus dem Fundus ihres Vaters, dann band sie diese auf identische Art und Weise um die Hälse der beiden. Diese Technik hatte sie schon vor Jahren in Österreich gelernt und beherrschte sie noch immer gut. Das enge Band um den Hals sorgte für Panik bei den Leuten, die Art des Knotens stellte sicher, dass es dabei nicht eng genug wurde, um das Leben der Befragten zu gefährden. Eine Technik, die die Kommissarin vermutlich nicht gutgeheißen hätte, dachte Annalena. Dann ging sie ins Bad, wusch sich, verband sich behelfsmäßig mit dem letzten Schal, den sie noch finden konnte, und zog sich ein schlichtes dunkles T-Shirt von ihrem Vater an, das sie im ersten Stock fand. Die Wunde strahlte mittlerweile einen dumpfen Schmerz in alle Richtungen aus. Deren weitere Versorgung musste noch warten, sie wusste nicht, wieviel Zeit ihr blieb, bevor weitere Leute aus Lanschs Team zu Besuch kamen. Ohne Rücksicht auf ihre Verletzung zog sie ihre beiden Gäste so gut es ging in eine sitzende Haltung und lockerte die Bänder an den Hälsen ein wenig. Die beiden hatten bereits schwer geatmet.

Annalena setzte sich aufs Sofa und spielte demonstrativ mit Maxims Pistole in ihrer rechten Hand. Den linken Arm presste sie dabei so unauffällig wie möglich in ihre Seite, um die Blutung etwas in Zaum zu halten. »Was solltet ihr denn mit mir machen nach der Befragung?«, fragte Annalena.

Maxim sah sie nur finster an, Tanja sagte mit einer etwas krächzigen Stimme: »Frag nicht so dumm. Es liegen schon genug Leichen hier im Ort. Selbstverständlich hätten wir dafür gesorgt, dass du unser Gespräch überlebst.«

»Ganz so selbstverständlich kann ich das nicht finden, aber tun wir mal so, als würdest du die Wahrheit sagen. Wer war euer Kontakt bei *Innovation4*?«

»Das geht dich nichts an«, antwortete Tanja.

Annalena sah sie übertrieben enttäuscht an, dann ging sie auf sie zu, setzte einen Fuß auf das angeschlagene Knie und verstärkte nach und nach den Druck.

Nach wenigen Momenten schrie Tanja auf. »Ich sag es ja schon, verflucht nochmal«, stöhnte sie durch zusammengebissene Zähne. »Er heißt Fabio Laurito. Ist ein alter Bekannter von mir.«

»Was bedeutet das? Wart ihr zusammen auf der Schule? Wart ihr Nachbarn?«

»Wir haben vor einigen Jahren ein paar Mal zusammengearbeitet. Einbrüche bei Firmen. Erst hab ich mir übers Internet Zugriff auf die Firmendaten besorgt und dann, wenn wir wussten, was sich lohnt, sind wir rein und haben uns alles geholt, was wir gut wieder loswerden konnten.«

»Und du denkst, jetzt ist er sauber?«

»Ich habe nichts von ihm mitbekommen in den letzten Jahren.«

»Alles klar. Mehr brauche ich nicht von euch. Stellt sich noch die Frage, was ich mit euch mache.«

Annalena hockte sich vor Maxim und hielt ihm die Waffe an den Kopf. Sie sah ihm ununterbrochen starr in die Augen. Lange hielt er ihrem Blick stand. Es dauerte eine Weile, dann begann er schneller zu atmen und zu schwitzen. Er kniff die Augen zusammen.

»Vielleicht solltest du dich in nächster Zeit nicht mehr so aufspielen«, sagte Annalena kühl und nahm die Waffe wieder weg.

»Mein Plan ist der folgende«, erklärte Annalena. »Die Terrasse hier ist schwer einzusehen von außen. Und die nächsten Nachbarn sind wegen der Bäume drumherum auch nicht in Hörweite. Ich bringe euch da raus und irgendwann heute Abend gebe ich Franz Bescheid, wo ihr zu finden seid, dann kann er euch einsammeln. Ich habe kein Problem mit euch und lasse euch in Ruhe, wenn ihr mich ab jetzt auch in Ruhe lasst. Wenn nicht, sind die Konsequenzen beim nächsten Mal tödlich. Und ich habe sogar ein Angebot für euch. Meine Tante hatte noch einiges an Stoff in ihrem Labor, den sie jetzt nicht mehr braucht und ich will ihn auch nicht. Ihr kennt die Qualität. Ich lasse euch meine Nummer da. Wenn ihr mir morgen Bescheid gebt, wo ich ihn hinbringen soll, überlasse ich ihn euch. Gibt bestimmt gerade ein paar Zwischenhändler, die unterversorgt sind.«

Keiner der beiden erwiderte etwas. Annalena schob Tanja einen Zettel mit ihrer Handynummer in die Tasche, schleppte die beiden das kurze Stück auf die Terrasse und machte sich dann auf den Weg zu ihrem Bus, um ihre Wunde zu verarzten. Sie würde Franz recht bald anrufen. Nur noch ein klein wenig Wartezeit.

Mittwoch, 11. Juli

Befragung

Das Frühstück schmeckte Helga wie immer hervorragend. Sie hatte schlecht geschlafen und sich ewig im Bett herumgewälzt. Jetzt trank sie eine Tasse Kaffee nach der anderen und genoss das gute Essen, das ihre Lebensgeister weckte. Die Stimmung unter ihren Kollegen war herzlich. Meizi und Charly machten keinen Hehl aus ihrer Zuneigung zueinander, küssten sich immer wieder, kicherten gemeinsam wie die Teenager und fütterten sich sogar gegenseitig mit Obst. Dr. Sulzbach hatte ihren ersten Groll offenbar überwunden und diskutierte mit Haugg – ausgerechnet über Fußball. Hoffentlich war es nicht das letzte Mal, dass sie miteinander an einem Fall arbeiteten, dachte Helga, wischte den Gedanken allerdings gleich wieder beiseite.

»Es wird höchste Eisenbahn, dass wir loskommen«, sagte Helga in die Runde. »Die Befragungen starten in einer halben Stunde.«

Alle nahmen es zur Kenntnis, auch wenn niemand so richtig Lust hatte, die Runde aufzulösen. Als es endlich so weit war, nahm Dr. Sulzbach sie zur Seite.

»Ich gehe davon aus, dass Charly und ich heute oder morgen erstmal für ein paar Tage wieder nach Kempten fahren werden, um dort zu arbeiten. Es gibt für uns hier aktuell nichts zu tun und dort kann ich ihr noch mehr zeigen.«

»Das wird hart für Meizi, aber es ist sicher sinnvoll. Wenn es für Sie wieder etwas zu tun gibt, melde ich mich auf jeden Fall. Haben Sie vielen Dank für die Flexibilität, dass Sie überhaupt mit hierhergekommen sind.«

»Gern. Und viel Erfolg bei der Aufklärung weiterhin.«

»Danke, den werden wir brauchen.«

Die drei Ermittler fuhren gemeinsam mit Meizis Auto. Helga war nicht glücklich über den bevorstehenden Abschied der Oberärztin. Sollte sie Meizi vorwarnen? Charly wusste vielleicht auch noch nichts. Helga war so froh gewesen, dass sich seine miese Laune der vergangenen Tage verflüchtigt hatte. Das wollte sie sich eigentlich so lange wie möglich erhalten. Also sagte sie nichts zu ihm.

Wenig später brachte Haugg den Rezeptionisten zu ihr in den Verhörraum. Sie bat den Mann, der sie vor wenigen Tagen mit strahlender Miene bei *Innovation4* in Empfang genommen hatte, Platz zu nehmen.

»Wir ermitteln zu den Tötungsdelikten der vergangenen Woche und in diesem Zusammenhang möchten wir auch ein bisschen mehr über *Innovation4* und die Menschen dort erfahren.«

»Oh, warum denn das? Ist bei uns in der Firma auch etwas passiert?«, fragte Fabio mit demselben breiten Lächeln, das sie bereits von ihm kannte.

»Die Zusammenhänge sind ein bisschen komplizierter, aber das ist für den Moment nicht so wichtig. Was ist Ihre Aufgabe in der Firma?«

»Alles rund um den Empfang. Ich begrüße Gäste und manchmal auch neue Mitarbeiter, nehme Anrufe entgegen und Pakete und bin auch sonst für alles zuständig, was so anfällt.«

Sein Zahnpastalächeln war so makellos, dass es Helga richtiggehend ablenkte.

»Wie ist die Stimmung generell in der Firma?«

»Total angenehm. Viele witzige Leute, mit denen man auch mal zwischendurch quatschen kann. Ich kann mich nicht beschweren.«

»Mein Eindruck war, dass Frau Millers Ton nicht ganz so entspannt war«, warf Helga ein, aber der Rezeptionist winkte ab.

»Das darf man sich nicht zu Herzen nehmen, sie ist manchmal einfach so. Das legt sich dann auch wieder.«

»Gab es in letzter Zeit Veränderungen in der Firma? Hat sich jemand sehr auffällig verhalten?« Helga stocherte ein bisschen herum und war sich ganz und gar nicht sicher, ob das zielführend sein würde.

»Nein. Die Firma wächst schnell, also solche Veränderungen gab es schon. Aber es funktioniert gut und Thomas, also Herr Koch, schafft es auch, die Neuen immer dafür zu begeistern, dass wir für die Sicherheit der IT hier in der Gegend und in ganz Bayern arbeiten und vielleicht auch schon bald fürs ganze Land.«

Helga machte sich eine Notiz. Die Firma plante also, ihre Reichweite stärker auszubauen.

»Kennen Sie eine der Personen auf dieser Liste?«, fragte Helga und legte ihm die Namen der Toten vor.

Fabio sah sie sich aufmerksam an.

»Keinen einzigen, nein.«

»Dann kommen wir mal noch kurz zu Ihrer Person. Können Sie mir etwas über Ihren Werdegang erzählen und wie Sie ins Unternehmen gekommen sind?«

»Klar. Ich bin gelernter Hotelfachmann und habe dann in verschiedenen Häusern hier in der Gegend gearbeitet, aber da war es oft sehr stressig und dann habe ich mich einfach auf eine Stellenanzeige beworben. Die Bezahlung ist besser und der Stress geringer.«

Helga sah ihre Notizen durch und überlegte, welche Fragen noch offen waren.

»Sie sind vorbestraft, richtig?«

Das breite Lächeln verblasste etwas und er nickte schuldbewusst.

»Ja, das war eine ätzende Nummer. Ich war jung und dumm und habe einen Unfall gebaut und Fahrerflucht begangen vor Panik. Kann ich jetzt leider nicht mehr ändern.«

Bei ihm gab es wenig zu holen. Sie stellte noch ein paar eher belanglose Fragen, dann holte Haugg den Rezeptionisten ab, um ihn zur Tür zu bringen.

Direkt darauf kam er mit dem nächsten Mitarbeiter der Firma. Ein extrem dünner, junger Mann mit Brille. Die runden Gläser ließen Helga spontan an Harry Potter denken. Er stellte sich als Karl Zweistein vor. Sein jugendlicher Gang machte es ihr schwer, sein Alter zu schätzen.

»Was ist Ihre Aufgabe bei *Innovation4*?«, eröffnete Helga das Gespräch.

»Ich bin als Programmierer eingestellt und kümmere mich um einen Teil der Sicherheitssoftware für Kunden. Die Idee ist ja, dass unser Programm stets auf die jeweiligen Anforderungen zugeschnitten ist, so dass es von größtmöglichem Nutzen für die Firma ist. Will der Kunde einfach nur seine Daten verschlüsselt haben oder auch die Möglichkeit bekommen, dass die Mitarbeiter über sichere Wege miteinander kommunizieren und so etwas – dafür gibt es verschiedene Bausteine, also Programme, die man dann zusammensetzen kann, passend für jeden Kunden. Und ich bin meistens an den Stellen tätig, wo die verschiedenen Bausteine zusammenarbeiten. Wir wollen ja nicht nur die gefährlichen Hintertüren zumachen, sondern das Problem an der Wurzel packen und ein richtig umfassend sicheres System bieten, das für die jeweilige Firma passt. Um es vielleicht eingängiger zu sagen – wir verstärken beim Haus nicht nur das Türschloss, sondern kontrollieren auch alle anderen Zugangswege, von den Fenstern bis zum Schornstein.«

Helga war überrascht, wie verständlich seine Wortwahl ausfiel. Da hatte sie in der Vergangenheit mit Leuten aus seiner Branche schon schlechtere Erfahrungen gemacht.

»Wie schwierig wäre es für einen Ihrer Kollegen, da neue Hintertürchen einzubauen?«

Er schaut sie konsterniert an. Dann schüttelte er den Kopf. »Nein, nein. Das wäre vollkommen unmöglich. Jede Zeile Code, die ich schreibe, wird nochmal von jemand anderem geprüft, bevor sie freigegeben wird. Da passiert nichts einfach so. Ich muss auch immer dokumentieren und auf Nachfrage natürlich erklären können, was jede neue Funktion tut. Außerdem würde ich behaupten, dass ich einen sehr umfassenden Blick auf die Bausteine unserer Software habe. Da wird bei uns kein Mist gemacht.«

»Und da wird auch bis zur Installation beim Kunden nichts mehr verändert?«

»Nein, nichts. Das Ganze unterliegt extra noch verschiedenen Sicherheitsprüfungen, geht dann weiter zu unseren Kunden und dort werden schließlich nach deren Bedürfnissen die Bausteine ausgewählt und installiert.«

»Wie ist denn die Stimmung in der Firma? Also, wie verträgt man sich untereinander und wie ist es mit Chef und Chefin?«

Karl legte den Kopf schief. »Naja, ich will jetzt nicht lästern ...«

Helga sah ihn weiter unverwandt an und überbrückte die unangenehme Stille nicht. Kam jetzt etwas Spannendes? Ein Durchbruch?

»Thomas und Frau Miller sind voll in Ordnung, sie lassen uns viel Freiheit, wie wir das Produkt umsetzen, das macht richtig Spaß. Klar, im Team gibt es natürlich manchmal Reibereien, aber nichts Spektakuläres, falls Sie in so eine Richtung denken.«

»Was meinten Sie denn eben mit lästern? Gibt es Probleme in der Firma?«

»Nichts, was es nicht woanders auch gibt«, winkte er ab. Er lächelte sie seltsam an. Für einen Moment dachte Helga darüber nach, ob er mit ihr flirtete, verwarf den Gedanken dann aber wieder. Auch auf weitere Nachfragen vertiefte er das Thema nicht.

Sie legte ihm ebenfalls die Liste mit den Namen der Toten vor.

»Die sagen mir alle nichts. Von denen hat niemand bei uns gearbeitet.«

»Und Sie kennen die Namen auch nicht aus der Zeitung?«, hakte Helga nach.

Der junge Mann zuckte mit den Schultern. »Ich lese keine Zeitung. Ist mir zu deprimierend, der ganze Mist.«

»Das kann ich verstehen«, seufzte Helga laut, ärgerte sich dann aber über sich. Über seinen Werdegang bis hin zur jetzigen Position konnte Karl Zweistein nichts berichten, was Helgas Ermittlungen voranbrachte. Er hatte in München studiert, lange dort gearbeitet, sich aber mehr Ruhe gewünscht. Als er dann die Stellenausschreibung sah, Einsatzort im beschaulichen Berchtesgaden und von *Innovation4* gut bezahlt, hatte es ihn nicht viel Überwindung gekostet zu wechseln. Sogar beim Umzug hatte man ihm geholfen. Helga spürte, dass sie so nicht weiterkam. Noch dazu irritierten sie seine intensiven Blicke, die sie nicht einordnen konnte. Sie bedankte und verabschiedete sich. Beim Hinausgehen zwinkerte er ihr zu und sagte beinahe aufreizend: »Es war mir wirklich eine Freude.«

Als sie daran dachte, dass Haugg und Meizi im Nebenzimmer zuhörten, wurden ihre Ohren rot vor Scham.

Haugg brachte ihn zur Haustür. Kaum waren sie außer Sichtweite, kam Meizi herein. Er lachte breit.

»Helga, der war ja rattenscharf«, sagte er. »Also für den Fall hat es uns nicht weitergebracht, aber es war schon ein Fest, ihn zu beobachten.«

Als Haugg wiederkam, lachte der ebenfalls.

»Frau Kommissarin, da wollte dir aber jemand an die Wäsche. Nicht zu glauben, oder? Der konnte ja kaum an sich halten.«

Helga sah ihn finster an. »Warum ist das nicht zu glauben? Warum sollte der mich denn nicht attraktiv finden?«

Das Lachen der beiden Männer erstarb. Meizi gefroren die Gesichtszüge. Haugg sah betreten zu Boden. »Also ... Äh, ich wollte damit nicht ...«, begann er zu stammeln.

Helga konnte ihr Lachen nicht länger zurückhalten. »Mach dir nicht ins Hemd, ich fand den Typen auch tierisch merkwürdig. So, und jetzt? Eine noch, dann ist die Mittagspause geplant, sehe ich das richtig?«

Ihre beiden Kollegen nickten brav wie zwei Schulbuben. Haugg sah noch bedeutsam auf die Uhr, räusperte sich und sagt diensteifrig: »Dann hole ich mal Frau Lisse.«

Mara Lisses Figur war vergleichbar mit der von Helga, aber statt Falten und grauer Locken zierte ihren Kopf eine nach oben gegelte, rote Kurzhaarfrisur. Sie wirkte jung und dynamisch. Der Anfang des Gesprächs verlief sehr ähnlich zum vorigen, auch ihre Aufgaben schienen, zumindest soweit Helga das verstand, vergleichbar zu sein. Also fragte sie direkt nach.

»Ja, mit dem Karl kann man das schon vergleichen. Es ist vielleicht nicht dasselbe Werkzeug, aber dieselbe Baustelle«, antwortete sie und lachte schrill. »Ich kümmere mich vor allem darum, dass der Code gut geschrieben und dokumentiert ist. Wir haben viele Freelancer und produzieren viel neue Software, da muss man natürlich aufpassen, dass es ein bisschen einheitlich ist.«

Helga hatte nur eine vage Vorstellung davon, was sie meinte, nahm sich aber vor, Annalena Gonzales danach zu fragen. War es sinnvoll, dass sie so viel Vertrauen in eine Kriminelle setzte? Meistens konnte sie sich auf ihre Intuition verlassen, aber was, wenn sie diesmal einen Fehler machte? Sie bemerkte peinlich berührt, dass ihre nächste Frage zu lange auf sich warten ließ und Frau Lisse sie irritiert ansah.

»Wie ist die Stimmung innerhalb von *Innovation4*? Gibt es viel Streit?«

Mara überlegte einen Moment und kratzte sich am Kopf. Helga sah, dass sie ein kleines Pinguin-Tattoo auf ihrem Handgelenk hatte. Sie selbst wollte auch schon lange ein Tattoo, konnte sich aber seit Jahren nicht für eins entscheiden. Der Pinguin sah für ihr Laienauge gut gestochen aus. Konnte sie fragen, woher sie es hatte? Sie entschied sich dagegen.

»So Weibergeschichten eben. Das nervt natürlich manchmal, aber alles in allem ist es ein guter Haufen. Ich arbeite richtig gerne dort. Bin ja quasi Gründungsmitglied der Firma. Sie sind nicht knausrig mit Gehaltserhöhungen, das ist cool. Noch dazu bin ich, wie es aussieht, bald Führungskraft.«

Zur Liste der Toten hatte sie ebenfalls nichts beizutragen, glaubte sich nur zu erinnern, die Namen in der Zeitung gelesen zu haben.

»Bevor wir zum Schluss kommen, können Sie mir noch ein bisschen Ihren Werdegang beschreiben.«

Frau Lisse lachte und winkte ab. »Ach, da gibt es nicht so viel zu erzählen. Ich habe mal eine Ausbildung zur Fachinformatikerin gemacht, habe ein bisschen studiert und hier und da gearbeitet, aber nirgendwo die Welt bewegt. Jetzt fühle ich mich gerade ganz wohl, das kann so bleiben.«

Helga machte sich eine Notiz dazu, sah aber keinen Sinn darin, weiter nachzuhaken.

Die Frau drücke ihr beim Abschied fest die Hand und wünschte ihr noch viel Erfolg für die weiteren Ermittlungen.

Zum Mittagessen holte Haugg ihnen allen Döner, den sie nebenan in ihrem Besprechungsraum verspeisten.

»Hast du Schriftproben von allen, die wir heute befragt haben?«, fragte Helga.

Haugg nickte. »Alle haben am Eingang brav ihren Namen aufgeschrieben und ihre Unterschrift gesetzt. Dazu noch *Roter Drache*. Passt aber meiner Meinung nach alles nicht zu deiner Karte, schau nachher ruhig nochmal selber.«

Meizi sah sie überrascht an.

»Warum weiß ich davon nichts?«

»Werd' nicht gleich eifersüchtig«, sagte Helga. »Wir haben das besprochen, als du heute Morgen unterwegs warst und die Nachbarn von Frau Miller befragt hast. Kam dabei etwas raus?«

»Eine Nachbarin ist sich ziemlich sicher, dass sie Frau Miller Montagnachmittag gesehen hat, was für ihr Alibi spricht, aber letztlich ist es nach wie vor recht dünn.«

Helga nickte.

»Haugg, zeig mir die Schriftproben, damit ich sie selber nochmal vergleichen kann.«

Der Angesprochene zog seinen Computer aus der Tasche und drehte ihn so, dass Helga aufs Display sehen konnte.

»Hier sind meine Mitschriften der Befragungen und da – das sind die Unterschriften.«

Die Kommissarin besah sie sich genau und zog die weiße Karte mit dem aufgeschriebenen Wort *Rache* hervor. Keine der Handschriften sah aus ihrer Sicht so aus wie die auf der Karte. Sie biss ein weiteres Mal von ihrem Döner ab.

»Druck mir die Protokolle bitte am Ende der Mittagspause aus und mach mir eine Kopie der Unterschriften.«

Sie merkte Haugg an, wie genervt er von ihrer Anweisung war.

»Komm schon, das geht doch am Rechner genauso gut. Du musst dich nur anstrengen und mal ein bisschen fitter werden am Computer. Ich kann dir da auch helfen.«

»Ich lese einfach lieber auf Papier«, erwiderte Helga knapp. »Du kannst meine Computerkenntnisse gerne auffrischen, aber druck es mir bitte trotzdem aus nachher. Und alle weiteren Protokolle auch.«

Helga hoffte, ihn so beschwichtigt zu haben.

Haugg seufzte, nickte aber.

»Wonach habt ihr eigentlich die Leute ausgesucht, mit denen ich da heute spreche? Ist ja ein recht bunter Haufen. Habt ihr euch da was überlegt?«

Haugg und Meizi warfen sich einen Blick zu, der Helga schuldbewusst vorkam.

»Ehrlich gesagt …«, begann Meizi und musste sich sichtlich überwinden. »Also, genau genommen hat Herr Koch die Leute vorgeschlagen.«

Helga zog die Brauen hoch. »Das kommt mir aber nicht sinnvoll vor. Klar, er wirkt viel harmloser als seine ätzende Kollegin und ist sehr hilfsbereit. Aber mir wäre wohler, wenn wir nicht von möglichen Zeugen die anderen Zeugen vorgeschlagen bekämen.«

»Schon klar«, nickte Meizi. »Aber er kam damit auf uns zu, als wir ihn gestern zur Verabschiedung vorgewarnt haben, dass wir noch weitere Personen befragen müssen aus der Firma ... und es sollte ja schnell gehen.«

»Den Wachmann, der nachher dran ist, haben wir rausgesucht, weil uns jemand von der Truppe gefehlt hat auf Kochs Liste«, ergänzte Haugg.

»Die Wachleute zu befragen, ist sicher interessant. Danke dir«, sagte Helga, die sich bemühte, dass man ihr die Unzufriedenheit nicht allzu sehr anmerkte.

»Ich wollte noch etwas ansprechen«, begann Meizi. »Bis jetzt wirkt es ja nicht so, als würde sich dein Verdacht bezüglich der Firma erhärten. Mir kommt das mit der Handschrift sehr dünn vor als Indiz. Auch dein Bauchgefühl kann sich mal irren. Wie lange sollen wir uns noch auf diese Spur versteifen? Wäre es nicht besser, auch weiter nach Annalena Gonzales zu suchen?«

»Lass das mal meine Sorge sein«, sagte Helga in scharfem Ton. Und setzte dann ruhiger nach: »Aber ich gebe dir recht, bis jetzt fühlt es sich nicht so an, als würden wir vorankommen. Ewig können wir die Befragungen so nicht fortsetzen.«

Meizi war der erste von ihnen, der aufgegessen hatte. Und dabei hatte er auch noch weniger gekleckert als die Hauptkommissarin, deren Jeans ein deutlicher Fettfleck zierte.

»Vielleicht sollten wir um Verstärkung bitten. Wir bräuchten jemanden, der technisch noch fitter ist als unser Haugg, um die IT-Zusammenhänge zu hinterfragen.«

»Ich habe da schon meine Kontakte«, erklärte Helga, was ihr verblüffte Blicke einbrachte. Ihr war klar, dass diese Heimlichtuerei und die Andeutungen irritierend für ihre beiden Kollegen waren, aber das ließ sich jetzt nicht ändern. Sie traute sich schlicht nicht, ihnen von dem Kontakt mit Annalena Gonzales zu erzählen.

Sie brachen wenig später für die restlichen Befragungen des Tages auf, die in Windeseile an Helga vorbeizogen, während sie die ganze Zeit nach etwas Verwertbarem suchte und mit Selbstzweifeln zu ringen hatte, ob sie gerade wirklich die falsche Spur verfolgte.

Zunächst befragte sie Jess Marksen, der bei der Firma für die Einstellung von neuem Personal und den Einkauf zuständig war. Wie es schien, fehlte es gerade der Personalabteilung bei *Innovation4* an Personal. Der schlanke und ruhige Mann machte einen sehr ausgebrannten Eindruck.

»Wir brauchen viel neue Technik und möglichst natürlich immer zu den günstigsten Konditionen. Da gibt es immer tausend Dinge zu organisieren. Wir haben jede Menge Laptops, Bildschirme und alles, was man so benötigt, vorrätig, weil die Firma so schnell wächst.«

Helga vermutete, dass er nicht mehr ewig für die Firma arbeiten würde, so unzufrieden wie er wirkte.

Die letzte Befragung des Tages führte sie mit einem bulligen Mann mit kurzen Haaren und akkurat geschnittenem Kinnbart, der Hans Müller hieß. Er arbeitete für den Wachschutz der Firma. Helga fragte nach, warum es überhaupt bewaffnete Wachmänner gab für so ein Firmengelände.

»Wir haben für alles eine Genehmigung«, betonte er. »Aber hier geht es um wichtige Daten, da darf nichts wegkommen. Frau Miller ist da sehr streng und achtet darauf, dass bei uns alle diszipliniert arbeiten. Wer da nur rumsitzt und in der Nase bohrt, kann sich schnell eine neue Stelle suchen.«

Auch von ihm bekam Helga keine Neuigkeiten zur Liste der Toten oder sonst Informationen, die ihr die Erleuchtung brachten, was ihre nächsten Schritte sein sollten, aber es faszinierte sie, wie anders das Bild war, das er von dem Unternehmen zeichnete. Von der kreativen Freiheit der Programmierer war hier nichts zu spüren. Aber so interessant die verschiedenen Sichtweisen auch waren, so wenig brachte sie das weiter.

Eine halbe Stunde später saßen die drei Ermittler in ihrem Besprechungsraum und grübelten über ihren Notizen. Haugg hatte protokolliert, ergänzt durch Meizi, und wunschgemäß alles für Helga ausgedruckt.

Haugg stand auf. »Ich setze mich dann mal ins Auto und mache mich auf den Weg nach Hause. Wenn ihr noch etwas von mir braucht, das ich telefonisch erledigen kann, gebt Bescheid.«

Helga blickte augenblicklich zu Meizi, besorgt, dass er wieder sauer werden könnte. Aber der wirkte ganz entspannt und verabschiedete sich erstaunlich gut gelaunt von seinem Kollegen. Wenig später waren sie nur noch zu zweit.

»Es läuft gut zwischen Charly und dir, oder?«, fragte Helga.

Meizi nickte. »Keine Ahnung, ob etwas daraus wird, aber bisher ist es schön.«

»Das freut mich echt für dich. Sind die beiden jetzt schon unterwegs?«

Meizi runzelte die Stirn.

»Was meinst du?«

»Die Oberärztin meinte heute Morgen zu mir, dass sie bald wieder nach Kempten fahren werden.«

Meizi sprang auf und sah sie anklagend an. »Und das sagst du mir nicht? Echt saublöd von dir.« Er verließ augenblicklich den Besprechungsraum.

Helga saß noch ein paar Momente allein da und ließ ihren Kopf auf die verschränkten Hände sinken. Sie fühlte sich sehr müde.

Erkundung

»Wo zur Hölle haben Sie diese Pläne her?«, fragte Helga, als Annalena ihr auf ihrem Laptop die Baupläne und den Grundriss des Gebäudes von *Innovation4* zeigte. Flieser hatte erstaunlich schnell geliefert.

Draußen dämmerte es. Sie saßen beide im Wohnzimmer von Annalenas Elternhaus. Die Mail mit den Plänen war erst kurz vor dem Eintreffen der Kommissarin gekommen und hatte Annalena nur wenig Vorsprung beim Blick auf die Einzelheiten gegeben.

»Das spielt doch im Grunde keine Rolle«, antwortete Annalena mit einem kleinen Lächeln. »Ich würde mich nach wie vor gerne in der Firma umsehen, die Handschrift selber in Augenschein nehmen, aber auch nach verwertbaren Hinweisen suchen, die uns weiterbringen. Haben Sie Erfahrung mit solchen Plänen?«

»Ja, ich habe mir mal für einen Fall in Berlin einen Haufen von den Dingern angeschaut. Ich bin nicht scharf drauf, dass Sie da einbrechen, auch wenn ich Sie nicht verpfeifen werde. Aber selbst wenn Sie Hinweise in der Firma von Koch finden, sind die ja vor Gericht nicht nutzbar. Die mögen es nicht so gern, wenn die Indizien zusammengeklaut wurden.«

»Erstmal ist es mir wichtiger, herauszufinden, ob diese Nadine Miller meinen Bruder umgebracht hat oder für seinen Tod verantwortlich ist. Dann finden wir schon einen Weg, das vor Gericht verwertbar zu machen.«

»Ich habe vorhin noch mit der zuständigen Ermittlungsrichterin telefoniert. Ich sehe auf jeden Fall fürs Erste null Chance, dass ich einen Durchsuchungsbeschluss bekomme. Es wird also verflucht schwierig mit dem Verwertbarmachen.«

Die beiden betrachteten die Pläne gründlich.

»Ich sehe zwei Möglichkeiten«, sagte Annalena nach einer Weile. »Entweder ich komme hier«, sie deutete auf eine Ecke des Plans, »über den Zaun, dann könnte diese Zugangstür, die zum Keller führt, ein Weg nach drinnen sein. Wahrscheinlich ist sie für die Mülltonnen gedacht. Sie ist nah am Zaun und in einem günstigen Winkel zu den Fenstern. Dazu sieht dieser Teil des Kellers dort drüben so aus, als könnte man da möglicherweise sogar von außerhalb des Zaunes hinkommen.«

Die Kommissarin nickte zwar, trug aber sonst nichts dazu bei, eine passende Lösung zu finden. Annalena vermutete, sie hatte Skrupel, dem geplanten Einbruch allzu sehr zuzuarbeiten. Nachdem sie soweit zufrieden war mit ihren Erkenntnissen zu den baulichen Gegebenheiten von *Innovation4*, ließ sie sich von Helga Herbertsen die Ermittlungsergebnisse des Tages im Detail erzählen und sah sich die Protokolle durch, die die Kommissarin ihr mitgebracht hatte.

»Kann ich mir die abfotografieren?«, wollte Annalena wissen.

Die Kommissarin schüttelte den Kopf.

»Mir wäre es nicht recht, wenn es Beweise unserer Zusammenarbeit gäbe. Das kann uns auf die Füße fallen. Mir sicher mehr als Ihnen.«

Annalena verstand das. Zur Not konnte sie sich die Pläne ja auch mal in einem unbemerkten Moment ausleihen.

Nachdem sie sich alles angehört hatte, fasste Annalena zusammen: »Für mich klingt das alles erst einmal nicht weiter ungewöhnlich. Die Frage bei diesen verschiedenen Bausteinen, an denen die

Leute arbeiten, ist vor allem, ob da in der Qualitätssicherung oder danach noch etwas verändert wird oder ob das alles wirklich eins zu eins so bei den Kunden auf den Computern landet. Sonst gäbe es ja noch die Möglichkeit, dass an der Stelle der Qualitätsprüfung etwas seinen Weg hineinfindet.«

»Gute Idee. Dann holen wir uns davon Leute für die Befragungen. Meine Kollegen haben Zweifel, dass wir an der richtigen Stelle bohren, weil sich der Verdacht gegen *Innovation4* nur auf die Handschrift auf der Karte stützt.«

»Aber es passt alles gut zusammen, mit dem Vorfall im Rathaus, dem Hinweis auf Ransomware und dem Tätigkeitsfeld von *Innovation4*.«

Helga nickte. »Das könnten natürlich alles Zufälle sein. Ich bin mir aber ziemlich sicher, dass dort jemand mehr weiß. Wir kommen bisher nur nicht an die Infos.«

»Wenn es hilft, könnte ich den Chef von *Innovation4* ja mal ohne Polizei befragen«, schlug Annalena vor, aber die Kommissarin winkte hektisch ab.

»Das wäre gar nicht cool. Der hat jede Menge Beziehungen und kann uns in diesem Fall die Hölle heiß machen. Außerdem glaube ich nicht, dass das der richtige Weg ist. Aber ich habe eine Idee. Ich gebe nachher meinem Kollegen Haugg Bescheid, der hatte vor ein paar Tagen mal mit jemandem von der örtlichen Presse gesprochen. Vielleicht lässt sich da was basteln.«

»Eine Sache noch, ein Typ namens Fabio Laurito von der Firma hatte wohl Kontakt zu örtlichen Kriminellen. Vielleicht können Sie den ja befragen. *Innovation4* hat versucht, nette Hacker anzuwerben, um ihre Systeme mit denen zu testen. Ist freilich keine neue Idee.«

»Interessant«, antwortete Helga. »Den haben wir schon befragt, das ist der Rezeptionist, von dem ich Ihnen erzählt hatte. Bei dem müssen wir wohl nochmal nachhaken.«

Wenig später gingen sie auseinander. Annalena überlegte kurz, ob die Gefahr bestand, dass die Kommissarin ihr in den Rücken fiel und sie bei dem Einbruch bei *Innovation4* schnappen ließ. Sie hatte dummerweise keine Druckmittel gegen die Kommissarin in der Hand. Die machte einen so entspannten Eindruck in Annalenas Nähe, dass diese sich fragte, ob das Naivität oder nur Fassade auf Seiten der Kommissarin war. Sie konnte es nicht einschätzen. Sie musste ihr einfach vertrauen. Das war so gar nicht Annalenas Fall.

Sie machte sich mit ihrem Bus auf den Weg zum Firmensitz von *Innovation4* und parkte fast zehn Laufminuten weit weg vom Gelände. Wenn die Leute von der Firma so fit waren, wie sie wirkten, kannten sie vermutlich ihr Auto schon. Sie durften nicht zu früh alarmiert werden. Annalena trug dunkle Kleidung und nur das Nötigste an Werkzeug mit sich, um möglichst flexibel agieren zu können und auf einen eventuell notwendigen schnellen Rückzug vorbereitet zu sein. Zaun und Stacheldraht verliehen dem dunklen Gelände etwas Militärisches, wie sie fand. Hinter mehreren Fenstern brannte Licht. Offenbar arbeiteten auch zu so später Stunde noch einige Menschen in der Firma. Das Gelände selbst war hier auf der Rückseite des Gebäudes dunkel. Annalena schlich etwas näher. Plötzlich flammten Scheinwerfer auf ihrer Seite des Gebäudes auf. Sie erschrak, blieb aber dank jahrelang geübter Selbstbeherrschung ruhig. Hinter einem Baum fand sie Deckung. Hatte sie die Scheinwerfer ausgelöst?«

»Wie läuft's mit deiner Neuen?«, hörte sie eine Stimme rufen.

Annalena riskierte einen Blick. Dort, hinter dem Zaun, sah sie zwei Wachmänner nicht weit voneinander entfernt. Beide trugen Pistolen und schwere Schutzwesten. Die beiden standen jetzt dicht beieinander. Den Rest ihrer Unterhaltung konnte Annalena nicht verstehen. Der eine lachte, dann gingen beide offenbar ihre Routen weiter. Sie sah die Tür am Firmengebäude, die nach dem Bauplan zumindest weniger problematisch als die Glasfront auf der Vorderseite gewirkt hatte. Sie pirschte sich noch ein Stück an das Gelände heran und versteckte sich hinter einem klobigen Betonhäuschen, das unweit vom Zaun stand und vermutlich Werkzeug oder Reinigungsmaschinen beherbergte. Möglicherweise waren dort auch Stromkästen zu finden. Sie beobachtete die Umgebung und schlich noch näher. Der Zaun war hoch und mit dem Stacheldraht oben ungemütlich, aber ihre Kletterkünste würden sie da schon einigermaßen unverletzt rüberbringen. Es war zu hoch, um mit einer Decke oder anderen Hilfsmitteln noch gut arbeiten zu können. Nicht, dass sie eine Decke bei sich gehabt hätte. Schon wieder flammten die Scheinwerfer auf. Die Wachmänner trafen sich ein weiteres Mal. Sie besah sie sich genauer. Die vorhin hatten keine Bärte gehabt. Wie viele Wachleute patrouillierten denn hier? Wenn die Abstände so blieben, hatte sie lediglich knappe zehn Minuten, um über den Zaun und zur Tür hineinzukommen. Kein Kinderspiel, aber zu schaffen. Der Zaun wirkte nicht, als wäre er alarmgesichert. Sie nahm einen kleinen Stein zur Hand und warf ihn in der Dunkelheit gegen den Zaun. Ein leises metallisches Geräusch ertönte, aber Alarm wurde keiner ausgelöst. Für komplexere Nachforschungen blieb keine Zeit. Annalena hielt inne und unterdrückte das Bedürfnis, sich mit der Hand vor die Stirn zu schlagen. Der Weg war nicht möglich. Wenn jede Bewegung auf der Gebäuderückseite die Beleuchtung aktivierte, hatte sie ohnehin keine Möglichkeit, unentdeckt bis zur Kellertür zu kommen. Die Vorderseite war permanent angeleuchtet, von da aus hatte sie auch keine Chance. Von dem anderen Zugang, den die Pläne versprochen hatten, war nichts zu sehen. Da reichte offenbar nur einer der Kellerräume unterirdisch an den Grundstücksrand. Sie grübelte eine Weile, wie sie vorgehen sollte, dann hatte sie eine Idee.

Wenn der Betonklotz, hinter dem sie sich verborgen hielt, wirklich Stromkästen beherbergte, konnte sie möglicherweise die Lichter ausgehen lassen, wenn sie es geschickt anstellte, und sich so den Eintritt ermöglichen. Das Häuschen aus Beton war knappe drei Meter hoch und fast ebenso breit. Sie schlich einmal drum herum. Die Tür war leider in Sichtweite der Patrouillen, weshalb sie sich einmal kurz zurückziehen musste, als das erste Paar an Wachleuten ein weiteres Mal auftauchte und in ihrer Nähe mit einem zweiten zusammentraf. Offenbar waren es also vier, die ums Gebäude liefen. Ordentlich ausgestattet, die Firma.

Ihre Vermutung passte. Auf der Tür des Betonhäuschens war ein gelbes Schild mit schwarzem Blitz, das vor Strom warnte. Sie zog ihren Dietrich hervor und öffnete die dunkelgrüne Metalltür mit wenigen geübten Griffen. Drinnen fand sie einen Lichtschalter und staunte nicht schlecht, als über ihr eine Lampe anging. Von Strom war hier rein gar nichts zu sehen. Aber jetzt wurde klar, was der Zweck dieses seltsamen Raumes auf dem Bauplan gewesen war. Jemand bei *Innovation4* hatte sich einen geheimen Zugang zum Gelände geschaffen. Eine Treppe führte nach unten und endete an einer glatten, ebenfalls dunkelgrünen Metalltür. Zumindest vermutete Annalena, dass es eine Tür war. Zu ihrem Leidwesen hatte diese kein Schloss und auch sonst keinen Mechanismus, den sie knacken konnte. Vor ihr ragte einfach nur eine vollkommen glatte Metallwand auf, umgeben von Stein. Entweder konnte diese sehr spezielle Tür mit einer Karte oder einem anderen Signalgeber geöffnet werden, oder der Mechanismus löste nur von innen aus. Wie auch immer. Sie konnte nirgendwo ansetzen. Zum wiederholten Mal in den letzten Monaten ärgerte sich Annalena, dass sie zu wenig Werkzeug mit sich herumtragen konnte. Sie musste sich einen Rucksack oder eine Tasche besorgen, die sich elegant mitführen ließ. immerhin gab es hier drin keinerlei Überwachungskameras, die sie gefährdeten.

Es war an der Zeit, sich zurückzuziehen. Zu riskieren, dass sie die bewaffneten Wachmänner auf den Plan rief, wäre höchst unprofessionell. Vier von denen plus Pistolen, dem konnte man auch nicht mit viel Mut begegnen, das wäre beginnender Wahnsinn gewesen.

Sie ging die Treppe wieder hoch und öffnete die Eingangstür ein winziges Stück, dann wartete sie ab, bis der Lichtschein verriet, dass die Wachleute erneut hier hinten angekommen waren. Wenig später, als das Licht wieder erloschen war, schlüpfte sie durch die Tür und verschwand in Richtung ihres Wagens.

Donnerstag, 12. Juli

Presse

»Ich habe den Eindruck, da kommt jemand zu spät«, sagte Helga und sah auf die Uhr. »Ist doch sonst nicht seine Art.«

»Hat vielleicht einfach verschlafen«, antwortete Haugg achselzuckend.

»Denkst du, das mit der Assistentin wird was Ernstes?«, fragte Helga. Vielleicht war ja Charly der Grund für die Verspätung.

»Kann ich gar nicht sagen. Ich glaube, im Moment ist der Meizi recht aufgeschmissen und weiß nicht so recht, wie es weitergeht nach der Trennung. Heidi war schon eine tolle Frau. Ist richtig schade, dass die beiden es nicht geschafft haben.«

Auf eine seltsame Art, die sie schwer fassen konnte, fühlte sich Helga davon angegriffen. Waren Beziehungen etwas, das man schaffte? Hatte sie es vergeigt, weil bei ihr keine gehalten hatte? Sie wischte die säuerlichen Gedanken beiseite und versuchte, sich nichts anmerken zu lassen: »Ja, da hast du sicher recht. Aber wenn es nicht so richtig passt, kann man es ja auch nicht erzwingen. Hast du den Menschen bei der Zeitung erreicht?«

»Ja, der war ganz angetan, den Tipp zu bekommen. Mal sehen, was er daraus macht. Sollte heute schon in der Zeitung sein, wenn alles gut geht.«

»Ist es auch«, sagte Meizi. Die Tür war so plötzlich aufgesprungen, dass Haugg und Helga gleichermaßen hochschraken. Meizi amüsierte sich sichtlich über ihre verdutzten Gesichter und genoss seinen Auftritt. Er hielt eine Ausgabe des *Berchtesgadener Boten* hoch.

»Nachdem du gestern Abend am Telefon davon erzählt hattest, Helga, habe ich gleich heute Morgen am Kiosk vorbeigeschaut. Es ist ein kleiner Artikel, aber taugt schon.« Er nahm die Zeitung und zitierte: *»Bisher unbestätigten Hinweisen zufolge fokussieren sich die Ermittlungen rund um die tragischen Morde in Berchtesgaden derzeit auf eine ortsansässige Sicherheitsfirma.* Danach kommen noch ein paar Absätze, aber nichts weiter Spannendes.«

Helga nickte und sagte: »Klingt doch ganz gut. Mal sehen, ob es reicht, um sie aus der Reserve zu locken. Nicht die feine Art, aber ich gehe nicht davon aus, dass das anderen großartig auffällt. Bei den Betroffenen führt es hoffentlich dazu, dass sie einen Fehler machen.«

»Und ich habe noch eine Kleinigkeit zu vermelden, deshalb bin ich auch zu spät. Mein Morgen war recht erfolgreich«, fügte Meizi begeistert hinzu. Helga und Haugg warfen sich einen grinsenden Blick zu, den er aber nicht bemerkte. Erst jetzt fiel Helga ein, dass Charly ja mittlerweile in Kempten war.

»Ich bin die Unterlagen zu *Innovation4* durchgegangen, die uns Thomas Koch zur Verfügung gestellt hat. Nicht gerade meine Lieblingsarbeit, aber ganz interessant. Erinnert ihr euch, dass uns gestern von Frau Lisse gesagt wurde, wie viele Freelancer die Firma beschäftigt? Darüber ist rein gar nichts zu finden. Die tauchen nirgendwo auf. Ist doch ungewöhnlich, oder?«

Es blieb einen Moment still. Haugg kratzte sich am Kinn.

»Klar, für die Kollegen von der Wirtschaft, aber es hilft uns jetzt auch nicht so richtig weiter. Ich frage mich trotzdem, wie lange wir die Ermittlungen in die Richtung weiterführen sollen. Helga, du hast ja offenbar mehr Infos, als du rauslässt. Magst du uns nicht mal einweihen?«

Helga schüttelte den Kopf. »Das geht leider nicht so einfach, aber Infos, wenn du sie so nennen willst, nützen uns auch rein gar nichts, solange wir nicht beweisen können, dass bei *Innovation4* wirklich etwas faul ist. Danke dir, Meizi, für den Hinweis mit den Freelancern. Vielleicht können wir an der Stelle ja tiefer bohren. Ansonsten würde ich mich gern nochmal mit Fabio Laurito, dem Rezeptionisten unterhalten, und mit jemandem, der für diese Qualitätssicherung zuständig ist, bevor die Programme nach draußen gehen. Könnt ihr das bitte organisieren? Diesmal darf das aber niemand sein, den Koch vorgeschlagen hat. Dann würde ich mich solange den Unterlagen von Herrn Koch widmen. Mal sehen, ob sich darin noch weitere Infos verbergen, die für uns interessant sein können. Ich bin mir sicher, dass wir heute vorankommen.«

Alle machten sich an die Arbeit. Helga ging die Unterlagen gründlich durch, wusste aber selbst nicht so recht, was sie suchte. Ihr fehlte für so etwas einfach immer die Geduld. Nach einer Weile kam Haugg auf sie zu.

»Dieser Fabio soundso kann schon in einer Viertelstunde da sein. An jemand von der Qualitätssicherung zu kommen, ist dagegen deutlich schwieriger. Da konnte mir bisher niemand weiterhelfen, mit dem ich gesprochen habe. Haben sich alle nur entschuldigt und erklärt, dass sie nicht zuständig sind. Aber ich habe eine interessante Kleinigkeit über diesen Fabio herausgefunden. Vielleicht hilft dir das ja.«

Zwanzig Minuten später saß Helga ein weiteres Mal im Verhörraum und begrüßte Fabio Laurito vor sich, der wieder sein breites Grinsen aufgesetzt hatte.

»Entschuldigen Sie bitte die Umstände, dass Sie nochmal herkommen mussten, aber wir haben noch ein paar weitere Fragen an sie.«

»Ach, das ist null Problem. Wenn wir uns öfter sehen, können wir uns auch duzen.«

Helga hoffte schwer, dass er das als Scherz meinte und nicht ernsthaft dachte, sie würden einander jetzt duzen. Ganz sicher war sie aber nicht. Sie entschied sich, nicht darauf einzugehen.

»Mein Kollege hat recherchiert, dass gegen Sie wegen einer Reihe Einbrüche in dieser Gegend ermittelt wurde. Können Sie uns dazu etwas sagen?«

Das Lächeln bekam keinen Riss, Fabio nickte nur.

»Ja, das stimmt. Aber dann hat Ihr Kollege bestimmt auch herausgefunden, dass das Verfahren eingestellt wurde ...«

»Aus Mangel an Beweisen«, fiel ihm Helga ins Wort.

Wieder nickte er. »Ganz genau. Weil es keine Beweise gab. Ich weiß nicht, was sich die Ermittler damals zusammengesponnen haben. Ich hatte mit der ganzen Sache nichts zu tun.«

»Ich verstehe. Sie haben recht, das Verfahren musste eingestellt werden. Aber Sie haben den Kontakt zu Verbrechern aus der Gegend um Berchtesgaden gesucht, oder? Um Mitarbeiter für *Innovation4* anzuwerben. Das ist doch auch reichlich ungewöhnlich, oder?«

»Naja, Verbrecher ist vielleicht ein bisschen übertrieben«, entgegnete Fabio. »Aber klar, ganz weiße Westen haben die Leute sicher nicht. Ja, ich habe hier und da ein bisschen rumgefragt, ob es ein paar Hacker gibt, die unser System auf Herz und Nieren testen können. Selbst das FBI und die CIA machen sowas manchmal, dass sie sich die Experten aus den Gefängnissen holen. Können Sie nachlesen. Es gab da sogar mal einen Film – mit dem Titanic-Typen. Mir fällt nur gerade der Name nicht ein.«

»Leonardo DiCaprio. Und, waren Sie erfolgreich?«

»Womit genau?«

»Na, mit der Expertensuche?«

»Nein, gar nicht. War alles sehr mühsam. Ich wollte meiner neuen Firma nur einen Gefallen tun, aber es kann ja nicht sein, dass dann meine ganze Zeit dafür draufgeht. Ich habe schließlich auch noch anderes zu tun«

Eine Viertelstunde später ärgerte sich Helga noch immer. So vielversprechend klingende Infos, und sie kam trotzdem nicht zum Punkt. Sie kam nicht voran. Die vielen Sackgassen in diesem Fall schlugen ihr aufs Gemüt. Sie hatte kaum interessante Erkenntnisse aus den Befragungen ziehen können.

»Ich habe jetzt jemanden gefunden, der die Qualitätssicherung macht«, munterte Haugg sie auf. »Er sagt, er fährt gleich her, passt wohl zeitlich bei ihm.«

»Wie hast du ihn gefunden?«

»Ich habe nochmal die Leute durchtelefoniert, die wir gestern befragt haben, und einen Hinweis bekommen. In der Firma bin ich sonst nur auf Granit gestoßen.«

»Weißt du, wie groß sein Team ist?«

Haugg zuckte nur die Achseln.

Wenig später kam der Mann, der Thorsten Ude hieß. Er war unglaublich dünn und sah nicht sehr gesund aus. Helga fragte sich, ob er magersüchtig war oder eine andere Erkrankung hatte. Aber das ging sie nichts an. Schütteres, halblanges Haar bedeckte seinen Kopf. Er nahm ihr gegenüber Platz.

»Danke, dass Sie es so kurzfristig einrichten konnten.«

»Gar kein Problem«, antwortete er mit schnarrender Stimme. »Wenn ich der Staatsmacht zu Dienst sein kann.«

»Können Sie mir erzählen, was Ihre Aufgabe bei *Innovation4* ist?«

»Natürlich kann ich das. Gar kein Problem. Ich kümmere mich um unsere Produkte, bevor sie an den Kunden gehen. Checke nochmal die Funktionalität, gehe sorgfältig alles durch, was Fehler produzieren könnte, schaue, dass der Code gut dokumentiert ist und man verstehen kann, was da passiert. Ich kümmere mich darum, dass wir als Firma nach allen relevanten Normen zertifiziert sind und die Entwickler nicht auf ihren faulen Ärschen sitzen. Wir müssen ja schließlich vorankommen.«

»Klingt wie eine Menge Aufgaben, und ...«, wollte Helga zur nächsten Frage ansetzen, aber ihr Gegenüber unterbrach sie gleich.

»Das ist es auch. Der ganze Sauhaufen kriegt doch nichts auf die Kette. Viel zu viele Küken. Ich programmiere seit 30 Jahren und letztlich fehlt denen einfach noch ganz viel Erfahrung, auch wenn ein paar passable Leute dabei sind. Oder welche, die es werden könnten.«

»Wie groß ist Ihr Team, mit dem Sie in der Qualitätssicherung arbeiten?«

Thorsten Ude lachte laut auf. Irritierend laut, fand Helga.

»Ich arbeite allein. So funktionieren die Absprachen am besten. Ich habe keine Zeit und keine Geduld, auf andere Leute zu warten.«

Helga beneidete ihn einen stillen Moment um sein Selbstbewusstsein und machte sich eine Notiz, dann fragte sie: »Wissen Sie, ob die Firma Freelancer beschäftigt, also Leute, die nur freiberuflich arbeiten?«

Der Mann verschränkte die Arme. »Gab es auf jeden Fall immer wieder, aber sowas interessiert mich nicht. Ich kümmere mich nur darum, dass am Ende alles steht und funktioniert. Um die Personalprobleme der Firma müssen sich andere kümmern.«

»Was für Personalprobleme meinen Sie denn genau?«

»Nichts Besonders. Aber sie würden ja keine Freelancer beschäftigen, wenn sie die Kompetenz selber an Bord hätten.«

»Wissen Sie etwas über Vorfälle, in denen angeblich versucht wurde, Kunden mit Ihrer Software zu erpressen?«

Er lachte lauf auf. Die Frage schien ihn nicht gerade zu schockieren. »Nein, so etwas könnte unser Programm nicht. Keine Chance. Ich müsste es ja schließlich wissen.«

»Ja, das dachte ich mir schon«, sagte Helga und ließ den Satz im Raum stehen.

Thorsten sah sie mit wachsamen Augen an, schien aber nicht im Mindesten verunsichert von den Fragen.

Sie legte ihm noch die Liste der Toten vor und ließ ihn die Worte *Roter Drache* schreiben. Doch seine krakelige Handschrift passte nicht zur Karte, und zu den Toten hatte er ebenfalls nichts zu ergänzen. Wenn er die Wahrheit sagte und er die letzte Instanz in der Firma war, blieb nur noch die Möglichkeit, dass direkt beim Kunden die schädlichen Teile hinzugefügt wurden. »Können Sie mir bitte zum Abschluss die Namen der Personen nennen, die nach Ihnen mit der Software zu tun haben? Also sowohl, falls es dabei noch Schritte in der Firma gibt als auch bei der Installation beim Kunden?«

»In der Firma bin ich die letzte Instanz«, sagte er mit einem zufriedenen Lächeln. »Nach mir kommt nur noch Herr Koch, der die Einrichtung beim Kunden übernimmt.«

»Sie meinen Thomas Koch?«

»Ja, das ist Chefsache. Wir haben ja nur wenige große Kunden, und bei denen hat er selber ein Auge drauf.«

»Ist das nicht reichlich ungewöhnlich?«

»Es dürfen eben keine Fehler passieren, da macht man sich schon mal die Hände schmutzig«, sagte Herr Ude und nickte selbstsicher.

»Damit hätte ich nicht gerechnet«, meinte Meizi bei ihrer abschließenden Besprechung, »dass sich der Firmenchef selbst um die Kunden kümmert.«

»Aber verboten ist es auch nicht«, erwiderte Haugg.

»Stimmt. Auffällig fand ich auch, dass Herr Ude insgesamt einen anderen Blick auf die Kollegen zu haben scheint als die Leute, die du gestern befragt hast«, sagte Meizi.

»Das ist schon wahr«, sinnierte Helga.

Sie saßen eine Weile schweigend da.

»Ich habe nicht den Eindruck, dass wir so weiterkommen«, gab sie zu. »Könnt ihr einen Forensiker suchen, der in der Lage ist, sich die Rechner im Rathaus im Detail anzusehen, ob da etwas vorgefallen ist und was die Software kann und nicht kann? Dafür sollten wir mit ein bisschen Feingefühl auch die Genehmigungen bekommen, hoffe ich. Vielleicht lohnt es sich bis dahin wirklich, nochmal andere Spuren zu verfolgen. Sollen wir Natascha Winter ...«

In diesem Moment wurde die Tür aufgerissen. Thomas Koch und Nadine Miller traten gemeinsam ein, beide waren sichtlich aufgebracht. Koch hielt die aktuelle Ausgabe des *Berchtesgadener Botens* hoch.

»Das war jemand von Ihnen!«, brüllte er.

»Herr Koch, Frau Miller, was führt Sie denn hierher? Und ist die Eingangstür nicht zu?«

Koch ließ sich nicht ablenken.

»Schlimm genug, dass Sie meine Mitarbeiter von ihrer Arbeit abhalten. Aber, dass jetzt in diesem Provinzblättchen steht, dass gegen uns ermittelt wird, ist eine Schande. So etwas ist Rufschädigung und dagegen werde ich vorgehen!«

»Sie meinen diesen kleinen Artikel? Da steht doch weder Ihr Firmenname noch werden Sie oder Frau Miller persönlich erwähnt«, sagte Helga gelassen, die nun auch aufgestanden war. Das Telefonklingeln ihres Handys unterbrach das Gespräch, aber Helga stellte es auf stumm.

»Einer von Ihnen hat der Presse das gesteckt. Wer von Ihnen war das?«, fragte Koch wütend. Er stellte keine akute Gefahr dar, sowohl Haugg als auch Meizi waren kräftig genug, um ihn in Schach zu halten. Doch der Unterschied in seinem Auftreten zu den letzten Begegnungen, die Helga mit ihm hatte, war extrem.

»Jetzt kommen Sie mal wieder runter«, wurde Helga sehr handfest. »Diese Information kann ja genausogut aus Ihrem Unternehmen an die Presse gelangt sein.«

»Unsere Leute machen keine derartigen Dinge«, mischte Nadine Miller sich jetzt in ihrem abfälligen Ton ein. »Und weil Ihnen mein Alibi so wichtig war: Mir ist eingefallen, dass ich an dem Abend noch Geld geholt habe, bei der Bank neben meinem Haus. Da bin ich sicher auf den Überwachungskameras zu sehen. Ich schreibe Ihnen die Adresse auf.«

Sie ließ sich einen Zettel geben und drückte ihn dann mit der entsprechenden Notiz Helga in die Hand.

»Ich denke, wir gehen jetzt besser«, sagte sie zu Thomas Koch. »Die machen doch nur ihre Arbeit«, wobei sie das letzte Wort aussprach, als hätte sie in vergorenes Obst gebissen.

Haugg und Meizi tauschten einen Blick, sagten aber nichts weiter. Wieder klingelte Helgas Telefon. Diesmal ging sie ran und ihre Augen weiteten sich. Sie hörte kurz zu und sagte dann nur »Wir sind in einer Viertelstunde da.« Dann drehte sie sich zu ihren Kollegen um. »Was für ein seltsamer Nachmittag. Der Bürgermeister will uns eine Geschichte erzählen.«

Der Weg zum Rathaus war für Helga eine seltsame Melange aus Aufregung, Anspannung und einem plötzlichen Appetit auf die Schweineohren der Bäckerei Lansch. Aber sie konnten jetzt nicht anhalten, wer wusste schon, wie lange der Bürgermeister in Redestimmung war.

Heute saß niemand in seinem Vorzimmer, sie gingen einfach durch ins Büro. Der Bürgermeister saß wie ein Häufchen Elend da und blickte die drei einen nach dem anderen an. Auf seinem Schreibtisch lag die Zeitung, wegen der sie Koch gerade noch angebrüllt hatte. Der Bürgermeister raffte sich mit einem Mal sichtlich auf und bedeutete ihnen, Platz zu nehmen. Haugg und Meizi holten sich Stühle aus dem Vorzimmer. Als sie alle saßen, herrschte erst einmal eine geradezu greifbare Stille zwischen ihnen. Offenbar fand der Bürgermeister von sich aus keinen Einstieg ins Gespräch, also sagte Helga: »Sie wollten mit uns reden. Wir sind da – und wir hören Ihnen zu. Was beschäftigt Sie?«

»Ich muss Sie wirklich um äußerste Diskretion bei dieser Sache bitten. Ich möchte Ihnen helfen«, sagte er mit schwacher Stimme. Er war ganz offensichtlich den Tränen nahe. »Es stimmt, was Sie, Frau Herbertsen, vor kurzem vermutet haben. Es gab wirklich einen Angriff auf das Rathaus. Für einen kurzen Moment wurden alle Computer im Rathaus gesperrt, aber das war nur eine Art …« Er rang sichtlich nach Worten. »… Machtdemonstration. Um zu zeigen, was sie können.«

»Wer wollte zeigen, was er kann?«

Eberhard Mayrhofer zog geräuschvoll die Nase hoch.

»Die Leute von *Innovation4*«, antwortete er.

Haugg sog hörbar die Luft ein.

»Wissen Sie, wer aus der Firma für diesen Angriff verantwortlich war?«, fragte Helga. Mayrhofer schüttelte den Kopf.

»Es lief alles über meinen Computer ab, ich habe keine Ahnung.«

Meizi hakte nach: »Lassen Sie uns in der richtigen Reihenfolge durchgehen, was passiert ist. Was genau meinen Sie mit Angriff?« Er sprach so langsam und deutlich, wie Helga es selten erlebt hatte. Angesichts des Zustands des Bürgermeisters, der von ihnen saß, schien das auch angemessen.

»Zuerst waren von einer Sekunde auf die andere die Monitore aller Computer eingefroren und haben nur noch in Lila eine Botschaft angezeigt. Bei meinen Mitarbeiterinnen stand so etwas wie ›Wir haben Ihre Daten verschlüsselt. Sie wissen schon, was zu tun ist‹. Aber das wussten sie natürlich nicht. Nur auf meinem Bildschirm stand mehr, das hat also außer mir niemand zu Gesicht gekriegt. Dort stand, wenn ich nicht eine größere Summe zahle, dann werden alle Inhalte, die auf den Computern liegen, gelöscht.«

»Aber dann sind Sie doch sicher zur Polizei gegangen, zum LKA oder BKA?«, fragte Meizi, auch wenn ihnen die Antwort längst klar war.

Der Bürgermeister schüttelte energisch den Kopf. »Es stand ganz klar da, dass es schlimme Folgen für mich haben würde, wenn ich das tue.«

»Ich vermute, Sie haben gezahlt. Aber wie lief das ab?«

»Mit so einer Kryptowährung, von der ich noch nie gehört hatte. Mir wurde eine richtige Anleitung angezeigt, wie ich zu zahlen habe. Und da war sogar so etwas wie ein Chat, bei dem ich nachfragen konnte.« Er stieß ein verzweifeltes Lachen aus.

»Was ist der Grund, dass Sie jetzt mit uns reden? Wir sind natürlich froh darüber«, sagte Helga in ihrem großmütterlichsten Ton, »aber das wird ja keine zufällige Entscheidung gewesen sein.«

»Ich habe den Artikel gelesen und glaube nicht mehr, dass es gut ausgehen kann für die Firma. Deshalb wollte ich Ihnen gerne helfen«, sagte der Bürgermeister, jetzt wieder in etwas gefassterem Ton.

Und du wolltest deinen Kopf schon mal aus der Schlinge ziehen, dachte Helga. Laut sagte sie: »Aber, wenn Sie es mir verzeihen, das Ganze ergibt für mich noch nicht so richtig Sinn. So eine allgemeine Drohung, dass Ihnen etwas Schlimmes passieren wird, wenn Sie nicht zur Polizei gehen – ich kann mir kaum vorstellen, dass Sie das wirklich abgehalten hätte. Worum ging es konkret?«

Der Bürgermeister schwieg und sah betreten drein. Die Kriminalpolizisten schwiegen ebenfalls und Helga überlegte während der unangenehmen Stille, wie sie eine weitere Frage formulieren konnte, doch da regte sich der Bürgermeister wieder. Er blickte zur Decke.

»Es gibt Fotos und Nachrichten, die nicht an die Öffentlichkeit gelangen dürfen. Ich habe ... mit einer ... jungen Frau ... einer sehr jungen Frau ... geschrieben und Bilder ausgetauscht, über meinen Arbeitscomputer. Und sie haben angekündigt, sie schicken das meiner Gattin und veröffentlichen alles, wenn ich zur Polizei gehe.«

»Haben Sie mit Herrn Koch darüber geredet oder mit jemand anderem von *Innovation4*?«, fragte Haugg.

»Ja, mit Koch. Er hat sehr entsetzt gewirkt, dass so etwas passiert, und mir versprochen, sich darum zu kümmern und die Person in der Firma zu finden, die dafür verantwortlich ist. Im Stillen natürlich, wollte kein Aufsehen erregen. Danach hat er es aber auch nicht mehr angesprochen.«

»Und der Kontakt zu mir? Warum sollten sie den herstellen?«, fragte Helga.

»Das wurde mir nicht gesagt«, antwortete der Bürgermeister und bestätigte damit ihren Verdacht. »Ich habe einen Anruf von jemandem dort bekommen, ich habe mir den Namen nicht gemerkt. Er hat mir erklärt, dass Herr Koch Sie kennenlernen wolle und mich gebeten, den Kontakt herzustellen.«

»Wollen Sie Anzeige erstatten?«, fragte Haugg.

Der Bürgermeister winkte entschieden ab. »Nein, auf keinen Fall. Ich will kein Aufsehen erregen. Wie gesagt, bitte behandeln Sie die ganze Sache mit Diskretion und Feingefühl. Ich will kein Aufsehen verursachen.«

Und Sie wollen nicht, dass die Drohung umgesetzt wird, dachte Helga im Stillen. Klar. Sie hatte schon so lange mit dem Rauchen aufgehört. Aber dieser Fall ging ihr auf die Nerven. Und wenn ihr etwas auf die Nerven ging, dann verspürte sie den kaum zu bändigenden Wunsch, zu rauchen. Aber sie beherrschte sich.

Auf dem Rückweg sagte sie zu Haugg und Meizi: »Diese Firma stinkt – ich weiß nur noch nicht so recht, aus welcher Ecke. Bitte überprüft das nachgebesserte Alibi von Nadine Miller und auch das von Koch. Ich will nicht, dass die hier ein Spiel mit uns spielen.«

Ihre beiden Kollegen nickten grimmig.

Post

Fast eine Minute stand Annalena völlig reglos da. Sie war nur wenige Schritte von ihrem Elternhaus entfernt und dort auch heute wieder mit Helga Herbertsen verabredet. Und jetzt, beim Betreten des Geländes, hatte sie etwas gesehen, das ihr ungewöhnlich vorkam. Etwas hatte sich seit gestern verändert. Doch sie kam einfach nicht drauf, was es war. Langsam ließ sie ihren Blick über das Dach, die Fenster und die Tür des Hauses schweifen. Nichts. Sie sah sich auf dem Boden um. Auch hier konnte sie nichts erkennen. Jetzt nicht hektisch werden. Schritt für Schritt ging sie zurück und durchschritt erneut denselben Weg, den sie eben gekommen war. Wieder kam es ihr nicht in den Sinn. Erst, als sie nochmal einen Blick zum Zaun warf, sprang es ihr plötzlich völlig offensichtlich ins Auge. Sie lachte unwillkürlich auf. Ihre Anspannung löste sich schlagartig. Am Eingangstor stand ungefähr auf Höhe ihres Nabels eine silberne Postbox, in die der Postbote immer die Briefe und kleinen Pakete ablegte. Gestern war das rote Fähnchen, mit dem er immer signalisierte, dass heute etwas gekommen war, noch unten gewesen, jetzt war es ausgeklappt. Bestimmt eine Werbesendung, dachte sie, ging aber hin. Ein Aufkleber auf der Box verbat, Werbung einzuwerfen. Was sie rausholte, war kein Flyer und auch weder Brief noch kleines Päckchen – sie hielt eine Postkarte in der

Hand, die den Berchtesgadener Kurgarten zeigte. Mit klopfendem Herzen drehte sie die Karte um. Sie erkannte die Schrift augenblicklich. Bens ausladende Handschrift.

Liebe Anni, sieh unter dem Bett nach.
Viel Glück, dein Ben

Mehr stand da nicht. Es konnte kein Lebenszeichen von ihm sein. Oder doch? Nein, es gab es keinen Zweifel, dass Ben tot war. Also musste jemand geholfen haben. Eine Postkarte brauchte doch keine Woche innerhalb des gleichen Ortes. Sie sah auf die Uhr. Wenn sie jetzt zur Wohnung fuhr, um unter dem Bett nachzusehen, sollte sie es rechtzeitig wieder her schaffen, um die Kommissarin zu treffen.

Sie sprintete zum Bus und spürte ihren Herzschlag heftig pulsieren, bis hoch in ihre Ohren. Ben hatte sie erwartet, hatte gewusst, dass sie herkommen würde. Er musste geahnt haben, dass sein Tod bevorstand. Es gab keine andere Erklärung. Dass sie bei der Einfahrt nach Berchtesgaden geblitzt wurde, spielte jetzt keine Rolle, auch nicht, wem sie alles die Vorfahrt nahm. Sie musste Klarheit haben. Sofort. Diesmal stellte sie den Wagen wie am ersten Abend direkt vor dem Haus ab. Sie sprintete die Treppe hinauf und war in kürzester Zeit in Bens Wohnung. Sie dachte zumindest noch daran, die Tür hinter sich wieder zu schließen, trotz ihrer Aufregung. Schon kroch sie unter das Bett, in der Gewissheit, ein Paket oder einen Umschlag zu finden. Doch sie wurde enttäuscht. Es war rein gar nichts zu finden, was dort nicht hingehörte. Sie klopfte Bettgestell und Lattenrost gründlich ab, fuhr mit der Hand jede Stelle des Bodens auf Unebenheiten ab und suchte schließlich auch unter den Matratzen und öffnete sogar die Matratzenschoner. Hier gab es keinen Umschlag für sie und auch keinen Zettel mit einem weiteren Hinweis. Annalena schlug wütend auf eine der Matratzen ein, bis ihr die Puste ausging. Sie war sich so sicher gewesen.

Es kostete sie eine enorme Willensanstrengung, sich zu beruhigen. Sie musste zurückfahren. Sollte sie der Kommissarin von der Postkarte erzählen? Nein. Sie beschloss, ihr nichts zu sagen, schließlich war das ihre eigene Spur, von ihrem Bruder direkt an sie gerichtet.

Ihr kam eine Idee. Sie ging zur Nachbarwohnung und klingelte. Es dauerte eine Ewigkeit, bis sich die Schritte und das dumpfe Aufsetzen des Gehstocks näherten. Als Giovanni Bragatto ihr die Tür öffnete, sah er sie erst einen Augenblick misstrauisch an, dann hellte sich sein Gesichtsausdruck auf.

»Die Schwester ...«, stellte er fest und winkte sie herein.

»Ich habe nur eine kurze Frage«, sagte Annalena und zog die Postkarte hervor. »Haben Sie diese Postkarte zufällig abgeschickt? Sprachen Sie neulich davon?«

Er besah sich die Postkarte, überlegte kurz, dann lächelte er und sagte: »Ja, das hatte ich vergessen. Antonia hat mich letzte Woche gebeten, die Karte zur Post zu bringen, weil sie so beschäftigt war. Die jungen Leute ...« Bei dem Gedanken an Antonia traten Tränen in seine Augen. Er wies mit dem Kopf in Richtung der Wohnung. »Furchtbar, was dort passiert ist. Und ich habe die Postkarte dann leider erstmal vergessen.« Er hob entschuldigend die Hände und wies dann auf seinen Kopf. »Wissen Sie, junge Frau, da oben funktioniert es bei mir manchmal nicht mehr so gut wie früher. Aber gestern oder vorgestern habe ich sie wieder gefunden und wie besprochen zur Post gebracht. Unten am Bahnhof, da wird der Briefkasten oft geleert.«

»Das war wirklich sehr nett von Ihnen, dass Sie Antonia den Gefallen getan haben«, sagte Annalena, auch wenn sie noch nicht wusste, wie und ob die Postkarte ihr nützen würde.

Die Kriminalhauptkommissarin saß in ihrem erstaunlich verbeulten Auto und wartete, schon sichtlich genervt, als Annalena sich erneut ihrem Elternhaus näherte. Dieses Ausmaß von Rost an einem Auto war Annalena, die ihren Bus hegte und pflegte, völlig fremd. Wie die letzten Male hatte sie ihren Wagen ein Stück entfernt abgestellt und kam zu Fuß.

»Entschuldigen Sie meine Verspätung, es kam mir plötzlich etwas dazwischen«, sagte Annalena, als Helga Herbertsen ausstieg. Sie setzten sich im Haus wie gewohnt auf ihre Plätze.

»Heute ist viel passiert«, begann die Kommissarin ihren Bericht.

Das kann man bei mir auch so sehen, dachte Annalena.

»Wir sind im Rathaus echt weitergekommen und hatten sogar eine heftige Unterredung mit den Firmenchefs höchstpersönlich.«

Einen Moment blickte Annalena noch ins Leere, gefangen in ihren Gedanken, die in Höchstgeschwindigkeit um die Postkarte kreisten. Und doch hatte die Kommissarin gerade etwas gesagt, das ihre Aufmerksamkeit erforderte.

»Was meinen Sie damit: im Rathaus weitergekommen?«

Helga berichtete im Detail, was der Bürgermeister ihr und ihren Kollegen erzählt hatte.

Annalena stieß einen anerkennenden Pfiff aus. »Das klingt in der Tat spannend. Die Theorie, was *Innovation4* da treibt, oder zumindest ein paar Leute dieser Firma, scheint also soweit zutreffend zu sein. Stellt sich noch die Frage, welche Rolle mein Bruder bei der ganzen Sache hatte.«

»Wahrscheinlich waren er und seine Leute dafür zuständig, etwas in der Software so zu ändern, dass man diese Attacken und Erpressungen durchführen konnte.«

»Davon gehe ich ebenfalls aus. Wir haben Sicherheitsexperten und Programmierer unter den Toten. Die Fälscherin konnte zweifellos alle Dokumente bereitstellen, die notwendig waren, um dem Ganzen Seriosität zu verleihen. Zertifikate, wie sicher und geprüft alles ist. Und bei Bedarf auch andere Namen der Beteiligten«, dachte Annalena laut. »Und Winter sollte dann wohl weitere Kunden gewinnen und dabei ein bisschen ›flexibler‹ vorgehen als jemand, der ganz offiziell für *Innovation4* arbeitet.«

»Bestechung?«

»In die Richtung habe ich gedacht.«

»Aber was hat ihnen dann das Genick gebrochen?«

»Vielleicht wurde ihnen die ganze Nummer zu heiß? Leider bin ich mit meinem Versuch, mich auf dem Gelände der Firma umzusehen, nicht weitergekommen. Es scheint eine Art Zugang von außen zu geben, aber gut gesichert«, berichtete Annalena. »Ich muss mir eine neue Strategie zurechtlegen.«

»Wir uns auch. Die Befragungen laufen ins Leere. Wir können sicher Koch und Miller weiter auf den Zahn fühlen, gleichzeitig hat uns der Bürgermeister aber um Diskretion gebeten.«

»Ich habe vielleicht eine weitere Spur«, sagte Annalena. Sie überraschte sich selbst damit, doch beschloss sie ganz spontan, die Postkarte hervorzuziehen. Sie reichte Helga die Karte und berichtete von ihren Aktionen. Die Kommissarin besah sich die Karte ganz gründlich. Sie fuhr sie nach versteckten Details mit dem Finger ab, hielt sie gegen das Licht und betrachtete sie wieder und wieder.

»Unter dem Bett«, murmelte sie nachdenklich. »Wenn die beiden wussten, dass ihnen Probleme bevorstanden, war es verflucht clever, über diesen Nachbarn einen Hinweis per Postkarte zu verschicken. An so ein altertümliches Ding denkt ja niemand, wenn es um Leute geht, die bekanntermaßen fit mit Computern sind.«

Im Stillen dachte sie dabei an Haugg, der neuestens ja sogar auf Protokolle und Dokumentation in gedruckter Form herabschaute, als wären sie aus dem vorletzten Jahrhundert.

»Ja, absolut clever. Aber das hilft uns nichts. Ich bin mir sicher, dass unter dem Bett nichts zu finden ist«, sagte Annalena. »Ich habe mich sehr gründlich umgesehen.«

Einen Moment lang überlegte Helga, dann lächelte sie.

»Er hat ja nicht gesagt, welches Bett, oder?«

Annalena sprang sofort auf.

»Sie haben vollkommen recht. Es gibt auch in diesem Haus Betten! Die von Ben und von mir und das meines Vaters. Wir müssen sofort loslegen.«

Eins nach dem anderen durchsuchten sie die Betten, genauso systematisch, wie Annalena das in Bens Wohnung gemacht hatte. Sie wuchteten sie sogar hoch, um den Boden darunter und die Beine der Betten besser untersuchen zu können. Dabei übernahm Annalena den Großteil der Kraftanstrengung, dazu fühlte sich die Kommissarin nicht der Lage. Die Kommissarin durchsuchte dafür umso gründlicher den Boden, während Annalena das jeweilige Bett hochhielt. Sie wirbelten eine Menge Staub auf und fanden unter Bens altem Bett ein Bonbonpapierchen, das sie aber nach ausführlicher Begutachtung keinesfalls für den gesuchten Hinweis hielten. Zwanzig Minuten und drei durchsuchte Betten später saßen die beiden sichtlich frustriert wieder im Wohnzimmer.

»Andere Wohnungen hatte Ben nicht«, sagte Annalena.

»Ein Wohnmobil?«, fragte Helga hoffnungsvoll, aber Annalena schüttelte den Kopf. Einen Moment lang dachte sie an ihren Bus, aber wie sollte Ben da an das Bett gekommen sein? Sie war lange nicht in der Gegend gewesen.

»Gab es etwas anderes, das er Bett nannte? Vielleicht im Scherz?«

Annalena schüttelte den Kopf. »Aber ich bin mir sicher, dass ich etwas übersehe. Irgendeine Kleinigkeit.«

Dachboden

Annalena starrte die Zimmerdecke an. Sie lag reglos auf ihrem Bett, doch ihr Verstand sprang in rasender Geschwindigkeit hin und her. Was hatte ihr Bruder nur gemeint? Unter welchem Bett musste sie nachsehen? Sie hörte den strömenden Regen draußen. Selbst über Flussbetten hatte sie schon nachgedacht, aber es gab nichts, was sie und ihren Bruder verband, das sonst Bett genannt wurde. Es musste eins von denen sein, die sie schon untersucht hatte. Morgen würde sie anfangen, die Betten zu zersägen, wenn sie anders nichts fand. Möglicherweise war etwas ins Holz eingearbeitet. Ein Geheimfach? Früher hatte sie dem Hasen der Nachbarin Gertrud immer mit Stroh eine Ecke hergerichtet. Ob sie die mal Bett genannt hatte? Aber da war doch Ben nicht dabei gewesen. Langsam fing sie an, wegzudämmern. Das Pochen des Regens hatte eine einschläfernde Wirkung. Gab es andere Betten? Den Hasen gab es schon lang nicht mehr. Der Stall stand bestimmt auf dem …

Mit einem Mal saß Annalena kerzengerade im Bett. Da war es gerade gewesen. Sie versuchte, den Gedanken festzuhalten und brauchte ein paar Sekunden, bis sie es für sich in Worte fassen konnte, dann murmelte sie: »Dachboden.«

Nur das eine Wort reichte, um das kleine Rätsel ihres Bruders zu lösen. Auch wenn der Hase damit rein gar nichts zu tun hatte. Sie schlüpfte in Klamotten und Schuhe und machte sich vom Nachbarhaus ihrer Tante aus auf den Weg zu ihrem Bus. Trotz der kurzen Strecke kam sie völlig durchnässt am Wagen an. Ihr einziger Schirm lag wohlbehütet und trocken auf der Rückbank.

Anders als bei der Fahrt vor ein paar Stunden achtete sie jetzt darauf, die Geschwindigkeit einzuhalten. Von der Polizei angehalten zu werden, war nicht wünschenswert, da würde ihr auch das Arbeitsverhältnis zu dieser Kommissarin nicht weiterhelfen.

In der Nähe ihres Elternhauses stellte sie den Bus ab und legte die restliche Strecke diesmal beschirmt zurück. Nachdem sie das Haus betreten hatte, hielt sie einen Moment inne, wie so oft in solchen Situationen, um sich auf eine mögliche Enttäuschung, einen Fehlschlag vorzubereiten und ihre Emotionen zu kontrollieren. Sie musste die Oberhand behalten.

Der Dachboden hatte seine besten Zeiten lange hinter sich, aber da hinten unter der Dachschräge war das, was sie gesucht hatte. Ihr einstmals geliebtes Puppenhaus, das sie in ihrer Jugend eigentlich schon als reif für den Sperrmüll erklärt hatte. Aber ihr Vater weigerte sich, es wegzuwerfen. Er hatte es selbst gebaut und zu viele Erinnerungen hingen für ihn daran: wie sie immer voller Begeisterung ihre beiden Puppen Anna und Janna beschäftigt, bekocht und abends schlafen gelegt hatte. Vorsichtig hob Annalena das kleine Bett an, in das die Holzpuppen zu zweit immer nur knapp gepasst hatten. Darunter befand sich tatsächlich etwas. Ein kleiner, grauer USB-Stick, der mit *Tesa* an die Unterseite des Bettes geklebt war. Annalena brach nicht in lauten Jubel aus, aber ein breites Grinsen erschien auf ihrem Gesicht.

Ihr Laptop lag zwar im Auto bereit, dennoch fuhr sie erst zurück zum Haus ihrer Tante, verschaffte sich Zugang über die Terrasse und checkte wie jedes Mal, dass niemand anderer eingedrungen war und sich in den Räumen herumtrieb. Dann erst schob sie den Stick in den USB-Anschluss des Laptops. Er enthielt Quellcode – in einer Programmiersprache geschriebene Befehle, die von Computern ausgeführt werden konnten – und eine Art Tagebuch, das Ben vermutlich geführt hatte, um den Überblick bezüglich ihrer Aufgaben zu behalten oder um die Auftraggeber zur Not erpressen zu können. Annalena machte sich keine Illusionen, was die Geschäftsmoral ihres Bruders anging. Die Notizen begannen im Sommer des vergangenen Jahres.

Von Lux angeworben worden. Sie hat von Nias Vergangenheit gehört und will mit uns arbeiten. Wir stellen ein Team zusammen.

In kurzen Sätzen berichtete Ben weiter, wie sie Nüsslein und Winter angeheuert hatten, später Dora, bei der Annalena davon ausging, dass das die Fälscherin Doreen Hildebrandt war.

Sie musste der Kommissarin Bescheid geben, was sie hier gefunden hatte. Auch wenn Annalena nicht einschätzen konnte, ob dieser Fund vor Gericht verwertbar sein würde, relevant war er in jedem Fall. Normalerweise arbeitete Annalena leidenschaftlich gern allein vor sich hin, aber dieses Mal spürte sie eine seltene Verbindung mit der Kommissarin, die sie sich nicht so recht erklären konnte. Sie durchsuchte die Daten, die sie von den Rechnern der Kripo gezogen hatte, bevor man viel zu früh ihre Wanze entdeckt hatte. Tatsächlich fand sich darunter eine Handynummer der Kommissarin. Annalena unterdrückte ihre Rufnummer mit Hilfe einer App, die jede Form von Abhörung erschwerte, und tippte die Nummer ein. Es klingelte fünf Mal, dann schaltete sich die Mailbox ein. Zum Begrüßungstext erklang nur eine automatisierte Stimme, die gleich anfing, die Rufnummer der Kommissarin herunterzurattern. Annalena legte auf. Es war kurz nach Mitternacht, wahrscheinlich schlief die Kommissarin schon. Aber am Morgen würde sie sofort wieder von Kollegen umgeben sein, da kam Annalena nicht an sie heran, und bis zu ihrem nächsten verabredeten Treffen am Abend konnte sie schlicht nicht warten. Sie würde es ein wenig später noch einmal versuchen. Vielleicht konnte sie Helga Herbertsen dann aus dem Schlaf klingeln.

Annalena las Bens Text weiter. Er berichtete von Schwierigkeiten, das Erpressungssystem nahtlos in andere Programme von *Innovation4* zu integrieren, so dass es nicht entdeckt werden konnte, und davon, was für Probleme Nia und er mit der Verschlüsselung gehabt hatten, so dass man die Dateien auf dem angegriffenen Computer nicht wieder befreien konnte, ohne auf die Erpressung einzugehen. Die Fälscherin hatte ihnen sogar perfekt funktionierende Mitarbeiterausweise für Nias altes Unternehmen in München hergestellt, damit sie bei *LighthouseM* noch weitere Daten abgreifen konnten. Ben beschrieb, dass es mehrfach Streit mit Lux gegeben hatte, also mit Frau Miller, wie Annalena schlussfolgerte. Diese war nicht zufrieden gewesen mit der Geschwindigkeit. Sie wollte offenbar das Projekt im Rathaus noch früher starten, was sich dann aber als unmöglich herausgestellt hatte. Ben schien diese Lux nicht besonders zu mögen, sein Tonfall war abwertend und spöttisch, wenn er von ihr schrieb. Der letzte Eintrag war eine knappe Woche vor seinem Tod entstanden. Er schrieb, dass es heftigen Streit zwischen Lux und Schmier gegeben habe. Wer mochte das sein? Sie dachte als erstes an Butter oder Butterbrote. Annalena konnte sich gut vorstellen, dass das eine Anspielung auf den Nachnamen Koch war. Die Sätze, in denen der Name vorkam, passten auf jeden Fall insofern zu dieser Vermutung, als Schmier offenbar eine wichtige Rolle spielte. Also war der Firmenchef vielleicht wirklich ebenfalls an dem Vorgehen beteiligt. Worum es in dem Streit ging, stand nicht da, aber wahrscheinlich spielte Geld eine Rolle.

Annalena versuchte es erneut anonym bei Helga.

Keine Chance.

Sie schnappte sich ein paar Sachen, dann machte sie sich auf den Weg zum *Löwen*.

Die Vordertür war verschlossen und Annalena wusste, dass man vom Stammplatz der Pensionswirtin einen guten Blick auf den Eingang hatte – falls sie um diese Zeit noch arbeitete. Das war also eh zu riskant. Sie schlich um das Gebäude herum und fand ein Fenster zu einem verdunkelten Büro, das sich gut eignete. Es war alt und saß wackelig im Rahmen. Sie konnte es unter Einsatz ihres Werkzeugs mit wenigen Versuchen aufhebeln. Sie ärgerte sich, dass sie sich nach wie vor keinen Rucksack gekauft hatte. Sie trug ihren Laptop nur in einer unpraktischen Hülle mit sich herum. Die Tür aus dem Büro heraus war nicht abgeschlossen und sie schlich sich, geduldig die richtigen Zeitpunkte abwartend, voran. Sie huschte zur Rezeption, als die Wirtin gerade neues Geschirr im Frühstücksraum verteilte. Sie brauchte einen Moment, um zu finden, was sie suchte. Der PC verriet ihr: Helga Herbertsen – Zimmer 104. Unbemerkt eilte sie hoch, vor die Zimmertür der Kommissarin. Plötzlich hörte sie, wie jemand um die Ecke bog und sie musste kurzfristig eingehend die auf einem kleinen Tischchen ausliegenden Zeitungen studieren. Ein Mann ging kommentarlos in sein Zimmer. Sie sah einen Augenblick zu spät auf, um noch erkennen zu können, ob es einer der Kommissare gewesen war. Warum setzte sie sich solchem Risiko aus, nur um eine Ermittlerin zu unterstützen? Und doch wollte sie mit jemandem über ihren Fund reden.

Jetzt war der Gang leer. Annalena hörte auch keine Schritte mehr. Mit wenigen Handgriffen öffnete sie die Zimmertür wie in der Woche zuvor die des ermordeten Herrn Nüsslein und schloss diese nahezu geräuschlos wieder hinter sich. Da lag die Kommissarin im Halbdunkel in ihrem Bett und schnarchte. Annalena sah sich um, ob die Dienstwaffe der Ermittlerin in nächster Nähe lag oder etwas anderes, das ihr gefährlich werden konnte, falls die Erwachende sich spontan gegen die Einbrecherin zur Wehr setzen wollte. Sollte sich Annalena auf das Bett setzen und die Kommissarin wecken? Zu gruselig für Helga Herbertsen. Jetzt wurde das Schnarchen noch lauter. Annalena schaltete das Licht ein. Ein markerschütternder Schrei hallte urplötzlich durch den

Raum. Annalena blieb keine Zeit, der Kommissarin den Mund zuzuhalten. Sie war wie vom Donner gerührt. Sie hielt den Finger an die Lippen und bedeutete der Kommissarin, still zu sein. Jetzt erkannte diese offenbar, wer da vor ihr stand, und verstummte.

»Helga? Warst du das? Was ist los?«, rief eine aufgeregte Männerstimme hinter der Tür. »Brauchst du Hilfe?«

»Nein, Meizi, danke dir. Passt schon alles, ich hab nur schlecht geträumt«, rief die Kommissarin, die Annalena abschätzend ansah.

»Ganz sicher?«, kam es von draußen.

»Ja, mach dir keine Sorgen. Bis morgen und danke fürs Nachfragen«, legte die Kommissarin nach.

Als endlich wieder Ruhe eingekehrt war, fragte Helga leise: »Was zur Hölle machen Sie hier?«

Annalena fühlte sich ungewohnt beschämt. Was für eine seltsame Idee, überhaupt hierherzukommen.

»Ich habe etwas gefunden, das Sie sich unbedingt ansehen müssen, und Sie sind nicht ans Telefon gegangen«, sagte sie nur.

Helga rieb sich die Augen, dann nickte sie.

Annalena packte ihren Laptop aus, öffnete darauf die Datei und stellte ihn so aufs Bett, dass die Kommissarin sich die Dateien ansehen konnte. Sie selbst setzte sich neben dem Bett auf den Boden und las mit. Minutenlang überflog die Kriminalhauptkommissarin Zeile um Zeile – ohne ein Wort zu sagen.

»Wo haben Sie das her?«, fragte Helga, als sie bei den letzten Zeilen angelangt war. Zwölf Seiten Notizen umfassten Bens Aufzeichnungen, daneben gab es noch die Dateien mit Programmcode und allem Möglichen, das Annalena noch nicht im Detail durchgesehen hatte.

»Es war wirklich unter dem Bett, wie es auf der Karte stand, wir hatten nur die falschen Betten untersucht.« Annalena berichtete vom Puppenhaus und fragte dann: »Denken Sie, das kann vor Gericht Bestand haben?«

Diese Frage hatte sie sich bei ihren Ermittlungen noch nie zuvor stellen müssen, wurde ihr in diesem Moment klar. Aber vielleicht war es der richtige Weg, dass Bens Tod vor Gericht aufgearbeitet wurde – wenn sie nicht vorher entschied, die Wahl der Strafe doch selbst in die Hand zu nehmen. Sicher war sie nicht.

»Ich werde mir alle Mühe geben, genau weiß ich es noch nicht. Kochs Firma – oder Leute in deren Auftrag – haben also bewusst Sicherheitslücken in Systeme von Polizei und Ämtern eingebaut und ausgenutzt, um Leute zu erpressen. Und das sowohl mit ihren privaten Daten als auch damit, dass die Rechner bei Bedarf gesperrt werden konnten.«

Annalena nickte.

»Lux ist vermutlich Frau Miller, richtig?«, hakte die Kommissarin nach. Mittlerweile war sie vollkommen wach und man merkte ihr die Aufregung an. »Und was ist mit Koch? Wusste er Bescheid?«

»Ich kann mir vorstellen, dass er mit Schmier gemeint ist, von den Formulierungen her, da kommt jemand an ein paar Stellen vor. Aber eindeutig zuordnen konnte ich den Namen bisher nicht. Ich muss das Material auch noch gründlicher auswerten.«

»Wenn ich den unteren Teil richtig verstehe, hatte *Innovation4* bald ein Projekt für den ganzen Bund geplant, für alle Ministerien, das auch ihre Sicherheitsfeatures – gute wie böse – enthalten hätte«, grübelte Helga laut. »Ihr Bruder schreibt nicht genau, woran sich der Streit entzündet hat, aber es klingt, als hätte es etwas mit diesem Vorhaben zu tun.«

»So sehe ich das auch.«

»Aber könnten nicht gerade auf der Ebene der Kundschaft, mit der *Innovation4* hier zu tun hat, die richtigen Experten vom BKA oder so die Computer wieder entschlüsseln? Wenn es um viel Geld oder geheime Informationen geht? Ich kenne mich da nicht besonders aus.«

Annalena schüttelte den Kopf. »Nicht, wenn die Umsetzung stimmt. Da würden auch hervorragend ausgerüstete Computer jahrelang an der Entschlüsselung arbeiten, ohne dass die Daten wieder auftauchen würden. So komplex kann gründliche Verschlüsselung sein«, erklärte Annalena.

»Deshalb bezahlen die Opfer lieber, bevor sie ihre Daten verlieren oder peinliche Dinge über sie ans Tageslicht gezerrt werden.«

»Genau, gerade für eine Firma kann es der vollständige Ruin sein, wenn alle Daten plötzlich weg sind. Und von Ministerien wollen wir erst gar nicht reden!«

Die Kommissarin fuhr sich durch die grauen Locken. »Danke, dass Sie mir das gezeigt haben. Wir werden morgen Kochs Firma durchsuchen und dort hoffentlich die letzten Puzzleteile finden, warum Ihr Bruder sterben musste.« Sie zögerte einen Moment, in dem ihr offenbar durch den Kopf ging, dass Annalena möglicherweise ihre eigenen Pläne hatte. »Kann ich mir die Datei kopieren? Ich muss das unbedingt meinen Kollegen und der Ermittlungsrichterin zeigen. Anders bekomme ich keinen Durchsuchungsbeschluss«, sagte Helga. Ihr Tonfall klang etwas verunsichert.

»Ja, das ist in Ordnung«, erklärte Annalena und die Kommissarin machte sich auf die Suche nach einem USB-Stick. Es dauerte eine ganze Weile und ganz offensichtlich war es ihr unangenehm, in ihrem geblümten Nachthemd vor der ungebetenen Besucherin durchs Zimmer zu tapsen, aber schließlich fand sie einen klobigen, betagt aussehenden blauen Stick. Annalena machte ihr eine Kopie des gesamten Inhalts.

Helga wirkte, als würde sie gerne etwas fragen wollen, aber noch zögern. Schließlich fragte sie: »Werden Sie noch etwas unternehmen oder ... warten Sie ab, was wir tun?«

Annalena lächelte. Sie hatte damit gerechnet, dass die Kommissarin nun versuchen würde, ihr vorzuschreiben, was sie zu tun oder zu lassen hätte. Aber Helga Herbertsen spielte fair. So hatte ihre Zusammenarbeit etwas absolut Gleichberechtigtes. Es gab niemanden, der Annalenas Chef war, und das würde auch so bleiben. Sie bemühte sich also um eine freundliche Antwort. »Das habe ich noch nicht entschieden, aber ich werde versuchen, die Ermittlungen nicht zu stören. Ich kann Ihnen anbieten, dass ich beispielsweise bis morgen Vormittag nichts unternehme, damit Sie etwas Vorsprung haben, um Ihre nächsten Schritte anzugehen. Für den Moment würde ich denjenigen, der meinen Bruder umgebracht hat, der Gerichtsbarkeit überlassen. Aber meine Geduld ist begrenzt. Wenn sich da nicht bald etwas klärt und sich die Schlinge um dessen Hals legt, muss ich eigene Maßnahmen ergreifen.«

Die Kommissarin nickte und schien nachzudenken. »Wie kann ich Sie erreichen, damit wir uns absprechen können?«

»Ich bin nicht zu erreichen«, sagte Annalena, schob aber nach: »Ich habe Ihre Nummer und könnte Sie ja am Vormittag anrufen. Gegen 11 Uhr?«

»Okay.«

Annalena fuhr zurück zum Haus ihrer Tante, um dort die anderen Dateien ihres Bruders in Ruhe durchzusehen. Um tiefer einzusteigen, wie die schädlichen Teile der Software von *Innovation4*, die Ben ihr auf dem USB-Stick übermittelt hatte, programmiert worden waren, fehlte ihr zwar das Wissen und auch die Zeit, aber die Beschreibungen ihres Bruders zur Funktionsweise zu lesen, war trotzdem spannend. Ben war wirklich clever gewesen.

Als sie die Augen nicht mehr offenhalten konnte, schlief sie ein paar Stunden, doch es war eine unruhige Nacht. In ihrem Kopf wirbelten die Gedanken hin und her: Sollte sie sich Miller und Koch direkt schnappen oder wie besprochen der Kripo Vorsprung gewähren?

Punkt 11 Uhr wählte Annalena ein weiteres Mal die Nummer der Kommissarin. Beim vierten Klingeln ging diese dran.

»Warten Sie einen Augenblick«, sagte Helga Herbertsen, die offenbar eine ruhigere Stelle zum Telefonieren suchte. »Hier herrscht absolutes Chaos«, erklärte sie dann. Ihre Stimme klang besorgt. »Nicht nur einer unserer Computer, sondern auch die im Rathaus und bei der örtlichen Polizei wurden allesamt lahmgelegt.«

Freitag, 13. Juli

Angriff

Die Kommissarin hatte ihre Kollegen schon früh am Morgen aus den Betten geworfen.

»Steht auf, wir haben viel zu tun«, rief sie, während sie abwechselnd an die beiden nebeneinanderliegenden Türen klopfte. Zum Glück hatte Haugg heute Nacht hier geschlafen und nicht zuhause. Leider hatten sich ihre Kollegen ausgerechnet gestern entschieden, noch tief bis in die Nacht über Akten und Notizen zu brüten, und trugen jetzt beide tiefe Schatten unter den Augen. Nach dem Abgang von Annalena Gonzales hatte Helga erst überlegt, ihre Kollegen gleich zu wecken, um loszulegen, dann aber beschlossen, dass ein Minimum an Schlaf ihrem Gehirn ebensowenig schaden würde wie denen von ihren Kollegen. Den Wecker hatte sie sich auf 7 Uhr gestellt, dem Beginn der Frühstückszeit in der Pension. Als sie wenig später zu dritt hinunter gingen und sich an einen Tisch setzten, alle noch schwer von Müdigkeit gezeichnet, sah die Wirtin sie mit großen Augen an. Dann lief sie geistesgegenwärtig in die Küche und brachte ihnen eine Thermoskanne, die bis zum Rand mit Kaffee gefüllt war. Helga war zu müde, um ihre Dankbarkeit in die richtigen Worte zu fassen, lächelte die Frau aber dankbar an.

»Also, jetzt mal Klartext, Helga«, sagte ein gähnender Meizi. »Was zur Hölle ist passiert, dass du uns so früh aus den Betten trommelst? Du erinnerst dich, dass es sowas wie Arbeitszeiten gibt?«

»Klar, ich weiß auch, dass das nicht nett ist. So gerne, wie ich schlafe, bleibt das auch eine absolute Ausnahme, versprochen. Aber wir müssen uns schnell an die Arbeit machen. Ich habe einen Haufen neuer Hinweise, denen wir nachgehen müssen. Wenn wir Glück haben, sind es sogar Beweise.«

Die beiden Männer blickten sie vollkommen irritiert an.

»Was zur Hölle hast du heute Nacht gemacht?«, fragte Haugg dann.

Helga lachte und antwortete: »Ich fürchte, mein lieber Haugg, du hättest Mühe, es mir zu glauben, wenn ich es dir erzählen würde. Ich fasse das Wesentliche für euch zusammen.«

Während Haugg und Meizi einen Kaffee nach dem anderen hinunterschütteten, berichtete Helga von dem USB-Stick des verstorbenen Ben Gonzales und den Informationen, die darauf zu finden waren. Sie unterbrach ihren Redeschwall für eine ordentliche Portion Rührei und zwei Brötchen. Die Männer ihr gegenüber hatten offenbar noch keinen Hunger, hörten aber aufmerksam zu. Als Helga mit ihren Erklärungen und ihrem Rührei fertig war, sagte für einen Moment niemand etwas. Sie alle sahen sich an. Würden die beiden darauf bestehen, dass Helga ihnen ihre Quelle nannte? Sie spürte ihre Anspannung.

Doch dann brummte Meizi nur: »Dann los. Gibt viel zu tun«, und sie erhoben sich fast zeitgleich von ihren Plätzen.

In ihrem Besprechungsraum druckte Helga wenig später drei Kopien des langen Textes für sie aus und sie teilten sich die Seiten für die Detailarbeit auf. Alle gingen in Ruhe die Passagen durch, machten sich Notizen und besprachen immer wieder Stellen miteinander, die sie nicht verstanden.

»Irre. Alles, was hier im Ort lief mit der Polizei und dem Rathaus, waren nur Kleckerbeträge«, sagte Haugg mit Entsetzen im Gesicht. »Als Nächstes wollte die Firma mit der geheimen Zuarbeit von Ben Gonzales' Truppe und den Marketing-Fähigkeiten von Winter ein System für den Bund und viele Landesministerien ausrollen. Da wäre es schon beim legalen Teil um fast 200 Millionen Auftragswert für *Innovation4* gegangen, ganz zu schweigen von den Informationen, die sie hätten abgreifen können und den möglichen nachfolgenden Erpressungen. Stellt euch vor, sie könnten alle Nachrichten im Kanzleramt mitlesen!«

Es schüttelte ihn richtiggehend. Niemand von den anderen sagte etwas.

»Was ist hier bloß immer mit neuen Kurven gemeint?«, grübelte Meizi laut.

»Dazu habe ich die Tage etwas gelesen«, erklärte Haugg und sah von seinen Blättern auf. »Die werden benutzt, um Dateien zu verschlüsseln. Elliptische Kurven nennt sich das. Je komplexer die sind, desto besser die Verschlüsselung, und umso schwerer ist es, die Verschlüsselung wieder zu knacken. Früher gab es doch auch so Kurvendiskussion in der Schule, wenn du da mal warst.«

Meizi warf ihm ein zerknülltes Blatt Schmierpapier an den Kopf und beide lachten.

»Denkt ihr, die Punkte sind ausreichend für Haftbefehle?«, fragte Helga eine dreiviertel Stunde später in die Runde.

Meizi zuckte die Achseln und sagte: »Gegen Miller und Koch meinst du? Wahrscheinlich. Es ergibt Sinn, dass die beiden identisch mit Lux und Schmier in den Dokumenten sind, und die Firma wird sowieso klar beim Namen genannt. Wir müssen allerdings vermutlich darlegen, wie wir zu den Unterlagen gekommen sind.« Meizi blickte Helga fragend an und fügte, da sie sich nicht zu einer Antwort hinreißen ließ, an: »Durchsuchen müssen wir das Gebäude auf jeden Fall«

Helga griff sich ihr Telefon. »Dann versuche ich jetzt, die Ermittlungsrichterin zu erreichen. Wir werden sehen, was sie dazu sagt.«

Das Gespräch dauerte nicht lange. Helga versuchte, ihre Situation zu erklären, ohne darauf einzugehen, woher genau die Informationen stammten, und ihr Gesichtsausdruck wurde mit jeder Minute düsterer. Als sie aufgelegt hatte, blickte sie wütend auf ihr Handy.

»Ich schicke ihr jetzt erstmal die Datei, sie will es sich anschauen. Damit hatte ich gerechnet«, erklärte Helga. »Aber sie hat mich angewiesen, nichts gegen die Firma zu unternehmen, bevor sie nicht die Zeit hatte, das alles zweifelsfrei zu prüfen.« Helga stemmte die Hände in die Hüften. »Sie hat es nicht gesagt, aber sicher geht es um die politische Bedeutung der Firma und ihren Einfluss hier in der Gegend. Ich fürchte, wir werden deutlich länger auf eine Entscheidung warten müssen, als mir lieb ist. Was ich ...«

Sie kam nicht dazu, weiterzusprechen, weil ihr Kollege Haugg laut »Scheiße, verfluchte!« brüllte. Sie sah ihn mit hochgezogenen Brauen an.

»Mein Computer hat sich aufgehängt«, erklärte Haugg, nun etwas gedämpfter.

»Dann starte ihn neu. Du kennst dich doch besser mit den Dingern aus als ich«, entgegnete ihm die Kommissarin verwundert.

»Hab ich schon drei Mal versucht«, erklärte er. »Das ist auch keine typische blaue Fehlermeldung, es ist einfach eingefroren und tut nichts mehr.«

Hauggs Handy klingelte. Er ging ran, sagte aber selber wenig und hörte nur zu.

»Bei den Kollegen der PI drüben sind die Computer ebenfalls eingefroren.«

Helga und er sahen sich einen langen Moment an.

»Hattet ihr nicht alle diese tolle neue Software von *Innovation4* auf den Rechnern?«, sprach sie dann den Elefanten an, der im Raum stand.

»Daran habe ich ewig nicht mehr gedacht«, sagte er kleinlaut.

»Und hast du dir mit diesem Computer möglicherweise gerade Notizen darüber gemacht, dass es da diverse kriminelle Geschichten in der Firma geben könnte. Und dass sie von dort gerne Daten mitlesen? Also genau diese Firma?«

Haugg erwiderte nichts. Er musste nichts erwidern.

»Das ist jetzt verflucht ungünstig.«

»Die Kollegen haben auch schon bei der Firma angerufen, ihnen wurde gesagt, dass es ein technisches Problem gibt, sollte alles bald wieder gehen. Funktionieren eure Laptops noch?«

»Alles normal«, erklärte Meizi, der zwischen seinem und Helgas Computer hin und her wechselte. »Wir hatten diesen Kram ja nicht auf den Rechnern.«

»Wenn wir Pech haben und es nicht nur ein unglücklicher Zufall ist, sind Miller und Koch jetzt vorgewarnt.«

Einen Moment saßen sie betreten zusammen und versuchten, ihre Pläne zu ordnen.

»Gut, dass ich meine Notizen immer auf Papier habe«, erklärte die Kommissarin dann, in der Hoffnung, die Stimmung wieder zu heben.

Doch Haugg sah nur noch zerknirschter drein.

Meizi drängte: »Wenn die bei *Innovation4* gewarnt sind, sollten wir dann nicht schnellstmöglich mit der Durchsuchung beginnen, um die Beweise zu sichern. Im Notfall auch, bevor das OK der Richterin kommt?«

»Ich will abwarten, wie sie sich entscheidet. Die Datei liegt ab jetzt«, Helga schickte mit einem letzten Klick die Mail ab, »bei ihr. Ich werde sie gleich nochmal anrufen, um die Dringlichkeit des Ganzen zu betonen. Aber ohne ihr OK tun wir nichts.«

Sie erkannte in Meizis Blick, dass er an die Geschichte ihres Falls aus Berlin dachte, die sie ihm auf ihrer Wanderung erzählt hatte. Helga klemmte sich ans Telefon, während Meizi weiter recherchierte. Haugg konzentrierte sich umso mehr auf die von Helga verteilten Textblätter und bemühte sich sichtlich, seine schlechte Laune wieder in den Griff zu kriegen.

Die Ermittlungsrichterin und der Staatsanwalt hatten nach kurzer Rücksprache und weiteren Details, die Helga ihnen berichtete, zu ihrem großen Frust keine Lust, sich hetzen zu lassen. Unruhig lief Helga im Zimmer auf und ab und wartete auf eine weitere Rückmeldung. Als Punkt elf Uhr ihr Handy klingelte und einen Anruf mit unterdrückter Rufnummer anzeigte, dachte sie zunächst, das könnte der heiß ersehnte Anruf sein, dass sie endlich loslegen könnten. Dann fiel ihr ein, was sie in der Nacht mit Annalena Gonzales verabredet hatte.

Sie verzog sich rasch vor das Haus, um außer Hörweite ihrer Kollegen zu sein, und berichtete von den gesperrten Computern bei der Polizei und bei Haugg und von der Wartezeit auf den Durchsuchungsbeschluss.

»Haben Sie im Rathaus nachgefragt, wie es da um die Computer steht?«, fragte Annalena.

»Noch nicht. Aber letztlich ist es egal. Entweder es gibt wirklich ein massives Problem mit der Software, dann wäre es auch nachvollziehbar, dass alles, was damit zu tun hat, gesperrt ist, oder sie konnten sehen, was mein Kollege sich notiert hat, dann ist es genauso. Wir laufen natürlich Gefahr, dass die ihre Beweise vernichten, wenn wir zu lange warten.«

»Vielleicht fällt mir ja etwas ein«, antwortete Annalena geheimnisvoll. »Ich sehe mir gerade den Code an, der sich auf dem Stick befunden hat. Soweit ich es erkennen kann, sind die Bausteine der eigentlichen Entwickler und die vom Team meines Bruders so sauber getrennt, dass die Leute in der Firma, die Entwickler dort, möglicherweise wirklich von nichts wussten, was da über die Software eingeschleust wurde.«

»Das ist gut zu wissen. Tun Sie bitte nichts Unüberlegtes«, sagte Helga und kam sich dabei unangenehm mütterlich vor.

»Tue ich nie«, antwortete Annalena und legte auf.

Als Helga den Raum wieder betrat, sahen ihre Kollegen sie erwartungsvoll an.

»Nichts Neues«, sagte sie kopfschüttelnd.

Die beiden saßen nebeneinander am Schreibtisch und blickten auf Meizis Monitor.

»Wir gehen gerade mögliche Bedeutungen der beiden Wörter Lux und Schmier durch«, erklärte Haugg.

»Gute Idee. Und was habt ihr bisher herausgefunden?«, fragte Helga und setzte sich dazu.

»Wenig Spannendes«, brummte Meizi missmutig. »Lux hat einen Bezug zu Lichtstärke, zu Reinigungssystemen, einem Filmpreis, einem Ort in Frankreich und vielleicht auch dem Tier, nur falsch geschrieben. Aber nichts davon bringt uns weiter.«

»Und bei Schmier hatten wir bisher das Schmieren von Broten, einen Musiker, ein selten genutztes Wort für Polizei und Wächter und noch ein paar andere Sachen rund um Essen. Könnte also schon einen Bezug zu Koch haben, als Spitzname möglicherweise.«

»Könnten natürlich auch Nachnamen sein und wir verrennen uns hier in Deutungen«, gab Meizi zu bedenken. Wieder klingelte ein Handy. Er blickte zu Helga, dann merkte er, dass die Töne aus seiner Hosentasche kamen. Einer von ihnen musste mal dringend weg vom Standard-Klingelton. Gespannt, wer sich hinter der unbekannten Nummer verbarg, ging er ran.

»Alles klar, schaue ich mir an«, brummte er. Er legte auf und sah seine Kollegen an. »Das waren die Veranstalter der Konferenz in München, bei der Koch zur Tatzeit seinen Vortrag gehalten hat. Ich hatte die vor ein paar Tagen angemailt und um Informationen gebeten. Koch war für seinen Vortrag per Video zugeschaltet und gar nicht vor Ort. Sie haben mir wohl auch ein paar Bilder geschickt.«

Meizi setzte sich an seinen Computer. Wenig später zeigte er Helga Ausschnitte aus dem Vortragsvideo. Koch saß mit Headset vor einer weißen Wand.

»Das kann überall gewesen sein«, sprach Helga aus, was sie alle drei dachten. »Damit ist sein Alibi vollkommen hinfällig.«

»Wie gehen wir jetzt vor? Wir müssen augenblicklich los zu *Innovation4*«, drängte Haugg.

Helga rang mit sich, dann schüttelte sie erneut den Kopf. »Nein, müssen wir nicht. Dürfen wir nicht. Ich hänge mich nochmal ans Telefon und rede mit Richterin und Staatsanwalt.« Sie konnte Haugg die Enttäuschung ansehen, aber sie wollte nichts riskieren.

Erneut klingelte ein Handy, diesmal bei Haugg. Er hörte kurz zu, dann sagte er: »Danke, für Ihren Anruf. Halten Sie die Füße still, solange es geht.« Er legte auf und sah Helga alarmiert an.

»Das war der Journalist vom *Berchtesgadener Boten*, mit dem ich schon ein paar Mal in Kontakt gewesen bin. Ihnen wurden gerade die Fotos und Infos zum Bürgermeister zugespielt, von denen der uns berichtet hatte. Koch und Miller kämpfen jetzt offenbar mit harten Bandagen. Jemand drängt die Zeitung, das Material zu veröffentlichen, bevor es die Konkurrenz tut. Mein Kontakt wusste aber nicht, wer es ist, der da den Druck ausübt. Sie halten den Artikel im Augenblick zurück, ich weiß aber nicht, wie groß der Druck sein wird und wann sie nachgeben.«

»In jedem Fall sind die Informationen jetzt im Umlauf. Wir wissen nicht, an wie viele Zeitungen, vielleicht Radio- oder Fernsehsender das jetzt schon gegangen ist«, überlegte Helga laut.

»Helga, ich meine es ernst: Wir müssen jetzt los und mit der Durchsuchung beginnen«, wiederholte Haugg seine Forderung.

»Sehe ich auch so«, pflichtete ihm Meizi bei. »Lass dich doch nicht nur von deiner Vergangenheit leiten. Wir tun das Richtige.«

Es war deutlich zu sehen, dass Haugg nicht wusste, worauf er anspielte, aber Helga wurde wütend.

»Nein, wir tun nichts. Wir haben eine klare Ansage der Richterin und des Staatsanwalts. Wir warten weiter ab und ihr kümmert euch jetzt verdammt nochmal darum, dass ihr diese Notizen in- und auswendig kennt. Ich will, dass ihr jedes noch so nichtige Detail auf dem Schirm habt und alles für den Zugriff vorbereitet!«

Damit stürmte sie aus dem Raum, um draußen zu telefonieren. Und sich die erste Zigarette seit langem anzuzünden. Dieses Herumsitzen war nicht gut für ihre Nerven.

Als Helga eine halbe Stunde später wieder das Büro betrat, sah sie deutlich zufriedener aus. »Der Durchsuchungsbeschluss und die Haftbefehle sind jetzt endlich da. Lasst uns so schnell wie möglich Verstärkung organisieren und dann geht es los.«

»Hab ich vorsorglich schon gemacht, die Kollegen sind bereit für die Durchsuchung«, sagte Haugg und deutete mit der Hand in Richtung der Polizeidienststelle nebenan.

»Helga, es tut mir leid, dass ich ...«, setzte Meizi an

»Dafür haben wir jetzt keine Zeit. Wir müssen los.«

Flucht

Sie fuhren mit Blaulicht als kleine Kolonne zum Firmengelände. Helga war angespannt beim Gedanken daran, wie sich die bewaffneten Wachleute am Eingang wohl verhalten würden. Sie erinnerte sich an das Verhör mit dem Wachmann, welch eindeutigen Gehorsam Nadine Miller erwartete. Die Situation durfte nicht eskalieren. Weder wollte sie ihre Leute gefährden noch hinterher erklären müssen, was da passiert war. Das wäre das sichere Ende der Ermittlungsgruppe. Das Ende ihrer Karriere.

Die beiden bulligen Wachmänner, die sie in Empfang nahmen, blickten zwar zunächst mit finsterer Skepsis auf die Wagen, verhielten sich dann allerdings erstaunlich kooperativ. Der Durchsuchungsbeschluss war vor der Abfahrt, wie mit der Richterin besprochen, noch per Fax eingetroffen. Nun gab ihn die Kommissarin weiter und erklärte knapp, wer sie waren und warum sie aufkreuzten. Ein älterer Wachmann mit einem schwungvoll gezwirbelten Schnurrbart sah ihn angemessen gründlich durch und ließ dann ohne jeden Widerstand die drei Polizeiwagen und Meizis Auto mit dem aufgesetzten Blaulicht auf das Firmengelände.

Helgas Team versammelte sich mit den zusätzlich eingesetzten Kollegen vor den abgestellten Autos. Helga fasste ein letztes Mal den Plan zusammen, um alle darauf einzuschwören und sich damit selbst zu beruhigen: »Sobald wir drin sind, beginnt ihr mit der Durchsuchung, systematisch und in Ruhe, wie wir es eben besprochen haben. Fordert alle Mitarbeiter dazu auf, nicht mehr an ihren Computern weiterzuarbeiten. Wir stellen nach und nach alles an Technik sicher, was wir bekommen können. Die Herren Messleitner, Haugg und ich versuchen, die Zielpersonen zu finden. Viel Erfolg!«

Um zu verdeutlichen, dass mit Messleitner Meizi gemeint war, hatte Helga extra bei jedem Namen auf die betreffende Person gezeigt. Sein Spitzname verwirrte hin und wieder die Leute. Helga drehte sich um und marschierte jetzt selbstbewusst los in Richtung des Firmengebäudes. Durch die Tür konnte sie erkennen, dass heute wieder Fabio Laurito am Empfang seiner Arbeit nachging, der ihr Gefolge jetzt mit großen Augen und seinem wie immer enormen Lächeln erwartete.

»Wir haben einen Durchsuchungsbeschluss für das gesamte Gebäude und zusätzlich noch Haftbefehle für Nadine Miller und Thomas Koch. Wissen Sie, wo die beiden sich aufhalten?«

Hinter ihr waren die Kollegen für den Moment zum Stillstand gekommen.

»Ich ... also ...« Fabio blickte von einem zum anderen, sichtlich bemüht, sein Lächeln nicht vollkommen zu verlieren. »Ich versuche mal, die beiden zu erreichen. Er wählte eine Nummer und wartete dann einige Male das Klingeln ab, das durch den Hörer an seinem Ohr bis zu Helga drang. Niemand ging ran. Dann blickte er entschuldigend zu Helga, legte auf und tippte eine weitere Durchwahl. Auch hier passierte nichts weiter. Die zwei waren offenbar ausgeflogen.

»Es tut mir wirklich leid, beide scheinen nicht am Platz zu sein. Sie können gerne warten und ich bemühe mich, sie zu erreichen.«

Helga runzelte die Stirn. »Jetzt ist nicht der Moment, um zu warten«, entgegnete sie dem Rezeptionisten. Dann fügte sie, an ihre Kollegen gewandt, hinzu: »Legt schon mal los. Ordentlich und akribisch bitte schön. Wir wollen nichts übersehen. Festplatten, USB-Sticks, CDs und Computer sind neben allen Unterlagen, die zu finden sind, die wesentlichen Zielobjekte. Meizi, Haugg, ihr kommt mit mir!«

Sie wusste dieses Mal ja bereits, wo sich das Treppenhaus befand. Sie eilten direkt in den zweiten Stock. Während Helga mit schnellen Schritten Kochs Büro ansteuerte, bedeutete sie ihren Kollegen, ihr zu folgen. Sie öffnete schwer atmend die Tür. Das Büro war nicht abgeschlossen, aber es befand sich niemand darin.

»Seine Computer sind verschwunden«, sagte Helga.

»Und er auch«, fügte Haugg das Offensichtliche hinzu.

»In Ordnung, dann ändern wir den Plan. Ihr geht hier die Büros durch und seht nach, ob ihr Koch oder Miller findet. Wenn ja, ruft mich augenblicklich an. Haugg links, Meizi rechts. Sagt allen, die hier arbeiten, dass sie die Computer herunterfahren und dann Abstand davon halten sollen. Wir nehmen das jetzt alles mit. Ich habe vorhin schon ein Team von Technikern angefordert, die die Unterlagen und auch die Computer in den nächsten Tagen auseinandernehmen. Aber wir müssen unbedingt die Köpfe der ganzen Unternehmung schnappen, wenn sie uns nicht schon durch die Lappen gegangen sind. Ich hoffe, sie haben sich ihrer Sache sicher genug gefühlt, um nicht einfach Hals über Kopf aufzubrechen, sonst haben wir kaum eine Chance.«

»Wenn wir die Büros hier durchgehen, was machst dann du?«, fragte Haugg aufmerksam.

Helga freute sich, dass er jetzt offenbar wieder mit ihr an einem Strang zog. Sie sagte: »Ich mache mich auf den Weg in den ersten Stock.«

Die Kriminalhauptkommissarin nickte den beiden zu und lief, so eilig es ihre schlechte Fitness erlaubte, an den Büros vorbei. Sie spürte schon wieder ihre Knie schmerzen. Wo die Tür offen stand, warf sie im Vorbeigehen einen Blick hinein. Eine der Wände erregte für einen winzigen Augenblick ihre Aufmerksamkeit, aber sie hatte keine Zeit, stehenzubleiben und zu grübeln, was ihr aufgefallen war.

Sie rief im Vorbeigehen nur immer wieder Sätze wie »Polizei, bitte alle die Arbeit einstellen!« in die offenen Büros. Es blieb ihr keine Zeit, mehr zu erklären. Sie sah die schockierten und empörten Blicke, hörte vereinzelte Rufe, doch sie ignorierte sie. Außerdem kamen ja Meizi und Haugg hinterdrein und konnten kontrollieren, ob Helgas Anweisungen befolgt wurden.

Wahrscheinlich waren Koch und Miller ohnehin schon fort, aber sie wollte keine Chance vergeben. Die beiden konnten zwar in keinen Flieger steigen, ohne festgenommen zu werden, doch von Berchtesgaden aus waren die Landesgrenzen nur einen Katzensprung entfernt. Und wenn sie es ins Ausland schafften, würde es für die Ermittler deutlich schwerer werden, sie wiederzufinden, wenn sie nicht gefunden werden wollten.

Ein Stockwerk tiefer näherte sie sich endlich der Tür von Nadine Millers Büro. Diese war geschlossen. Helga glaubte, Geräusche dahinter zu hören. Sie trat beherzt in Erwartung einer möglichen Auseinandersetzung ein und sah sich einem unwirklichen Anblick gegenüber.

Koch lag am Boden. Seine Hände waren mit weißen Kabelbindern hinter dem Rücken zusammengebunden. Ganz offensichtlich bemühte er sich dennoch nach Kräften, sich loszureißen. Annalena Gonzales stand mitten im Raum und mühte sich, eine wütend um sich schlagende Nadine Miller festzuhalten, die offenbar bedeutend kräftiger oder geübter in Kampfsport war, als sie aussah. Als Helga eintrat, hielten alle drei für einen kurzen Moment in ihren Bewegungen inne.

»Frau Miller, Herr Koch, ich habe Haftbefehle gegen Sie. Es besteht bei Ihnen beiden der dringende Tatverdacht auf Betrug, Erpressung und mehrfache Tötungsdelikte. Ich muss Sie darum bitten, ohne Widerstand mitzukommen und bei den Befragungen zu kooperieren. Frau Miller, ich werde Ihnen jetzt Handschellen anlegen.«

Helga sprach in einem ernsten, deutlichen Befehlston, den sie nur selten zustandebrachte, und spürte ein wenig Stolz.

Nadine Miller sah Helga feindselig an, während das Gerangel mit Annalena wieder stärker wurde. »Und wer ist diese Frau hier? Ihre Handlangerin, oder was?«

»Sie ist nicht meine Handlangerin, und auch nicht von mir beauftragt. Sie hat sicherlich ihre eigenen Gründe, hier zu sein«, entgegnete Helga.

»Die beiden wollten sich vorhin aus dem Staub machen«, sagte Annalena jetzt keuchend. Sie hatte es nun doch noch geschafft, Nadine Miller den Arm auf den Rücken zu drehen. »Leider ist diese Frau hier besser darin, einen Kabelbinder aufzubekommen, als ich gedacht hätte. Hat sich heimlich ihren Brieföffner vom Schreibtisch geschnappt und es irgendwie geschafft, das Ding aufzuhebeln.«

Helga ging mit langsamen Schritten auf Frau Miller zu und wiederholte in ruhigem Ton: »Ich werde Ihnen jetzt Handschellen anlegen. Hören Sie auf, sich zu wehren, das macht die Situation nur schlimmer. Wenn Sie kooperieren und uns freiwillig erzählen, was Sie wissen und was hier in der Firma passiert ist, kann das vor Gericht positiv bewertet werden, dafür sorge ich.«

Nadine Miller blickte sie einen langen Moment an, in dem Helga wie ein Blitz der Gedanke kam, dass sie besser ihre Dienstwaffe hätte ziehen sollen. Dann nickte die Frau aber nur und sagte: »In Ordnung, ich werde mich nicht gegen die Handschellen wehren.« Ihr Blick war keinen Deut freundlicher, aber sie beendete zu Helgas Überraschung augenblicklich ihren Widerstand.

Helga nickte Annalena zu und diese ließ die Frau los, blieb aber mit den Händen nah bei ihr, um jederzeit erneut zupacken zu können. Nadine Miller ließ sich widerstandslos die Handschellen anlegen.

»Nehmen Sie dort auf Ihrem Stuhl Platz, mit genügend Abstand zu Ihrem Schreibtisch«, kommandierte Helga.

Dann ging sie zu Thomas Koch und zog ihn hoch in eine sitzende Position.

»Vielleicht war es naiv von mir, Ihre Handschrift nicht zu überprüfen. Mein Bauchgefühl hat mir gesagt, dass Sie nicht unser Täter sind.«

Koch warf einen demonstrativen Blick auf Helgas voluminösen Bauch, bevor er ihr ins Gesicht schaute, ohne etwas zu sagen.

»Ich rufe jetzt meine Kollegen an, dann werde ich Ihnen diese ... Fesseln entfernen und Sie bitten, mir eine kleine Schriftprobe zu geben.«

»Ich werde mich dann mal wieder verabschieden«, sagte Annalena. Helga verstand, dass sie nicht von den anderen Kollegen der Kripo gesehen und erkannt werden wollte. Helga selbst hatte Skrupel, vor Koch und Miller allzu offen zu reden. Also nickte sie nur und formte stumm mit den Lippen das Wort »Danke« so, dass es Miller und Koch nicht sehen konnten. Annalena reagierte nicht weiter darauf und verschwand durch die Tür in den Flur. Helga rief Meizi an. Er und Haugg hatten nur noch wenige Büros vor sich und versprachen, so schnell wie möglich zu ihnen zu kommen.

Helga vergewisserte sich, dass Nadine Miller noch an ihrem Platz saß.

»Sind Sie bereit, mit uns zu reden, Herr Koch? Sie wissen, dass Ihre Firma vor dem Abgrund steht. Was ist schiefgelaufen mit Ben Gonzales? Warum musste er sterben?«

Koch sah sie ausdruckslos an.

»Ich habe keine Ahnung, wovon Sie reden«, sagte er dann. »Ich bin wegen all dem, was hier passiert, offen gesagt völlig fassungslos und hoffe, Sie werden mir augenblicklich erklären, warum Sie hier gerade den Ruf meines Unternehmens ruinieren. Die Polizeiautos vor der Tür werden sicher hohe Wellen schlagen. Und ich kann Ihnen versprechen, ich habe gute Kontakte.«

»Da mache ich mir keine Sorgen. Die Zeit Ihrer guten Kontakte ist vorbei, Herr Koch«, entgegnete Helga ruhig. Sie legte Zettel und Stift, die sie sich von Nadine Millers Schreibtisch genommen hatte, vor ihn hin. »Ihr Alibi mit dem Vortrag in München ist geplatzt, wir wissen, dass Sie nicht vor Ort waren. Sie können überall gewesen sein. Auch am Tatort. Ich werde Ihnen jetzt diese sicher eher unangenehmen Fesseln abnehmen und Sie schreiben bitte das Wort *Rache* für mich auf das Papier. Haben Sie mich verstanden?«

Koch nickte langsam.

Helga zog ihre Pistole hervor. Dann nahm sie eine Schere von Millers Schreibtisch und durchschnitt hinter Kochs Rücken die Kabelbinder, während sie ohne Unterbrechung auf ihn zielte. Das war riskant, aber Helga ging das Risiko ein und konzentrierte sich, mit ihrer Waffe im Anschlag, darauf, ihn nicht aus den Augen zu lassen. Er nahm die Hände nach vorn und rieb sich die roten Striemen an den Handgelenken mit langsamen Bewegungen. Sie legte die Schere sorgsam außerhalb seiner Reichweite ab.

»Nun kommen Sie schon«, drängte Helga. »Schreiben Sie.«

»Es gibt keinerlei Beweise, dass ich irgendetwas Falsches getan habe. Das hier ist alles eine Farce und ich weiß nicht, was Sie damit für ein Ziel verfolgen«, sagte Koch leise, aber bestimmt. »Solange ich jetzt nicht in Tränen ausbreche und Ihnen sage, was Sie hören wollen, haben Sie keine Chance, mich für die Morde ins Gefängnis zu bringen, deretwegen Sie mit ihrem lächerlichen Aufgebot an Kollegen meine Firma durchsuchen lassen. Ich habe nichts getan, und Sie werden mir auch nichts nachweisen können.«

Helga bemühte sich ebenfalls darum, leise zu bleiben und sogar trotz ihres Befehlstons freundlich zu klingen. »Das ist ja alles schön und gut und es mag sogar sein, dass es ein langer und mühsamer Indizienprozess wird. Aber gegen Sie und Frau Miller gibt es genug Verdachtsmomente, um Sie gründlich zu befragen und alle wesentlichen Unterlagen Ihres Unternehmens anzuschauen. Hier laufen massive kriminelle Machenschaften und wir werden aufklären, wer dafür verantwortlich ist, das verspreche ich Ihnen. Sie verlassen die Zelle hundertprozentig nicht, bis wir vollkommen sicher sind, welche Rolle Sie in dieser Sache spielen. Und jetzt schreiben Sie.«

Er nahm den Stift zur Hand und betrachtete ihn gründlich. Ungewöhnlich gründlich. Wollte er Zeit schinden? Wartete er auf etwas? Oder genoss er nur im Stillen die Möglichkeit, die Polizei zu ärgern? Sie sah sich um, konnte jedoch nichts Verdächtiges erkennen. Nadine Miller saß nach wie vor ruhig und in Handschellen an ihrem Platz, beobachtete aber ganz konzentriert alles, was geschah.

»Was war nochmal das Wort, das ich schreiben sollte?«, fragte Koch in gleichmütigem Ton.

Es ging also offenbar doch darum, ihr auf die Nerven zu gehen. Darauf durfte sie keinesfalls eingehen.

»Sie sollen das Wort *Rache* schreiben, Herr Koch. Die Vergeltung, wenn man sich ungerecht behandelt fühlt«, antwortete sie. Ihre Stimme war geduldig wie die einer Grundschullehrerin und nicht eine Spur genervt. Sie ließ sich nicht provozieren.

Er setzte jetzt tatsächlich den Stift an, hielt einen Moment inne, als müsse er überlegen. Helga spürte ihre Aufregung, als er zu schreiben begann. Doch als er die Hand wegzog, sah die Schrift gleichmäßig schmal und nicht im Geringsten aus wie auf der Karte. Helga spürte ein Gefühl der Enttäuschung in sich aufsteigen.

»Er hat die Karte nicht geschrieben, das war eine Sekretärin, die nicht wusste, was sie tat. Aber Thomas war der Kopf hinter der ganzen Aktion«, rief in dem Moment Frau Miller von ihrem Sitzplatz aus. »Er hat das alles von Anfang an genau geplant und alle mussten mitspielen.«

Helga drehte sich zu ihr um. Der feindselige Blick war Verzweiflung gewichen.

»Was meinen Sie damit? Und wieso mussten Sie? Wurden Sie auch erpresst?«

Helga stand ein Stück hinter dem Bürostuhl, auf dem Koch saß. Sie blickte hinüber zu Nadine Miller und nahm nur im Augenwinkel eine ruckartige Bewegung vor sich wahr. Dann kam der Stuhl samt Koch darin auch schon auf sie zugeschossen und traf sie hart. Der Aufprall ließ Schmerzen am Bauch und an den Knien förmlich explodieren und presste die Luft aus ihr heraus. Koch hatte sich mit erstaunlicher Kraft vom Tisch abgestoßen, als sie kurz abgelenkt gewesen war. Jetzt sprang Koch auf und rammte ihr mit Gewalt seinen Ellenbogen ins Gesicht. Die Handschellen schränkten seine Bewegungsfreiheit ein, seine Entschlossenheit glich das leider aus.

Helga spürte augenblicklich, wie warmes Blut aus ihrer Nase tropfte. Die Kommissarin fiel hintüber, umklammerte aber noch ihre Waffe mit festem Griff und hielt sie außerhalb von Kochs Reichweite, um eine Kurzschlussreaktion von ihm auszuschließen. Koch machte sich nicht die Mühe, danach zu greifen. Helga konnte hören, wie er losrannte, aus dem Büro in den Flur.

Helga wollte sich sofort aufsetzen, aber sie schaffte es nicht. Von dem Treffer mit dem Ellenbogen sah sie noch ganz verschwommen und die Schmerzen, die der Stuhl verursacht hatte, machten es nicht besser. Sie hatte keine Chance, hinterherzurennen, zumindest für den Augenblick. Wertvolle Sekunden verstrichen. Sie nahm ihr Handy, rief Meizi an und erzählte ihm in kurzen Worten, was passiert war. Es dauerte einen Moment, bis er ihre Gedankensprünge nachvollziehen konnte, aber dann hatte er verstanden. Er versprach ihr, sich augenblicklich auf den Weg zu machen. Nach zwei weiteren Minuten konnte sie sich immerhin aufsetzen. Das Nasenbluten war nicht stark, hörte aber einfach nicht auf. Zahlreiche Blutflecken zierten jetzt ihr T-Shirt.

»Sie sind ja noch da«, sagte sie völlig verdutzt, als sich der Nebel in ihrem Kopf weiter lichtete. Nadine Miller saß ungerührt auf ihrem Stuhl und blickte sie an.

»Natürlich, ich habe Ihnen doch schon gesagt, dass ich voll kooperieren werde.«

Patt

Annalena war auf dem besten Weg, das Gebäude unbemerkt zu verlassen, als das Geschrei anfing. Thomas Koch kam die Treppe heruntergerannt. Wieso zur Hölle war der Typ denn wieder frei?

»Fabio, die Bullen wissen Bescheid«, rief er dem Rezeptionisten schwer atmend zu. Fabio nickte und ging in die Knie, um etwas am Empfangstresen aus einer Schublade zu ziehen. Koch und er wechselten zwei Sätze, die Annalena nicht verstehen konnte. Sie hielt sich im Foyer hinter einer Säule versteckt. Jetzt kamen Helgas Kollegen mit gezogenen Waffen und lautem Gepolter die Treppe herunter. Koch hatte offenbar nicht damit gerechnet, so schnell verfolgt zu werden. Wo war die Kommissarin nur?

»Koch, ergeben Sie sich. Sie haben keine Chance zu entkommen«, rief dieser Haugg jetzt. Die Waffen der Männer waren erhoben und zielten in Richtung des Angesprochenen.

In diesem Moment stand der Rezeptionist, auf streckte in einer routiniert wirkenden Bewegung beide Arme vor sich aus und hielt seinerseits zwei Pistolen in den Händen.

»Das mit der Chance sieht für mich nicht so schlecht aus, wie Sie denken«, rief Koch ölig durch die Eingangshalle, bückte sich und holte aus der Schublade eine weitere Pistole.

Die beiden Beamten warfen sich einen Blick zu. Sie waren offenbar unsicher, wie sie sich verhalten sollten.

»Nehmen Sie die Waffe runter, Koch. Bevor es hier ein Blutvergießen gibt«, sagte Meizi, der Annalena erst vor ein paar Tagen durch den halben Ort gejagt hatte, sie nun aber so wenig wie alle anderen hinter ihrer Säule bemerkte.

»Solange es nicht unser Blut ist, stört mich das gar nicht«, entgegnete Fabio und blickte Beifall heischend zu seinem Chef. Die Momente dehnten sich ins Endlose.

Es waren Schritte auf der Treppe zu hören und die Kommissarin kam blutverschmiert in Sichtweite. Sie führte Nadine Miller am Arm. Meizi drehte sich um und Annalena sah, wie entsetzt er über die Blutflecken war.

»Ist bei dir alles in Ordnung?«, fragte er.

»Ja, schau lieber nach vorn«, zischte Helga ihm zu. An Koch und den Rezeptionisten gerichtet, rief sie: »Sie scheinen mir in einer Patt-Situation gefangen zu sein.«

»Ich könnte versuchen zu vermitteln«, flüsterte Nadine Miller. »Ich kenne die beiden schon lange.«

»Das würde Sie unnötig in Gefahr bringen. Wir werden eine andere Lösung finden«, entgegnete Helga nachdenklich.

»Keine Sorge, ich kann schon auf mich aufpassen. Aber so ließe sich Schlimmeres verhindern, da bin ich sicher.«

Helga schüttelte den Kopf.

Nadine Miller, die bis hierher ganz ruhig, geradzu lammfromm neben Helga hergegangen war und jetzt neben ihr stand, riss plötzlich ihren Arm los und rammte mit der Schulter die Kommissarin zur Seite. Helga Herbertsen verlor das Gleichgewicht und fiel den Polizeibeamten, die vor ihr standen, direkt ins Kreuz. Die kamen zwar aus dem Tritt, waren aber geistesgegenwärtig genug, nicht aus Versehen zu feuern. Nadine Miller sprang mit großen Sätzen an die Seite ihrer beiden Kollegen.

Während des ganzen Trubels glitt Annalena ein Stück weiter nach vorn, näher an das kriminelle Trio heran. Sie suchte erneut Deckung hinter einer Säule.

Sie hörte, wie Nadine Miller sagte: »Fabio, hilf mir mal. Thomas, ziel weiter auf die Idioten.«

Fabio legte die beiden Pistolen ab und kramte in den Schubladen. Annalena konnte nicht genau erkennen, was er tat, aber offenbar fand er zielsicher ein Werkzeug. Schon nach einer halben Minute waren die Handschellen entfernt.

»Sobald ein Schuss fällt, sind unsere Kollegen, die gerade Ihre Büros durchsuchen, bei uns. Sie haben keine Möglichkeit, hier rauszukommen«, sagte Helga.

»Unsere Wachleute kommen genauso schnell«, sagte Nadine Miller abschätzig und griff sich mit links eine von Fabios Waffen.

Die Situation war brenzlig. Die Körpersprache aller Beteiligten ließ Annalena vermuten, dass sie bereit waren zu schießen, aber wie konnte die Situation aufgelöst werden, ohne dass es ein riesiges Blutbad gab? Das schien auch Fabio durch den Kopf zu gehen. »Schmier, hast du einen Plan?«, fragte er bemüht leise in Nadine Millers Richtung, aber laut genug, dass sowohl Annalena als auch die Kripobeamten es verstanden.

Also haben sie die Namen falsch interpretiert, dachte Annalena. Aber es wurde doch immer von »der Lux« gesprochen in Bens Notizen. War mit diesen Worten dennoch Koch gemeint?

In diesem Augenblick wisperte Helga einen leisen Satz zu ihren Kollegen. Ihr war offenbar etwas aufgefallen, das Annalena nicht verstand.

»Halt die Klappe, Fabio«, antwortete Nadine Miller, der die Veränderung in Helgas Verhalten nicht entgangen war. Dann rief sie in Helgas Richtung: »Jetzt weiß ich auch, wer die Frau oben war, die uns festgehalten hat. Das war Bens Schwester, richtig?«

»Warum mussten er und die anderen sterben?«, rief Helga zurück.

Nadine Miller nahm das offenbar als Bestätigung. Sie wisperte den beiden Männern etwas zu und machte einen langsamen Schritt rückwärts. Die anderen beiden setzten sich ebenfalls in Bewegung.

»Wir wussten, dass wir hintergangen werden, aber nicht, welches unserer Teams dafür verantwortlich ist.«

»Lassen Sie mich raten: Deshalb wurden Karten mit dem Wort *Rache* verteilt?«

»Ganz genau. Wir mussten ja schließlich sehen, wer von denen nervös wird. Kalt gelassen hat das niemanden, aber das Team von Ben Gonzales ist ausgeflippt. Flüge wurden gebucht, alte Kontakte zum Untertauchen aufgewärmt und Geld abgehoben – und wir konnten mit unseren Systemen bei all diesen Dingen zusehen. Ich hielt es nicht für möglich, dass jemand einen Bezug zwischen diesen blöden Karten mit einer völlig unbekannten Handschrift und unserem Unternehmen herstellt. Meinen Glückwunsch dazu! Aber sie hatten in ihrer analogen Direktheit mehr Wirkung auf die Teams, als alles Digitale es gehabt hätte. Ach, ich könnte Ihnen da Dinge erzählen …«

Helga durfte sich nicht einwickeln lassen. Nadine Miller nutzte die Informationshäppchen, um von ihrem eigentlichen Vorhaben abzulenken. Ganz offensichtlich arbeitete sie sich langsam in Richtung der schützenden Rezeption vor und wartete vermutlich nur auf einen unkonzentrierten Moment des Teams oder sie versuchte gar, einen solchen hervorzurufen. Dann wäre es ein leichtes Spiel, die Kommissarin und ihre Kollegen auszuschalten und zu entkommen. Helga sah um sich herum nichts, was ihr und ihren Leuten Schutz bieten konnte. Um in Deckung zu gehen, müssten sie sich ein ganzes Stück zurückziehen. Dann wären Koch, Miller und Fabio aber sofort raus aus dem Haupteingang und weg.

»Und wie wurden Sie hintergangen?«

Nadine Miller lachte laut und künstlich. »Sie denken bestimmt, er habe etwas ganz Heroisches vorgehabt – dass der gute Ben nur das Beste für die Gesellschaft wollte oder etwas in der Art. Aber nein, er wollte uns abziehen und unsere Geschäfte übernehmen. Die Frage war nur, wer zuerst handelt.«

»Sie hätten die Bundesregierung um Millionen erpressen können, wenn die Ihre Software eingesetzt hätte.«

»Ach was, Sie denken viel zu klein«, antwortete Nadine Miller mit einem bösen Lachen und war schon fast am Ziel angelangt. Annalena musste handeln. Sobald die Frau außerhalb der Schussbahn war, hatten die Ermittler ihre Möglichkeit vertan.

Die Kommissarin war ihr recht sympathisch geworden in den letzten Tagen. Dazu kam ein weiteres Problem. Wenn es gleich einen Kugelhagel geben würde, hatte Annalena auch keine Hoffnung, unverletzt zu entkommen. Koch war von Annalena am wenigsten weit entfernt. Und doch würde sie ein Stück sprinten müssen. Sie machte sich bereit.

»Außerdem werden wir die Software durchaus einsetzen. Wir haben gute Kontakte und die Software ist ganz hervorragend und noch dazu günstig zu haben. Die eigene Identität zu ändern, ist letztlich ein Kinderspiel. Alle Daten, die digital über uns irgendwo stehen, können wir auch verändern. Wir gründen einfach irgendwo eine neue Firma und Sie werden das nicht verhindern können. Glauben Sie mir, es gibt so viele Ministerien und große Firmen, die um ihre Sicherheit besorgt sind. Viel mehr Ziele, als Sie im Auge behalten können. Fabio, Tom, jetzt!«

Annalena rannte schon während der letzten Worte los. In dem Augenblick, in dem sich das kriminelle Trio vollkommen hinter die Rezeption zurückzog, eröffnete Fabio das Feuer auf die Ermittler: Ein Schuss fiel. Zwei Schüsse. Zeitgleich schlug Annalena Koch nieder, der sich hinter die Rezeption gekniet hatte. Er fiel bewusstlos zu Boden und schlug hart auf. Fabio und Nadine Miller drehten sich zu ihr um. Einer der Kripobeamten schrie laut auf. Es klang qualvoll. Nadine Miller riss ihre Waffe nach oben und schoss aus nächster Nähe auf Annalena. Sie hatte im Eifer des Gefechts nicht allzu genau gezielt, doch ein starker Schmerz brannte augenblicklich an Annalenas Rippenbogen. Sie spürte, wie sie zu bluten begann, und ging für einen Augenblick in die Knie. Fabio trat ihr brutal gegen die Schulter. Annalena versuchte zurückzuschlagen, verfehlte ihn aber. Annalena sah im Augenwinkel, dass Helga Herbertsen und einer ihrer Kollegen die Gelegenheit nutzten, um sich der Rezeption zu nähern. Der andere Kollege lag halb hinter einer der Säulen. Nadine Miller entschied sich offenbar dagegen, weiter auf Annalena zu feuern, und nutzte den Moment der allgemeinen Verwirrung, um nach draußen zu rennen. Annalena raffte sich auf und spurtete ebenfalls los. Hinter sich hörte sie noch weitere Schüsse. Sie vermutete, dass Fabio erneut auf die Polizei feuerte.

Miller rannte mit gezogener Waffe auf die Wachleute zu. »Steht doch nicht so dumm rum. Schießt, verdammt nochmal« brüllte sie.

Ein Wachmann mit gezwirbeltem Bart stand neben der Schranke und hielt demonstrativ die Hände von seiner Waffe weg.

»Wir wollen keinen Ärger mit der Polizei haben. Unser Job ist es, Eindringlinge fernzuhalten.«

Nadine Miller warf einen Blick zurück und musste bemerken, dass Annalena trotz ihrer Verletzung aufholte. Glücklicherweise fiel unter den Zivilklamotten der Kriminalpolizei Annalena nicht aus dem Rahmen. Sie hätte sich in ihrem ganzen Leben nicht vorstellen können, dass sie je froh sein würde, mit der Polizei verwechselt zu werden. Nadine Miller entschied sich offenbar, nicht durch die Haupteinfahrt zu rennen. Sie schlug urplötzlich einen Haken und bog auf dem Gelände zur Seite ab, am Firmengebäude entlang. Der nur noch geringe Vorsprung, den Nadine Miller hatte, erlaubte es ihr auch nicht mehr, anzuhalten und zu schießen.

Augenblicklich hatte Annalena eine Ahnung, was sie plante. Sie wollte durch die versteckte Tür entkommen, die Annalena selbst vor wenigen Stunden genutzt hatte, um das Gelände zu betreten – dieses Mal ausgerüstet mit dem richtigen Werkzeug. Das Rennen ließ die Wunde in ihrer Brust mehr und mehr pochen. Annalena konnte nicht einschätzen, wie viel Blut sie schon verloren hatte. Jetzt waren sie in ihrem Wettrennen hinter das Firmengebäude gelangt und näherten sich der Tür, die zum Keller führte. Von da aus war der unterirdische Gang schnell zu erreichen. Wenn Nadine Miller den erreichte und es schaffte, die massive Metalltür vor ihr zu verschließen oder zu verbarrikadieren, hatte Annalena keine Chance, sie einzuholen. Über den Zaun konnte sie in ihrem Zustand auch nicht klettern.

Plötzlich wurde Annalena mitten im Rennen schwindlig. Sie stöhnte auf und sackte in sich zusammen.

Nadine Miller blieb stehen und schaute interessiert zurück. Sie hielt ihren Blick einen Augenblick auf Annalena gerichtet, dann kam sie näher und stellte sich, noch immer von der Anstrengung keuchend, vor sie hin. Annalena lag verschwitzt und blutend am Boden und konnte spüren, dass ihr jede Farbe aus dem Gesicht gewichen war. Sie sah mit Mühe zu Miller auf.

»Du bist wohl genauso wenig unsterblich wie dein beschissener Bruder. Es wird niemand beweisen können, dass ich ihn umgebracht habe. Und die Leute, die mit mir dort waren, werden nicht zu finden sein. So gute Leute erwischt keiner. Anders als dich.« Sie sah verächtlich auf Annalena herab. »Ich habe Ben beim Sterben zugesehen. Unter uns gesagt: Es war mir eine Freude. Und genauso wird es mir ein Vergnügen sein, jetzt dein Leben auszuknipsen.«

Nadine Miller richtete die Waffe auf Annalena, deren Kraftreserven völlig am Ende waren. Dann soll es wohl so sein, dachte sie und schloss die Augen. Sie versuchte, sich wie beim Meditieren in ihre Gedanken zurückzuziehen, auf ihren Atem zu konzentrieren und ihr Empfinden abzuschalten.

Der Knall des Schusses war ohrenbetäubend.

Annalena blieb einfach am Boden liegen, ohne jede Regung. Nach einigen Sekunden fiel ihr auf, dass ihre Schmerzen nicht schlimmer geworden waren. Etwas stimmte nicht. Sie blinzelte, blickte sich um. Nadine Miller lag bewusstlos in einer Blutlache neben ihr. Aber wer hatte geschossen? Annalena schaute hin und her. Dann sah sie, dass hinter dem Maschendrahtzaun, der das Firmengelände von der Straße abtrennte, jemand stand. Wer konnte das nur sein? Annalena erkannte Tanja Lansch, die sie ausdruckslos anblickte und eine kleine graue Pistole in ihrer Handtasche verräumte. Sah Annalena jetzt ein kleines Lächeln auf den Lippen der Frau?

»Wir haben über die abgehörten Autos der Kommissarin mitbekommen, was hier vor sich ging. Jetzt sollten wir quitt sein. Mach dich aus dem Staub«, rief sie Annalena zu. Dann deutete sie mit einer Geste an, ihren nicht vorhandenen Hut zu ziehen, drehte sich um und machte sich selber aus dem Staub. Annalena sackte erneut kraftlos zusammen.

Tattoo

Im Foyer kamen endlich die Polizisten, die mit der Durchsuchung beschäftigt gewesen waren, angerannt. Die Schüsse hatten sie alarmiert. Koch lag vollkommen reglos am Boden, der Schlag von Annalena Gonzales wirkte noch nach.

Fabio zielte mit seiner Waffe von einem zum anderen. Ihm schien zu dämmern, dass er keinesfalls in so viele Richtungen gleichzeitig schießen konnte. Sein finsterer Gesichtsausdruck wich Unsicherheit. Angesichts der Übermacht an Polizeibeamten, die jetzt ihre Dienstwaffen zur Hand nahmen, und der wütenden Entschlossenheit, die ihm von Helga und Meizi entgegenschlug, hob Fabio Laurito die Hände.

»Ich ergebe mich. Bitte nicht schießen.«

»Legen Sie die Waffe auf den Boden und treten Sie zurück«, sagte einer der Polizisten. Er hatte einen schmalen Kinnbart und wirkte sehr muskulös. Fabio wurden Handschellen angelegt, Thomas Koch ebenso.

»Führen Sie die beiden ab und bringen Sie sie zur PI«, befahl Helga. »Wir werden sie später in Ruhe verhören.«

Sobald klar war, dass von der Rezeption keine Gefahr mehr ausging, rannte Meizi zurück zu Haugg, der sich sein Bein hielt.

»So eine Scheiße. Wie schaut es bei dir aus?«, fragte er. Seine Hände zitterten.

»Hatte schon schönere Momente, aber es lässt sich aushalten«, antwortete Haugg, das Gesicht allerdings von Schmerzen verzerrt. »Glatter Durchschuss, würde ich sagen. Ich kann nicht aufstehen. Ihr müsst euch jetzt nicht um mich kümmern, macht euch auf die Socken.«

Helga ging zu dem Kollegen mit dem Kinnbart und ordnete an: »Es darf keiner der Angestellten das Gebäude verlassen. Wir machen uns auf die Suche nach einer weiteren Zielperson. Rufen Sie so schnell wie möglich einen Rettungswagen.«

Der angesprochene Uniformierte nickte und wandte sich ab, um seine Anweisungen zu geben.

Helga und Meizi rannten nach draußen. Der Wachmann mit dem Schnurrbart, der beim Einlass ihre Papiere kontrolliert hatte, schien mit seinen Kollegen schon auf sie zu warten. Er deutete nach rechts.

»Die beiden Frauen haben das Gelände nicht verlassen, sondern sind innen am Zaun entlang gerannt.«

Sie eilten um das Haus herum.

»Ich hoffe, der hat uns nicht verarscht, sonst verlieren wir wertvolle Zeit«, keuchte Helga.

»Wir müssen beide festnehmen, Miller und Gonzales. Ich verstehe nicht so richtig, was da gerade passiert ist«, sagte Meizi.

»Du wirst es schon noch verstehen. Mir ist es wichtiger, dass wir Nadine Miller erwischen.«

Meizi sah sie schief an. »Gibt es da etwas, das du mir erzählen möchtest zu dem Thema?« Sie waren jetzt in einen leichten Trab übergegangen.

Helga hatte Mühe, ihre Atmung zu kontrollieren. »Nicht hier und nicht heute. Sieh mal, da vorne.«

Nadine Miller lag in ihrem Blut. Für einen Moment hatte Helga Sorge, dass sie tot war. Doch als Meizi sich neben sie kniete und ihren Puls tastete, reckte er seinen Daumen nach oben.

»Ihr Puls ist stabil. Schau mal, sie wacht auf.«

Tatsächlich schlug Nadine Miller die Augen auf und funkelte die beiden hasserfüllt an. Sie presste sich die Hand auf den Bauch.

»Kommen Sie, Frau Miller«, forderte Helga sie auf und half ihr, sich aufzusetzen. »Erholen Sie sich ein paar Minuten, dann bringen wir Sie zu den Kollegen. Sie werden nach dem Krankenhaus eine lange Zeit im Gefängnis verbringen, da bin ich sicher.« Helga kramte in einer Hosentasche und fand einen verknitterten Zettel sowie einen Stift. Dann sagte sie zu Nadine Miller: »Schreiben Sie bitte das Wort *Rache*.«

Nadine Miller sah sie entgeistert an. »Ist das ihr Ernst?«, fragte sie mit schwacher Stimme.

Helga nickte.

Die Frau setzte zu schreiben an.

»Mit der anderen Hand bitte«, unterbrach Helga sie sofort. »Im Foyer ist mir vorhin aufgefallen, dass Sie die Waffe spontan mit der linken Hand genommen haben. Aber so flüssig, wie Sie bei Ihrer Vernehmung mit rechts geschrieben haben, sind Sie vermutlich beidhändig begabt. Ich nehme fast an, niemand erkennt die Schrift, wenn Sie die linke Hand benutzen. Im Job sind Sie ja sehr kontrolliert.«

Ohne eine weitere Reaktion wechselte Nadine Miller die Stifthand und kritzelte das Wort aufs Papier. Es war unverkennbar die richtige Handschrift, da nützte jedes Bemühen, sie zu verstellen, nichts. Helga nickte.

»Laut Rechtsmedizin ist auch unser Täter Linkshänder. Das kann ein Zufall sein, würde mich aber sehr wundern.«

Helga und Meizi halfen ihr gemeinsam auf.

»Ich schaue mich noch nach Annalena Gonzales um«, sagte Meizi. Helga überlegte einen Moment, ob sie intervenieren sollte, aber das würde im Bericht sehr ungünstig wirken. Hoffentlich war Annalena weit genug gekommen. Sie hatte ihnen wahrscheinlich im Foyer bei der Schießerei das Leben gerettet. Helga war so überfordert gewesen, dass sie wieder einmal nicht risikominimierend gehandelt hatte.

Nadine Miller schleppte sich, gestützt von Helga, zum Eingang, wo sie in Handschellen gelegt und abtransportiert wurde. Meizi kam sehr bald mit leeren Händen dazu. Die beiden Ermittler gesellten sich zu Haugg, der jetzt auf einer rollbaren Krankentrage lag und von einer jungen Ärztin untersucht wurde.

»Wir haben Miller erwischt. Annalena Gonzales ist entkommen«, sagte Meizi.

Haugg nickte schweigend und warf Helga einen langen, aufmerksamen Blick zu.

»Was machen die Schmerzen?«, fragte Helga.

Haugg lächelte und sagte: »Besser. Die nette Frau hat mir was gespritzt.«

»Was mir nach wie vor nicht klar ist«, sagte Meizi nach einem aufmunternden Blick zu Haugg, »wenn Schmier der Spitzname von Nadine Miller ist, wer ist dann Lux? Die Beschreibungen klangen in den Notizen nach einer Frau und einer Art Mastermind. Beides deckt sich nicht mit meinem Eindruck von Koch. Ich denke, der ist durchaus clever, aber eher gut im Verkaufen, Organisieren und so Networking-Blödsinn. Für ein Genie halte ich ihn eher nicht. Allein schon, wie plump er uns über den Bürgermeister auf sich aufmerksam gemacht hat, auch wenn das sicher dazu gedacht war, uns auszuhorchen.«

»Wir müssen jetzt los«, sagte die Notärztin.

»Einen Augenblick noch«, bedeutete ihr Haugg mit schmerzverzerrtem Gesicht. »Mir kam vorhin ein Gedanke, der euch vielleicht weiterhilft. Oben in einem der Büros ist ein großer Pinguin an der Wand – ein Wandtattoo oder so ein Schmarrn. Ich habe ja in letzter Zeit viel recherchiert zu Computersystemen und habe da auch mal gelesen, dass der Pinguin recht berühmt ist und Tux heißt. Klingt so ähnlich wie Lux.«

Haugg wurde in einen der mittlerweile bereitstehenden Krankenwagen geschoben.

»Hast du einen Geistesblitz?«, wunderte sich Meizi über die plötzlich strahlende Helga.

»Zumindest eine Ahnung. Ich habe diesen Pinguin vorhin auch gesehen, konnte ihn aber nicht einordnen. Und ich habe ihn bei den Verhören gesehen! Die eine Programmiererin hatte ihn als Tattoo auf dem Handgelenk. Wie hieß die noch?«

»Mara Lisse.«

»Lisse und Tux.«

»Könnte Lux ergeben«, stimmte Meizi ihr zu.

Sie eilten in den zweiten Stock. Helga nahm keine Rücksicht auf ihren Mangel an Fitness. Mara Lisse, schon vom Weitem erkennbar an der roten Kurzhaarfrisur, saß in ihrem Bürostuhl vor dem ausgeschalteten Laptop und zeichnete eine Skyline aus bunten Häusern auf ein Blatt Papier, als Haugg und Meizi eintraten.

»Sie sind Lux?«, fragte Helga geradeheraus.

Die Angesprochene sah einen Moment überrascht aus, dann nickte sie und grinste breit. »So werde ich hin und wieder genannt.«

»Und Sie dachten, Sie können hier ohne Weiteres heute rausspazieren?«

»Zumindest hatte ich bis eben noch ein bisschen Hoffnung. Ich weiß, dass Sie Bens Notizen haben, Ihr Kollege war ja so freundlich, sich dazu auf seinem Computer ein paar Gedanken zu notieren, und jetzt haben Sie vermutlich eins und eins zusammengezählt.«

»Sie stecken also hinter der ganzen Aktion? Sie haben das Team um Ben Gonzales angeworben und geplant, all diese Leute zu erpressen?«, fragte Meizi.

»Ja, das und noch einiges mehr«, erklärte sie freimütig, ohne von ihrer Zeichnung aufzusehen. »Es war ein ziemlich wasserdichter Plan. Statt Schadsoftware einzuschleusen, installiert man sie gleich mit. Und damit die Betroffenen mehr Motivation aufbringen, auf unsere Forderungen einzugehen, stellen wir sicher, dass wir genug über sie wissen, bevor die Software final zuschlägt. Wir hatten insgesamt drei verschiedene Teams, die unterschiedliche Ansätze gebaut haben, damit die Software schwerer geblockt werden kann, falls jemand uns technische Steine in den Weg legt. Leider haben manche Institutionen ja doch überraschend fähige Sicherheitsteams. Natürlich arbeiten unsere aber besser.«

»Und warum sind Sie dann hier im Unternehmen nur eine einfache Programmiererin und nicht in der Firmenleitung?«, fragte Meizi.

Mara Lisse zuckte mit den Achseln. »Ich stehe nicht so gern im Rampenlicht. So konnte ich mich auf das Wesentliche konzentrieren. Und gehen Sie ruhig davon aus, dass mein Wirken genug gewürdigt wurde.« Sie seufzte. »Ich hatte aber die Gier von manchen Beteiligten unterschätzt. Wirklich blöd. Ben und sein Team hätten uns nicht hintergehen sollen.« Mit einem Mal hielt Mara Lisse beim Zeichnen inne und blickte Helga fest in die Augen. »Aber was da passiert ist, habe ich nicht gewollt. Total krank, was Nadine angestellt hat, auch als Bens Tante sich dann bei Koch gemeldet und ihm auf den Kopf zugesagt hat, dass wir schuld an den Morden seien und sie das auch beweisen könne. Das stimmte gar nicht, sie hatte keine Beweise. Trotzdem ist Nadine total ausgerastet und hat sie zum Schweigen bringen lassen. Nadines Verhalten hat mich einfach nur noch angewidert.«

»Sind Sie deshalb mit uns so offen?«, fragte Helga in einem mitfühlenden Ton, der sie selbst verblüffte.

»Das ist sicher ein Faktor. Ich werde Ihnen alles erzählen, was ich weiß. Aber entscheidender ist, dass ich vom Fenster aus gesehen habe, wie Sie Koch und Miller abgeführt haben. Die beiden sind geistig nicht die grünsten Pflanzen und werden ohnehin alles gestehen und mir die Schuld geben, um es sich möglichst leicht zu machen. Und wenn ich mit Ihnen kooperiere, fällt meine Strafe sicher milder aus. Ich habe illegale Dinge gemacht, keine Frage, aber die Morde nicht in Auftrag gegeben und schon gar nicht ausgeführt.«

»Ich denke, wir sollten jetzt los«, erklärte Helga und zog Handschellen hervor.

Mara Lisse stand auf und ließ sich vollkommen problemlos abführen.

Auf der Treppe fragte Meizi: »Was hat es denn nun eigentlich mit Schmier auf sich – dem Spitznamen von Nadine Miller.«

»Schmier war ihr Mädchenname, nichts weiter. So nennen sie viele, die sie schon länger kennen.«

Meizi konnte ein leises Lachen nicht unterdrücken.

Montag, 16. Juli

Horizont

Das Wochenende war wie im Flug vorbeigezogen. Helga hatte kaum etwas getan und sich die meiste Zeit von den Strapazen des vergangenen Freitags erholt. Den heutigen Montag hatte sie beinahe komplett mit Befragungen rund um *Innovation4* verbracht. Nun fuhren sie und Meizi zurück zur Pension. Und es würden noch so einige Vernehmungen folgen müssen, bis sie den Fall guten Gewissens abschließen konnten. Die wechselseitige Bereitschaft, sich in die Pfanne zu hauen, machte Thomas Koch, Nadine Miller und Mara Lisse bisher zu überraschend aufschlussreichen Gegenübern in den Verhören. Ganz wie Mara Lisse es vorausgesagt hatte, übertrafen sich insbesondere Koch und Miller darin, den jeweils anderen vorzuführen, in der Hoffnung, eine mildere Strafe heraushandeln zu können.

Helgas Handy klingelte. Sie ging mit einem erschöpften Seufzen ran, ohne aufs Display zu blicken.

»Ja, bitte?«

»Alois Brandt-Schmitt hier, Frau Herbertsen.«

»Herr Brandt-Schmitt, nett, dass Sie anrufen«, log Helga. Sie spürte, wie die Nervosität in ihr aufstieg. Er rief sicher nicht ohne Grund an. Gab es noch Chancen für sie und ihr Team? Würden die vielen Schäden im Foyer des Unternehmensgebäudes und Hauggs Verletzung ihr angelastet?

»Ich habe den vorläufigen Bericht über Ihre Arbeit in Berchtesgaden und die Geschehnisse am vergangenen Freitag gelesen und mit einigen Personen im Ministerium besprochen.« Er hielt inne und räusperte sich. Meizi warf Helga beim Fahren einen nervösen Blick zu und bog auf den Parkplatz der Pension ein, die sie nun schon seit zwei Wochen beherbergte. Helga fiel es schwer, nicht aufgeregt nachzufragen, was diese Besprechung ergeben hatte.

Meizi parkte den Wagen.

Den Bericht hatten sie gemeinsam noch am Freitagabend fertiggestellt. Beide hatten gewusst: Kämen sie auch nur in die Nähe einer Matratze, würde sie der Schlaf übermannen und der Bericht bliebe erst einmal ungeschrieben.

Die Stille am Telefon dauerte Helga schon zu lange.

»Ich habe gute und schlechte Nachrichten für Sie«, verkündete Brandt-Schmitt nun doch in ernstem Ton.

Helgas flaues Gefühl im Bauch ging in unangenehmes Drücken über.

»Die schlechte Nachricht ist, dass das Ministerium zum jetzigen Zeitpunkt nicht die Möglichkeit sieht, die mobile Einsatzgruppe als dauerhaftes Element in der Kriminalpolizei Bayerns zu etablieren und zu finanzieren.«

Helga schluckte schwer.

»Und was ist dann die gute Nachricht?«

»Wie meinen Sie? Ach ja, natürlich. Bisher ist man mit Ihrer Arbeit durchaus zufrieden. Sie haben den Fall gut und mit vollem Einsatz gelöst und, so wie sich Ihr Bericht liest, eine Menge potentiellen Schaden vom Freistaat und auch der Bundesregierung abgewendet. Das ist sicher kein Nachteil für die nächste Zeit. Schließen Sie den Fall in Berchtesgaden bitte morgen ab und übergeben Sie an die Kollegen aus Traunstein – da sollte der Krankenstand nun etwas nachgelassen haben. Und dann melden Sie sich bei mir. Es gibt einen neuen Fall für Sie – dieses Mal in Aschaffenburg. Der Kollege Haugg wird eine Weile ausfallen, stößt aber nach seiner Genesung wieder zu ihrem Team. Wir sind noch auf der Suche nach einem geeigneten vorübergehenden Ersatz. Den Herrn Messleitner würden wir in der Gruppe belassen, er hat mir seinen entsprechenden Willen auch schon vergangene Woche schriftlich bekräftigt. Ich freue mich auch ganz persönlich, dass Sie in diesem Fall gezeigt haben, dass es auch ohne Ihre Regelverstöße geht«

Helga bedankte sich freundlicher bei Brandt-Schmitt, als sie je zuvor mit ihm gesprochen hatte, und legte auf. Sie fühlte sich erleichtert. »Wir haben es wirklich geschafft. Also klar, fürs Erste zumindest. Kannst du das glauben?«, plapperte Helga drauflos.

»Wir können also weitermachen?«, fragte Meizi.

Helga lachte. »Entschuldige, ich habe nicht daran gedacht, das Telefon laut zu schalten, sorry. Ja, genau, wir sollen morgen nach Kempten, oder uns zumindest da melden, und uns den nächsten Fall abholen. Da müssen wir vorher eine saubere Übergabe mit den Traunsteinern einplanen. Ich bin sehr froh, dass es weitergeht.«

»Ich allerdings auch«, erwiderte Meizi.

Die Kriminalhauptkommissarin und der Kriminalobermeister hätten sich vielleicht vor Freude umarmt, wenn das im Auto nicht so unkomfortabel gewesen wäre.

»Sollen wir uns nachher noch auf ein Bier zusammensetzen?«, fragte Meizi. »Auf unseren Erfolg anstoßen?«

»Gerne. Aber ich muss erst einmal duschen. Ich stinke wie ein Iltis nach dem ganzen Tag in diesem Verhörraum. Ich war kurz davor, nach einem Aufguss zu fragen, so heiß war es da drin.«

Meizi lachte und die beiden machten sich auf den Weg zu ihren Zimmern. Auf der Treppe drehte Meizi sich um.

»Auch wenn du mir noch ein paar Antworten schuldig bist, was diese Annalena Gonzales angeht«, sagte er mit einem vielsagenden Blick, »dachte ich mir, Folgendes könnte dich interessieren: Einer der Kollegen der PI hat sie von ihrem Auftritt im Foyer am Freitag erkannt und mir das Foto gegeben. Jetzt haben wir ihre Nummernschilder.«

Es war ein Blitzerfoto vom vergangenen Donnerstag. Es zeigte ohne Zweifel Annalena Gonzales in ihrem *VW*-Bus. Sie sah ernst drein und blickte nicht in Richtung der Lichtquelle. Helga nickte, bedankte sich und steckte es ein. Sie hatte noch nicht entschieden, ob sie Meizi in den nächsten Tagen die ganze Wahrheit erzählen würde. Sie vertraute ihm, aber die Situation strapazierte die Legalität schon sehr.

In der Zeit hier hatte sie es genossen, so viel von Meizi herumgefahren zu werden, aber sie freute sich auch schon auf die Fahrt morgen, zurück nach Kempten in ihrem vertraut vermüllten *Volvo*. Ganz allein.

Als Helga durch die Tür in ihr Zimmer trat, spürte sie intuitiv, dass etwas nicht stimmte. Etwas war verändert worden. Nicht vom Zimmerservice, das war sofort klar. Sie untersuchte akribisch das Bett, den Boden, den kleinen Schreibtisch und das Bad. Lange fand sie nichts. Dann bemerkte sie das doch so Offensichtliche: Eines ihrer Shirts auf dem Kleiderstapel in der Ecke neben der Tür lag nicht wie der Rest auf einem eher wilden Haufen, sondern war zu einem akkuraten Rechteck gefaltet worden. Dass sie Klamotten ordentlich zusammenlegte, passierte schon äußerst selten, aber derart ordentlich hätte sie das gar nicht gekonnt. Sie nahm das Shirt und faltete es vorsichtig auf. Im Innern befand sich ein schmaler, handgeschriebener Zettel mit einer Telefonnummer. Darunter stand:

Für den Notfall. SMS. AG

Annalena Gonzales hatte Helga eine Möglichkeit hinterlassen, sie zu erreichen. Helga lächelte zufrieden, auch wenn ihr eine Mitteilung ohne Einbruch lieber gewesen wäre.

Es war längst nicht alles gut, aber im Augenblick hätte es wirklich schlechter sein können. Helga ließ sich aufs Bett sinken. Ihre Beine schmerzten von den Belastungen der letzten Tage. Sie tippte die Nummer in ihr Handy und sendete eine kurze Nachricht:

Wechsel lieber deine Nummernschilder. Gruß, Helga

Es mochte der Tag kommen, an dem sie Annalena Gonzales aufspüren und festnehmen musste, aber auf der Suche nach den Mördern ihres Bruders hatte die junge Frau ihr und ihren Kollegen große Dienste erwiesen.

Helga fragte sich, was für einen neuen Fall Brandt-Schmitt wohl für sie hatte. Sie würde die schönen Berge von hier und der Kemptener Gegend vermissen, das war ihr klar. Helga ließ sich nach hinten aufs Bett sinken und lag einfach nur da, mit einem leichten Lächeln auf den Lippen.

Sie hielt ihr Handy noch in der Hand. Jetzt wischte sie ein paar Mal, bis die richtige Nummer vor ihr stand. Sie spürte ein Klopfen in der Brust, als das Rufzeichen ertönte. Dann hörte sie die Stimme ihres Sohnes.

Aufgaben

Annalena konnte von Glück reden, dass sie hier im Ort noch Kontakte hatte. Hansjörg Ulrich war mittlerweile erschreckend in die Jahre gekommen und auch etwas zittrig in den Händen. Nachdem sie sich am Freitag erst unter Schmerzen zu ihrem Auto und nach einer kurzen, mühsamen Fahrt dann zu seiner Wohnung geschleppt hatte, gab es von der Sekunde, in der er sie sah und wiedererkannte, dennoch keinen Zweifel, dass er helfen würde. Er tat alles in seiner Macht Stehende. Er entfernte die Kugel, reinigte die Wunde und bandagierte Annalena. Sie war zum Glück nicht allzu schwer verletzt, und nach drei Nächten in Hildes Nachbarhaus, die sie mit unruhigen Träumen verbracht hatte, fühlte sie sich heute fürs Erste wiederhergestellt. Auf waghalsige Kletterpartien musste sie sicher noch eine Weile verzichten. Aber ihre Miete zahlte sich nicht von selbst, und auch wenn sich die Jobanfragen der vergangenen Woche mittlerweile in Luft aufgelöst hatten, würde sich schon etwas finden. Heute Morgen hatte sie Hansjörg einen weiteren Besuch abgestattet, und da sich die Wunde nicht entzündet hatte, sprach nichts gegen ihren Abschied aus Berchtesgaden. Sie hatte nicht vor, je zurückzukommen. Vielleicht konnte sie in den nächsten Tagen aus der Ferne eine ordentliche Bestattung für Ben und Nia organisieren – und für Tante Hilde. Vor Ort war das Risiko, hinter Gittern zu landen, einfach zu groß.

Sie fuhr auf die Autobahn. Der Sonnenuntergang tauchte den Himmel in ein orangerotes Licht, durchzogen von schnell dahinrasenden Wolken. Sie atmete tief durch. Zwei Wochen waren vergangen seit Bens Tod. Sie fühlte sich einsamer als zuvor. Aber sie hatte geholfen, die Täter zu fassen. Das schenkte ihr wieder mehr Ruhe und Zuversicht.

Aus dem Augenwinkel bemerkte sie, dass ihr Handy aufleuchtete. Ein Anruf. Die letzten Tage nach ihrem Gespräch hatte er es nicht wieder probiert, aber jetzt rief Flieser ein weiteres Mal an. Was konnte passiert sein? Es kostete sie etwas Überwindung, die sie sich nur mit seinen häufigen Anrufen in der vergangenen Woche erklären konnte, aber sie ging ran.

»Hast du in den nächsten Tagen schon etwas vor?«, fragte seine dunkle Stimme.

»Kommt darauf an, was dir vorschwebt. Ich kann nicht beim Umzug helfen.«

Flieser lachte kurz auf.

»Hier gibt es gerade ein paar neue Probleme. Eine ehemalige Mitarbeiterin ist bei mir eingebrochen. Ich würde mich darüber gern mit ihr unterhalten. Von Angesicht zu Angesicht. Aber sie reagiert bisher nicht auf meine Bitten, herzukommen.«

»Und ich soll mal bei ihr nachhaken und dann Chauffeur spielen? Das kann ich übernehmen. Meine Tarife kennst du ja.«

Flieser war einverstanden. Annalena änderte ihre Route. Während die Sonne nun vollkommen unterging, zierte ein breites, zufriedenes Grinsen ihr Gesicht. Neue Aufgaben warteten.

Mehr Spannung ...

Neuschwanstein-Thriller

von Markus Richter

1886: »König Ludwig II. ist abgesetzt«, verkündet eine Delegation aus München. Während sich die Bevölkerung von Schwangau und Füssen schützend vor den Monarchen stellt, soll ein Bote brisante Tagebücher von Ludwig in Sicherheit bringen. Doch der Auftrag führt ins Verderben. Die Kammerzofe Klara und die beiden Geheimpolizisten Lenz und Heiland werden in einen mörderischen Verrat hineingezogen.
Müssen sie ihre Treue zum König mit dem Leben bezahlen?

Königsherz
Band 3 der Trilogie

Im ersten Band *Ins Herz* macht Markus Richter eine bislang unbeachtete historische Quelle, die vom Tod des Bauführers berichtet, zum Ausgangspunkt eines Verschwörungsabenteuers.

Der Nachfolgeband *Ohne Herz* rückt den verbürgten Abgang eines Nebengebäudes und die Leidenschaft des Königs für die Einsamkeit der Berge in den Mittelpunkt.